L'HISTOIRE SECRÈTE D'UNE COW-GIRL

LES SŒURS DE HEART FALLS
TOME 2

VIVIAN AREND

The Cowgirl's Secret Love / L'Histoire secrète d'une cowgirl

ISBN : 9781990674310

Correction de la version originale par Anne Scott & Manuela Velasco

Conception de la couverture © Damonza

Relecture de la version originale par Angie Ramey & Linda Levy

Traduit par Myriam Abbas pour Valentin Translation

1

Avril, cinq ans plus tôt. Rocky Mountain House, Alberta.

Après toute une journée à tenter d'effectuer un boulot bien au-delà de ses compétences, tout le corps de Karen Coleman n'était que douleur. Elle lança un regard noir vers la façade en bois du Traders Pub et envisagea de rentrer à la maison.

Seulement, il n'y avait rien au ranch qui améliorerait son humeur. Elle se frotta les mains sur son jean, grimaçant lorsque la paume de sa main gauche entra trop vigoureusement en contact avec le plâtre solide qui enveloppait entièrement sa jambe.

Ce n'était pas le rappel dont elle avait besoin en cet instant.

Ni de celui du sifflement perçant qui retentit à travers le parking. Ou de la raillerie de son cousin qui résonna dans le silence devant le pub.

— Bon sang, c'est pathétique. Tu as une tête de déterrée.

Jesse, un des cousins les plus agaçants de la horde à laquelle Karen faisait face presque quotidiennement, affichait une expression bien trop joyeuse alors qu'il s'approchait en trottinant.

Elle était prête à le remettre à sa place quand quelqu'un de grand et de musclé sortit de l'ombre et intercepta Jesse.

— Surveille tes paroles.

L'inconnu aux cheveux bruns croisa les bras sur son torse, les biceps pressés contre sa chemise en coton. Il regarda Jesse avec dédain.

Ce dernier s'arrêta net, totalement déconcerté par cette remontrance.

— Méfie-toi, dit l'inconnu quand Jesse se remit assez de sa surprise pour ouvrir la bouche, probablement pour lancer une autre vanne. Continue d'avancer.

Karen avait de nombreuses raisons d'être grincheuse, son plus profond agacement tenant à sa force physique diminuée, ce qui n'était pas près de s'arranger de sitôt.

Mais quand pour une fois dans sa vie, Jesse choisit la voie intelligente et s'en alla sans rien ajouter de plus qu'un roulement d'yeux théâtral, et elle dut admettre qu'elle était légèrement charmée par son protecteur bien attentionné.

« Charmée » se transforma en une sensation plus brûlante quand son défenseur anonyme se retourna vers elle.

Elle avait aperçu sa mâchoire ferme de profil, mais l'expressivité de son visage s'associait très agréablement avec des yeux marron foncé, qui contenaient la possibilité d'un dangereux regard de braise. Il l'examina rapidement, le regard s'attardant sur son plâtre et les béquilles qu'elle avait enfin accepté d'utiliser.

Il semblait normal que, pendant qu'il était occupé, elle lui rende la pareille.

Oui, son visage était très agréable, mais ne révélait rien. Cet homme semblait être du genre à rester silencieux sauf quand il avait quelque chose d'important à dire.

Elle examina sa bouche, amusée par la moue solennelle de ses lèvres. Il avait à l'évidence pensé que Jesse était une menace et non le bon à rien qu'il était vraiment.

Un coup d'œil sur le reste de son champion lui permit d'admirer entièrement ce cow-boy. Il ne portait pas de chapeau, mais ses bottes étaient authentiques, fraîchement cirées et portées assez naturellement pour être davantage qu'une façade.

— Ça va ?

Sa voix était un grondement doux qui lui taquina les sens.

Le regard de Karen se releva brusquement pour croiser le sien. Ces yeux étaient sérieux, et pourtant une brève étincelle apparut d'un coup. Ce pourrait être amusant d'essayer de susciter d'autres réactions chez cet homme.

Il était venu à sa rescousse, aussi superflue soit-elle.

— Ça va. Je m'appelle Karen.

Elle lui tendit la main, chancelant alors qu'elle luttait pour garder l'équilibre et contrôler la béquille qui essayait de s'échapper.

Son héros bondit instantanément, glissant une prise ferme autour de sa taille, la ramenant à la verticale avant qu'elle ne risque de tomber par terre en un tas peu glorieux.

— Attention. On dirait que vous êtes encore un peu tremblante sur vos jambes de poulain.

Un rire échappa à Karen.

— Oh, chéri, un poulain est bien la dernière chose à laquelle je devrais être comparée en ce moment, dit-elle en tapotant prudemment sa cuisse, suffisamment doucement pour ne pas se faire mal. J'ai vu des nouveau-nés se mettre sur pattes avec bien plus de grâce que je n'en suis capable avec cet engin.

Il était si près d'elle que son odeur l'enveloppa et provoqua des réponses intéressantes dans son corps. Des réactions auxquelles elle ne s'était pas attendue ce soir-là, encore moins alors qu'elle faisait sa meilleure imitation de pachyderme.

Bon sang, la chaleur du corps de l'inconnu la taquinait d'un million de tentations, et Karen envisagea de se pencher un peu contre lui plutôt que de s'éloigner.

Curieusement, elle fit ce qui était convenable, retrouva son équilibre puis croisa de nouveau son regard.

— Merci de m'avoir défendue, mais Jesse ne voulait pas être méchant.

L'inconnu examina son visage avant d'opiner lentement du chef.

— Je suis sûr que vous auriez pu vous occuper de lui, mais ça ne m'a pas dérangé d'intervenir. C'est normal.

— Il est de la famille. Je suppose qu'ils ont le droit d'être plus bêtes que de banals inconnus.

— *Chérie*[1], dit-il doucement. La famille devrait soutenir au lieu d'enfoncer.

Décidément, il insistait. À la lumière de toutes les autres choses agaçantes dans sa vie, malgré sa jambe cassée, Karen ne voulait pas passer trop de temps à réfléchir à la famille et de son manque de soutien.

Ce qu'elle voulait, c'était profiter de son flirt avec cet homme intrigant.

Elle lui lança un sourire et haussa légèrement un sourcil.

— Je n'ai pas saisi votre nom.

Ses lèvres s'incurvèrent. Juste assez pour rendre son expression à la beauté brute dangereusement sexy.

— Finn. Je peux vous payer un verre ?

Alors qu'elle avait envisagé de rentrer, l'idée de rester s'avérait plus attirante que prévu.

— Si ça ne vous dérange pas que j'aie laissé mes chaussures de danse à la maison.

— Nous verrons ça. D'abord un verre.

La porte la plus proche menait à la piste de danse, ce qui était une mauvaise idée, tout bien considéré. La place de parking la plus près que Karen ait pu trouver impliquait qu'elle prévoyait de traverser le côté bruyant du bar pour se diriger dans la section plus calme et y retrouver ses sœurs. Même si le clan Coleman avait tendance à se rassembler au Traders Pub les vendredis, ils étaient assez nombreux pour que, même un mardi, il y ait forcément plus que Lisa et Tamara quelque part dans le coin.

Seulement, Finn avait des projets de ce côté du pub. Il la guida vers la partie de la pièce où de grandes chaises étaient placées autour de tables hautes.

— Voyons si je peux vous mettre à l'aise.

Le sous-entendu dans son intonation envoya des frissons le long de la peau de Karen. Au diable tout ça ! Sa seule obligation le lendemain matin était une réunion qu'elle n'était pas pressée d'avoir. Aucune corvée à part la routine, alors s'amuser un peu avec un inconnu qui serait parti le lendemain semblait offrir la distraction parfaite.

Finn avait passé un bras autour d'elle, et leurs corps étaient suffisamment proches pour qu'ils s'entendent malgré la musique et le vacarme des voix. Karen se tourna vers lui, sa joue frôlant la sienne.

— « À l'aise » n'est pas une expression avec laquelle je suis familière en ce moment.

Il se balança légèrement, la chaleur montait. Il passa derrière elle, ses lèvres frôlant le lobe de son oreille tandis qu'il répondait :

— Essayons d'arranger ça.

Il y avait quelque chose de délicieux à faire ça ici. Sur son terrain, où elle connaissait tout le monde sauf l'homme qui s'installait sur la chaise derrière elle. Il écarta largement les jambes puis l'appuya contre sa cuisse puissante.

— Recule-toi contre moi, *chérie*. C'est ça. Ce doit être plus confortable qu'il y a une minute.

Il écarta les cheveux sur sa nuque. Elle se demanda quelle étrange magie il possédait qui lui donnait la liberté de faire ça. Sans parler du fait que personne de sa famille ne s'était précipité pour lui sonner les cloches ou ruiner le bon moment.

Parce que c'était un bon moment. Elle était enveloppée de chaleur. Derrière elle, sur le côté. Son bras la soutenait, sa cuisse également, et le plus léger des sourires sur ses lèvres annonçait qu'il ne savait que trop bien à quel point elle était détendue.

Si ce n'est qu'elle devait décider jusqu'où elle voulait que ça aille, tout était absolument parfait.

— Qu'est-ce que je peux t'offrir à boire ? demanda Finn.

C'était un grondement profond qui lui chatouilla les oreilles.

— Du Pepsi, répondit Karen d'un ton pince-sans-rire. Avec de la glace.

Il hésita un instant avant que la compréhension ne se fasse jour sur son visage.

— Tu prends des antidouleur.

— Bingo, confirma-t-elle en ajustant son bras pour se mettre plus à l'aise, ce qui *apparemment* signifiait le passer autour de son torse. C'est bon ?

— Parfaitement, répondit Finn en faisant signe à une des serveuses, commandant le soda de Karen et une bière pour lui.

Tiffany regarda Karen, puis Finn, puis de nouveau Karen.

Un des inconvénients de vivre dans une petite ville, c'était que tout le monde connaissait tout le monde.

Quand Tiffany s'éloigna sans faire de commentaire, Karen se demanda si elle était tombée dans une sorte de réalité alternative. D'abord Jesse, maintenant Tiffany, la laissant sans la taquiner ou chercher des ragots ?

Si c'était un univers alternatif, combien de temps pouvait-elle y rester ?

— C'est grave à quel point, ta jambe ? demanda Finn.

La main autour de sa taille était chaude, puissante et l'empêchait de se concentrer. Son pouce glissait le long de sa taille juste au-dessus de son pantalon.

Karen fit la grimace et pour une fois répondit la vérité.

— Plutôt grave. J'ai eu un petit accrochage avec un van pour chevaux, ce qui rend la blessure sacrément agaçante en plus d'être une galère physiquement. Je n'ai aucun problème avec les chevaux, l'informa-t-elle vivement avant de faire la grimace. Sauf cette fois. Je ne lui en veux pas, c'était une défaillance de l'équipement, mais ça m'a bien bousillée. Je veux retourner au travail, mais la douleur est suffisamment sévère pour que je doive prendre des médocs.

— Et les médocs te bousillent encore plus ?

— C'est sacrément agaçant, répéta-t-elle.

— Je comprends. C'est dur de ne pas pouvoir faire ce que l'on a l'habitude de faire.

Son t-shirt était sorti sur un côté, et le pouce de Finn glissait maintenant contre sa peau nue, un contact qui l'empêchait diaboliquement de se concentrer et qui lui faisait penser à d'autres choses qu'elle ne pouvait pas faire en cet instant.

D'un autre côté...

Leurs boissons apparurent sur la table.

Finn leva sa bouteille de bière, une touche d'espièglerie dansant au coin de ses yeux.

— Je trinque à la découverte de nouvelles manières de s'amuser.

Est-ce que cet homme lisait dans ses pensées ?

Tant pis. Il était temps de flirter et de s'amuser autant qu'elle le voulait. Ou autant que sa jambe le lui permettrait avant qu'elle ne doive s'arrêter à cause de la douleur ou de la gêne.

Karen lui lança un clin d'œil lorsque son verre et la bouteille tintèrent. Il sourit avant de pencher la tête en arrière, sa gorge remuant au fur et à mesure qu'il avalait. Sa main resta fermement en place au niveau de sa taille. Il la serra même plus fort contre lui.

Oh, oui, la douleur dans sa jambe était la dernière chose qu'elle avait à l'esprit. Le picotement qui grimpait *entre ses cuisses* était en tête d'affiche pour l'instant.

La musique qui résonnait autour d'eux devint une douce ballade, et Finn posa sa bouteille.

— Donne-moi ça.

Son Pepsi à peine goûté disparut sur la table haute, et l'instant d'après, il l'avait déplacée de trente centimètres sur la gauche vers un espace ouvert sur la piste de danse.

— Oh, non, ça ne fonctionnera pas ! protesta Karen.

— Fais-moi confiance, dit Finn alors qu'il plaquait le corps de Karen contre le sien.

D'accord. Ce n'était pas du tout ce à quoi elle s'était attendue ce soir-là, mais nom d'un petit poulain dans les champs, c'était ce qu'elle avait ardemment désiré.

Finn tenait fermement Karen, se déplaçant à peine. Juste assez de mouvements pour que leurs corps entrent en contact tandis qu'elle se balançait sur sa jambe valide. Leurs tailles étaient similaires, et leurs joues reposaient l'une contre l'autre. Son léger début de barbe chatouillait dangereusement la libido de Karen.

— Tu n'as pas vraiment de partenaire de danse, lui dit Karen un peu essoufflée.

Il ajusta sa position, et ses seins se pressèrent plus fermement contre son torse solide comme la pierre.

— Tu m'entends me plaindre ?

Non. Ils étaient si proches que les autres changements dans son corps étaient également perceptibles. Ce n'était pas seulement son tore qui était ferme, et tout bien considéré, le fait que Finn avait réagi et n'avait pas peur de le lui faire savoir...

C'était peut-être le truc le plus puéril du monde, mais savoir que malgré le plâtre encombrant quelqu'un la trouvait attirante ? C'était puissant.

— Tu restes longtemps en ville, Finn ?

— Je n'aime pas parler quand je danse, dit-il doucement une seconde avant que ses lèvres ne frôlent son cou.

Juste à l'endroit où il y avait une sorte de bouton magique, parce que la chair de poule arriva, une vague de chaleur la frappa entre les cuisses, et ses mamelons réagirent... tout ça en même temps.

D'accord. Le silence marchait pour elle.

Elle resserra les bras étroitement autour de lui, se balançant pour annoncer clairement que toute l'attention de Finn était très appréciée.

La musique continua suffisamment longtemps pour que les joues de Karen soient brûlantes, son corps aussi, et que l'essentiel de son agacement ait disparu dans leur coin de la piste de danse vraiment délectable et étrangement secret.

La mélodie changea pour une musique bien trop entraînante, et elle recula avec réticence, lui lançant ce qui devait être un sourire légèrement stupéfait.

— Tu es un bon danseur, Finn. Même si tu n'aimes pas parler.

— Je peux trouver de meilleurs usages pour ma bouche.

Ce commentaire attisa les flammes encore plus haut alors qu'il la ramenait vers la table.

— Tu es bien ici ? demanda-t-il.

Un grand fracas résonna à travers la pièce, suivi par des éclats de voix et des rires. Tout un groupe arriva précipitamment de l'autre côté du bar, qui comprenait les visages familiers du clan Coleman. Le flirt éphémère et magique de Karen était sur le point d'être découvert.

Mais quand elle se retourna pour le préparer à l'assaut de sa famille, Finn avait disparu.

Une seconde plus tard, ses sœurs cadettes, Lisa et Tamara, étaient à sa table, l'examinant comme si elle était une sorte de spécimen d'hôpital.

— Que fais-tu ici toute seule ? demanda Tamara. Nous t'attendions. Tu as carrément ignoré nos textos.

Karen avait profité d'un délire charmant et avait été trop occupée pour répondre à des textos, ce qu'elle n'allait pas annoncer.

À la place, elle haussa les épaules.

— Je suis entrée par la porte ouest et je ne voulais pas m'embêter à manœuvrer jusqu'à l'autre côté. J'ai pensé que vous finiriez bien par me trouver.

— Je suis contente que tu sois sortie pour la soirée, dit Tamara. Tu ne dois oublier que tu es hors service pendant un moment.

Leur plus jeune sœur, Lisa, donna une tape sur le bras de Tamara.

— Brillante méthode pour l'empêcher d'y penser. Tu sais, en le mentionnant et tout ça.

— Je ne fais que signaler l'évidence. Elle *doit* quitter le tableau de travail et laisser sa jambe guérir, dit Tamara en affichant son visage de professionnelle médicale, agitant un doigt vers Karen. Tu as une fracture sérieuse, sœurette. Si tu en fais trop, tu risques de finir par avoir des séquelles permanentes.

— Épargne-moi les sermons, lui rétorqua Karen sèchement. Je suis la plus âgée, et non seulement ce que tu dis n'est pas nouveau, mais tu n'as pas le droit de me donner des ordres.

— Bien essayé, dit Lisa avec un ricanement. L'ordre de naissance n'a rien à voir dans le fait que les sœurs donnent des conseils non sollicités. Nous le faisons toutes, moi moins que vous deux parce que, voilà, je suis maligne.

Ce commentaire lui attira dans les côtes les doigts de Karen comme de Tamara, déclenchant des gloussements qui firent que toute la piste de danse leur lança des coups d'œil.

Où qu'elle regarde, Karen ne décelait nulle trace de son preux chevalier mystérieux. Ce qui était probablement aussi bien, parce qu'elle n'avait pas prévu d'aller beaucoup plus loin.

Mais la distraction avait été agréable.

Une heure plus tard, Tamara lança un coup d'œil à sa montre.

— Je dois y aller. Tu veux que je te ramène ? demanda-t-elle à Karen. J'ai le temps de t'emmener au ranch. Lisa pourra ramener ta voiture plus tard.

Karen détestait accepter son aide, mais elle hocha la tête.

— Ne te couche pas trop tard, ou tu le regretteras demain matin, avertit-elle Lisa, qui était brièvement revenue dans leur coin de la salle de danse après s'être défoulée avec un de ses potes.

— J'ai de l'énergie à revendre, répondit Lisa. Ne t'inquiète pas. Je ne raterai pas mes corvées. Et même, je serai là pour te soutenir après ce que papa te balancera.

Et elle le serait. De la même manière que Karen savait que Tamara ferait ce qu'elle pouvait. *Elles* étaient solides – trois sœurs qui s'étaient serré les coudes contre vents et marées, ce qui était la seule raison pour laquelle Karen était arrivée aussi loin en gérant son père.

— Ça ira, lui assura Tamara vingt minutes plus tard alors qu'elles roulaient sur la dernière longue et paisible route en gravier qui menait à Whiskey Creek. Mais tu dois prendre soin de toi un petit moment. Et je sais que c'est difficile de penser à prendre du repos.

Karên émit un petit rire, fixant les champs printaniers. Les premières pousses apparaissant dans le sol riche étaient à peine visibles sous la lumière pâle de la lune.

— Je prends autant de repos que toi, Mademoiselle Travaille-Comme-Une-Folle.

— Je sais me détendre, insista Tamara.

— Moi aussi.

Une vague de chaleur s'empara de Karen tandis qu'elle pensait à Finn et à la sensation de son bras fort autour d'elle. Et à un tas d'autres parties de lui qu'elle aimerait apprendre à connaître un peu mieux.

Ce genre de détente, elle pourrait totalement l'apprécier. Si c'était possible. S'il n'avait pas disparu.

Si elle n'avait pas un plâtre épais de la cuisse à la cheville qui entravait toutes les délicieuses pensées salaces tourbillonnant dans son cerveau, la narguant de ce qu'elle ne pouvait pas avoir.

Malgré tout, elle ne regrettait pas ce flirt momentané.

Après avoir dit au revoir à Tamara, elle se dirigea vers la maison où elle avait grandi. La chambre dans laquelle elle avait dormi pendant vingt-sept ans.

Dans toute la maison, une inquiétante immobilité s'attardait, qui planait là depuis d'innombrables soirées depuis la mort de leur mère.

Karen écarta les tristes souvenirs et frustrations. Elle ignora le fin rai de lumière qui brillait sous la porte de son père et se concentra à la place sur les sensations agréables qui bourdonnaient encore dans son corps en se rappelant le doux interlude au bar.

Ses rêves cette nuit-là furent assez spectaculaires.

Peut-être que c'étaient les antidouleur ainsi que son

imagination enfiévrée, mais le lendemain matin, il lui fut difficile de retrouver ses esprits et d'aller dans la cuisine.

La cafetière était froide. Karen paniqua un instant quand elle lança un coup d'œil au vieux coucou sur le mur. La pendule se balançait plus lentement que d'habitude, et heureusement l'heure sur le cadran ancien n'était pas trop éloignée de celle sur sa montre.

Même si, malheureusement, sa montre indiquait qu'elle aurait normalement dû être dehors depuis trente minutes.

Elle enfila en hâte un manteau et une seule botte. La partie inférieure de son plâtre fut enroulée dans une couche protectrice de capitonnage suivie d'un sac-poubelle pour le protéger de la terre.

Se balançant à travers la cour à toute allure sur ses béquilles vers l'endroit où son père les briefait toujours sur les corvées matinales, elle prit le dernier virage un peu trop vite et retrouva tout juste son équilibre.

— Merde.

George Coleman se tourna vers elle, sa désapprobation évidente.

— Surveille ton langage.

Karen tint sa langue. Ce n'était pas comme si ses cousins ne juraient pas tout le temps dans le ranch. Mais elle était une *dame*. Elle n'était pas censée connaître de tels mots.

Elle se contenta de s'excuser de son vrai péché.

— Désolée d'être en retard.

Son père marmonna quelque chose avant de secouer la tête.

— C'est bon. Tu as quelques minutes d'avance, en fait.

Ce qui était bien, parce qu'après cette course folle elle avait besoin de trouver une position confortable pour ne pas s'appuyer sur sa jambe. Seulement, elle devait rendre ça inaperçu pour que son père n'ait aucune idée de la douleur qu'elle ressentait exactement. Sinon, il n'y aurait pas moyen qu'elle le convainque avec les salades qu'elle allait lui raconter.

Elle s'appuya contre le mur. Involontairement, le souvenir lui revint de s'être trouvée dans une position similaire la veille, appuyée contre un corps ferme et masculin.

Bon sang, Finn, où as-tu disparu ?

Une fois les distractions écartées, Karen se racla la gorge.

— J'ai réfléchi. Je sais que nous avons besoin d'aide supplémentaire. Tu as suggéré de demander aux cousins de nous donner un coup de main. Je pense que c'est une super idée, mais en attendant je pourrais aller aux ranchs de Six Pack et de Moonshine et leur donner un coup de main avec leurs chevaux.

George Coleman ne l'entendait pas de cette oreille.

— C'est déjà assez grave que tu te sois blessée en déposant ce cheval pour Mike. Tu n'as pas besoin de t'occuper de nouveaux animaux tant que tu es dans cet état.

Karen haussa nonchalamment les épaules.

— L'accident chez oncle Mike était exceptionnel. Ce genre de situation ne se produit qu'une fois tous les trente-six du mois, et ce n'était pas vraiment la faute du cheval mais davantage celle du van.

Mince. Ce n'était probablement pas une bonne chose à mentionner puisqu'elle était responsable des chevaux, mais que son père l'était de l'équipement.

Effectivement, son expression se mua en un froncement de sourcils plus accentué avant qu'il ne secoue vigoureusement la tête.

— Non, j'y ai beaucoup réfléchi. Nous avons besoin d'aide, mais personne dans le clan Coleman n'a d'ouvriers à nous prêter. Alors j'ai contacté un de mes amis.

Tout l'air s'échappa de ses poumons. D'abord parce que son

père avait demandé de l'aide. Et ensuite, il était sorti de la famille ?

— Tu as demandé à quelqu'un de venir nous aider ?

— Oui. Richard Marlette. Je l'ai rencontré il y a des années, et nous sommes restés en contact. Son ranch est dans le Manitoba.

D'accord. La surprise commençait à s'estomper, mais Karen restait confuse. Que son père ait fait appel à un homme de son âge pour *la* remplacer semblait un peu insultant. Le plus gros problème était que le ranch de Whiskey Creek était en sous-effectif depuis longtemps, depuis que Tamara était partie pour devenir infirmière. *Particulièrement* en sous-effectif, puisque leur père était réticent à laisser ses filles accomplir toutes les tâches requises sur une exploitation entière.

Au loin, un nuage de poussière s'éleva le long de la voie d'accès vers l'endroit où ils se tenaient. Une bonne indication que quelqu'un allait arriver au ranch.

— C'est lui ?

Son père se retourna alors que pas une, mais deux Ford surdimensionnées à cabines multiplaces se garaient dans la cour.

— Encore mieux. Richard a dit qu'il était en transition. Il fait des changements, ce qui signifie laisser des sections de terre en jachère, alors ses fils sont désœuvrés pour l'été, répondit George Coleman en lançant un coup d'œil par-dessus son épaule, la fierté se lisant sur son visage tandis qu'il inclinait fermement le menton. Les garçons Marlette nous aideront à nous occuper de tout.

Karen ne les appréciait déjà pas, ces intrus du Manitoba sur ses terres. Des blancs-becs qui, juste parce qu'ils étaient des garçons, étaient déjà considérés comme de meilleurs atouts qu'elle et ses sœurs.

Curieusement, elle réussit à se retenir de grogner.

— Je n'arrive pas à croire que tu ne m'aies pas parlé de ça, papa.

— Il n'y avait rien à en dire.

La colère explosa dans ses tripes alors que les portières des camionnettes s'ouvraient. Des chapeaux de cow-boy, des jeans et des bottes usées apparurent. Un instant plus tard, trois hommes – pas des *garçons* – marchaient vers eux de la démarche paresseuse des cow-boys.

Karen ne vit qu'un visage...

Finn.

Son charmeur de la veille était bien au centre. Il s'arrêta devant son père et lui tendit la main.

— Finn Marlette. Ravi de vous rencontrer, monsieur.

— George Coleman. Content que cela vous convienne de venir ici.

Alors même qu'il saluait George, le regard de Finn dériva vers Karen.

— Nous ferons ce que nous pourrons pour en faire un été mémorable.

Seigneur, elle n'allait pas survivre.

2

____

Juin. Aujourd'hui, Heart Falls, Alberta.

L'excitation montait alors que Finn Marlette enfilait ses bottes.

— Tu es sûr que tu ne veux pas de renforts ?

Son meilleur ami, Zach Sorenson, était assis sur une des deux seules chaises potables qu'ils avaient dans la cuisine en ruine du ranch. L'homme brun se pencha en arrière, se tenant en équilibre sur deux pieds de la chaise comme un adolescent au lieu de l'adulte de trente-trois ans qu'il était. Un large sourire fendait son visage et un rire dansait dans ses yeux bleus.

— Je pourrais t'accompagner pour m'assurer que Karen ne te tue pas avant de cacher ton corps quelque part dans la parcelle du fond.

— Tu n'exagères pas un peu ? demanda Finn d'une voix traînante alors qu'il mettait son chapeau en place.

Zach se balança en avant, les pieds de sa chaise heurtant le sol en bois inachevé avec un cliquetis bruyant.

— D'accord, je l'admets. Je suis très curieux de savoir comment tu prévois de réussir ton coup. Ça fait des années, pourtant tu sembles penser qu'elle va te laisser débarquer et commencer à la draguer.

— Ça a marché la première fois, répondit Finn d'un ton pince-sans-rire avant de pointer son ami du doigt. Ne t'en mêle pas.

— Promets-moi que tu me raconteras tout, le taquina Zach avant de lui lancer un clin d'œil en se levant. D'accord, je vais arrêter de faire l'imbécile. Ça *m'intéresse* de voir comment ça va se passer, mais tu sais que je ne veux que le meilleur pour toi. Et pour elle, parce qu'avec tous les projets que j'ai à Heart Falls, si tu deviens l'ennemi de la famille Stone ou d'un autre des membres de la famille de Karen, tu vas vraiment flanquer les choses en l'air pour moi.

Finn savait qu'une bonne moitié de cette tirade était des mensonges. Malgré tout, il appréciait que Zach détende l'atmosphère, plus qu'il n'était prêt à l'admettre.

— J'essaierai de ne donner envie à personne de nous poursuivre avec des fourches et des torches.

Zach se frotta les mains.

— C'est tout ce que je peux demander. Fonce. Bonne chance.

Seigneur.

Finn ignora les reniflements amusés qui venaient de son ami et se dirigea vers la porte.

C'était une superbe journée pour se trouver dans les contreforts d'Alberta. Le terrain qu'il avait acheté dans le nord de la petite ville de Heart Falls nécessitait quelques travaux, mais le paysage était incroyable.

Les collines s'étalaient autour de lui et s'étendaient vers

l'ouest, s'élevant de plus en plus haut jusqu'à se fondre aux pieds des montagnes Rocheuses. Les lointains sommets étaient toujours enneigés, mais le reste des pâturages étaient d'un vert vif dans les teintes riches du printemps. Les premiers jours de juin étaient magnifiques alors que les derniers bruns se transformaient en un superbe été verdoyant.

Il prit un chemin un peu plus long que nécessaire depuis le ranch peu recommandable où Zach et lui dormaient désormais. Il flâna le long d'un sentier sur le sommet de la colline, marquant une pause pour cueillir quelques-unes des fleurs sauvages printanières qui pointaient dans les hautes herbes.

Venir à Heart Falls faisait partie d'un plan, et le petit bâtiment devant lui était l'endroit où la partie suivante de ce plan se passerait.

Karen Coleman et lui avaient des affaires en cours.

Finn ressentait un peu de regret, mais aussi de l'impatience, alors qu'il avançait vers le petit cottage placé dans un creux du paysage protégé du vent.

Karen avait eu besoin d'un endroit où loger, et il avait été parfaitement logique de lui proposer le chalet meublé. L'avoir près de lui leur donnerait une occasion de renouer alors même qu'elle passait du temps avec ses sœurs à Heart Falls.

Cela faisait cinq ans qu'il l'avait vue pour la première fois, et il remarqua que ses pieds avançaient plus vite lorsque le porche de devant apparut.

Et cela faisait quatre ans et demi qu'ils n'avaient pas passés ensemble, en partie parce qu'il n'avait pas été assez intelligent pour voir qu'il y avait plus d'une solution à leur problème.

Il s'était amélioré pour résoudre les problèmes. Trente-cinq ans, et il se ressaisissait enfin dans ce domaine.

Il était temps de faire savoir à Karen qu'ils avaient des options, et il ferait tout ce qu'il faudrait pour s'assurer que cet été ne finirait pas comme le dernier qu'ils avaient partagé.

La force avec laquelle son cœur martelait était une leçon d'humilité tandis qu'il montait sous le porche. Finn frappa fermement en feignant de ne pas être nerveux.

Quelque part derrière lui, l'herbe bruissa, et il fit volte-face pour vérifier qu'il n'était pas sur le point de se faire bondir dessus par un des chats harets qu'il avait découverts en liberté partout.

Deux yeux verts étincelants brillaient vers lui à travers les hautes herbes sèches. Une maman chatte gardait un œil attentif sur lui, redoutant encore qu'il soit une menace.

Puis la porte s'ouvrit brusquement et une voix familière glissa sur lui comme une caresse.

— Hé, quoi de neuf ?

Bon sang. Il avait vu Karen quelques fois de loin au cours des derniers mois. Il avait vu des photos d'elle dans la propriété des Stone sur le téléphone d'un ami. Il l'avait vue dans ses rêves chaque nuit.

Rien ne surpassait la réalité.

Il baissa brièvement le regard et l'amusement le traversa lorsqu'il se rendit compte qu'elle portait un short à la Daisy Duke[1] qui mettait ses jambes en valeur. Bien loin de la première fois où ils s'étaient rencontrés, quand elle avait cet énorme plâtre qui couvrait une de ses superbes jambes.

Tout cela se passa en un instant parce que c'était son visage qu'il était résolu à voir. Ses yeux, les profonds lacs marron qu'il avait passé des heures à contempler. Ses lèvres étaient entrouvertes de surprise mais si rouges et délicieuses qu'il pouvait presque les goûter.

Au lieu de céder à ses envies, l'embrasser jusqu'à n'en plus pouvoir, il lui tendit les fleurs sauvages.

— Bienvenue à Heart Falls.

Une seconde passa – peut-être trois, tandis que la surprise

s'attardait – avant que les yeux de Karen ne brillent et qu'elle ne recule.

Et lui claque la porte au nez.

Un rire menaça de lui échapper, mais il hésita en silence pour s'assurer qu'il ne se trompait pas.

Le son très clair d'une fenêtre qui s'ouvrait résonna dans l'air silencieux du matin, et ce fut là que Finn sentit son sourire apparaître.

Quelle femme intelligente. Quelle femme magnifique, merveilleuse et *intelligente*.

Il fit le tour en trottinant vers le porche arrière qui faisait face à l'ouest. La fenêtre qui donnait sur la salle à manger était ouverte, et la vitre coulissant sur la porte du porche l'était aussi. Il choisit la facilité cette fois, il s'avança vers la porte et ouvrit doucement la porte moustiquaire.

Karen se tenait dans la minuscule cuisine, les bras croisés sur la poitrine. Ses cheveux brun foncé tombaient sur ses épaules, détachés et sexy. Son menton était relevé, et son expression était tout sauf accueillante.

Mais elle le laissa entrer. Elle avait ouvert une fenêtre et déverrouillé la porte, de la même manière qu'elle le faisait tant d'étés auparavant. Finn prenait ça comme un signe positif.

Il marqua une pause.

— Permission d'entrer ?

Karen laissa échapper un grondement étouffé.

— J'aurais dû te faire grimper par la fenêtre, mais oui. Maintenant que tu te tiens devant ma porte, je suppose qu'il est inutile de prétendre que tu n'es pas là.

— C'est ce que tu faisais ? demanda Finn en entrant à moitié, s'arrêtant, les bottes sur le paillasson.

Il savait qu'il ne valait mieux pas fouler le parquet d'une rancheuse sans être déchaussé. Mais il ne savait pas s'il resterait assez longtemps pour retirer ses bottes.

Karen roula des yeux et lui fit signe d'aller vers le séjour.

— Entre carrément. Ce n'est pas comme si tu étais un vampire et que tu avais besoin d'une permission pour passer mon seuil.

Il utilisa le tire-botte placé contre le mur latéral, et il posa soigneusement ses bottes avant de s'avancer vers elle, tendant de nouveau le bouquet de fleurs sauvages.

— Non. Je ne suis pas un vampire, mais un vrai cow-boy en chair et en os qui espère faire bonne impression sur une certaine cow-girl. Cela signifie surveiller mes manières.

Karen fouilla dans les placards. Elle trouva un broc en plastique, le remplit d'eau avant de lui prendre les fleurs. Elle porta le bouquet dans la petite salle de séjour et le posa sur la table basse.

Puis elle s'assit délibérément dans un des fauteuils du côté opposé où il se tenait. Tout cela sans dire un seul mot, tournant simplement son attention sur lui quand elle fut prête, le regard ferme mais évasif.

Finn la rejoignit et s'installa au milieu du canapé en face d'elle. Il s'attendait à ce que ce ne soit pas facile – pas au début, en tout cas – mais cela en vaudrait la peine.

Il devait simplement garder le silence plus longtemps qu'elle pour commencer.

Ce qui lui donna le temps de l'examiner, et ce fut du temps bien rentabilisé. Cet aperçu initial avait été comme entrapercevoir un doux souvenir. Il l'examinait minutieusement pour apprécier les changements.

Elle avait mûri, évidemment, pourtant elle avait trois ans de moins que lui, trente-deux ans. Ses longs cheveux étaient détachés, pour une fois, et reposaient sur ses épaules, tombant au niveau de sa poitrine. Ses courbes étaient prononcées, les boutons de sa chemise en flanelle défaits suffisamment bas pour révéler le bord d'un des caracos sexy qu'elle aimait porter.

Un jeu de contrastes. Karen n'avait toujours été que contrastes. Un jean solide et des bottes de travail avec des caracos en soie et des ongles d'orteil vernis de couleurs vives.

Coriace alors qu'elle luttait pour travailler dans les champs, même avec sa jambe cassée. Douce à l'intérieur, se souciant trop de ce que les autres pensaient.

Une légère inquiétude se lisait dans ses yeux, et une impression de méfiance émanait d'elle, ce qui était compréhensible, tout bien considéré.

Il se pencha en avant, les coudes sur les genoux et les mains serrées.

— Tu aimes le logement ? Tu as tout ce dont tu as besoin ?

Elle ouvrit la bouche pour répondre, mais elle resta bouche bée.

Ce qui suivit fut un de ses coups d'œil exaspérés. Le genre que toutes les femmes de Whiskey Creek étaient douées pour lancer.

— Laisse-moi deviner. Tu es le propriétaire.

Inutile de le nier.

— Je possède le cottage, la maison principale, les dépendances et environ deux mille hectares entre Heart Falls et la périphérie de la réserve sauvage à l'ouest.

— Excuse-moi pendant que je prends note de tuer ma sœur la prochaine fois que je la verrai. Elle et son petit ami sournois, Josiah.

Finn haussa les épaules.

— Eh bien, mon pote Zach vient de me rappeler que nous avons assez de terrain pour cacher les corps, si tu penses vraiment que c'est le meilleur moyen de gérer ça. J'ai aussi une tractopelle, si ça peut aider.

Il reçut un ricanement à ce commentaire, et une partie de sa tension la quitta alors qu'elle se penchait en arrière dans son fauteuil et soulevait le repose-pieds. Elle le regarda aussi attentivement qu'il l'avait examinée plus tôt.

Karen secoua la tête.

— On m'a bien eue, mais je ne peux pas dire que je suis trop agacée. Je voulais un logement pour quatre mois, et le fait que tu en sois le propriétaire n'est pas le pire qui puisse arriver. Mais j'avais vraiment espéré que tu avais arrêté ça. Cette habitude de ne pas me dire quels sont tes projets ou *qui* tu es. C'était déjà assez agaçant la première fois que nous nous sommes rencontrés.

Il pencha la tête mais ne répondit rien.

Ils se fixèrent un instant, les yeux soudés alors que des souvenirs défilaient dans le cerveau de Finn.

Ils avaient eu des bons moments, mais aussi des malentendus, et même s'il avait tiré quelques ficelles pour les mener là où ils se trouvaient, ici et maintenant, peut-être que jouer cartes sur table était la meilleure idée.

Au moins, elle ne pourrait pas prétendre qu'elle avait été prise par surprise.

— Tu as raison. Il faut que tu connaisses mes projets. J'en ai plus d'un...

— Imaginez-moi ça, dit Karen d'un ton sec.

Cette fois, il émit un petit rire mais continua.

— En premier sur ma liste se trouvait un logement pour toi. Une maison pour que tu puisses profiter du temps avec tes sœurs et ton nouveau neveu.

Karen opina lentement du menton.

— Je ne sais pas pourquoi c'était sur *ta* liste, mais merci. Ce logement est exactement ce dont j'ai besoin. Même si c'est vraiment tordu que ce soit toi qui le fournisses, je ne vais pas refuser cette proposition.

— En deuxième sur ma liste de choses à faire actuelle, lancer cet endroit dès que possible.

Cette fois, elle réagit. L'expression maîtrisée se transforma en méfiance et en confusion.

— Cet endroit ? Qu'est-ce que ça va être, et pourquoi n'es-tu pas à l'est dans le Manitoba, à diriger le ranch de ta famille ?

Ce n'était pas encore le moment de parler de ce problème, alors Finn repoussa la colère que le simple fait de penser au foyer familial générait et se concentra sur la partie importante.

— C'est une longue histoire. Levi dirige la propriété Marlette, et je t'en expliquerai davantage plus tard, mais pour l'instant, j'ai acheté cet endroit pour le transformer en ranch éducatif.

Cette fois, elle resta bouche bée pendant dix bonnes secondes.

— Tu plaisantes.

Il leva une main en l'air.

— Je suis sincère.

L'expression de Karen était de nouveau légèrement amusée.

— Vraiment ? J'espère que tu as des gens bien qui travaillent pour toi, parce que, trésor ? Je vais être honnête, tu n'as pas le charisme pour réussir le truc du « Hé, les citadins, bien sûr que je suis heureux de vous accompagner dans votre promenade à cheval, youpi et yippee-ki-yay[2] » sans que quelqu'un ne finisse furieux contre toi.

Finn haussa un sourcil. Cependant, il était charmé qu'elle ait gaffé et l'ait appelé par le vieux surnom avec lequel elle l'avait taquiné.

Elle ajusta sa position pour être assise comme lui, les bras croisés et les coudes sur les cuisses alors qu'elle l'examinait attentivement.

— Très bien, pour faire court, admettons que je te croie vraiment sur cette idiotie de ranch éducatif. Quelle est l'étape suivante de ton plan sans fin ?

— Terminer ce que nous avons commencé, mais comme il faut.

Il la baladait dans tous les sens émotionnellement, et il le savait. Pourtant, c'était le seul moyen d'être franc et honnête.

Karen inspira profondément, se concentra sur le sol avant de lever les yeux vers les siens et de parler avec une grande vivacité.

— Nous avons terminé ce que nous avons commencé, Finn. Quand tu es venu au ranch de Whiskey Creek et que nous avons découvert qu'il y avait quelque chose entre nous, nous avions dit que ce serait une passade. Rien d'autre. Juste pour l'été, et c'est ce que nous avons fait. Septembre est arrivé. Tu es rentré dans le Manitoba, et je suis restée à Rocky Mountain House, et c'est tout.

— Mais ça n'aurait pas dû être la fin, insista Finn.

— Tu vivais à deux provinces de là. Tu avais du travail à faire. J'avais du travail à faire, et c'était comme ça.

L'exaspération l'envahit pendant un instant avant qu'il ne décide d'adopter une approche différente.

— Bon, d'accord. C'était la fin... de cet été-là. Mais, *ma chérie*, c'est un autre été. Nous sommes ici dans un nouvel endroit, avec de nouveaux projets. Alors j'ai quelques propositions pour toi.

Karen Coleman faisait sa meilleure imitation du yo-yo humain. Un instant en haut, incapable de cacher son amusement parce que Finn savait exactement comment la faire rire. Puis il faisait volte-face et lançait une grenade devant elle, et bon sang, elle voulait...

C'était ça le problème. Elle ne savait pas *ce* qu'elle voulait ou ne voulait pas à ce stade. Ses pensées tourbillonnaient dans la confusion.

Non, attendez.

Il y avait une chose dont elle *était* sûre. Elle devait empêcher Finn Marlette de découvrir à quel point elle avait souffert quand leur aventure d'un été s'était terminée.

Parce qu'aussi amusant que cela ait été, elle avait commis une erreur, et son cœur avait été impliqué.

Elle se concentra sur l'homme en face d'elle, qui avait la capacité de faire chanter son corps de plaisir... ou en tout cas il l'avait eue des années auparavant. Elle doutait que ce soit une compétence qu'il ait laissée rouiller, qu'il soit maudit.

Mais au lieu d'aller se cacher, Karen se prépara mentalement et avança.

— Quelles sont ces propositions, Finn ? Ne tourne pas autour du pot.

— Je veux que tu m'assistes dans les préparatifs pour le ranch éducatif. Pour les domaines dans lesquels tu es une experte, comme acheter des chevaux et m'aider à engager le personnel. Je sais que tu es ici pour quatre mois avant de partir faire des études. Je doute que nous soyons complètement opérationnels d'ici l'automne, alors je ne m'attends pas à ce que tu aies mis tout en place. Mais j'aimerais t'engager pour faire ce que tu peux.

Elle ne l'avait pas vue venir, celle-là.

— D'accord, je dois y réfléchir un peu parce que j'ai déjà des engagements pendant que je suis ici.

— Travailler à l'épicerie n'est pas vraiment ton point fort, dit Finn d'une voix traînante.

— Tu m'espionnes ? s'enquit Karen alors même qu'elle secouait la tête. Oublie ça. Je comprends. Une petite ville. Tu as probablement posé deux questions et tu as reçu toutes les informations dont tu avais besoin.

— Je vis avec Josiah Ryder depuis mars, avoua Finn. Je sais pratiquement tout ce qui se passe dans la région de Heart Falls.

Elle allait tuer sa sœur. *Ses sœurs*, parce que Lisa vivait maintenant avec Josiah, certes, mais il était impossible que Tamara ne soit pas également au courant.

La seule qui pourrait peut-être s'en sortir sans qu'elle lui passe un savon était leur sœur cadette récemment découverte, Julia.

— Tu es un démon sournois, n'est-ce pas ? dit Karen.

— Seulement parce que j'avais une bonne raison. Je voulais acheter cet endroit, et j'avais besoin de temps.

D'accord. Ça semblait équitable.

— Donne-moi ton numéro, et je t'appellerai demain pour ce travail, de juin à septembre.

— Mon numéro est toujours le même. Tu le sais.

Oui, elle supposait qu'elle le savait. Elle l'avait fixé des yeux suffisamment de fois au cours des années, en plus.

Il se leva et franchit la courte distance qui les séparait, lui attrapa la main et la mit debout.

— L'autre chose que je veux. Pendant que tu seras ici... Reprenons là où nous nous sommes arrêtés.

Son cœur battait, sa gorge se serrait.

— *Finn.*

Il la fixait de ce regard intense qui la faisait frissonner.

— Nous avions quelque chose de spécial, et ça ne s'est pas terminé de la manière dont cela aurait dû. Je pense que nous devrions réessayer, et cette fois nous changeons juste ce qu'il faut pour nous donner une vraie chance.

Seigneur, la tentation lui était tendue sur un plateau d'argent.

Mais elle pouvait enfin déployer ses ailes. De plus, comment pourrait-elle le supporter si après quatre mois à passer du temps avec cet homme, il faisait demi-tour et s'en allait, et elle aussi ?

Qu'il la quitte une seconde fois pourrait bien l'envoyer six pieds sous terre.

— Toutes les raisons que nous avions avant de ne pas être ensemble de manière permanente... Rien de tout ça n'a changé, Finn. Au contraire, c'est devenu plus compliqué, dut expliquer Karen, peut-être un peu pour elle-même aussi. Je ne suis ici que pour une courte période pour rendre visite à ma famille avant d'aller faire des études. Je fais quelque chose d'important pour moi, et puis c'est la première fois de ma vie que je peux arpenter le monde en dehors de Whiskey Creek et du ranch Coleman.

— Nous passons l'été ensemble ici, et quand il sera fini, si tu veux faire des études, alors tu le feras. Ça ne veut pas dire que nous ne pouvons pas être ensemble.

Sa prise sur ses doigts était suffisamment douce pour qu'elle puisse reculer si elle le voulait mais suffisamment ferme pour lui faire comprendre qu'il ne voulait pas la lâcher.

— Je ne suis plus celui que j'étais il y a cinq ans, *chérie*. Nous avons davantage d'options, mais d'abord nous devons trouver une base solide.

— Et à quoi est-ce que ça ressemble ? Est-ce que nous commençons une autre aventure ? À nous peloter de nouveau dans les coins de l'écurie et avec toi qui grimpes par ma fenêtre de chambre ?

Ses lèvres s'incurvèrent.

— Même si je suis tout à fait prêt à grimper à la fenêtre de ta chambre, le fait de se cacher doit changer. Nous faisons ça correctement. Nous passons l'été ensemble, mais ce ne sera pas un secret. Ce sera toi et moi, bien visibles, à rendre la vie de tout le monde impossible et à faire tout ce que nous voulons. Tout ce qui te rend heureuse... parce que tu as raison. Tu as eu une vie difficile, et tu mérites de déployer tes ailes. Je suis à fond pour t'aider. Mais pas dans les ténèbres, dit-il en baissant la voix d'une octave, prononçant ces mots en un grondement profond qui lui caressa la peau. Sauf quand tu veux que ce soit ténébreux.

Seigneur. Ce n'était pas simplement de la tentation, c'était de la tentation enroulée dans du papier brillant avec un chocolat Godiva posé dessus, attendant qu'elle croque dedans.

Alors elle fit la seule chose qu'elle pouvait. Karen retira sa main, planta les paumes sur les épaules de Finn, et le retourna sur place.

— Rentre chez toi, Finn. Je t'appellerai demain.

Il se dirigea vers ses bottes sans protester, contre toute attente. Ce ne fut que lorsqu'il les eut enfilées et qu'il eut ajusté son chapeau qu'il la regarda de haut en bas.

— Appelle-moi vite. Je veux commencer dès que possible.

— Fumier prétentieux, lança Karen derrière lui alors qu'il sortait par la porte du porche et disparaissait sans un regard en arrière.

Elle le suivit sur la terrasse en bois, regardant son corps puissant alors qu'il s'éloignait.

Quelle situation folle et perturbante.

Il ne lui fallut que quelques minutes pour prendre un verre de jus de fruits et placer une chaise en direction du paysage vallonné dans l'espoir que la sagesse lui viendrait de quelque part.

Quelques papillons lui vinrent peut-être, mais la sagesse semblait se cacher, parce que Karen était bien trop tentée d'accepter la proposition de Finn.

Ce serait une terrible erreur. Un cœur brisé ? Elle y avait survécu une fois, mais suffisamment de déchirures subsistaient qui l'entaillaient profondément aux moments les plus inopportuns.

Cela valait-il la peine de s'empêtrer avec l'homme qui était son addiction personnelle quand son séjour ici avait une échéance déterminée ? De plus, en tout cas à ce stade, à moins que quelque chose de majeur n'ait changé dans la vie de Finn Marlette récemment, elle doutait qu'il prévoie de rester à Heart Falls plus longtemps que cela ne lui prendrait pour faire un succès de sa dernière aventure.

Elle voulait faire ses études, c'était vrai, mais plus que ça ? Elle voulait planter des racines. Profondes et fermes, établies parmi la famille et les amis. Elle ne pouvait pas le faire avec un homme qui avait « temporaire » écrit sur la semelle de ses bottes.

Le soleil se déplaçait lentement. Seuls de rares nuages fins dérivaient à travers le ciel bleu vers les montagnes lointaines. C'était magnifique et paisible, exactement ce dont elle avait besoin pour prendre une décision.

Elle leva son verre presque vide vers les champs.

— Je suis ici pour ma famille. Je suis ici pour *me* trouver, et ça signifie que je n'ai pas le temps pour une passade. C'est l'été de l'abstinence. Plus important que ça, ça signifie me concentrer sur les tâches à accomplir.

La première requérait de retrouver ses sœurs, et pas quand il y aurait une horde d'autres personnes à proximité. Parce que ce n'était pas le moment pour une discussion de groupe, c'était le moment pour un rassemblement des femmes Coleman de Whiskey Creek où la plus âgée d'entre elles – à savoir elle-même – allait expliquer exactement comment ça marchait.

Autrement dit, Karen allait fixer les règles et s'assurer que tout le monde saurait exactement où étaient ses priorités. Qu'il n'y aurait aucune tolérance si on se mêlait davantage de sa vie privée.

Elle sortit son téléphone et envoya quelques textos pour organiser une réunion de consensus dans l'après-midi.

3

« *Je n'essayais pas d'être mystérieux quand nous nous sommes rencontrés au Traders, mais sérieusement, j'étais plus distrait que je ne voulais l'admettre. Ton attitude est sacrément sexy.*

S'il te plaît accepte cette fleur en gage de réconciliation. J'ai hâte d'apprendre à mieux te connaître cet été. »

~ Petit mot de Finn à Karen, trouvé sur le rebord de sa fenêtre au premier étage le lendemain matin du jour où il a commencé à travailler au ranch de Whiskey Creek ~

~

Sa visite chez Karen n'avait pas été assez longue. Même si Finn était déçu qu'elle n'ait pas immédiatement accepté son plan, demander un peu de temps était raisonnable.

Il avait aussi supposé que la réponse qu'elle lui donnerait

pour qu'ils se remettent ensemble serait non, probablement pendant au moins quelques semaines.

C'était plus ou moins ce qui s'était passé cinq ans auparavant. À cette époque, ils avaient été déterminés à aller aussi lentement que possible jusqu'à ce que le feu entre eux se déclenche et devienne impossible à ignorer.

Malgré tout, pour quiconque les aurait observés, Finn avait essentiellement foiré. Finn fut tenté de faire un détour pour rentrer au ranch. Peut-être que s'il marchait suffisamment lentement, Zach aurait trouvé quelque chose d'autre pour s'occuper et aurait quitté la maison.

Pas de chance. Non seulement le fumier traînait toujours là, mais un autre visiteur s'était joint à lui dans la cuisine.

Josiah Ryder, vétérinaire local et, jusque récemment, propriétaire et colocataire de Finn, leva les yeux. Une pagaille de paperasse était étalée sur la surface de la table en bois brut, et Zach et lui avaient exploré la pile.

— Je ne vois pas de membres manquants ni d'artères sectionnées, avança Josiah gaiement.

— Est-ce que tu viens de supposer que l'absence de membres mutilés constitue une réponse féminine positive ? lui demanda Zach d'un ton pince-sans-rire. Si je ne savais pas que tu avais réussi à avoir une relation avec une femme, je m'inquiéterais de tes techniques de rencards.

— Hé, je suis simplement optimiste pour notre pote Finn.

Celui-ci s'approcha nonchalamment de la table et lança un coup d'œil vers les papiers, découvrant des plans, des frises chronologiques et des listes de courses mélangés.

— Nous devons nous occuper de l'hébergement dès que possible. De plus, quelqu'un doit restructurer le plan de la maison principale, parce que la cuisine et la salle à manger doivent être accueillantes tout en répondant aux normes d'hygiène et de sécurité. Pour l'instant, c'est une porcherie.

Zach croisa les bras sur son torse et hocha lentement la tête comme s'il absorbait chaque mot. Puis il anéantit les espoirs de Finn de passer à un autre sujet.

— Tu t'es planté, n'est-ce pas ?

Josiah consulta sa montre.

— Combien de temps s'est-il écoulé ?

— Vingt minutes, maximum.

Josiah laissa échapper un doux sifflement.

— Planté, magnifiquement.

— Crétins, marmonna Finn. Elle réfléchit.

Deux visages aux expressions identiques le fixèrent : un sourcil arqué en signe de spéculation, les lèvres étirées en un sourire narquois. Puis Josiah et Zach se tournèrent l'un vers l'autre et ignorèrent complètement Finn tandis qu'ils continuaient leur conversation.

— Y réfléchir, ça ne veut pas dire non, signala Josiah.

— Combien de temps doit-elle y réfléchir avant que ce ne soit un non ? Est-ce que c'est un truc infini où elle peut appuyer sur le bouton « commencer » quand elle le veut ? demanda Zach.

Josiah resta un instant songeur.

— C'est comme ça que les femmes fonctionnent, Zach. La dernière fois que j'ai vérifié, je ne menais pas la danse dans ma relation avec Lisa. Pas quand il s'agit de là où nous allons, *quand* nous y allons ou ce que nous faisons.

— Si vous avez terminé, j'ai des nouvelles, les informa Finn en attendant que ses amis se retournent vers lui, sourires narquois inclus. Une chose à laquelle je suis sûr que Karen dira oui demain matin sera de m'aider à préparer cet endroit. Acheter des chevaux et recruter pour le bétail.

Zach jura doucement.

— Tu lui as proposé un *boulot* ? Enfin, ce n'est pas qu'elle ne serait pas géniale, mais quand elle dira non pour sortir avec toi, ça ne rendra pas les choses un peu compliquées ?

— Si elle dit oui pour sortir avec toi, ça rendra les choses encore plus compliquées, signala Josiah.

— Pas vraiment. Zach, tu es contremaître sur le projet, alors tu serais son chef. Du travail en indépendant. Ça signifie qu'elle aura beaucoup d'autonomie. Tu prévois de critiquer un des achats qu'elle fera pour cet endroit ?

— Bien sûr que non, répondit son ami en haussant les épaules. Ça aurait été bien d'en parler avant, mais c'est un bon petit plus. J'approuve.

— Merci.

Le mot dégoulinait de sarcasme.

Puis Zach s'illumina et tapa sur l'épaule de Finn.

— Dans un autre registre, j'ai retrouvé des contacts sur ces sites de restauration que tu avais mentionnés. J'ai eu des pistes sur au moins une douzaine de vieilles granges dans le périmètre que tu espérais. Tu devras user de tes talents pour les acheter à un prix correct, mais quand ce sera fait, je sais exactement à qui faire appel pour en faire les meilleures chambres d'hôtes qu'un ranch éducatif ait jamais eues.

Ce qui était la raison pour laquelle, au bout du compte, quand les chamailleries étaient passées, Finn appréciait tellement Zach.

Ils apportaient tous les deux des compétences à l'affaire qu'ils construisaient depuis que Finn avait officiellement quitté la propriété où il avait grandi. Zach avait le don de trouver des objets uniques en leur genre et l'œil pour choisir l'emplacement parfait pour de nouveaux commerces. Il avait aussi un étrangement bon timing.

Finn savait faire fonctionner les chiffres.

Même s'ils avaient tous les deux eu de la chance à des moments clés, comme lorsqu'ils avaient commencé à fréquenter leur mentor, Bruce Travers, ils avaient travaillé très dur aussi, et c'était ce qui faisait leur succès au final.

Finn lança un hochement de tête approbateur à Zach.

— Je savais que je pouvais compter sur toi.

— Bien sûr oui, je suis tellement digne de confiance ! répondit Zach en se tournant vers Josiah. Alors, les espaces que j'ai signalés pour les chevaux. J'ai l'approbation du vétérinaire, ou devons-nous faire des changements ?

— Ça a l'air bien en théorie. Je veux voir d'autres mesures pour votre écurie principale. Aussi, si vous pouviez doubler la taille du manège maintenant, vous l'apprécierez plus tard.

Josiah rapprocha quelques papiers, et Zach et lui entamèrent une discussion que Finn n'écouta que partiellement.

Il était venu à Heart Falls avec un seul vrai objectif : se remettre avec Karen.

Le succès du ranch éducatif revêtait une importance de nature complètement différente. Réussir dans les affaires était un moyen de garder le cap du progrès dans sa vie. Il était trop facile de rester coincé quelque part, de regarder la vie passer tandis que vous faisiez la même chose, encore et encore.

Le mentor de Finn, Bruce Travers, avait été intimement convaincu qu'il fallait tenter la nouveauté et aller au-delà de ce qui était possible avant. C'était en partie la raison pour laquelle il avait pris Finn et Zach comme apprentis.

Il avait changé leurs vies d'une manière que ni l'un ni l'autre n'auraient jamais pu imaginer.

Être à Heart Falls avec suffisamment d'argent dans les poches pour concrétiser des rêves était vraiment l'héritage que Finn avait reçu de cet homme. Mais le véritable cadeau n'était pas l'argent. C'était le frisson de l'aventure et la recherche de la spontanéité. C'étaient des attitudes nouvelles que Finn ne voulait jamais perdre.

Il sortit son téléphone, avec l'intention de vérifier ses e-mails, mais son écran de veille détourna son attention, l'attirant dans la réserve de photos de Karen qu'il avait rassemblées.

Celles pour lesquelles Karen avait posé cinq ans auparavant, une fois qu'ils s'étaient mis d'accord pour laisser exploser la passion entre eux.

Il se surprit à fixer de nouveau son visage, une femme sûre d'elle à dos de cheval. Ses mains posées avec aisance sur le pommeau de la selle alors qu'elle le fixait avec un sourire éclatant sur le visage, une confiance en soi détendue transparaissant dans la manière dont elle était assise.

S'il s'en souvenait correctement, ce cheval était une mauvaise tête, pourtant pour elle cet animal ronronnait presque. C'était une des nombreuses choses qu'il admirait chez elle.

— Finn.

Il leva les yeux, rangeant son téléphone dans sa poche arrière.

— Quoi ?

Encore une fois, les deux hommes échangèrent des coups d'œil amusés avant que Zach ne hausse les épaules.

— C'est tellement amusant de te voir épris. Je voulais te rappeler que nous avons un rendez-vous à la banque dans une heure. Si tu veux partir maintenant, nous pourrons aller manger un morceau avant.

Finn n'avait aucune idée de ce dont son ami parlait.

— Qui utilise un mot comme « épris » à notre époque, nom d'un chien ? Et pourquoi avons-nous rendez-vous à la banque ?

Zach poussa un soupir patient.

— Parce que j'achète le vieux bâtiment Brewster sur Main Street.

Finn réfléchit. Ça n'avait toujours pas de sens.

— Pourquoi devons-nous aller dans une banque pour ça ?

— Parce que c'est *moi* qui l'achète. Tu es ma caution de secours pour organiser le prêt.

— Eh bien, c'est une perte de temps. Il y a plus qu'assez d'argent dans la société. Achète-le avec, dit Finn distraitement.

— Non. Je l'achète avec mon propre argent.

— Je suis d'accord avec Zach là-dessus, avança Josiah.

D'accord, c'était bizarre.

— Quand as-tu commencé à développer des opinions sur notre manière de dépenser notre argent ? demanda Finn au vétérinaire.

Josiah haussa les épaules.

— Depuis que nous nous sommes soûlés l'autre soir et avons eu une discussion profonde à cœur ouvert sur le fait qu'avoir tout l'argent du monde ne signifie rien sans les femmes que nous aimons. Et puisque Zach cherche encore sa perle rare, nous devrions au moins le laisser apprécier les épreuves quotidiennes d'un emprunt à payer sans le soutien de grosses fortunes.

Cette conversation devenait de plus en plus bizarre. Finn lança un regard noir à Josiah.

— D'abord, nous ne nous sommes pas soûlés l'autre soir, et nous n'avons pas eu une discussion profonde à cœur ouvert. Je suis presque certain que je n'ai jamais utilisé les mots « femme que j'aime » dans une conversation récente. Mais si Zach veut offrir en sacrifice sa grosse cylindrée de collection en caution pour cette horreur en décomposition au milieu de la ville, ça me convient.

— Hé. Je n'ai jamais suggéré le moins du monde que Delilah serait impliquée dans cet accord, protesta Zach.

— C'est la corvette décapotable bleu pastel de 1955 qu'il a restaurée, expliqua Finn à un Josiah curieux. De zéro à cent kilomètres heure en 11,2 secondes, et je n'ai été autorisé à la conduire qu'une fois.

— Et tu m'as piégé cette fois-là, l'informa Zach résolument. Ce n'est *pas* ma caution.

Ça pourrait être amusant. Zach avait fourni la distraction parfaite pour Finn, comme seuls de meilleurs amis ensemble depuis une éternité le pouvaient.

— Bonne chance à la banque sans moi.

Un pli se forma entre les sourcils de Zach.

— Tu es un enfoiré, et tu ne pourras pas la conduire, à moins que je ne réussisse pas à rembourser.

— Je suis l'homme d'une seule femme, dit Finn avec gravité. Delilah est en sécurité à moins que tu ne foires. Mais, si tu foires, je laisserai Josiah l'avoir.

La surprise se lut sur le visage de Josiah.

— Quoi ? Ne m'implique pas là-dedans.

— Je ne pourrais pas prendre sa voiture et ensuite la conduire. Ce serait comme jubiler. Comme ça, comme un vrai meilleur ami, je m'assiérai avec lui et je lui servirai du whisky pendant qu'il maudira ton nom.

Zach éclata de rire, suivi rapidement par Josiah.

Le véto secoua la tête.

— Vous êtes impossibles. Vous êtes aussi tous les deux invités à dîner samedi soir. Lisa veut organiser quelque chose avec un groupe d'amies et a besoin de gars pour équilibrer les chiffres. Pointez-vous. À 18 heures. Et... Seigneur ! je n'arrive pas à croire que je vais dire ça... on vous demande de porter des sandales.

Après une journée remplie de retournements surprenants, Finn ne savait pas d'où venait celui-là.

— Dieu merci, nous sommes en juin. Je pourrais supposer que nous allons faire une fête au bord de la piscine, mais tu n'as pas de piscine.

— Nous allons faire une journée spa ? supposa Zach. Je ne pense pas que ça passera.

— Je n'en ai aucune idée, et c'est la vérité, dit Josiah avec une expression horrifiée. Je n'aurai jamais dû lui faire connaître le théâtre et mon passé d'acteur, parce que Lisa se met des idées en tête qui sont plutôt fofolles.

C'était amusant, mais Finn pouvait rassurer son ami là-dessus.

— Fais-moi confiance, ce n'est pas toi qui l'as détournée du droit chemin. Elle a toujours été créative. L'été où nous séjournions à Whiskey Creek, elle et mon plus jeune frère faisaient toutes sortes de trucs délirants.

Un coup vigoureux résonna... le poing de Zach qui rencontrait le torse de Finn.

— Mec. Ne parle pas du passé de la jeune dame avec son mec actuel.

Mince.

— Rien de ce genre. Ils étaient tous les deux comme des gamins de douze ans qui auraient fait une overdose de Fanta et de bonbons. Nous les avons surpris à réaliser une peinture murale avec des pistolets à paintball sur un des murs de l'écurie, une fois. Cette fille a plus d'imagination qu'il n'est bon pour la santé.

— Elle a juste la bonne dose d'imagination, et elle est toute à moi, affirma Josiah d'un air décidément satisfait après avoir énoncé cette déclaration catégorique. Je vous verrai samedi. Appelez-moi si vous avez besoin de quoi que ce soit avant.

Zach réussit à se contenir jusqu'à ce que la porte se referme avant de se tourner vers Finn, l'inquiétude inscrite sur le visage.

— Est-ce que ça va ? Tu es sûr que tu sais ce que tu fais avec Karen ? Devons-nous vraiment porter des sandales à une fête ? Et est-ce que c'est seulement légal dans un ranch en Alberta ?

— Ça va. Karen va bien. Et je n'ai aucune idée de ce que Lisa manigance, mais ce sera amusant de le découvrir.

~

Avec le magnifique temps de juin qui se déversait par la vitre ouverte de sa camionnette, Karen était de bien meilleure humeur qu'elle ne s'y attendait quand elle arriva à la maison de sa sœur Tamara.

Dans la cour devant le ranch de Silver Stone était garé un groupe de véhicules, comme d'habitude. Certains provenaient des allées et venues d'un ranch actif, mais les trois qui l'intéressaient particulièrement étaient côte à côte, extrêmement différents.

Tamara conduisait désormais la maman-mobile. Avec deux filles adoptives, une de neuf ans et l'autre de onze, et son nouveau-né qui avait seulement deux mois, la sœur la plus proche en âge de Karen avait abandonné sa camionnette et choisi l'utile pour transporter sa famille.

Sa plus jeune sœur, Lisa, conduisait encore sa vieille camionnette défoncée, une antiquité de seconde main qui était passée par toute une bande de cousins avant qu'elle n'en hérite. Karen était surprise que le petit ami de Lisa n'ait pas insisté pour qu'elle ait un nouveau modèle. Mais d'un autre côté, à maintenant vingt-sept ans, Lisa était presque aussi obstinée que Karen, alors la convaincre de faire ce qu'elle ne voulait pas relevait du scénario improbable.

Ce fut le troisième véhicule qui figea Karen pendant un instant pendant qu'elle faisait le point sur sa nouvelle réalité. Elle n'avait pas deux petites sœurs, elle en avait *trois*.

Julia Blushing avait peut-être surgi de nulle part dans leurs vies quelques mois auparavant, mais elle était assurément une Coleman de Whiskey Creek dans l'âme. En tout cas quand il s'agissait d'entêtement... la technicienne d'urgence de vingt-cinq ans conduisait maintenant un minuscule véhicule hybride qui ne donnait pas l'impression de pouvoir endurer les grandes routes autour de Heart Falls, encore moins les routes de campagne.

Karen gara sa propre Chevrolet usée sur une place vide puis se dirigea vers le porche arrière.

De la musique et des rires l'accueillirent alors qu'elle ouvrait la porte. Un instant plus tard, trois têtes pivotèrent, des yeux marron foncé identiques sur des visages similaires. Seules les lunettes de Tamara – roses ce jour-là – et leurs coiffures les différenciaient. Tamara avait les cheveux tirés en queue-de-cheval. Lisa portait les siens nattés de chaque côté de son visage comme si elle avait seize ans.

Les cheveux de Julia d'un ton roux plus profond reposaient sur ses épaules en une débauche de boucles qui n'existait pas quelques jours auparavant.

Karen retira ses bottes dans le débarras extérieur et accrocha sa veste alors même qu'elle se joignait à la conversation.

— Hé, les filles. Julia, tes cheveux sont géniaux.

— Merci.

Julia assembla la masse sur le dessus de sa tête et lança un regard sensuel avec une moue dramatique. Une seconde plus tard, elle éclata de rire et les laissa retomber.

— J'ai bien peur que ce soit tout le cinéma dont je suis capable, ajouta-t-elle.

— Ça te va bien, dit Tamara. Ça signifie aussi que nous ne sommes plus des quadruplées identiques. Ce sera sans doute plus facile pour les pauvres gens en ville qui jurent m'avoir vue me promener sans Tyler et me demandent quand je suis retournée dans le corps médical.

Lisa eut l'air pensive.

— C'est drôle. À Rocky Mountain House, nos cousins se plaignaient toujours que tout le monde pensait qu'ils étaient interchangeables. Si on repérait un Coleman, peu importe comment on l'appelait, il répondait. Puis on s'attendait à ce qu'il transmette le message à celui qui était vraiment concerné.

— C'est l'une des malédictions d'une grande famille, dit Tamara. Mais nous, ça ne nous arrivait pas parce que, même si nous nous ressemblons, il aurait fallu que Karen soit morte pour être repérée à l'hôpital.

Il était trop facile de rouler des yeux. Karen se glissa sur le tabouret haut à côté de Julia.

— Tu te souviens de ce que j'ai dit ? Sur le fait de ne croire que la moitié des salades qu'elles te racontent ?

— Hé ! protesta Lisa.

— Ne t'inquiète pas. Je penchais vers vingt pour cent, au maximum, répondit Julia en lui lançant un clin d'œil avant de prendre son mug de café. J'admets que ça a été surtout amusant de comprendre ce truc de famille. Un peu effrayant, mais vous rendez ça relativement facile.

Elle hésita.

— Alors, merci.

Un chœur de *ooooh* s'éleva du reste du groupe. Karen passa un bras autour de Julia et la serra contre elle.

— Je suis contente que tu ressentes ça. Même si tu risques d'avoir envie de te boucher les oreilles pendant un petit moment, parce que faire partie d'une famille, c'est aussi se faire sonner les cloches quand c'est mérité.

Les yeux de Julia s'écarquillèrent et elle pinça les lèvres.

Mais ce n'était pas sur elle que Karen se concentrait. Elle tourna le regard vers les deux autres fauteuses de trouble.

Tamara avait l'air curieuse. Lisa avait l'air de s'ennuyer.

Ce qui était le seul indice dont Karen avait besoin. Elle fixa Lisa du regard.

— Bingo. Je sais exactement sur qui crier.

Un *ouaf* ferme résonna depuis le sol, et tout le monde tourna son attention vers le petit terrier qui se tenait aux pieds de Lisa. Le chien couleur crème ressemblait davantage à un rat qu'à un vrai canidé pour Karen, mais Ollie était dévouée à Lisa à cent pour cent.

À cet instant, l'animal semblait déterminé à dissuader Karen de faire quoi que ce soit à *ses* êtres chers.

Oh, bon sang, non. Karen parla fermement à la chienne.

— Toi. *Tais-toi.* Assis.

Ollie se positionna instantanément sur son derrière mais garda le regard fixé sur Karen. Elle pencha la tête lentement sur le côté comme pour essayer de distraire la grande méchante humaine de sa mission.

Nom d'une pipe.

— Je n'ai aucune idée de la manière dont tu as dressé cet animal, mais yeux de chien battu ou pas, tu as quand même des problèmes, avertit Karen en pointant Lisa du doigt. Finn Marlette. Raconte.

Tamara rit, puis passa une main sur sa bouche alors qu'elle tapotait le derrière de Tyler de l'autre. Il remua dans son porte-bébé.

Karen déplaça son doigt pour le pointer dans une nouvelle direction.

— Tu es la prochaine sur la liste. Vous saviez toutes les deux qu'il était là. Pourquoi n'avez-vous rien dit ?

— Parce qu'il n'y avait aucune raison de te le dire au début, dit Lisa en haussant un sourcil bien haut. Est-ce que tu es sérieusement en train de me dire que tu n'as jamais entendu le moindre mot sur sa présence dans le coin ?

Tamara se pencha vers Julia, qui était à l'évidence perdue.

— Finn et ses deux frères sont venus au ranch de Whiskey Creek il y a quelques années pour nous aider. Quelque chose d'intrigant s'est passé entre Finn et Karen pendant cette période, qu'ils ont réussi à nous empêcher de découvrir jusque récemment.

Elle lança un coup d'œil à Lisa.

— J'ai failli en tomber à la renverse, dit Lisa en posant une main sur sa poitrine avec un air théâtral.

Puis elle se pencha aussi en avant, parlant plus doucement comme si Karen n'était pas juste là à écouter toute la conversation.

— À l'évidence, des combines secrètes se manigançaient. Et donc, quand un des combineurs a décidé qu'il voulait emménager dans notre belle ville puis a commencé à poser des questions sur l'autre membre du duo de combineurs, ça a piqué notre curiosité.

Julia fronça les sourcils. Elle se tourna vers Karen.

— Nous allons simplement écarter le fait que Lisa invente des mots étranges bien trop facilement. Est-ce que ce Finn te harcèle ? Parce que si c'est le cas, c'est comme si j'y avais déjà mis un terme.

Une vague d'émotion jaillit, et Karen abandonna toute retenue. Elle passa les bras autour de sa toute nouvelle sœur et la serra fort.

— Je t'apprécie. Tu es quelqu'un de bien.

Julia lui tapota le dos.

— Merci. Mais je suis sérieuse.

Karen la lâcha et fixa Lisa et Tamara, qui la regardaient attentivement.

— Vous êtes bêtes. Et vous êtes toutes les deux un peu des enfoirées de ne pas m'avoir avertie, mais non, répondit Karen en faisant face à Julia, ce n'est pas un harceleur. C'est juste vraiment compliqué, et j'ai beau aimer mes sœurs, elles aiment se mêler de ce qui ne les regarde pas.

— Nous avons appris de la meilleure, dit Lisa en se penchant contre le plan de travail et en croisant les bras sur sa poitrine. Je suis désolée si la présence de Finn rend les choses difficiles. Ce n'était pas notre intention.

— Quelle était votre intention ? demanda Karen. Parce qu'en ce moment, je vis dans sa maison, et il m'a proposé un travail, *et* il dit qu'il veut qu'on se remette ensemble. Tout un tas de décisions et de situations auxquelles je ne m'attendais pas quand je me suis installée ici. C'était censé être quatre mois pour passer du temps avec vous, Tyler et mes nièces. Et peut-être faire des sorties à cheval et rêvasser du futur.

— Tu vis dans sa maison ? répéta Julia en cillant. Hum.

— Il t'a proposé un travail ? C'est inattendu, déclara Lisa en lançant un coup d'œil à Ollie, qui offrit un *ouaf* compatissant.

Mais ce fut Tamara qui croisa le regard de Karen, la sœur qui avait découvert à quel point certaines des frustrations de Karen avaient été profondes et avait toujours trouvé du temps pour l'écouter.

— Il veut que vous vous remettiez ensemble ?

C'était la partie dont Karen ne souhaitait pas discuter, même si elle le désirait en même temps ardemment.

Le silence plana un instant avant que Lisa ne reprenne la parole.

— Qu'est-ce que tu veux ?

Un reniflement moqueur échappa à Karen.

— À propos de quoi ?

— Je ne pense pas que vivre dans sa maison soit un vrai problème. Tu as le logement pour toi, et il est privé. C'est pour ça que je n'ai rien dit quand Lisa et Josiah en ont parlé. Mais si ça te gêne, nous avons de la place ici, ou tu peux emménager dans un des dortoirs, proposa Tamara. Je veux que tu sois à l'aise. Plus que ça, je veux que tu passes un bon moment pendant ton séjour.

— Ce n'est pas une affaire, admit Karen avant de lancer un regard noir à Lisa. Même si je n'apprécie pas vraiment que tu m'aies roulée en me disant : « Nous connaissons quelqu'un qui a besoin d'un locataire dans son cottage. Cette personne apprécierait vraiment... » Balivernes.

Lisa leva la main.

— Je jure solennellement de réfléchir un peu plus avant de t'impliquer dans quelque ruse que ce soit à l'avenir.

— Ou moi, intervint Julia en posant une main sur le bras de Karen pendant un instant. Désolée de vous interrompre, mais je pense que c'est une bonne occasion de battre le fer pendant qu'il est chaud. Ne mettez pas le boxon dans ma vie non plus. Ce truc de sœurs est nouveau, et certaines choses sont cool, mais...

Elle agita le doigt entre Karen et Lisa.

— Je n'ai pas signé pour qu'on se mêle de mes affaires, d'accord ? termina-t-elle.

Tyler se réveilla et son cri résonna à travers la cuisine. Tamara se déplaça avec aisance pour le détacher et commencer à lui donner le sein.

— Voilà, Lisa. Julia t'a déjà percée à jour.

— Vous gâchez tout mon plaisir, dit Lisa avec une moue de comédie avant de hocher la tête en signe d'accord. Je promets d'être gentille, même si c'est la première fois de ma vie que j'ai une petite sœur à taquiner.

— Et pour le travail ? demanda Julia en adressant la question à Karen. Tu voulais travailler pendant que tu es ici ?

— Qu'est-ce qu'il veut que tu fasses ? demanda Tamara.

— L'aider à préparer son ranch éducatif. Le côté animal de la chose, pour être précise, avoua Karen.

Les yeux de Julia s'illuminèrent.

— Dis oui.

Elle posa brièvement une main sur sa bouche avant de s'excuser.

— Oups. C'est juste que j'ai grandi dans un ranch éducatif,

et c'est franchement merveilleux quand ils sont bien faits. C'est vraiment là que j'aimerais travailler un jour.

— J'avais oublié que tu avais dit que c'était là que ta mère et toi viviez.

Karen hésita avant d'avouer le reste.

— Ce n'est pas un mauvais job, pour être honnête. Je pourrais acheter des chevaux et embaucher du bon personnel. Mais je ne sais pas si c'est une bonne idée de passer autant de temps avec Finn. Pas si je ne veux pas m'impliquer.

— Alors voilà la vraie question, dit Lisa en haussant un sourcil. Tu n'as pas à nous dire pourquoi, mais si tu ne veux pas t'impliquer, alors nous te soutiendrons. Ça dépend de toi.

— Et si tu ne veux pas en parler devant moi, ça me convient, dit Julia. Tu n'as pas à diriger ta vie selon l'avis des autres. Pas même si tu as des sœurs.

— Eh bien, merci. Mais tu découvriras qu'avoir des sœurs signifie que des parties de ta vie sont dirigées en fonction des décisions des autres, que tu le veuilles ou non, dit Karen d'une voix traînante.

Elle inspira profondément et ferma les yeux, les paumes à plat sur la surface solide de l'îlot de la cuisine alors qu'elle essayait de formuler ce qui se passait dans sa tête.

— J'aimerais prendre ce boulot. Après avoir passé tant d'années sans être aux commandes alors que j'avais les compétences, c'est comme si on m'offrait les clés d'un magasin de bonbons.

Elle ouvrit les yeux. Elles restèrent toutes silencieuses, ce qui était un petit miracle, quand il s'agissait de ses sœurs. La curiosité et l'inquiétude rendaient leurs regards graves et concentrés. Même l'expression habituellement légère de Lisa semblait contenue.

Karen reprit.

— J'aime bien ce petit cottage. J'ai déjà l'impression d'être chez moi, alors je *vais* rester là-bas. Mais merci pour ta proposition, Tamara.

Celle-ci ajusta ses lunettes. Quand elle parla, sa voix résonna claire et douce, mais prudente. Comme si elle savait qu'elle entrait dans un territoire dangereux.

— D'après tout ce que j'ai entendu, Finn est un homme bien.

Ce n'était pas le problème. La vraie question, c'était la violence de l'écroulement à venir si elle cédait à ses envies ? Était-ce une histoire qui pourrait mener à une relation éternelle ou un autre interlude sur le chemin vers davantage de chagrin ?

La porte s'ouvrit brusquement, et un autre visage familier apparut. Kelli Stone, la belle-sœur de Tamara, se tenait dans l'entrée, respirant difficilement. La femme menue lança un coup d'œil dans la pièce avant que son regard ne se pose sur Lisa et Karen.

— J'ai besoin de votre aide. Ce fichu étalon sauvage a brisé une des clôtures, et il est parti avec un groupe de nos juments. Tout le monde sur le pont !

Karen se leva d'un bond, ses affaires de cœur et ses questions écartées. Lisa et elle se pressèrent pour sortir, Julia sur leurs talons.

4

Le rendez-vous à la banque prit moins de temps que Finn ne s'y attendait.

Il regarda son ami et marqua une admiration sincère.

— Je ne sais pas pourquoi tu m'as emmené. Tu avais conclu cette affaire dans les cinq minutes après être entré dans ce bureau.

Zach lui lança un grand sourire alors qu'il rétrogradait et prenait le virage suffisamment brutalement pour projeter du gravier.

— Tu as remarqué.

— Tu voulais simplement un public. Espèce de cabotin.

— Pas du tout, protesta Zach. Je voulais que tu voies tout ce que j'ai appris du maître.

Finn s'étrangla comme c'était à l'évidence attendu de sa part.

Quand Zach lui lança un juron cinglant en réponse, Finn hésita.

— Quoi ?

Zach ralentit sa camionnette pour se rapprocher de la

limitation de vitesse, puis pointa du doigt les véhicules qui les attendaient devant leur logis actuel, un ranch délabré.

Un des véhicules leur était familier. Chaque fois qu'il venait, quelque chose d'intéressant se produisait, alors l'arrivée du représentant de Burly, Evans et Ives attisa naturellement la curiosité de Finn.

Mais l'autre... Ce ne fut pas la voiture qui attira son attention et fit bouillir son sang, mais l'homme qui était appuyé dessus, les bras croisés sur son torse, et qui leur lançait un regard noir tandis qu'ils approchaient.

— Saleté d'enfoiré.

— Ça résume bien, dit Zach en acquiesçant.

Il rétrograda comme pour essayer de prolonger l'instant afin qu'il soit plus sûr pour Finn d'ouvrir la portière.

— Souviens-toi, si tu poses la main sur lui, il est plus que prêt à poursuivre tes fesses en justice. Garde ton calme.

— Je ne me souviens pas de l'avoir invité ici. Peut-être que je peux le poursuivre en justice pour violation de propriété, grogna Finn alors qu'il regardait Brandon Travers avec dégoût.

Il tendit la main vers la portière, prêt à sortir et à en venir aux mains avec une certaine ordure si nécessaire.

Le verrouillage de la portière s'enclencha, le piégeant sur place.

— *Garde ton calme !*

Les paroles furent prononcées doucement, mais ce n'était pas vraiment dissuasif étant donné le peu d'estime que Finn portait à Brandon et le plaisir qu'il aurait à faire mal à ce type.

Malgré tout, on pouvait saluer l'effort de Zach pour avoir essayé.

Puis le fumier prononça les seuls mots qui pouvaient convaincre Finn de se remettre les idées en place.

— Quel est ton but ultime ? demanda Zach doucement.

Ne pas se faire jeter en prison était un bon début. Finn prit une profonde inspiration et expira lentement avant d'incliner le menton vers Zach.

— J'apprécie. Allons encourager notre visiteur à partir.

— L'un des visiteurs s'en va. L'autre va forcément rester un moment, dit Zach en lançant un coup d'œil curieux à l'homme plus âgé assis patiemment dans son véhicule, semblant tout ignorer de ce qui se passait dehors.

Les portières de la camionnette claquèrent solidement derrière eux. Brandon se redressa, ouvrant et fermant les poings comme s'il se préparait pour la bataille.

— Nous ne sommes pas encore ouverts, avança Zach joyeusement comme s'il saluait un aspirant cow-boy égaré. Nous serons heureux de vous ajouter à notre *mailing list*.

Son sarcasme fit mouche. Brandon leur lança un regard encore plus noir.

— Toujours à dépenser mon argent, à ce que je vois. Ou devrais-je dire à le jeter par les fenêtres ?

— Qu'est-ce que tu veux ? demanda Finn d'un ton cassant.

Il essayait d'être aimable. Honnêtement. Il s'arrêta à trente bons centimètres de Brandon, puis croisa tranquillement les bras sur le torse.

Vous voyez ? Absolument pas de pose agressive.

Brandon recula légèrement, comme si les paroles de Finn étaient suffisamment puissantes pour lui faire perdre l'équilibre.

— Comme toujours. Je veux mon héritage. Je ne sais pas ce que vous avez fait à mon père, mais ce n'est pas normal.

— Nous n'allons pas recommencer. Tu as fait appel à des avocats, et on t'a dit que ton père était sain d'esprit quand il a disposé de sa fortune, répondit Zach en s'avançant à côté de Finn. Si tu veux refaire un tour au tribunal, c'est ton portefeuille qui va finir par souffrir. *Encore une fois.*

L'autre homme affichait une expression amère, comme s'il

évaluait la valeur de tout ce qui était devant lui et la trouvait insuffisante.

— Quel tas de fumier.

Finn n'allait pas protester. Il se fichait de ce que Brandon pensait. S'il ne pouvait pas ignorer les bâtiments délabrés et voir la valeur du terrain, c'était son problème, pas celui de Finn.

Le plus grand reproche de Bruce Travers à son fils avait été que Brandon refusait de voir les vraies possibilités au-delà des apparences.

Enfin, cela et le fait que Brandon avait dilapidé l'argent que son père lui avait fourni pendant des années. Au lieu de l'utiliser pour investir et réussir, il l'avait gaspillé dans des activités frivoles ou limite illégales, pourtant il ne cessait de revenir vers les caisses familiales pour réessayer.

Le puits s'était asséché. Bruce Travers était allé chercher de nouveaux protégés à former. Il avait trouvé Finn. Il avait trouvé Zach. Tous deux prêts à apprendre et à travailler très dur, et au final, ils en avaient profité au centuple.

Brandon n'avait pas été ravi quand il avait découvert qu'il avait été écarté du testament. Ou plus spécifiquement que Bruce Travers avait introduit Finn et Zach comme partenaires. Peu de temps après avoir appris qu'il avait un cancer en phase terminale, Bruce s'était retiré complètement de la société et l'avait laissée sous leur contrôle.

Finn avait payé toutes les dépenses courantes de Bruce pendant la dernière année de sa vie, passant du temps avec lui tandis qu'il perdait lentement sa bataille. Brandon n'avait jamais été présent. Pas plus de deux visites rapides durant les quatre années que Finn et Zach avaient passées avec Bruce, durant lesquelles Brandon avait réussi à insulter tout le monde et à se rendre détestable.

Pourtant, il pensait encore que l'argent de son père devait lui revenir.

— Tu dois partir.

Finn parla sans montrer les dents. Il était plutôt fier de lui pour ça.

— Si tu as quelque chose à réclamer, recours à un avocat.

— Hé, tout ça, c'est à cause de lui. Dès qu'il me dira que je peux partir, je serai ravi d'essuyer la mouise de mes chaussures et de ficher le camp d'ici.

Brandon pointa du doigt le véhicule où le représentant du cabinet d'avocats que Bruce avait engagé ouvrait enfin la portière et sortait pour se joindre à eux.

Alan Cwedwick avait la tête de l'emploi pour être juriste dans un téléfilm, avec les traces argentées au niveau de ses tempes, ses chaussures en cuir brillantes et son costume chic.

Il s'avança, tenant fermement une sacoche en cuir noir dans une main alors même qu'il secouait la tête, les lèvres plissées d'amusement.

— D'accord, les garçons. Allez chacun dans votre coin.

— Alan, le salua Finn. Ravi de te voir, mais je ne me souviens pas de t'avoir donné la permission d'apporter des ordures sur ma propriété.

— Ferme ta satanée gueule, lança Brandon une fois qu'il eut rejoint une position plus sûre, un pas derrière l'avocat. Je ne suis pas venu ici pour être insulté...

— Brandon, peut-être que tu devrais attendre dans ton véhicule que M. Marlette, M. Sorenson et moi ayons fini de parler affaires.

— Pourquoi je n'irais pas attendre à l'hôtel ? J'ai vu tout ce que j'avais besoin de voir ici.

Brandon s'éloigna d'un pas rageur avant de recevoir une réponse. Il leva une main en marchant, pointant un doigt vers Finn comme s'il piquait une poupée vaudoue.

— Tu caches quelque chose. Je le découvrirai, et au final, tu paieras.

— Toujours un plaisir de te voir, Brandon, lança Zach derrière lui avant de baisser la voix. Fais attention à ce tas de crottes de chien dans lequel tu vas... Eh bien, zut. Trop tard.

Finn se pinça l'arête du nez, mais malgré sa frustration, il ne put retenir un reniflement d'amusement.

— Te serait-il possible de ne pas être *toi* pendant juste quelques instants ?

Alan passa un bras autour des épaules de Finn et l'étreignit.

— Content de vous revoir. Même si je m'excuse d'avoir dû emmener Brandon. C'est vraiment une crapule, n'est-ce pas ?

— Si tu le sais, pourquoi nous l'as-tu infligé ? demanda Finn.

Ils montèrent les marches du porche et entrèrent dans la maison. Alan regarda autour de lui. Son regard évaluateur ressemblait beaucoup à celui que Finn était sûr d'avoir eu sur *son* visage quand il avait vu le désastre la première fois.

Puis l'avocat ramena son attention sur lui et répondit à la question.

— Ce n'était pas mon idée. Bruce a placé un certain nombre de clauses dans son testament qui se sont déclenchées il y a deux semaines, et malheureusement, amener Brandon ici était l'une d'elles.

— Puisque Bruce n'avait aucune idée avant sa mort que nous allions acheter une propriété dans l'Alberta, ça me semble un peu exagéré, dit Zach d'un ton pince-sans-rire.

Il s'empara d'une des souches qu'ils utilisaient comme repose-pied et la proposa en guise de siège à Alan.

Tous trois s'installèrent. Alan ouvrit sa mallette et en sortit un tas de papiers pour eux deux.

— Vous savez que Bruce avait tendance à s'écarter des clous, et dans ce cas j'espère que ce ne sera pas trop préjudiciable, dit Alan en ajustant ses lunettes pour lire. Je vous apprécie. Ça a toujours été le cas. Je pense que vous êtes des jeunes hommes corrects et exceptionnels qui valez bien plus que cet idiot qui retourne en ville en boudant. Cependant, puisque ce n'est pas mon argent mais celui de Bruce dont nous parlons, nous devons suivre ses ordres.

— Il a fait de nous ses partenaires. Puis il s'est retiré de la société. Comment peut-il encore avoir son mot à dire dans ce que nous faisons ? demanda Finn, prêt à faire face.

Alan agita une main de droite à gauche.

— Il lui restait du pouvoir. Un partenaire silencieux, si vous voulez appeler ça comme ça. Et jusqu'à maintenant, ça n'avait fait aucune différence. Mais à ce stade, connaissant Bruce comme nous le connaissions, je suppose que c'est une dernière leçon ou un coup de pied aux fesses pour vous deux.

Zach grogna en laissant tomber sa tête entre ses mains.

— Mon Dieu. Je peux le voir, gloussant alors qu'il imaginait un horrible défi à nous lâcher dessus.

— Tu n'es pas loin, j'en ai peur, dit Alan en feuilletant la paperasse sur ses cuisses.

— Dis-nous, exigea Finn. Je suis partant pour un des défis de Bruce. Mais si ça implique de travailler avec Brandon, ça devient beaucoup moins amusant.

L'avocat passa à l'action.

— Quelques questions pour clarifier ce que j'ai découvert, puis je vous expliquerai tout. Finn. Quel est le dernier investissement financier que tu as fait par la corporation ? Je suppose que c'est ce terrain-ci ?

— Oui, monsieur.

— Et toi, Zachary ? Pour quoi dépenses-tu de l'argent ces temps-ci ?

— Je viens d'acheter un bâtiment dans le centre-ville de Heart Falls, mais l'argent ne provenait pas de la société, l'informa Zach. Je ne gère habituellement pas le côté financier. Finn s'en charge. Je gère les autres domaines.

— Mais cette propriété vous appartient à tous les deux ? Cinquante-cinquante ?

Un mauvais pressentiment grandissait au creux de l'estomac de Finn.

— Elle a été achetée par la société, oui. Et puisque nous partageons ça cinquante-cinquante, elle aussi est à nous deux.

Alan hocha la tête tandis qu'il griffonnait des notes sur un morceau de papier.

— D'accord. Eh bien, ça rend les choses un peu plus simples. Avant de continuer, je veux faire remarquer que vos comptes bancaires personnels ne sont pas concernés. Je sais que vous avez tous les deux des dividendes réguliers de la société qui alimente votre épargne personnelle. Ils sont protégés et ne font pas partie de ce défi.

Finn et Zach échangèrent un coup d'œil.

— Je suspecte que Bruce s'est senti très créatif un jour et que nous allons sérieusement détester ça, dit Zach en faisant la grimace. Bon sang, ce fumier me manque.

— Je te comprends, acquiesça Finn.

Alan posa son stylo, retira ses lunettes et examina solennellement Finn et Zach.

— Bruce était un vieil enfoiré rusé, mais c'était un homme bon, alors espérons qu'il a prévu un moyen pour que vous remportiez le défi. Quelle est l'idée pour cet endroit ?

Inutile de mentir, parce qu'il était impossible de savoir quelle était la meilleure réponse à donner. Et si Finn avait appris quelque chose de Bruce, c'est qu'être simple et direct lui serait plus utile sur le long terme.

— Nous voulons en faire un ranch éducatif. Pour s'occuper des touristes, surtout de Calgary, mais du monde entier, pour qu'ils viennent vivre une aventure de western. De petits chalets, un service de qualité, avec une petite ville et une ambiance familiale.

Il n'avait jamais vu l'avocat s'illuminer ainsi. Alan n'essaya pas de dissimuler son grand sourire ni son hochement de tête stupéfait.

— Bon sang ! Si vous mettez ça en route, j'amènerai ma famille, c'est garanti. J'ai toujours voulu faire ça.

— Vivre dans un chalet ? Monter à cheval ? demanda Zach.

— Être un cow-boy, avança Alan avant de redresser le cap. Quel est votre calendrier ? Quand prévoyez-vous que ce soit prêt ?

Une discrète circonspection était de retour.

— À ce stade, j'aimerais dire dans environ cinq ans, répondit Finn d'une voix traînante.

Alan se mit à rire.

— Oui, tu as compris. Ou en partie, en tout cas. Je vais devoir croiser ton estimation avec quelques autres dans l'industrie, alors donne-moi ta meilleure estimation.

Zach soupira.

— Mon Dieu, pas encore ?

Cela avait été un des trucs préférés de Bruce pour leur apprendre à réfléchir plus intelligemment et à agir plus vite. Des échéances qui se déplaçaient de manière inattendue. Des budgets qui étaient drastiquement réduits alors que le projet devait quand même aboutir.

Cela n'avait pas été des leçons amusantes, mais elles avaient été efficaces.

— Concrètement, nous pourrions mettre les choses en place cette année et commencer les réservations pour le printemps prochain. C'est la meilleure manière de procéder si on a les fonds pour suspendre l'exploitation aussi longtemps. Ce qui est le cas.

— Et pour ceux qui n'auraient pas les fonds ? Qui devraient commencer à faire de l'argent aussi vite que possible ? demanda Alan.

— Bon sang, on ferait tout par étapes, et on commencerait quelque chose dans un mois, mais ce n'est pas le genre d'expérience que nous cherchons à créer, dit Zach fermement. Et à notre époque, il est presque impossible de corriger la réputation de médiocrité d'une exploitation, parce que les réseaux sociaux restent pour toujours.

Alan hocha la tête.

— Compris. D'accord, voilà le deal. Vous avez pris une décision financière et fixé un objectif. Maintenant, l'intention de Bruce est de vous encourager à passer à la vitesse supérieure. Avec le timing à clarifier, vous n'aurez pas jusqu'au printemps prochain pour ouvrir les portes. Votre date butoir sera aux alentours de Noël, un peu avant, cette année. Si vous réussissez, et que les avis des visiteurs du premier mois sont des scores de haute qualité à cinq étoiles, il y a une seconde branche de la société qui a, jusqu'à maintenant, agi discrètement. Relevez le défi, et vous verrez votre fortune doubler.

Le sang monta à la tête de Finn. L'argent que Bruce leur avait laissé dans la société était déjà stupéfiant. Il y avait un sacré tas de zéros derrière les chiffres, plus que Finn n'en avait besoin.

Il lança un coup d'œil à Alan. La solution ne pouvait pas être aussi simple.

— Cela me semble un défi intéressant, et je suis toujours partant pour essayer de faire les choses mieux et plus intelligemment, mais pour être honnête, je ne pense pas avoir besoin de plus d'argent.

Perché sur son rondin, son meilleur ami sourit largement.

— Oui, moi non plus, je ne souffre pas financièrement, ajouta Zach. Je suis d'accord. Alan, si nous pouvons respecter ton délai, super. Mais si nous ne pouvons pas parce que nous voulons assurer le succès de ce projet sans brûler la chandelle par les deux bouts, je ne cherche pas à être multimilliardaire.

Alan leur lança un sourire ironique.

— Je savais que vous diriez ça. Je déteste vous jouer ce tour, alors je vais me reposer sur Bruce. Je vais lire ça mot pour mot à partir du message qu'il a laissé.

Il se racla la gorge.

« Mon avocat très prudent m'a demandé quelle sera l'alternative si vous déclinez le défi parce que vous ne voulez pas être aussi riches. Ce que vous ferez probablement, jeunes chiots, et c'est bien.

Mais avoir une puissante force morale et la tête sur les épaules n'est pas l'objet de ce défi. Alors j'ai beau détester faire ça, je pense que ce pourrait être le seul moyen de vous motiver à respecter le délai, les garçons.

Rendez-moi fier, parce que si vous ne réussissez pas, ce n'est pas seulement l'argent que vous n'obtiendrez pas. Si vous ne réussissez pas à respecter votre délai, alors ce projet deviendra l'héritage que je laisserai à mon bon à rien de fils, Brandon. Je pense qu'il vous en fait probablement baver parce qu'il n'a pas hérité de mon argent. Même si je sais qu'il ne peut pas faire un meilleur boulot pour le projet que vous tentez, peut-être que gagner contre vous permettra qu'il vous lâche les baskets.

Même si j'espère vraiment que vous lui en collerez encore une. Alors bougez-vous les fesses et relevez ce défi !

Bruce.

P.-S : J'aurais vraiment aimé être là pour voir ça. »

5

À la tête du troupeau avançant vers l'écurie, Kelli lança un bref coup d'œil par-dessus son épaule pour lancer un avertissement.

— Ne venez pas si vous ne pouvez pas sauter les clôtures, dit-elle sévèrement. La dernière fois, l'étalon nous a emmenés dans les contreforts.

— Si c'est moi que tu regardes, ça ira, assura Julia en les suivant dans le manège et en commençant à seller un des chevaux avec assurance.

Karen la regarda pendant un instant avant de se concentrer sur sa propre monture. Elle surprit Kelli à faire la même évaluation furtive, et malgré l'urgence, fut obligée de sourire.

Elle appréciait la jeune femme, sa sœur par alliance au deuxième degré. Elle appréciait les façons tranquilles de Kelli avec les chevaux et sentait une âme sœur au-delà de ce qu'elle connaissait dans ce domaine, même avec Lisa.

Plus vite que Karen ne s'y attendait, elles se mirent en selle et suivirent Kelli alors qu'elle les menait au-delà du Big Sky Lake puis vers le nord.

Elles avançaient au trot, le chemin dégagé leur permettant de voyager en groupe serré pendant que Kelli les mettait au courant.

— Luke a pris un groupe d'ouvriers, et Ashton... – c'est notre contremaître –, rappela-t-elle brièvement à Julia, est parti avec un autre groupe. Mais ils sont tous les deux allés dans des directions différentes, et c'est là que j'ai repéré Thor en train de courir le long de la clôture nord. Thor, parce que Luke m'a interdit de l'appeler Beauté Noire.

— Je n'arrive toujours pas à croire que tu as des chevaux sauvages aussi loin dans le sud, dit Lisa qui tenait ses rênes avec assurance d'une main, enfonçant de l'autre son chapeau un peu plus fermement. Il y a quelques hardes dans le district de Sundre, et ils remontent à l'occasion vers Rocky Mountain House, mais je ne pensais pas que leur territoire s'étendait aussi loin vers le sud.

— Ce n'était pas le cas il y a encore un an ou deux, les informa Kelli. D'après nos suppositions, un des étalons a été chassé quand il était encore jeune, mais si les chevaux sauvages arrivent à l'âge adulte, ils deviennent intelligents. Ils deviennent rusés.

— Et ils se mettent à chercher des dames ? demanda Julia, qui tapota le flanc de la jument qu'elle chevauchait en se déplaçant avec aisance sur la selle.

Kelli renifla moqueusement.

— Thor a attiré quelques chevaux à la fois dans son troupeau, y compris un hongre plus jeune qui n'est pas un rival, mais semble très loyal envers Thor.

— Alors maintenant il y a un groupe dans nos contreforts ? demanda Lisa. Ce qui signifie qu'il essaie d'agrandir son harem.

— Ce qu'il n'est pas autorisé à faire. Pas avec nos femelles, dit Kelli fermement.

Karen était sortie de nombreuses fois pour gérer les

chevaux sauvages quand ils s'étaient approchés des terres de Whiskey Creek. Son objectif avait toujours été de garder leurs clôtures intactes et de laisser les chevaux sauvages retourner sur les terres gouvernementales, mais elle savait que ce n'était pas toujours la méthode choisie.

Il fallait discuter de l'arme à feu attachée sur le côté de la selle de Kelli.

— Quel est le plan ? demanda Karen.

Elles s'approchaient d'une clairière, et Kelli ralentit, les chevaux avançant lentement, les sabots silencieux sur l'herbe fraîche. Elle parla à voix basse.

— Certains des locaux veulent abattre les chevaux sauvages avant qu'ils ne puissent devenir plus nombreux ou plus agressifs. Je pense que ça vaut la peine d'essayer de sauver la plupart de ceux que Thor a pris, puis de l'encourager à se contenter d'un groupe plus petit pendant qu'il restera sur les terres de la Couronne.

Les objectifs de Kelli étaient en accord avec ce que Karen pensait de la situation. Les chevaux sauvages avaient le droit de vivre, mais cela ne signifiait pas qu'ils avaient le droit de piquer du sang neuf auprès des ranchers locaux.

Kelli continua :

— L'étalon se démarquera quand nous les verrons. Il fait au moins un mètre quatre-vingts au garrot et est hirsute au lieu de soyeux. Puis il a un hongre gris avec lui qui vient d'un ranch du coin. Thor a des juments de Silver Stone, mais le reste des femelles appartient à des gens éparpillés entre ici et l'Autoroute 1. Si nous trouvons le troupeau, isolez-en autant que possible et conduisez les animaux vers la zone clôturée la plus proche que vous puissiez trouver. Nous nous occuperons de qui possède le terrain plus tard.

Elle lança un coup d'œil à Karen.

— Quels sont tes talents au lasso ?

— Je suis douée.

— Si tu en as l'occasion, chope le hongre. N'essaie pas avec l'étalon. Si nous les trouvons, mon boulot, ce sera d'éloigner Thor pendant que vous vous occuperez des autres.

C'était un plan rapide élaboré à l'arrache, mais proche de ce qui avait été déjà proposé dans une situation que Karen avait gérée.

Elles se dispersèrent, se déplaçant lentement à travers les arbres vers la chute d'eau. La source d'eau d'où la ville tirait son nom naissait plus haut dans les contreforts avant de grossir sur les hauteurs tout au bord du ranch de Silver Stone. Le bassin à la base était un ovale asymétrique avec un renfoncement sur le dessus.

D'où la forme de cœur.

L'eau cascadant des falaises en granit dentelé sur le côté le plus éloigné s'écrasait dans le bassin dans un flot spectaculaire à cause de la crue printanière.

Le côté le plus proche du bassin donnait sur le ruisseau qui sinuait vers l'est avant de serpenter à travers la propriété de Silver Stone, alimentant les lacs Big Sky et Little Sky.

L'embouchure de la rivière était suffisamment peu profonde pour que l'eau fasse des bulles sur les galets lisses.

Un troupeau de chevaux était rassemblé là, ils avaient la tête baissée et buvaient, les oreilles dressées alors même que d'autres montaient la garde.

À l'autre extrémité se tenait l'étalon le plus grand et hirsute que Karen ait vu depuis longtemps. Elle stoppa son cheval bien avant la lisière des arbres, lançant un coup d'œil sur le côté pour voir que ses sœurs avaient fait de même.

Par chance, elle était la plus proche de l'étalon sauvage. Kelli était à l'autre bout du groupe, incroyablement proche de ce qui devait être le hongre qui avait succombé à la tentation de son ranch.

Le regard de Karen croisa celui de Kelli, qui leva la main lentement, se pointant du doigt avant d'indiquer le hongre.

Karen hocha silencieusement la tête en accord. Elle répéta le geste, se pointant d'abord elle-même du doigt, puis désignant l'étalon. Les rôles étaient maintenant inversés. C'était logique, et elle était à l'aise pour relever ce défi.

Un doux hennissement s'éleva du troupeau, et le mouvement s'amorça. Un geste des hanches et un balancement. Des têtes se levèrent lorsqu'une des sentinelles sentit les nouvelles venues entre les arbres. Karen enroula plus étroitement les doigts autour des rênes, restant immobile jusqu'à ce que ce soit le moment...

L'étalon hennit bruyamment, puis chargea en direction des arbres comme pour attaquer.

Kelli s'était déjà élancée, la corde tournoyant alors qu'elle se dirigeait droit vers le hongre. Lisa et Julia galopaient aussi, mais ce fut la dernière chose que Karen vit alors qu'elle se concentrait sur sa tâche.

Il était temps de séparer le Prince Charmant de ses dames.

Elle encouragea son cheval à avancer, se déplaçant sur la droite dès que possible pour couper la route de l'étalon.

Il la vit arriver et tournoya, filant en trombe vers le gué, sur les talons de ses juments volées. Karen fonça droit dans la rivière aussi, le martèlement des sabots de Starlight provoquant des gerbes d'eau de part et d'autre.

De l'autre côté, la poursuite avait sérieusement commencé.

L'étalon ne regardait plus derrière lui. Toute son attention était concentrée sur ses juments pour les forcer à s'éloigner davantage de la civilisation. Ils avançaient rapidement, se précipitant dans une gorge et remontant de l'autre côté. Karen s'accrocha, agrippant la selle de ses cuisses et se fiant à Starlight pour assurer leur équilibre.

C'était une leçon d'humilité que les chevaux sans cavalier

s'éloignent lentement d'elle. Karen fit de son mieux pour suivre, mais même si elle pouvait franchir ou esquiver les obstacles comme les meilleurs, l'étalon sauvage commença à couper à travers des arbres à branches basses et sous des branches prêtes à tomber.

Elle devait sans cesse ajuster sa trajectoire pour éviter d'être balayée du dos de Starlight.

Quand ils arrivèrent à l'air libre, l'étalon et son troupeau réduit de femelles étaient suffisamment loin devant elle pour que Karen n'ait plus aucun espoir de les rattraper.

Malgré tout, elle continua la poursuite, les poussant plus loin vers l'ouest alors qu'ils retournaient vers leur territoire, loin de Silver Stone.

Maintenant qu'elle n'était plus dans une course effrénée, Karen les suivit jusqu'à ce qu'elle ait chevauché pendant une heure avant de sortir son téléphone et de prendre contact avec Lisa.

— Hé, c'est bon mais je n'ai absolument aucun cheval à ramener. Comment ça s'est passé pour vous ?

— Kelli a le hongre. Bon sang, il est agressif ! Nous avons récupéré les juments de Silver Stone… elles sont venues facilement une fois que tu as chassé le joli garçon qui les tentait par de folles nuits de passion. Et toi ?

Karen lança un coup d'œil autour d'elle, amusée de découvrir qu'elle était presque de retour à son foyer temporaire.

— Je les ai suivis plus loin dans les contreforts, alors il semble que j'en ai fait le problème de Finn plutôt que celui de Silver Stone.

Un reniflement moqueur résonna à l'autre bout de la ligne.

— Bien joué, sœurette. Même si je pense que c'est plus proche du nouveau territoire habituel de l'étalon.

Un véhicule inconnu était garé devant le logis temporaire de Finn et de Zach. Une autre voiture blanche de luxe sortait à ce moment-là de l'allée, le clignotant allumé bien qu'il n'y ait aucune âme aux alentours.

Karen dissimula son large sourire alors qu'elle tournait Starlight vers l'abri derrière son cottage.

— Eh bien, je suis rentrée, alors je pourrais aussi bien rester ici. Ce n'était pas exactement comme ça que je pensais que j'allais déménager mon cheval, mais ça marche. Tu veux me ramener ma camionnette et te joindre à moi pour le dîner ?

— Zut. Je ne peux pas. Josiah et moi retrouvons Sonora au refuge pour animaux. Je pourrai te ramener ta camionnette demain matin, proposa Lisa.

Karen pourrait aussi rentrer à cheval, puis utiliser le van pour ramener Starlight. Ou bien...

Elle voyait Finn et Zach sur la terrasse derrière la maison. Une conversation sérieuse se tenait.

Même si elle ne savait pas encore exactement comment l'été se passerait, ses sœurs avaient raison sur un point : ce serait bête de ne pas accepter le travail que Finn lui avait proposé.

— Ne t'inquiète pas, dit Karen à Lisa. Je trouverai un autre moyen de la récupérer. Passe une bonne soirée.

— N'oublie pas de venir samedi soir, lui rappela Lisa.

— Je n'oublierai pas, promit-elle.

Installer Starlight dans son nouveau logement temporaire lui parut agréable et normal. L'appentis avait récemment été réparé, et il y avait un coin robuste et protégé où accrocher tout son matériel.

Elle aurait parié n'importe quoi que Finn avait préparé cet endroit pour elle. Mais cela n'avait rien d'étonnant à ses yeux, dès lors qu'il avait dit avoir acheté cet endroit avec un objectif précis. Finn Marlette était un homme minutieux.

C'était une chose à placer du côté positif de la balance : son souci du détail et sa détermination tenace. Le souci du détail avait toutes sortes de conséquences merveilleuses quand il s'agissait du confort de son animal.

Cette rigueur dans la chambre ? Il fallait que cela soit dit. Karen n'avait jamais rencontré un homme comme Finn, ni avant, ni après.

Elle prit son temps pour s'occuper de son cheval, laissant le vent chaud la caresser, la réconfortant et la revigorant. Puis elle entra dans le cottage et se rafraîchit. Il ne lui fallut qu'un instant pour parcourir la distance entre son logement et le ranch déglingué.

Elle avait un logement, et elle était sur le point d'avoir un travail.

Si seulement elle pouvait décider comment gérer son troisième dilemme !

ALAN s'en alla peu de temps après avoir lâché sa bombe, promettant de récupérer la paperasse et de fixer la date butoir avant la fin de la semaine.

Zach lança un regard noir derrière la voiture qui partait, tourna les talons, puis rentra d'un pas vif dans la maison.

Finn le suivit un peu plus lentement, tentant de mettre ce rebondissement en perspective. Même s'il était sensible à l'intention de son mentor de les inspirer depuis l'au-delà, la situation de « tout-ou-rien » compliquait les choses au-delà de l'organisation claire et nette qu'il avait espérée à Heart Falls.

Qu'il en soit ainsi. Ce ne serait pas la première fois qu'ils s'attelaient à la tâche.

Zach se laissa tomber sur une des chaises Adirondack amochées de la terrasse et fixa tristement les contreforts.

— Eh bien, c'était distrayant, avança Finn d'un ton pince-sans-rire alors qu'il s'installait près de son ami.

Un énorme soupir échappa à Zach, et il parla sans croiser le regard de Finn.

— Je suis vraiment désolé.

— Ce n'est pas ta faute, bon sang.

Zach fit la grimace.

— Si j'avais acheté le bâtiment Brewster avec l'argent de la société comme tu me l'avais dit, c'est *ça* qui aurait été le projet sur lequel nous aurions une date butoir.

De tous les raccourcis de logique irrationnels et confus...

Finn se pencha en avant et examina son ami avec attention.

— Tu penses que je t'en veux pour ça ? Bon sang, au contraire, je pense que nous sommes dans une meilleure position en devant gérer le ranch éducatif qu'en devant convaincre un tas de buveurs de bière fanatiques que nous avons trouvé le summum de la petite bière artisanale.

— Mais ça serait accompli en un rien de temps. Et ça ne requiert pas de soleil pour attirer les clients, répondit Zach en secouant la tête. Tu me taquines toujours en me disant que j'ai un timing magique, mais cette fois j'aurais aimé que ce ne soit pas le cas.

— Laisse tomber, ordonna Finn. C'est moi qui dois m'excuser, parce que tu dois mettre ton idée de côté jusqu'à ce que nous ayons rendu *cet* endroit opérationnel.

— Au point avant Noël ? fit Zach d'un air dubitatif. Tu crois vraiment que nous y arriverons ?

— Nous allons sacrément y arriver. Il n'y a pas moyen que cet enfoiré de Brandon envahisse Heart Falls. C'est la dernière chose que j'infligerai à mes amis et à ma famille.

— Qui nous envahit ?

Finn et Zach se redressèrent brusquement, lançant un coup d'œil par-dessus leur épaule pour découvrir Karen au pied des marches branlantes qui menaient à la terrasse.

Finn se leva, tendant une main pour l'arrêter avant qu'elle ne fasse un pas de plus.

— Attends. Je ne les ai pas encore vérifiées.

Karen marqua une pause, un pied sur la marche du bas. Elle recula et lança un coup d'œil par en dessous avant de pointer la maison du doigt.

— Si ça ne vous gêne pas, je vais prendre le chemin le plus sûr.

— La porte de devant est ouverte, dit Zach.

Il attendit que Karen soit hors de vue avant de se tourner vers Finn.

— Vite. Est-ce que nous relevons ce défi ?

— Absolument. Je suis sérieux, je ne veux pas de Brandon à proximité de nos amis.

Seulement, Finn ne voulait pas compliquer les choses plus qu'elles ne l'étaient déjà.

— Pas de mention de la date butoir ou des conséquences à moins que nous n'y soyons obligés. D'accord ?

— D'accord, acquiesça Zach en élevant la voix tout en agitant une main. Karen ! Ravi de vous rencontrer. Je suis Zach Sorenson.

— J'ai entendu parler de vous, dit Karen avec un sourire alors qu'elle passait la porte coulissante menant sur la terrasse.

— Seulement en bien, j'espère.

Elle arqua un sourcil.

— J'ai entendu dire que vous avez un visage impassible que mon beau-frère ne sait pas interpréter. C'est un bon point chez un homme.

Finn se rapprocha. Elle était habillée en cow-boy décontracté, et il aurait voulu l'attraper et ne faire qu'une bouchée d'elle.

— Je ne m'attendais pas à te revoir si vite. J'espère que c'est pour une bonne raison.

— Ça se pourrait, dit-elle avant de pencher la tête sur le côté et de le fixer attentivement du regard. À qui doit-on le plan de nous envahir qui te ravissait tant ?

Bon sang ! Il avait espéré qu'elle laisserait passer ça. Finn ouvrit la bouche pour trouver une histoire assez proche de la vérité sans cracher le morceau, mais Zach l'interrompit.

— Vous avez vu la voiture qui vient de partir. Nous avons dû gérer des trucs légaux pour mettre le ranch sur pieds. Il y a quelqu'un qui veut s'impliquer que nous n'apprécions pas beaucoup. Nous évoquions simplement notre volonté de nous assurer qu'il ne sera pas présent.

Le regard de Karen dansa entre eux avant qu'elle ne hoche la tête.

— Ça me paraît bien.

Zach fit un geste vers les chaises sur la terrasse.

— Vous voulez vous asseoir un moment ? Je peux aller chercher des boissons.

Elle regarda les chaises, et la terrasse sans balustrade.

— Est-ce que cette structure est solide ?

— Plus ou moins. Nous croyons, admit Zach.

Un reniflement moqueur échappa à Karen, et son regard croisa celui de Finn. Leurs yeux restèrent soudés pendant un instant avant qu'elle n'incline de nouveau le menton.

— Si vous avez de la bière, j'en prendrais bien une. Nous devons parler.

Zach entra dans la maison. Finn tira les chaises afin qu'ils soient suffisamment proches pour discuter tout en continuant à regarder les pâturages.

Karen posa une main sur son avant-bras pour attirer son attention.

— Qu'est-ce que Zach sait sur nous ?

Elle avait parlé doucement, avec un rapide coup d'œil vers

la maison comme si elle vérifiait que son ami était toujours hors de portée de voix.

Finn se redressa.

— Je suppose qu'il en sait à peu près autant que tes sœurs.

Il eut droit à un roulement d'yeux dramatique avant qu'elle ne secoue la tête et ne s'installe sur la chaise à l'extrémité droite.

— Je ne t'aurais pas cru du genre à faire des révélations intimes.

— Fais-moi confiance. Ou plus précisément, fais confiance à Zach. Il ne dira rien qui dépasse les bornes, et il est déjà ton plus grand supporter.

Cette nouvelle la fit sursauter.

Ce fut au tour de Finn de lancer un coup d'œil vers la maison, appréciant que Zach prenne aussi longtemps pour ouvrir trois bières avant de sortir.

— Karen ?

Il attendit qu'elle lève les yeux. Il maintint le contact visuel tandis qu'il s'installait sur la chaise la plus éloignée d'elle.

— Zach est comme ma famille, mais il est avant tout un sacré bon gars. Si tu as besoin de *quoi que ce soit*, tu peux lui faire confiance.

Elle prit un instant, comme pour peser ses mots. Son expression s'adoucit.

— Merci. J'apprécie, et je m'en souviendrai.

— Est-ce que je dois apporter un bloc-notes ? demanda Zach en passant la tête par la porte.

— Viens donc là avec ces fichues boissons, marmonna Finn.

Karen rit, son expression se muant en sourire chaleureux alors qu'elle acceptait la bouteille avec un remerciement.

— Maintenant, j'ai l'impression d'être en vacances. À boire pendant la journée.

Zach posa un sac sur le sol près de sa chaise puis examina

brièvement l'étiquette de sa bière avant de lever la bouteille pour porter un toast.

— À la dernière fois où nous boirons pendant la journée avant un bon moment.

Ils levèrent tous leurs bouteilles.

Finn but deux gorgées et demie avant de s'interrompre brusquement, toussant tandis que de la bière s'écoulait de sa bouche et éclaboussait la terrasse.

— Seigneur, qu'est-ce que c'est que ça, *bon sang* ?

Karen regardait sa bouteille avec dégoût.

Zach reniflait le contenu tout en faisant tourner le liquide dans sa bouche. Il leva un doigt, se mit debout et alla vers le bord de la terrasse pour cracher le liquide.

Il se retourna tandis qu'il s'essuyait la bouche.

— Désolé. Je suppose que la vôtre n'était pas meilleure que la mienne ?

— Est-ce que ça vient de cette microbrasserie à la sortie de Fort Macleod ? demanda Karen avec une expression horrifiée. Je me demandais comment était leur bière.

— Eh bien, maintenant nous le savons, dit Finn d'un ton pince-sans-rire avant de lancer un regard noir à son ami. Zach, je croyais que nous avions convenu que tu avertirais les gens avant de les utiliser comme cobayes.

Zach tendit la main dans le sac mystère qu'il avait posé près de sa chaise et en sortit trois nouvelles bouteilles. Une marque nationale familière. Il fit sauter les capsules comme un pro, les tendant immédiatement avec un clin d'œil.

— J'ai oublié.

Ils burent longuement. Finn espérait pouvoir effacer le goût horrible dans sa bouche, mais il était amusé.

Un rire dansait également dans les yeux de Karen. Elle se pencha sur sa chaise.

— Alors. Tu as mentionné un travail en indépendant ici dans ton ranch éducatif sans nom. Tu veux m'en dire plus ?

Alléluia. Elle allait accepter.

Ce qui avait auparavant été une offre pour qu'elle puisse utiliser ses talents était désormais devenu un atout très sérieux pour remporter le défi.

Finn pointa Zach du doigt.

— Ce sera ton chef. Nous travaillerons ensemble pour explorer diverses idées et trouver de quoi exactement nous avons besoin, et à quelle date. Certains choix ne sont pas encore arrêtés, mais nous allons les déterminer dès que possible.

— Vous avez besoin de guides de randonnée ? De chevaux ? De personnel pour l'écurie ou quoi que ce soit d'autre ?

Zach toussa d'un air contrit.

— Tout ça. Nous avons des pistes sur certaines choses, mais une fois que Finn a mentionné ton nom comme possible coordinatrice, j'ai pensé que nous allions attendre de voir comment tu voulais gérer ça. Si tu connaissais des gens doués avec qui travailler. Ce genre de choses.

Elle eut l'air pensive.

— Selon le moment où vous ouvrirez, je pourrais avoir quelques guides très expérimentés de disponibles. Je ne sais pas si tu t'en souviens, Finn, mais l'été où tu étais à Whiskey Creek, je mettais sur pied une activité secondaire. Des randonnées équestres dans la nature dans la zone de Willmore, à la sortie de Jasper.

C'était une des choses dont elle était vraiment fière.

— J'ai vu ta dernière mise à jour sur le site Internet. Tu te débrouilles très bien.

Le sourire de Karen illumina son visage.

— Les chefs de camp, Dani et James, y sont pour beaucoup, mais Willmore est incontestablement un camp saisonnier. Ils passent l'hiver dans un autre ranch, mais je pourrais peut-être les convaincre de venir ici s'il y a un salaire à la clé.

Zach se frotta carrément les mains.

— Voilà ce que j'aime. La solution aux problèmes avant même que les problèmes ne se présentent, dit-il en lançant un coup d'œil à Finn. Je pense que Karen serait merveilleuse comme membre de cette équipe, et si ça te convient, je vais établir une description de poste et les avantages salariaux, puis les examiner avec elle.

Ça paraissait fantastique à Finn. Il interrogea Karen.

— Est-ce que ça prend la tournure de quelque chose que tu voudrais faire pendant que tu seras ici ? Je sais que tu veux passer du temps avec ta famille, et nous nous assurerons que ce sera le cas, mais ce sera un vrai boulot.

Elle lança un coup d'œil aux bâtiments écroulés et aux champs négligés.

— On dirait qu'il y a assez de travail pour que ce soit un vrai boulot, mais tu sais, ça me va.

Elle hocha lentement la tête alors qu'elle relevait les yeux pour croiser les leurs à tour de rôle.

— Je crois que je ne comprends pas vraiment le concept de vacances. J'aime travailler, et j'aime passer du temps avec les chevaux, alors ça ressemble beaucoup à des vacances studieuses.

Malgré son incertitude sur le défi tordu qui leur avait été présenté, à Zach et lui, plus tôt dans la journée, le nœud de tension à l'intérieur de Finn se détendit.

Elle avait dit oui à une partie de son offre. Cela signifiait qu'elle restait, ce qui signifiait qu'il avait plus de temps pour plaider sa cause.

Ils étaient faits pour être ensemble. Maintenant il avait le temps de le prouver.

Zach se leva, tendit la main à Karen, qui la lui serra fermement.

— Bienvenue dans ce lieu éducatif sans nom. Content de t'avoir parmi nous.

— Moi aussi. Tu vas énormément nous aider, lui assura Finn.

Elle accepta la main tendue de Finn. La poignée de main de Karen était ferme, mais l'expression dans ses yeux était douce et légèrement taquine.

— Voyons ce que nous pourrons faire pour rendre cet été mémorable.

6

« *Je ne sais pas si je suis encore plus en colère après avoir lu ton mot ou si ça a un peu fonctionné. Une fleur et des excuses... génial.*

Laissés sur le rebord de ma fenêtre. Ça fait un peu stalker, mec. Je mets sur le compte des antidouleur le fait que je sois vaguement charmée par ton beau visage et ton attitude présomptueuse.

Qu'allons-nous faire pour rendre cet été mémorable ? Est-ce que ça implique de danser ? De danser nus ? Parce qu'être dans tes bras n'était pas une épreuve.

(Mets peut-être aussi cette dernière partie sur le compte des antidouleur, d'accord ?)

~ Petit mot de Karen à Finn, l'été au ranch de Whiskey Creek

~

~

$\mathcal{E}$lle ne savait pas ce qui lui avait pris. Elle ne savait toujours pas si elle voulait plonger dans le grand bain avec Finn, mais la tentation était forte.

Répéter ses paroles d'il y avait si longtemps – dont elle savait qu'il se souvenait, parce qu'elles étaient devenues une partie de leur mantra cet été-là –, c'était sa bouche qui faisait des promesses qu'elle n'était pas sûre de vouloir tenir.

Heureusement, le facteur distraction passa à la vitesse supérieure.

Facteur distraction également connu sous le nom de « Zach Sorenson ».

Il l'entraîna dans la salle de séjour et entreprit d'établir la description d'un poste. Puis il lui offrit des avantages salariaux qui la firent ciller avant qu'elle ne commence une liste de tâches qui l'occuperait pendant les trois semaines suivantes.

Malgré l'excitation que provoquaient tous les détails en rapport avec le travail, c'était l'expression de Finn qui lui retournait l'esprit encore et encore.

L'éclair d'un souvenir, beaucoup d'espoir, puis ce regard de braise sexy était arrivé. Celui dont elle ne se lassait jamais.

Étrangement, elle s'en alla sans faire quoi que ce soit d'idiot comme se jeter sur lui. Elle avait un contrat temporaire dans la poche et un tas de questions qui bouillonnaient dans son cerveau quant à la meilleure manière de commencer.

Karen passait déjà la porte de son cottage quand elle se rendit compte qu'elle n'avait pas résolu son problème de transport.

La solution arriva un instant plus tard sous la forme d'un appel téléphonique.

— Hé. Je quittais Silver Stone quand j'ai remarqué que ta

camionnette était encore là. Tu veux que je passe te chercher pour que tu puisses la ramener ?

Julia marqua une pause, puis ajouta :

— Je suis aussi libre pour dîner, si tu veux de la compagnie.

Exactement ce dont Karen avait besoin. Une petite distraction prolongée afin de ne pas retourner en courant au ranch pour dire à Finn qu'elle voulait signer pour le reste de sa proposition.

— Parfait, sur les deux tableaux. Viens me chercher, puis nous pourrons prendre les deux véhicules. Je vais me lâcher sur un steak, si tu veux aller au Longhorn.

— Ça marche.

Vingt minutes plus tard, la Lotus bleu fluo incongrue de Julia s'arrêta devant le cottage. Karen attrapa une veste et son sac à main puis s'engouffra dans le minuscule véhicule.

— Y a-t-il un bouton d'élargissement si quelqu'un de plus d'un mètre quatre-vingts veut monter ? la taquina-t-elle.

— Tu t'es amusée la dernière fois que tu as fait un créneau sur Main Street ? rétorqua Julia d'un ton pince-sans-rire.

Karen se mit à rire.

— Tu marques un point. Ça veut dire que je fais de l'exercice, en me garant à une rue de là, puis en marchant là où je dois aller. Heureusement, le parking du Longhorn est de la taille d'un terrain de football.

— Je n'y suis pas encore allée, avoua Julia. Nous pouvons partager la note, parce que j'ai l'intention de prendre le plus gros steak possible et tous les accompagnements. Malgré l'exigence de mon travail en tant que technicienne de service d'urgence, poursuivre les chevaux m'a donné de l'appétit comme je n'en ai pas eu depuis la *dernière* fois où je suis allée poursuivre des chevaux.

— C'était sympa que tu viennes avec nous, admit Karen.

Elle regarda sa nouvelle sœur, qui n'était arrivée dans leur vie que depuis deux mois. Elles apprenaient lentement à se connaître, mais il y avait beaucoup d'années à rattraper.

— Et pour être claire, c'est *moi* qui paie. Tu prends ce que tu veux, j'ai quelque chose à fêter. J'ai un nouveau travail.

— Tu as accepté, alors. Il semblait que tu en avais envie, dit Julia avant de lui lancer un bref coup d'œil de biais. As-tu pris une décision pour l'autre sujet ? Parce que j'étais sérieuse. Si tu as besoin de renfort, je suis là pour toi. Il n'y a rien de pire qu'un gars qui n'accepte pas un refus.

Ce commentaire soulevait un tas d'autres questions auxquelles Karen voulait des réponses.

Elle répondit rapidement pour éviter que Julia ne se fasse de fausses idées.

— Finn est un mec bien, et je suis sérieuse. Et oui, il est un peu possessif et c'est le genre de gars à dire « c'est comme ça que je veux les choses », parfois, mais ce n'est pas un sale type. Si je lui dis que je ne suis pas intéressée, il laissera tomber.

— Certains gars interprètent un non comme une réponse à deux doigts d'un peut-être, ce qui pour eux est pratiquement un oui, dit Julia avant de hocher la tête fermement : C'est toi qui vois. Si quelque chose change, tu m'appelles. N'importe quand, de jour comme de nuit.

— D'accord, promit Karen.

Elles parlèrent des chevaux sauvages jusqu'à ce que Julia s'arrête à côté de la camionnette de Karen.

— Je dois faire le plein, dit Karen. Je te retrouve au Longhorn ?

— Pas de problème. Je nous prendrai une table.

Seulement, le temps que Karen arrive, ne pas avoir de réservation s'était avéré être un problème. Julia se tenait devant la porte...

À discuter avec Zach.

Karen lança un coup d'œil autour d'elle pour voir où se trouvait Finn, parce qu'elle était presque sûre que les deux hommes étaient comme des serre-livres. Vous en trouvez un, vous trouvez l'autre.

Julia la remarqua.

— Hé. Nous avons environ quarante minutes avant qu'ils ne puissent nous faire entrer.

Zach lui lança un grand sourire.

— J'ai entendu dire que tu fêtais l'obtention de ce boulot vraiment fantastique. Oh, j'ai entendu dire que ton superviseur est un sacré gars.

— Je n'ai rien dit, dit Julia d'un ton confus.

— C'est *lui* mon chef, précisa Karen d'un ton pince-sans-rire.

Julia hocha lentement la tête.

— *Aah*. Espérons qu'il n'est pas délirant.

Un reniflement moqueur et sec résonna derrière elle, et Finn apparut.

— Elle t'a déjà percé à jour, Zach.

L'homme puissamment bâti devant elles posa une main sur son torse avec une mine aussi exagérée que celle qu'aurait arborée la petite sœur de Karen.

— Chaque mot était vrai.

Finn désigna du menton vers les portes du restaurant.

— Vous voulez vous joindre à nous ?

Karen fut d'abord envahie par la confusion, puis par une curiosité prudente.

— Auriez-vous une réservation pour quatre ?

— En quelque sorte ? dit Zach avec hésitation, lançant un coup d'œil à Finn comme pour recevoir une indication.

Julia lança à Karen un sérieux signal avec les yeux écarquillés qui disait : « Tu dois mener la danse là-dessus. »

Elle inspira profondément. Il s'agissait de profiter d'un bon steak. Elle n'avait pas à prendre une décision pour une relation à vie.

— Nous adorerions nous joindre à vous.

— Je reviens dans une minute, dit Zach avant de disparaître à l'intérieur.

Finn se tourna vers Karen.

— Je sais que c'est ta sœur, mais nous n'avons jamais été présentés.

Julia lui tendit la main.

— Julia Blushing. Apprentie technicienne des services d'urgence, ancienne résidente d'un ranch éducatif, et la plus jeune Whiskeymouse[1].

Un rire résonna avant que Karen ne puisse le retenir.

— Seigneur, nous devons nous occuper de Lisa.

Mais Finn souriait.

— Eh bien, il y a beaucoup de charmantes choses à décrypter dans cette présentation. Je pense que j'aime mieux ta version du surnom que celle que j'ai déjà entendue.

Julia eut l'air confuse un instant, comme si elle passait en revue ce qu'elle avait dit.

Elle plaqua une main contre son front.

— Whiskey*taire*. Enfin, c'est un nom mignon, mais bon sang c'est long.

La porte s'ouvrit et Zach sortit la tête, faisant un geste vers l'intérieur.

— Venez. Ils ajoutent deux couverts pour nous.

Le Longhorn Steakhouse était un des meilleurs endroits où aller pour prendre un repas si vous aviez un peu d'argent à dépenser. Karen y était venue quelques fois depuis que Tamara avait emménagé dans la région de Heart Falls.

Elle n'avait jamais monté le haut escalier à l'extrémité de la pièce.

Elle n'avait jamais su que la pièce privée en haut des

marches existait. Une table de bonne taille se trouvait devant une fenêtre panoramique massive qui faisait face à l'ouest vers les Rocheuses.

Quatre couverts les attendaient, un à chaque bout de table et deux sur un côté. Zach tira la chaise pour Julia à un bout, puis se dirigea vers l'autre, ce qui laissa Karen à côté de Finn.

— Vous avez à l'évidence des liens privilégiés avec la direction, dit Julia tandis qu'elle regardait autour d'elle avec admiration. Merci pour l'invitation. C'est incroyable !

— Nous connaissons quelques personnes, admit Zach. Même menu qu'en bas. Puisque la cuisine du ranch n'est pas opérationnelle pour l'instant, je dois admettre que je mange ici plus souvent que je ne devrais.

— Il n'aime pas mes macaronis au fromage, dit Finn.

— Tu n'utilises pas la marque habituelle, se plaignit Zach.

Un hoquet moqueur échappa à Julia.

— Non. Est-ce qu'il utilise aussi un ketchup sans marque ?

Zach se redressa et fit un geste ferme vers Finn.

— Tu vois ? *Tu vois* ? C'est exactement de ça que je parle. Tout le monde sait dès l'instant où j'en parle que tes habitudes culinaires sont une honte.

C'était trop amusant. Karen se retrouva à sourire alors qu'elle se détendait sur sa chaise. Zach continua ses taquineries, et Finn les encaissa d'un ton pince-sans-rire, avec beaucoup de grâce et d'amusement dans chaque réponse.

Quand les entrées furent dévorées et une fois qu'elle eut presque terminé son verre de vin, Karen se sentait sacrément détendue.

Finn remplit son verre.

— La journée s'est passée différemment de ce que tu imaginais ?

Bon sang.

— C'est comme si cette journée avait duré cinq jours, étant donné tout ce qui s'est passé.

Karen buvait le vin à petites gorgées, regardant le soleil descendre lentement vers les montagnes lointaines.

Zach et Julia continuaient à discuter d'un bout à l'autre de la table. Zach faisait appel à ses lumières pour tous les détails dont elle se souvenait du ranch où elle avait grandi.

Au milieu, Karen et Finn étaient assis dans une bulle silencieuse. C'était une sensation familière qui lui rappelait la période qu'elle avait passée des années auparavant avec lui. Dans une pièce où les entouraient d'autres personnes, éprouvant pourtant cette sensation d'être complètement seuls et absolument liés.

La jambe de Finn toucha la sienne. Un geste innocent tandis qu'il tendait la main au-dessus de la table. Karen prit une inspiration pour se calmer, puis lui fit face avec un sourire.

— Parfois, les surprises fonctionnent. Merci pour le boulot. Je serais devenue folle d'ennui en travaillant à l'épicerie, admit-elle.

— Merci de l'avoir accepté. Je suis vraiment content que tu nous aides.

Les mots qu'il venait de prononcer, il les pensait vraiment. Son regard était rivé au sien tandis qu'il levait son verre pour trinquer.

Le cristal tinta doucement.

— Je ne suis pas sûre concernant l'autre sujet, dit-elle rapidement.

Il inclina le menton.

— Nous ne sommes pas encore demain.

Le rire de Karen s'éleva de nouveau.

— Tu as raison. Rappelle-toi mon commentaire précédent sur l'éternité qu'a duré cette journée.

— La nuit porte conseil, l'encouragea-t-il. Je trouve qu'une bonne nuit de sommeil répond à toutes sortes de questions. Parfois, dans mes rêves, je trouve des solutions. Je repense à de vieux souvenirs, à de bons moments du passé. Ce genre de choses.

Il était terrible.

Et fantastique, parce que des rêves doux *faisaient* partie de leur passé. De bons souvenirs lui étaient revenus toute la journée quand elle n'était pas occupée par son aventure.

Les steaks arrivèrent et la conversation reprit. Entre la nourriture délicieuse et leur agréable compagnie, Karen put mettre en suspens la dernière question à laquelle elle devait répondre.

Ses rêves cette nuit-là furent bien trop salaces.

Finn se fit rare pendant les jours suivants et il laissa Zach faire visiter Karen. Il pensait que c'était le meilleur moyen de bien lui montrer qu'il voulait vraiment son avis.

C'était aussi le moyen le plus facile de s'empêcher d'être à ses pieds ou de ramper pour qu'elle abrège ses souffrances.

Il avait de quoi s'occuper. La liste de choses à faire avait explosé à un niveau épique. Les premières prises de contact qu'il avait eues précédemment avec les gens pour leur proposer du travail dans le futur requerraient d'être relancées. Une sorte de mise à jour disant : « Mettez-moi *maintenant* sur votre liste parce que j'ai besoin de vous aussi vite qu'il est humainement possible. »

Mais il apercevait assez Karen pour l'avoir constamment à l'esprit. Elle avait les cheveux tirés en arrière en une queue-de-cheval familière, et son large sourire apparaissait en un éclair quand Zach se montrait amusant, comme toujours.

Elle se déplaçait différemment. Pas seulement parce qu'elle

n'était plus entravée par le long plâtre, mais parce qu'elle semblait plus à l'aise dans sa peau.

Finn était presque sûr qu'elle avait eu beaucoup de soucis à supporter au ranch de Whiskey Creek au cours des années. Bon sang, il avait travaillé pendant ce lointain été avec George Coleman et savait exactement le genre d'homme qu'était le père de Karen.

Vieille école. Obtus et involontairement méchant.

Karen était restée douce.

Pas sur le plan de la force physique, parce que bon sang, cette femme pourrait bien travailler plus que lui au rythme où elle allait. Non, c'était qu'elle n'était pas devenue amère malgré toutes les barrières qu'on avait placées devant elle.

Il réfléchissait aux changements en lui et pouvait prétendre en avoir fait de même. Oui, il avait beaucoup appris de Bruce Travers, et il comptait tout cela comme positif.

Sa propre amertume – les répercussions de déceptions familiales – était la partie que Finn ne savait pas tout à fait comment gérer.

Après trois jours à garder ses distances, il était temps de rappeler à Karen qu'il attendait une réponse. Il alla en ville après le déjeuner, revint pour retrouver Zach, qui avait laissé Karen et Josiah en train de discuter dans ce qui serait l'écurie principale.

Zach tendit un pouce levé à Finn.

— Tu es brillant. Elle a exactement les bonnes idées *et* les contacts dont nous avons besoin pour réussir. Entre elle et certains des commentaires que Julia a faits l'autre soir, je me sens beaucoup plus optimiste pour relever ce défi.

— C'est elle qui est brillante, corrigea Finn en lançant un coup d'œil à sa montre. À quelle heure lui as-tu dit de lâcher l'affaire ?

Son ami fronça les sourcils.

— Je ne l'ai pas fait. C'est une prestataire privée, alors elle peut faire les heures qu'elle veut.

Parfait.

— Je te retrouve chez Josiah à 18 heures.

Zach marqua une pause.

— D'accord. Nous n'y allons pas ensemble ? Je viens de faire transporter Delilah. Je pensais faire un tour avec avant.

Finn réfléchit aux courses qu'il venait de faire, et il ne put retenir un petit sourire.

— Tu sais quoi ? Je t'appellerai si j'ai besoin d'un plan B.

Cela lui attira un regard perplexe pendant une seconde avant que Zach ne comprenne. Son ami lui lança un grand sourire.

— Bonne chance.

— Tu dois arrêter de dire ça, marmonna Finn alors même qu'il émettait un petit rire dans sa barbe.

Il attendit jusqu'à seize heures trente, puis avec ses achats de l'après-midi à la main, il se dirigea vers le cottage de Karen.

On répondit à son coup brusque sur la porte de devant avec un cri.

— La terrasse de derrière !

Cinq secondes de marche l'amenèrent au bord de la petite construction. Karen était allongée sur un siège de jardin confortable qu'il avait veillé à acheter. Des trucs qui étaient vraiment mieux que ce qui se trouvait actuellement dans la maison principale.

Elle le regarda avec un air confus et une trace d'approbation agréable dans les yeux.

— Pourquoi es-tu sur ton trente et un et prêt à partir ? La fête ne commence pas avant dix-huit heures, signala-t-elle.

— Je t'ai apporté un cadeau, dit-il.

Il posa le panier sur ses cuisses, puis recula pour admirer son corps svelte. Il se moquait complètement que son t-shirt et son jean soient sales après avoir crapahuté dans le ranch toute la journée.

— *Finn*. Tu n'aurais pas dû.

L'indignation nuançait sa voix jusqu'à ce qu'elle commence à fouiller dans les flacons et les tubes qu'il avait fourrés dans le panier en osier. Elle hoqueta et en souleva un.

— Oh mon Dieu, c'est une crème pour les pieds à la gaulthérie !

— Tu es au courant pour les chaussures de ce soir ?

Karen fit la grimace.

— J'ai essayé de faire dire à Lisa pourquoi nous devions porter des sandales, mais parfois ma sœur est carrément méchante.

Finn s'assit sur le repose-pieds devant elle et souleva le pied nu de Karen sur ses cuisses.

Elle se raidit.

Il resta assis là, immobile. Enfin, presque immobile. La peau de Karen était tellement douce qu'il fut forcé de dessiner des cercles avec son pouce à l'intérieur de sa voûte plantaire.

— Tu veux prendre une douche ? Ou avoir un massage d'abord ?

Les expressions qui dansaient sur son visage risquaient de le tuer. Elle voulait clairement qu'il la touche, mais l'indécision était également présente.

Finn lui serra le pied.

— Juste un massage, je te le jure. Laisse-moi prendre soin de toi.

Karen déglutit péniblement.

— Donne-moi une minute.

Elle bondit et fila pratiquement dans la maison.

Finn se redressa sur le repose-pieds et se concentra pour prendre de longues et lentes inspirations, ralentissant le rythme de son cœur et écartant le désir qui traversait son corps.

S'il lui fallait un moment pour se décider, qu'il en soit ainsi. Il n'était pas un homme des cavernes incapable de se contrôler.

Mais Seigneur ! Il avait besoin de la toucher. Il en avait besoin autant que de sa prochaine respiration.

Moins de dix minutes passèrent avant qu'elle ne revienne. Ses cheveux étaient ébouriffés sur ses épaules, les mèches humides et quelque peu emmêlées après avoir été frottées avec une serviette.

Elle portait un pantalon de jogging et un t-shirt extra-large, et elle était tellement belle qu'il ne pouvait pas en détacher les yeux.

— Tu as apporté ta brosse ?

Sa voix passa sur des cordes vocales tendues de désir. Mais il ressemblait probablement à l'enfoiré grincheux auquel elle s'attendait, parce que tout ce qu'elle fit fut de glisser la main dans sa poche pour en sortir une brosse.

Il l'attrapa et fit un geste vers le siège.

— Penche-toi.

Karen s'installa et posa les mains sur ses genoux. Finn se leva et se glissa derrière elle pour cacher son érection, qui se pressait contre l'avant de son jean en une muette exigence.

Puis il se tourmenta en glissant les doigts dans ses cheveux et en défaisant les nœuds. Il passa la brosse du haut de son crâne jusqu'aux pointes de ses longs cheveux jusqu'à ce qu'ils reposent en mèches lisses sur le bleu pâle de son t-shirt.

S'il y avait une justice en ce monde, il pourrait terminer en déposant un baiser à l'endroit où son pouls martelait son cou. Il pourrait lécher le lobe de son oreille et l'aspirer dans sa bouche. Il continuerait en déposant des baisers le long de sa mâchoire avant de prendre sa bouche aussi goulûment qu'il le voulait.

Pour la consumer et la goûter partout pour la première fois depuis presque cinq ans.

À la place, il posa la brosse et reprit sa place à ses pieds.

Après les avoir soulevés sur ses cuisses, il s'enduisit les mains de gaulthérie et frotta la crème épaisse contre la pulpe de ses orteils et ses talons, puis pressa le pouce contre sa voûte plantaire.

Il serra les dents quand elle gémit de plaisir. Seul un malade aurait demandé ce genre de punition, mais bon sang il ne voulait pas que ça s'arrête.

Finn remonta l'élastique de son jogging au-dessus de ses genoux pour œuvrer sur les muscles de ses mollets. Un pied, puis l'autre, alors qu'elle s'allongeait sur les épais coussins. Les yeux de Karen se fermèrent et sa bouche s'entrouvrit, sauf quand il touchait un endroit sensible. Alors ses lèvres se tendaient légèrement, comme si elle se préparait à être embrassée.

— Tu as les mains d'un dieu, chuchota Karen. Ça a toujours été le cas.

— J'aime te toucher, avoua-t-il.

Puis il se tut, parce qu'il ne s'agissait pas de la brusquer mais d'attendre l'aveu de son désir.

Le silence retomba pendant un moment, du moins ce qui en tenait lieu en étant dehors à 17 heures en juin en Alberta. Au loin, un moteur de tracteur ronronnait. Les oiseaux chantaient avec enthousiasme, et quelque part au-delà de la colline la plus proche, tout un tas de chiens aboyaient comme des fous. Même les arbres dans la ravine près de là se joignaient à ce concert alors que le vent frottait leurs branches les unes contre les autres.

Une symphonie de la nature.

— J'ai réfléchi à ce que tu as dit, l'informa Karen les yeux toujours clos, mais elle se tendit légèrement à son aveu.

Finn enfonça les doigts plus fermement à l'arrière de ses jambes, et ce qu'elle avait été sur le point de dire disparut dans un gémissement qui faillit lui faire exploser le crâne.

Étonnamment, il tint sa langue.

— J'ai beaucoup de bons souvenirs de notre été ensemble. Et nous avons une alchimie... ou nous en avions une, se corrigea-t-elle avant d'ouvrir un œil et de le regarder par-dessous le bras qu'elle avait posé sur son visage. Curieusement, je pense que c'est encore le cas.

Jusque-là, elle ne disait rien qu'il n'ait pas pensé.

Elle inspira profondément.

— J'ai encore besoin de temps.

— Ce n'est qu'un massage des pieds, répéta-t-il.

Elle fit la grimace.

— Tu me rends folle, et tu le sais.

— J'ai débarqué ici il y a quelques jours et je t'ai balancé beaucoup de choses, dit Finn en travaillant un moment sur ses orteils. *Chérie*, j'ai beau avoir envie de toi, si tu me demandais de te sauter dessus maintenant, je dirais non.

Cela lui valut une réponse. Elle se redressa, les yeux clairs, le plus mignon des plis entre les sourcils.

— Vraiment ?

Il glissa les doigts entre ses orteils et la taquina, la faisant se trémousser.

— Je ne t'ai pas sauté dessus tout de suite, à l'époque. Même quand tu me suppliais de le faire. Parfois, tu dois fournir un effort pour que ça en vaille encore plus la peine.

Elle jura doucement, mais ses lèvres dessinaient un sourire.

— Tu es un enfoiré.

Il serra une dernière fois son pied mais hésita.

— Tu as du vernis ?

Karen haussa un sourcil, mais elle souriait de nouveau.

— Peut-être que je devrais *te* vernir les ongles. Tu veux du vert ? Du bleu ?

— Aucune chance, dit-il en penchant la tête en direction de la maison. Dépêche-toi avant que je n'annule mon offre.

Quand elle revint avec le vernis, elle avait enfilé un jean et une chemise bleu clair, fin prête pour la fête à part ses pieds nus.

Les choses restèrent étonnamment cool. C'était comme si cette activité survenue à l'improviste lui permettait de cesser de s'inquiéter de la tension sexuelle qui brûlait entre eux. À la place, pendant qu'il lui vernissait les ongles, elle parla des idées dont Zach et elle avaient discuté. Tous les projets qu'elle allait mettre en œuvre au cours des semaines à venir.

Elle mentionna même quelques tâches sur lesquelles Finn et elle pourraient travailler ensemble.

Quand ils furent prêts à partir, Karen lui lança un sourire d'une sincérité évidente.

— Merci. C'était... Elle s'interrompit avant de hausser les épaules : Simplement, merci.

Il tendit un bras.

— Viens. Allons voir ce que ta sœur a inventé, cette fois.

7

───────

La maison dans laquelle Lisa avait emménagé avec Josiah se trouvait en haut d'une longue côte, d'où le paysage qui rivalisait avec celui de l'endroit sur lequel Finn et Zach travaillaient.

Mais la plus grande différence était que, alors que la maison de Finn était un long ranch bas et classique, à un certain moment du passé, un silo abandonné avait été attaché à celui de Josiah, comme si la maison avait eu la folie des grandeurs.

Elle était unique, ce en quoi Karen devait admettre qu'elle correspondait à sa sœur Lisa et au vétérinaire au grand cœur. Avec deux écuries massives qu'on pouvait facilement rejoindre à pied et un parking qui n'avait rien à envier à celui du ranch de Silver Stone, l'endroit était pratique et pourtant joli.

Il était aussi rempli de gens.

— Est-ce que Lisa a invité toute la ville ? demanda Karen en regardant par la fenêtre avant de pencher la tête et d'entraîner Finn pour faire le tour.

Elle ne voulait pas entrer dans la salle de séjour avant d'avoir compris ce qui se passait.

Avec Lisa, il valait mieux être averti que présumer.

Finn resta près d'elle, regardant par les fenêtres alors qu'ils passaient devant. Un doux petit rire lui échappa.

— Pour quelqu'un qui n'est dans le coin que depuis peu de temps, elle est vraiment bien à l'aise.

Ce qui encore une fois ressemblait bien à sa petite sœur… la reine de la fête. Une piqûre momentanée de gêne fut suivie immédiatement d'un accès de culpabilité face à sa jalousie.

Elle se força à mettre autant d'enthousiasme et de fierté dans sa voix que possible.

— Tu peux balancer Lisa dans n'importe quelle situation, et elle s'en sortira en sentant la rose.

Karen s'arrêta au bord de la terrasse arrière. Finn était tout près de son dos. Une présence solide, sûre et très réconfortante.

Sa joue frôla brièvement la sienne lorsqu'il chuchota à son oreille :

— C'est une bonne chose qu'il faille de tout pour faire un monde. La reine de la fête *et* ceux d'entre nous qui sont discrets ou grincheux.

Karen pivota sur place, indignée pour lui.

— Tu n'es pas grincheux, dit-elle avant de marquer une pause. Pas habituellement.

L'honnêteté prévalut.

— D'accord, tu es un peu grincheux, mais ça te va bien.

Les coins des lèvres de Fin tressaillirent.

— Comme je l'ai dit, il faut de tout.

Il avait raison. De plus, elle avait depuis longtemps accepté sa position dans leur trio de sœurs… maintenant un quartet. Elle n'était pas la marrante, mais cela lui convenait. Lisa créait assez d'amusement pour le reste d'entre elles avec aisance et charme, tout comme elle le ferait ce soir-là.

— D'accord, tout le monde. Je pense que nous sommes tous là. Il est temps de lancer la soirée, annonça Lisa en faisant sonner la cloche du dîner, frappant avec entrain le triangle qui pendait près de la porte de derrière de la longue tige en métal.

Les gens s'installèrent sur des chaises sur la vaste terrasse, d'autres passant la tête hors de la maison avant de se joindre à eux.

Karen compta au moins vingt personnes, y compris Finn et elle. Peut-être deux douzaines.

— D'abord, nous avons de la nourriture, et pas qu'un peu. Avant que vous ne preniez une assiette pour la remplir, il y a trois paniers sur la table. Prenez un petit bout de papier dans chacun et gardez-les cachés. Je vous expliquerai le jeu dès que nous commencerons tous à manger. La seule règle à ce stade est que vous ne devez pas tirer votre propre nom.

L'alléchante odeur du barbecue et ce qui semblait être un plateau géant de macaroni au fromage firent sortir Karen des ombres avec enthousiasme. Elle attrapa ses morceaux de papiers et les fourra dans sa poche sans même regarder, puis accepta l'assiette vide que Finn lui tendait et se mit dans la queue à côté de lui.

Ils se retrouvèrent installés sur des chaises l'un à côté de l'autre avant qu'elle ne se rende compte avec quelle aisance elle continuait à faire les choses avec lui.

La riche crème des macaronis au fromage faits maison de sa sœur explosa dans sa bouche, et elle gémit joyeusement.

— Ça, dit-elle en pointant sa fourchette vers la pile qu'elle avait faite sur son assiette, c'est le goût que c'est censé avoir.

Finn haussa les épaules.

— Si tu le dis. C'est bon de savoir que tu as quelques défauts.

Karen hoqueta. Elle lança un coup d'œil vers l'assiette de Finn et découvrit qu'il n'avait pas pris de pâtes.

— Tu n'y goûtes même pas ?

— Je ne voulais pas en prendre et en laisser moins pour toi, dit-il d'un ton magnanime.

— Tu ne sais pas ce que tu rates. Tiens.

Elle en prit une bouchée – une petite, cela dit –, puis lui tendit sa fourchette.

— Goûte.

Finn se pencha docilement en avant, posant une main sur la cuisse de Karen pour ne pas tomber. Ses lèvres se refermèrent sur les dents de la fourchette, mais son regard était fixé sur son visage. Il recula lentement, et la paume de sa main était brûlante sur sa jambe.

Ils se regardèrent fixement.

Karen réussit à se rappeler comment respirer.

Puis il inclina le menton.

— Pas mal. L'assaisonnement est réussi.

Elle était sur le point de lui dire... quelque chose, sauf qu'il fixait toujours ses lèvres, et elle était sur le point de subir une combustion spontanée.

— D'accord, tout le monde, écoutez-moi. Voici les règles du jeu.

Dieu soit loué pour l'existence des petites sœurs ! Lisa se tenait sur un cageot pour être assez grande et être vue.

— Les trois morceaux de papiers que vous avez indiquent le nom de quelqu'un ici, un endroit et un article ménager facile à trouver. D'ici à 22 heures, votre objectif est de donner à la personne désignée cet objet, dans le lieu indiqué. Si vous réussissez, elle est morte. Vous vous emparez de ses trois papiers et continuez à jouer.

Karen réfléchit.

— C'est comme le jeu du Cluedo, mais avec de vraies personnes.

Lisa éclata de rire.

— Et nous commettons les meurtres, au lieu de les résoudre. Le dernier survivant gagne.

Il y eut de l'effervescence tandis que les gens examinaient leurs morceaux de papier, et de nombreux rires s'ensuivirent.

— Tu es sûre que tu as noté des objets ménagers *courants* ? demanda Mack, un des pompiers du coin, d'un air sceptique.

Josiah hocha la tête.

— Courants par ici. Ça prendra tout son sens quand nous commencerons à tomber comme des mouches. Une fois qu'on vous dira que vous avez perdu, amusez-vous avec la scène de votre mort.

— Parce que découvrir que M. Olive a commis le crime sur la balançoire du jardin avec la pince à castration n'est pas assez hilarant ?

Le trait d'esprit de Zach soutira d'autres rires à l'assemblée.

— Ce jeu est en cours, dit Lisa. Pour l'instant, profitez du repas. Il y aura d'autres activités à essayer plus tard. Si vous voulez savoir pourquoi, c'est parce que c'est moi qui m'occupe des jeux des enfants lors de la fête du Canada, et vous les essayez pour moi ce soir.

Cela transforma la soirée en quelque chose qui ressemblait à une grande fête d'anniversaire avec des vingtenaires et des trentenaires qui s'impliquèrent à fond dans les bêtises de Lisa.

Karen jeta un coup d'œil sur ses papiers alors qu'elle errait dans la maison, mais profiter de la bonne nourriture et du bourdonnement de bonheur qui emplissait son âme l'intéressait davantage. Lisa était dans toute sa gloire, riant comme une gamine un instant et, le suivant, se pelotonnant contre Josiah. Son partenaire de trente-cinq ans la regardait comme si elle avait décroché la lune.

Tamara et Caleb étaient également présents. Ce dernier tenait aisément le petit Tyler dans ses bras musclés. Ou plus précisément, Caleb récupérait la charge de son fils quand on ne se passait pas le petit à travers les rangs comme un ballon dans une mêlée de rugby.

Même Finn prit son tour. Il s'était installé dans l'énorme fauteuil de Josiah quand quelqu'un plaça Tyler sur ses cuisses. Pendant un instant, Karen pensa qu'elle allait devoir aller à sa rescousse, mais à la place il la surprit infiniment. Finn fit pivoter naturellement le bébé, le tenant avec habileté d'une main alors qu'il regardait Tyler dans les yeux. Il tapota son doigt sur le nez de Tyler, émettant un léger rire quand les bras du petit chenapan s'agitèrent dans tous les sens, essayant de saisir la main de Finn.

Quelque chose en elle s'embrasa, et ce n'était pas sexuel cette fois, mais toujours centré dans son bas-ventre. L'esquive semblait être la méthode la plus simple de gérer la vague d'émotions qui la frappait, surgie de nulle part.

Elle se retourna et remarqua Julia qui s'approchait avec un regard espiègle.

— Pourquoi as-tu l'air d'un chat qui a trouvé le canari ? demanda Karen.

— J'ai vu le matériel pour le prochain jeu que Lisa organise. Regarde, dit Julia en se penchant avec un air de conspiratrice tout en lui tendant le canard en plastique le plus étrange que Karen ait jamais vu.

— Qu'est-ce que c'est que ça ?

Elle le prit à Julia pour l'examiner de plus près. C'était bien un canard en plastique, mais celui-ci avait un petit chapeau de cow-boy, un holster et une fort belle moustache. Le rire la saisit et Karen lança un coup d'œil à sa sœur.

— C'est mignon, lui dit-elle.

Julia lui lança un grand sourire.

— Ça signifie aussi que je t'ai eue. Karen, dans la salle de séjour, avec un canard en plastique. Donne-moi ta cible avant de mourir.

Eh bien, zut ! Karen sortit ses indices et les plaqua dans la main de Julia.

— C'était bien trop nunuche. Et j'aurais dû savoir que je ne devais rien accepter de toi.

— Mais c'est vrai. Nous allons avoir des courses de canards, dit Julia d'un ton de consolation avant d'agiter les doigts. Aie une mort agréable.

Elle se retourna et s'éloigna, la tête baissée alors qu'elle examinait les morceaux de papier de Karen.

Karen n'était pas vraiment dans l'excès, mais elle devait à Lisa de faire un effort. Elle sortit son téléphone et régla une alerte, choisissant la sonnerie classique du canard.

Puis elle s'assit sur le canapé à côté de Josiah.

— Je suis tellement contente que tu sois responsable d'elle, maintenant, parce qu'elle cause plus de problèmes qu'un panier de crabes.

Josiah cligna des yeux.

— Pardon ?

— Lisa. C'est ton problème, mon chou, et ça n'aurait pas pu arriver à un meilleur homme.

Karen se renfonça dans le canapé, plaça le canard sur sa poitrine, puis déclencha l'alarme. Elle ferma les yeux et poussa son meilleur hoquet gargouillant d'agonie alors qu'un coin-coin insistant résonnait à travers la pièce.

Finn déambulait en regardant avec intérêt les différents jeux qui avaient été sortis de nulle part.

Dans un coin de la terrasse, un groupe faisait atterrir des balles de ping-pong dans des gobelets. Mais contrairement à la version classique du pong, il n'y avait pas de bière. Les gobelets rouges étaient alignés sur le dessus d'un robot aspirateur

Roomba qui changeait constamment de position, et les éclats de rire qui s'élevaient du groupe rivalisaient avec ceux de n'importe quelle beuverie.

— Tu ne participes pas ? dit Zach en s'arrêtant à côté de lui. Il y a une super partie de « cloue les tentacules sur la pieuvre » dans la cuisine.

Seigneur.

— J'économise mes forces pour le chef-d'œuvre tordu que Lisa a préparé pour le grand final.

Il lança un coup d'œil par-dessus son épaule et trouva infailliblement Karen.

Elle n'avait pas quitté ses pensées de toute la soirée. Et bon sang, elle avait été dans son champ de vision tout le temps. Il essayait de lui laisser de l'air, mais c'était comme si après avoir été séparés pendant toutes ces années, ils ne cessaient instinctivement d'être attirés par la force gravitationnelle de l'autre.

Quand elle leva les yeux et le regarda directement, il émit un « hum » satisfait. Elle était aussi terrible que lui.

Les joues de Karen rougirent, et elle retourna à la conversation qu'elle avait avec les sœurs Fields, Tansy et Rose. Elles étaient les copropriétaires d'un café et d'une boutique de bibelots à Heart Falls qui s'en sortait suffisamment bien pour avoir attiré l'attention de Zach.

Même si Finn n'était pas sûr à cent pour cent que ce ne soit pas la beauté brune, Rose, que Zach ait très envie d'étudier.

Finn pencha la tête vers les femmes qui discutaient.

— J'ai vu que tu as eu une réunion avec Mlle Fields. Quels réseaux compliqués es-tu en train de tisser ?

Zach réussit à avoir l'air surpris et étonnamment innocent en même temps.

— Je jouais avec des idées pour de futures aventures avec la brasserie, mais c'est en suspens pour l'instant. Après ce soir, ce sera concentration totale jusqu'à ce que le ranch soit prêt.

— Inutile de renoncer à toute distraction pendant que nous travaillons. Bruce n'aurait jamais approuvé que tu agisses comme un saint.

Leur mentor avait bénéficié d'un divorce à l'amiable avec sa première épouse, suivi d'une série de relations avec des femmes qui l'avaient quitté ravies. Cet homme n'avait pas été un faiseur de miracles que dans le domaine des affaires.

Zach regarda les participants de la fête, mais son regard ne cessait de retourner là où Karen se tenait, désormais avec Rose, Tansy et Julia.

— Continue à être méchant et laisse-moi m'inquiéter de mes sources d'amusement.

— Hé, Zach !

C'était Julia, qui appelait de loin.

Zach lança un coup d'œil à Finn et parla doucement.

— Elle a assassiné au moins sept personnes, à ma connaissance. Ce doit être un piège.

Il leva la voix et lui lança un sourire insolent.

— Qu'y a-t-il ?

— Tu veux me lancer la balle qui est à côté de toi ? demanda-t-elle gentiment.

Zach croisa les bras sur son torse et lui lança son sourire clairement trompeur.

— Désolé. Je ne joue pas avec mes boules en public.

Finn se pinça l'arête du nez et tenta de ne pas mourir de rire.

— Mauvaise formulation, mec.

Un rire féminin marqua son accord, dérivant dans l'air et s'accentuant alors que Karen et Julia s'approchaient d'eux.

Un petit hoquet échappa à Julia, et elle se couvrit brièvement la bouche avant de regarder Zach avec audace.

— Cette nature suspicieuse ne te va pas, bébé.

— Tu t'es *avérée* être la source d'un tas de problèmes, lui signala Karen.

Julia lâcha un gros soupir.

— Je suis tellement incomprise.

Elle inclina la tête en guise d'au revoir et avança pour passer à côté à Zach. Elle chancela, tituba vers lui avec son verre presque plein, qui penchait de façon précaire.

Zach l'attrapa et saisit son verre avant qu'ils ne s'écrasent au sol.

— Fais attention. Tu devrais y aller plus doucement sur l'alcool, chérie.

Elle bondit sur ses pieds et lui adressa un grand sourire, complètement sobre et à l'évidence aux anges.

— Et tu vas devoir t'entraîner pour ton agonie, parce que je t'ai eu. Zach, près d'une table, avec un verre.

Zach resta immobile pendant une seconde avant de rouler des yeux.

— Eh bien, *bon sang* !

L'expression sur le visage de son ami était tordante, et Finn se détourna légèrement pour dissimuler son sourire. Karen était près de lui, et tous deux finirent par se sourire.

— Passe-moi tes indices, dit Julia en feignant de chuchoter.

— Pressée de commettre ton prochain meurtre ? demanda Zach en cherchant dans la poche élimée de son jean sous le regard attentif de Julia.

Elle accepta les morceaux de papier, et un sourire lumineux apparut sur son visage.

— C'est sans risque de jouer avec tes boules si tu veux.

Finn avait toujours été fier de sa capacité à garder une mine sérieuse, mais cette réplique était vraiment trop pour lui. Il se détourna plus franchement. Karen appuya le front contre son torse, et tous deux furent secoués de rires qu'ils essayaient de contenir.

Derrière eux, Zach grogna d'un ton dramatique :

— Oui, oui, j'ai creusé ma tombe. Je me noie dans mes regrets. Vous voulez quelque chose ? Karen ? Finn ?

Karen riait de façon incontrôlable, alors Finn répondit pour eux deux.

— Ça va pour nous.

Finn passa les bras autour de Karen, la guidant doucement vers la balustrade. Ils posèrent tous les deux leurs coudes sur la solide poutre en bois et se concentrèrent sur leur respiration. La vue était magnifique, et la femme près de lui était aussi pleine de vie et d'énergie qu'il s'en souvenait. Et même si un énorme défi l'attendait, Finn était parfaitement satisfait.

Ils regardèrent le paysage verdoyant du printemps, profitant d'un moment de calme en bonne compagnie.

Quand Karen prit la parole, ce fut sur son ton habituel, de nouveau maîtrisé et doucement intense.

— Eh bien, c'était amusant.

— Zach se plaindra de ça pendant tout l'été, dit Finn en se retournant pour poser les coudes sur la balustrade alors qu'il regardait son visage. C'est bon de te voir avec tes sœurs. Julia s'intègre tellement bien que c'est comme observer un cas d'école entre l'inné et l'acquis.

— Ça a été intéressant de voir quels traits de caractère pourraient être génétiques et ce qui a été déterminé par la manière dont nous avons été élevées. Mais je pense que nous avons encore beaucoup à apprendre les unes sur les autres.

Elle eut l'air pensive. Elle se ressaisit et croisa son regard.

— Hé, je voulais te demander... Quand as-tu commencé à être aussi à l'aise avec les bébés ?

Finn avait su qu'à un certain moment, il devrait lui faire part d'informations sensibles. Il s'était creusé la cervelle pour trouver la meilleure manière de le faire. Tout ce qui s'était passé au cours des cinq dernières années n'était pas le genre de choses à balancer à quelqu'un d'un coup.

Dieu merci, le destin était de son côté parce que c'était l'occasion la plus parfaite qu'il aurait pu demander.

— Tu te souviens de Levi ?

— Ton plus jeune frère et le complice de Lisa pour faire du grabuge pendant l'été où vous nous avez envahis ? Cela aurait demandé une thérapie pour oublier, avança Karen d'un ton pince-sans-rire.

Finn étouffa son amusement.

— Il craquait pour toi. Un culte du héros, en fait.

— Et c'est l'autre partie de ce que j'ai essayé fortement d'oublier.

Mais elle l'avait dit avec le sourire.

— Ne me dis pas que ce garçon a des bébés dans sa vie, continua-t-elle.

— Trois.

Son annonce reçut un hoquet d'enthousiasme satisfaisant.

— Le premier a un peu été une surprise... nous sommes rentrés à la fin de cet été-là, et la fille qu'il voyait avant que nous partions avait une annonce sérieuse à faire.

Karen siffla doucement.

— Est-ce terrible de dire que je suis contente que Lisa et lui n'aient jamais couché ensemble ?

— Levi était complètement dingue de Chelsea. Il l'est toujours. Nous sommes rentrés, ils se sont mariés. Bébé numéro un, Andrew, est arrivé avant Noël. Mes nièces sont arrivées au cours des deux années suivantes.

C'étaient des enfants incroyables. Son frère et sa belle-sœur étaient absolument aux anges de leur famille et de leur situation familiale. Même s'il avait fallu secouer la famille

Marlette jusqu'aux racines pour s'assurer que les bonnes branches survivent.

— Je suis contente pour eux, dit Karen en l'examinant de plus près. Pourquoi me dis-tu ça comme s'il y avait un hic dans cette nouvelle ?

— Parce que j'ai cru que tu trouverais ça un peu étrange, répondit-il en haussant les épaules. Ils dirigent le ranch à ma place. Ils font le travail pour lequel je t'ai quittée.

— Aaah.

Elle inclina lentement la tête, le regardant toujours attentivement.

— Cette histoire cache quelque chose, n'est-ce pas ?

Il aurait dû savoir qu'il ne pouvait pas la rouler.

— En effet, mais pas du genre à être raconté en plein milieu d'une fête. Et c'est réglé. Je suis heureux pour Levi et Chelsea, et ils sont à leur place. C'est exactement ce que je veux pour eux, et vraiment, le ranch ne peut subvenir aux besoins que d'une famille. Je suis content que ce soit eux.

Elle parut sur le point de demander autre chose, mais la fichue cloche du dîner sonna encore, et Josiah les appela en bas des marches, à un endroit où une série de piscines pour enfant était reliée à ce qui ressemblait à des ruisseaux miniatures.

Cela suffisait. Finn avait levé le voile sur un secret dans sa vie. Cela devrait faire l'affaire pour l'instant.

Il lui tendit la main.

— Viens. On dirait que la raison pour laquelle il te fallait de jolis ongles roses est arrivée.

Elle alla volontiers avec lui, et ils descendirent les marches main dans la main.

Zach se tenait parmi le groupe rassemblé en bas, relevant du regard le lien entre eux. Son ami pencha légèrement la tête et lança un clin d'œil approbateur à Finn.

— J'espère que vous êtes tous prêts pour ça, dit Josiah en

regardant l'assemblée. Et ne vous inquiétez pas, il n'y avait qu'une mort par canard dans le jeu aujourd'hui. Vous êtes en sécurité pendant que vous jouez.

— Qui est seulement encore en vie ? demanda Tansy.

Tout un groupe pointa Julia du doigt. Un autre groupe indiqua Lisa. Toutes deux avaient réussi des actions plutôt spectaculaires et rusées. Il ne restait plus que quatre personnes en jeu, les deux autres étant le grand chef des pompiers du coin, Brad Ford, et sa fiancée, Hanna.

La menue Hanna rougit aux acclamations qu'elle reçut.

Finn s'appuya contre Karen.

— Ne te fais pas avoir par son air innocent. La petite friponne m'a sorti du jeu en faisant semblant d'être terrifiée par une araignée. Elle était plaquée contre le mur dans le couloir, hoquetant comme si elle allait s'évanouir immédiatement. Il s'avère qu'elle avait amené l'araignée avec elle et l'avait gardée jusqu'à ce que j'arrive.

Karen éclata de rire et en tapa cinq à Hanna.

— Vas-y, ma fille.

Lisa et Josiah échangèrent un coup d'œil. Elle avait un doux sourire sur les lèvres, lui frissonna violemment.

Puis ils entreprirent d'expliquer les règles, qui étaient à deux doigts du chaos ultime.

Ce qui suivit impliquait une grande quantité d'éclaboussures tandis qu'à chacun se retrouvaient assignés des numéros et un trio de canards en plastique. Bientôt des adultes s'amusaient dans l'eau, créant des vagues pour guider leurs couvées miniatures de la ligne de départ à l'arrivée sans les toucher.

Cela allait en ligne droite, mais les piscines pour enfants étaient comme de vastes trous noirs. Rien à faire, Finn ne pouvait pas faire en sorte que toutes ses cibles en plastique se dirigent dans la même direction.

Il faisait la course avec Lisa, et elle était à un bon mètre cinquante devant lui quand un Frisbee en anneau vola vers elle et s'accrocha autour du cou d'un des canards de Lisa.

Elle attrapa l'anneau pour le retirer, s'arrêta brusquement bien trop tard et trébucha sans raison. Elle s'écrasa dans la piscine et une vague d'eau s'éleva vers le ciel.

Un braillement s'éleva de la foule alors qu'elle sortait de l'eau en rampant, trempée mais souriant joyeusement.

Elle regarda autour d'elle et découvrit Hanna qui s'avançait.

— Quelle rusée ! J'aurais dû être plus maligne... c'est moi qui ai écrit « Frisbee » sur la liste des armes de meurtre.

Hanna lui tendit une serviette.

— Ce sera dur de terminer étant donné que nous ne sommes plus que trois et que nous savons tous qui surveiller.

Lisa s'éloigna de la piscine et frotta la serviette sur ses cheveux et ses vêtements.

— C'est bon. Nous réussirons.

Elle chercha dans sa poche et tendit trois morceaux de papier trempés.

Hanna les lut et se mit à rire, regardant son fiancé comme si elle préparait des plans machiavéliques.

Brad leva les mains pour protester.

— Tu es dangereuse.

La menue femme pressa la main contre sa poitrine.

— Moi ? Je suis innocente. Tu peux absolument me faire confiance.

Julia rit.

Ce ne fut qu'une minute plus tard, alors que le groupe suivant de canards avançait dans les piscines, que Julia lança un cri bruyant.

— *Noooooooon.* J'ai été mortellement liquidée par un morceau de tarte aux fraises.

Finn était à peu près sec à ce moment-là, et se tenait encore une fois à côté de Karen alors qu'elle s'approchait plus près de lui pour tenter de voir ce qui se passait au bord de la terrasse.

Il glissa la main autour de sa taille et l'attira devant lui pour qu'elle ait une meilleure vue. L'avoir dans ses bras, s'appuyant contre lui comme si c'était exactement là qu'elle était censée être ? C'était la perfection.

Julia agitait un doigt vers Hanna, mais elle lui tendit ses indices avec un clin d'œil.

— Bonne chance. Nous savons tous qui tu cherches à avoir.

Brad s'avança et prit Hanna dans ses bras.

— Elle m'a déjà fait perdre la tête et volé mon cœur, informa-t-il l'assemblée. Elle peut gagner la partie en prenant ma tête, tout court.

Un chœur de *oooooh* s'éleva de la foule.

La douce Hanna l'attrapa par le cou et l'embrassa à ce moment-là, déclenchant d'autres rires.

De lents applaudissements commencèrent. Julia se tourna vers tout le monde et fit un grand sourire alors qu'elle faisait une déclaration.

— Nous avons une gagnante. Je déclare Hanna la dernière survivante maintenant qu'elle a attrapé *Brad* avec un *baiser, à l'extérieur de la maison.*

Hanna rougit. Les gens l'acclamèrent. Brad projeta la tête en arrière et fut celui qui rit le plus fort.

Dans le cercle des bras de Finn, Karen soupira joyeusement.

C'était confortable, et le plaisir de se trouver à Heart Falls, dans cette communauté, grandit à un point que Finn n'aurait pas cru possible. Pas ici.

En fait, nulle part.

Pendant l'essentiel de sa vie, le foyer avait désigné un

endroit... Maintenant le mot n'évoquait plus un lieu mais des personnes.

Plus spécifiquement, une *personne*. Karen en était venue à représenter son foyer, alors cette autre sensation était intéressante.

Mais il n'avait pas besoin de s'appesantir longtemps là-dessus. Ses priorités étaient claires. Faire ce qu'il fallait pour être avec Karen, et s'assurer que Brandon ne pourrait jamais avoir un morceau de ce gâteau.

8

———

« *Comment bosses-tu pour mon père tout en arrivant à trouver le temps de me cueillir des fleurs ? Ça ne marche pas, au fait. Ça ne m'amadoue pas pour te pardonner de m'avoir piégée avec ce baiser derrière l'écurie l'autre jour.*

C'est un mensonge absolu. Il n'y a rien à pardonner parce que j'étais une participante à part entière de ce baiser, et nous le savons tous les deux.

Ce sont les antidouleurs qui parlent en ce moment, mais je fais des rêves salaces où je t'embrasse. Peut-être plus que ça. Essayer de trouver où et quand me demande trop de temps de réflexion, foutu Finn Marlette.

N'essaie pas de me suivre dans le poulailler un peu plus tard dans la journée. Je te jure que je n'aurai aucune envie de t'embrasser encore une fois. »

~ Petit mot de Karen à Finn, l'été au ranch de Whiskey Creek

~

*L*a semaine suivante passa en un clin d'œil. Karen sortait en gros du lit à l'aube, puis la journée débordait d'activités.

Elle allait se promener régulièrement sur Starlight. Parfois avec Zach, parfois avec ses sœurs, tout en cherchant des itinéraires qui satisferaient tout le monde, du vrai débutant au cavalier le plus expérimenté.

Elle passait coup de fil sur coup de fil, non seulement à ses contacts au camp Willmore Wilderness, mais aussi aux personnes à qui elle avait parlé au cours des années tout en travaillant à Whiskey Creek.

À l'heure des repas, quand elle prenait une pause, on frappait à sa porte, et quelqu'un se pointait avec des plans qui nécessitaient son opinion ou ses idées. Son téléphone vibrait des messages de ses sœurs et des photos régulières à des intervalles de fous alors que Tamara s'extasiait sur son bébé.

Karen ne se souvenait pas d'avoir été aussi occupée depuis longtemps, et c'était agréable.

La seule chose qui lui manquait, c'était Finn.

Après son discours sur son souhait qu'ils se remettent ensemble et d'être avec elle, il semblait qu'il avait été absolument sérieux en ce qui concernait le timing dépendant d'elle. Il se faisait rare. Ou plus exactement, il était toujours aux alentours, mais jamais assez proche pour qu'elle discute avec lui. Il lui était devenu impossible d'avoir sa dose de manière accidentelle comme elle l'avait fait à la fête de Lisa.

Elle l'admettait : elle aimait passer du temps avec Finn, et l'envie de dire oui continuait de grandir.

Il laissait des fleurs sauvages sous son porche de derrière tous les matins.

Même si son corps était très partant, elle ne savait toujours pas si c'était une bonne idée. Elle aurait aimé pouvoir arrêter d'être aussi peu consistante, pourtant prendre le temps semblait bien, nécessaire.

Ce n'était pas comme si elle avait beaucoup de temps pour se sentir seule. Pas quand elle faisait un saut chez Tamara, ou chez Lisa, ou même dans le minuscule studio de Julia. Passer du temps avec ses sœurs était une formidable distraction.

Elles avaient terminé un autre dîner chez Julia quand Lisa, devant l'évier, demanda :

— Hé, Karen. Ça va si je viens passer la journée de demain avec toi au futur ranch éducatif ?

Elle posa une assiette propre sur l'égouttoir et tendit la main vers un autre plat sale. Elle fit un geste de la tête vers Julia, qui rangeait les restes dans son minuscule réfrigérateur.

— Jul est de service de jour, Josiah a une journée de travail complète, et je ne sais pas trop quoi faire.

— Ça ne me gêne pas, mais je vais te mettre au travail, l'avertit Karen. Il y a un tas de bâtiments à passer en revue pour voir s'il y a quoi que ce soit que nous puissions récupérer.

— Je croyais que tu t'occupais du côté cheval de l'affaire, pas de la construction ? dit Julia en commençant à ranger la vaisselle sèche que Karen avait empilée sur le côté.

— Mon poste a été élargi. Ça ne me gêne pas, dit Karen. J'attends la réponse de beaucoup de gens, alors je peux aussi bien donner un coup de main à Zach.

Lisa et Julia échangèrent un coup d'œil.

— Tu donnes un coup de main à *Zach*. Tu es sûre que tu ne donnes pas un coup de main à Finn ? demanda Lisa.

— Je ne l'ai pas vu depuis des jours.

Les mots étaient sortis d'un ton tranchant et agacé.

Un silence éloquent lui répondit.

Oui, elle avait quelque peu creusé sa tombe, là.

— Oui, d'accord, je suis un peu ronchonne de ne pas l'avoir vu depuis un moment. Je croyais qu'il s'intéressait à moi.

— Est-ce que tu lui as *dit* que tu voulais le revoir ? Parce que je pense qu'il a peut-être besoin d'une invitation, dit Lisa en plissant le nez. Ce à quoi je ne m'attendais pas quand tu en as parlé, alors tu as raison. Je comprends pourquoi tu es de mauvaise humeur. Quand un mec tente sa chance, il devrait persévérer.

— Je ne suis pas d'accord avec toi là-dessus, dit Julia franchement. Il attend sa réponse. Toujours être dans ses pattes serait une méthode d'enfoiré. Ça, c'est ne pas se comporter en enfoiré.

Lisa marqua une pause puis hocha la tête.

— Je comprends ce que tu veux dire.

— Enfin, s'il avait complètement disparu, ce serait une chose. Mais tu as dit qu'il était toujours dans le coin. En quelque sorte.

Julia regarda les fleurs que Karen avait apportées parce que ses bouquets toujours plus nombreux avaient rempli le minuscule cottage à ras bord.

Karen pressa les paumes contre ses tempes et laissa échapper un soupir fatigué.

— Je ne sais pas ce qui ne va pas chez moi. Je dois prendre une décision et arrêter de faire traîner ça. Tu as raison, Julia. Ce n'est pas lui qui fait l'imbécile. C'est moi.

— Peut-être que tu dois cesser de rendre ça aussi énorme dans ta tête. Enfin, commence à sortir avec lui et vois ce qui se passe. Ce n'est pas comme si commencer quelque chose signifie que tu t'engages à vie, dit Julia en haussant les épaules.

Le sujet fut abandonné jusqu'au lendemain, quand Lisa arriva sur le seuil de Karen de bon matin. Le terrier de couleur crème, Ollie, dansait autour des pieds de sa sœur, mais plus important encore, Lisa avait apporté des tasses de café venant du Buns and Roses et deux énormes boîtes en prime.

Karen accepta le café, ignora le fait qu'une chienne était dans sa maison, et huma d'un air appréciateur le fardeau de Lisa.

— Ne me dis pas que ce sont des petits pains à la cannelle !

La boîte fut ouverte un instant plus tard, et Lisa se servit. Le glaçage blanc fondant coulait sur le côté de la pâtisserie de la taille d'une balle de base-ball.

— D'accord, je ne te le dirai pas.

La merveille alléchante fut avalée en un éclair. Karen se lécha les doigts et regarda sa sœur avec joie.

— Je t'ai bien élevée. Même si tu as oublié la règle disant que la place des chiens est dehors.

Lisa renifla moqueusement. Elle fit un geste vers le verre posé sur le plan de travail qui contenait un seul crocus.

— Finn ?

Il insistait d'une manière très mignonne.

— Penses-tu que je suis affreuse de ne pas lui avoir encore donné de réponse directe ?

Lisa haussa les épaules, regardant le reste des pains à la cannelle comme si le poids du monde était dans la balance.

— Je pense que tu as de bonnes raisons de ne pas te précipiter. Mais je pense aussi que Julia avait raison hier soir. Peut-être qu'il est temps d'arrêter de t'inquiéter de la douleur que tu ressentirais si ça ne fonctionnait pas et de placer un peu plus d'espoir dans l'idée que les choses se passeront bien.

Un papillonnement sauvage et indomptable remua dans le ventre de Karen.

— Tu marques un point.

Lisa attrapa un autre pain à la cannelle et arqua un sourcil.

— On partage ?

— Oublie ça. J'en veux un autre entier.

Une fois les pains à la cannelle dévorés et leurs mains collantes lavées, elles sortirent et entamèrent leur journée de travail.

Une autre raison pour laquelle se trouver à Heart Falls était bien...

Lisa n'avait quitté Whiskey Creek que depuis décembre, pour aider Tamara qui peinait avec sa grossesse. Mais cela signifiait que cela faisait plus de six mois que Karen et elle n'avaient pas travaillé ensemble régulièrement. Pourtant, elles s'y remirent à un bon rythme, et c'était agréable.

Finn avait engagé un groupe de gars pour aider à la démolition et à la récupération. Des gars costauds avec des rires bruyants dont quelques-uns laissaient un peu trop traîner leurs regards. Rien qui sortait de l'ordinaire. Rien auquel elles n'avaient pas déjà fait face.

Lisa roulait simplement des yeux, souriant gentiment alors qu'elle lâchait ceci ou cela sur les orteils de quiconque s'approchait trop. Après qu'elle eut *accidentellement* fait déguerpir un deuxième type en faisant pivoter rapidement des planches de parquet, le groupe recula légèrement.

— Mesdames, vous voulez venir voir ce que vous pensez des planches que nous avons trouvées ? Finn avait dans l'idée de les utiliser pour monter des murs typiques dans les chalets, dit Zach en faisant un geste vers un des bâtiments les plus hauts près de l'écurie.

— Ça fait un effet un peu rustique. C'est ce que vous recherchez ? demanda Lisa.

— En gros.

La réponse provint de Finn, au grand étonnement de Karen. Il termina de signer quelque chose, puis rendit le porte-bloc au chef de chantier qui gérait les dernières rénovations de l'écurie.

— Vous avez de la place pour un visiteur supplémentaire ? demanda-t-il.

Ollie s'avança devant lui, se redressa sur ses pattes arrière, et aboya avec enthousiasme.

Karen était sur le point de la congédier quand Finn s'accroupit et passa une main sur la tête de la petite chienne.

— Oui, tu es invitée aussi.

Lisa écarquilla les yeux, et elle fit une de ces grimaces par lesquelles elle essayait de faire passer tout un message sans un mot, mais Karen ne savait pas si ce qu'elle disait était « ce mec aime les chiens, alors il doit être bien », ou si elle reconnaissait que cet homme savait exactement comment marquer des points.

Mais ce qui se passait rendait Karen heureuse, et c'était un facteur convaincant. Elle avait immensément apprécié le temps qu'elle avait passé avec Finn. C'est la douleur qui avait suivi qui avait dégradé cette expérience, et cela n'avait été la faute d'aucun d'eux mais une question de moment et de circonstances.

Comme Julia l'avait dit, sortir avec Finn n'était pas un engagement pour la vie. C'était quelque chose pour l'instant présent.

Devant un bâtiment étroit à un étage, Zach marqua une pause. La porte s'ouvrit devant eux avec un grincement de souffrance.

— Nous ne savons pas à quoi ce bâtiment servira. Tout ce que vous pensez qui vaut la peine d'être sauvé, prenez-en note ou épinglez-le.

— Quel est cet endroit ? demanda Karen alors qu'ils traversaient les pièces. Certainement pas une maison. Ni une écurie.

Une toux légère d'amusement échappa à Lisa tandis qu'elle fouillait des papiers dans un coin.

— On dirait que quelqu'un a vécu ici.

Karen la rejoignit et baissa les yeux sur un tas de flyers et de vieux journaux. L'un d'eux annonçait des bains pour un prix incroyablement bas.

Ce fut celui qui montrait le poster d'un dancing qui la fit hésiter. Et celui en dessous.

— Un dancing ? Des dames à louer ? lut-elle avant de se tourner vers les autres, alors que son amusement montait. Finn Marlette, tu t'es acheté un lieu de mauvaise vie !

FINN AVAIT FAIT de son mieux pour lui laisser de l'air, mais face au regard moqueur de Karen, il céda à la tentation.

Il s'avança, réduisant la distance entre eux.

— Tu n'as aucune idée des taquineries que Zach m'a faites à propos des triques à sauver dans cet endroit.

Quelque chose se rapprochant du braiment d'un âne échappa à son meilleur ami, mais c'était vraiment trop drôle. Au milieu de la tonne de travail qu'ils avaient à effectuer, c'était agréable d'avoir de quoi détendre l'atmosphère.

Zach tapa dans ses mains pour attirer leur attention et les forcer à se remettre au travail.

— Continuons. Ces papiers sont dans la pile de choses que nous allons sauver, parce que oui, je pense que c'est hilarant que nous ayons réussi à trouver le seul endroit du coin qui a une très... hum... riche histoire.

Ils se dirigèrent vers le couloir, regardant dans ce qui avait dû être des chambres individuelles. Il ne restait pas grand-chose en dehors de la structure en elle-même, mais Karen passa une main sur le lambris en noyer foncé avec un air approbateur.

— Réutilisés, ils seraient magnifiques.

Ils avaient passé en revue environ une demi-douzaine de

pièces, identifiant ce qui valait la peine d'être sauvé, quand Ollie fila. Elle aboya bruyamment alors qu'elle montait l'escalier vers le premier étage.

Lisa s'excusa rapidement et suivit son animal de compagnie.

— Désolée. Je ne sais pas ce qui lui prend.

Karen s'avança vers la pièce suivante, passant suffisamment près de Finn pour que leurs corps se touchent. C'était chaud, doux et secrètement intime. Le couloir était assez étroit pour expliquer qu'ils se soient touchés, mais cela ne fournit pas la raison de l'expression qui dansait dans ses yeux. Ses hanches se balancèrent juste assez pour le frôler une seconde fois.

Il la regarda fixement, son ventre se tordant de désir.

Il revint brusquement à la réalité quand Zach lui donna un petit coup de coude. L'inquiétude de son ami était claire alors qu'il pointait l'étage du doigt.

— Je ne sais pas si qui que ce soit devrait se promener à l'étage.

Mince.

— Lisa, attends. Il se pourrait que ce ne soit pas stable là-haut.

L'attention de tout le monde se figea.

Karen s'avança également, appelant sa sœur.

— Lisa ! Ralentis et rappelle Ollie.

— Ça va. L'escalier est solide, et elle est juste là, répondit Lisa en s'arrêtant sur le palier avant de se pencher et d'agiter les doigts. Viens, ma puce. Viens me montrer ce que tu as trouvé.

Finn monta l'escalier et dépassa Lisa, évaluant la solidité des planches entre lui et la chienne.

— Je vais l'attraper.

Il se déplaça lentement, essayant de deviner où se trouvaient les poutres porteuses sous le plancher.

Ollie était assise, maintenant, la truffe pointée intensément vers un petit trou dans un coin de la pièce. Finn se mit à quatre pattes pour regarder à l'intérieur et découvrit deux yeux en forme de diamant qui lui rendaient son regard.

Le plus minuscule des *miaous* déclencha une série d'aboiements chez Ollie, et soudain le chaton disparut, de retour dans le mur.

— Je vais l'attraper pour toi, puis j'aurai quelqu'un d'autre à gérer.

Une seconde plus tard, Finn avait attrapé Ollie par la peau du cou, ramenant à sa propriétaire l'animal qui se tortillait.

Lisa plaça Ollie sous son bras et redescendit l'escalier.

— Tu as besoin d'un coup de main ? demanda Zach.

— Attention, dit Karen.

Tous deux se tenaient en haut des marches. Le regard de Karen se promena brusquement sur le plancher avec une horreur grandissante.

— Finn ? Je pense que tu ferais mieux de revenir ici, dit-elle.

Le miaulement résonna de nouveau.

Au diable tout ça ! Finn s'agenouilla, tendit la main dans le trou en espérant que personne n'avait placé de pièges à rats dans le bâtiment par le passé.

Un juron échappa à Zach.

— Finn ! Laisse-le. Quelque chose est en train de craquer. Cette section du sol va…

— Sortez. Maintenant, ordonna Finn alors que sa main frôlait de la fourrure.

Cela suffit pour lui permettre de passer un doigt autour d'une patte et de tirer l'animal vers lui.

Alors qu'il soulevait le chaton, un nuage de sciure lui explosa au visage. Le mur devant lui se désintégra telle une momie qui aurait été frappée par un cyclone. Un grand fracas résonna à ses oreilles.

Et il tomba.

Finn chercha frénétiquement à se rattraper au plancher de sa main libre, mais les lattes en bois se démontaient comme des cure-dents, échappant à sa prise alors qu'il chutait. Il espérait sérieusement que Karen et les autres s'étaient repliés suffisamment loin dans l'escalier...

Il priait pour que ses pieds heurtent le sol en premier et pouvoir rouler sous l'élan, mais quelque chose le percuta par le côté, poussant ses jambes sur la droite et le propulsant contre un objet solide.

L'espace au-dessus de lui diminua, et il atterrit durement tandis que quelque chose transperçait son mollet.

Ses dents claquèrent, piégeant un cri à l'intérieur alors même que son corps hurlait silencieusement en protestation.

Une douleur fulgurante traversa sa jambe droite, et quelque chose de doux mais d'extrêmement pointu donna un coup à sa main gauche. Finn se força à supporter les vagues de douleur qui irradiaient de son tibia et inspira brusquement. L'adrénaline se précipitait dans son corps.

Des nuages de poussière retombaient autour de lui, et des cris résonnaient au loin. Zach et Karen. Des voix familières qui le rendirent nerveux pendant un instant avant qu'il ne se rende compte qu'ils criaient son prénom.

Bien. Ils étaient en sécurité.

Il tint le coup suffisamment longtemps pour lever la main devant son visage et découvrir qu'il tenait un chaton blanc comme neige. La petite chose avait les griffes enfoncées profondément dans sa chair, et elle frissonnait mais n'essayait pas de s'échapper.

Il vit des étoiles. Puis plus rien.

9

———————

Karen savait enfin ce que l'expression « sentir son cœur se figer » signifiait vraiment.

Ce n'était pas une sensation qu'elle avait souhaité ressentir un jour.

Après qu'ils eurent descendu précipitamment l'escalier, le bruit assourdissant qui explosa derrière eux l'avait déchirée de mille manières différentes.

Tout ce qu'elle pouvait voir, c'était cette seconde avant de s'échapper, où Finn l'avait regardée, de l'inquiétude dans les yeux alors qu'il lui ordonnait de se mettre en sécurité. Puis tout s'était effondré comme un château de cartes s'écroulant sur lui-même.

— Finn. Bon sang, réponds-moi ! cria Zach, se précipitant avant que les morceaux de bois n'aient fini de se stabiliser.

Karen attrapa l'arrière de son col des deux mains, l'immobilisant sèchement pour qu'il ne se précipite pas vers le danger.

— Finn ne te remerciera pas si tu te blesses en le suivant. Attends.

Même si elle tremblait sur place elle aussi. Tout en elle voulait pousser Zach à la seconde et découvrir ce qui s'était passé.

Heureusement, le fracas s'arrêta peu après, et à l'instant où il n'y eut plus de bruit, Zach et elle s'élancèrent, criant le prénom de Finn. L'air était rempli de poussière, la lumière du soleil transformait les particules en points lumineux troubles.

Un grognement réprimé résonna, et Zach et elle dévièrent sur la droite. Ils passèrent au-dessus des débris tombés, avançant vers l'endroit où une pile de bois s'entrecroisait sur le corps de Finn.

La peur nouait la langue de Karen. Elle se précipita aussi vite que possible pour le rejoindre.

— J'ai appelé le 911, cria Lisa quelque part derrière eux. Et une partie des membres de l'équipe sont en chemin.

Ce qui était une bonne chose parce que Finn était enterré sous de lourdes poutres, et son visage bronzé était incroyablement pâle dans le coin sombre où il était allongé.

Karen retint son souffle alors qu'elle pressait les doigts contre son cou. Une seconde plus tard, elle expira brusquement.

— Son pouls est fort. Hé, Finn. Ça va aller.

Il fallait qu'il s'en sorte. Il n'y avait pas d'alternative.

— Nom d'un chien, Finn. À quoi tu pensais, bon sang ? demanda Zach en déplaçant un morceau de bois avant de jurer. Lisa, nous avons besoin d'aide ici.

Le temps passa ensuite en un étrange mélange de ralenti et de chaos à grande vitesse. Une demi-douzaine de gars remplit l'espace, soulevant ce qui ensevelissait Finn. Un minuscule chaton ouvrit la bouche, et sa petite langue rose attira l'attention de Karen. Elle le récupéra là où il s'était niché dans le creux du bras de Finn et l'installa dans sa chemise.

Zach avait les mains fixées autour de la jambe de Finn, une

riche couleur rouge lui recouvrait les doigts. Karen tenait la main de Finn, et lorsqu'une poutre porteuse fut soulevée, ses yeux papillonnèrent, et il grogna bruyamment.

— Accroche-toi, mon pote, dit Zach. N'essaie pas de bouger.

— Ça va, vous ? demanda Finn, son regard abasourdi dansant sur le visage de Karen. Vous avez été blessés ?

— Crétin, répondit Zach avant Karen. C'est toi qui as surfé. Le reste d'entre nous a pris l'escalier comme des êtres humains normaux.

— Ce n'était pas mon idée, dit Finn, son visage se tordant un instant. Ça fait un mal de chien.

Karen lui serra les doigts, se rapprocha un peu pour qu'il n'ait pas à faire d'effort pour la voir.

— Nous allons nous occuper de toi.

Malgré la douleur sur son visage, l'espoir apparut dans ses yeux.

— Tu promets ?

C'était agréable de pouvoir répondre honnêtement et instantanément.

— Je te le promets.

Comme si sa réponse était aussi efficace qu'une injection de morphine, la tension le quitta. Les yeux de Finn se fermèrent, mais la prise de sa main sur celle de Karen se raffermit alors qu'il la serrait étroitement.

Son pouce recommença ce mouvement d'avant en arrière. Celui qui lui avait été tellement familier et normal.

— Est-ce que nous le sortons de là ? demanda un des membres de l'équipe, observant avec une affreuse fascination.

Zach croisa le regard de Karen.

— Tout le reste semble être assez solide. Je pense que c'est plus sûr de le garder ici.

— Alors nous ne le déplacerons pas, acquiesça-t-elle.

Elle leva les yeux et donna quelques ordres :

— Prenez des couvertures. Et envoyez quelqu'un au portail pour que le personnel d'urgence sache où aller.

— Que puis-je faire ? demanda Lisa.

Karen tendit la main dans sa chemise pour en sortir le chaton qui était en train de malaxer son ventre avec ses griffes.

— Prends ça. Attends... D'abord, nous avons besoin de quelque chose pour aider Zach à exercer une pression.

Zach fit signe à Lisa de s'approcher.

— Retire ma ceinture. Je dois ralentir le saignement, mais je ne vais pas m'approcher de cet os.

Celui qui traversait le tissu en jean robuste, et Seigneur ! Karen savait que Finn devait énormément souffrir, mais il reposait là, la respiration irrégulière, les doigts étroitement noués aux siens.

Ils le stabilisèrent du mieux qu'ils purent. Lisa aida Zach à resserrer la ceinture autour du haut de la cuisse de Finn, puis s'empara du chaton. Karen ignora le sang sur les mains de Zach et qui trempait le jean de Finn. À la place, elle offrit à Finn un flot régulier de paroles rassurantes.

L'équipe locale d'urgence arriva avant l'ambulance, ce qui signifiait que Julia était là, et elle se glissa à côté de Karen, tandis que Brad Ford prenait place de l'autre côté.

— Tu es avec nous, Finn ? demanda Julia, parfaitement professionnelle après avoir rapidement serré l'épaule de Karen.

— Je n'en ai pas envie.

Les mots étaient sortis sur un ton bas et guttural.

— Ça fait mal.

— Nous allons te retaper, puis tu vas faire un voyage jusqu'à Black Diamond, dit Brad.

Il fit signe à Julia, et ils travaillèrent rapidement, le stabilisant plus rigoureusement et lui offrant un antidouleur pour l'aider jusqu'à l'arrivée de l'ambulance.

— C'est beaucoup mieux, dit Finn, sa prise sur la main de Karen se détendant légèrement.

Puis il ouvrit les yeux, les paupières lourdes, et croisa infailliblement son regard.

— Viens avec moi.

— Ça marche.

Il n'irait nulle part sans elle.

Au final, Zach conduisit et Karen l'accompagna, suivant l'ambulance à l'hôpital où Finn fut emmené presque immédiatement en chirurgie.

Karen avait la chair de poule alors qu'elle était assise dans la salle d'attente des urgences aux murs blancs, les mains serrées, fixant l'horloge pendant qu'ils attendaient des nouvelles.

Seigneur, elle détestait les hôpitaux !

Près d'elle, Zach semblait tout aussi misérable. Il alternait entre s'asseoir, courbé en avant, la tête posée sur les mains, et bondir pour faire les cent pas. Ses bottes éraflaient lourdement le sol en linoléum.

Il se laissa tomber sur le siège à côté d'elle pour ce qui devait être la vingtième fois quand il parla enfin.

— C'est tellement stupide. Nous avons vérifié tous les bâtiments. D'une manière ou d'une autre j'ai foiré.

— Ce n'est pas ta faute, commença Karen.

— Ce doit être ma faute. C'est moi qui ai donné le feu vert pour l'édifice. J'aurais pu jurer qu'il était assez solide structurellement pour être à l'intérieur. Je n'aurais jamais emmené aucun de vous dedans si j'avais su qu'il était sur le point de s'écrouler.

Karen posa une main sur son bras.

— Bien sûr que non. Il devait y avoir un défaut qui est apparu récemment. La pluie torrentielle que nous avons eue l'autre jour... peut-être qu'elle a abîmé les fondations.

Zach se projeta en arrière sur la chaise, les jambes tendues devant lui, le visage complètement abattu.

— Ça n'a pas de sens.

— Ça n'arrange rien de t'en vouloir de quelque chose que nous ne pouvons pas changer, dit Karen d'un ton pince-sans-rire. Et, dis-moi, tu crois que Finn te le reprochera ?

Il hésita.

— Probablement pas, mais nous avons déjà établi que c'est un crétin.

Un reniflement d'amusement échappa à Karen avant qu'elle ne puisse le retenir. Il fut aussitôt suivi d'une vague d'émotion qui la submergea. Les larmes montèrent violemment, et l'instant d'après, Zach l'attirait contre son torse et lui tapotait le dos alors qu'elle fondait en larmes.

— Hé. Ça va. Ça va aller. Ce têtu d'enfoiré recommencera à nous redonner des ordres en un rien de temps. Bon sang, il est probablement en train de dire au médecin comment réparer sa jambe en ce moment. Des opinions, il en a toujours quelques-unes.

Cela devait probablement venir en partie de ses souvenirs ainsi que de la tension actuelle, parce que Karen n'était pas du genre à perdre son calme ainsi. Les hôpitaux n'étaient pas un endroit qu'elle appréciait, et elle l'admettrait auprès de quiconque le lui demanderait.

Néanmoins, sa perte de sang-froid était une leçon d'humilité. Elle laissa la tension s'échapper lentement et sa respiration se stabilisa. Zach lui tapotait le dos de la même manière que Tamara l'aurait fait. Son étreinte était réconfortante, c'était comme avoir de la famille à serrer dans ses bras.

Les paroles de Finn lui revinrent. Qu'il avait une confiance absolue en Zach.

Même si Karen n'était pas certaine de savoir exactement

pour quoi elle signait, elle savait que son avenir impliquait d'être avec Finn, en tout cas pour l'été.

Elle serra Zach une dernière fois puis se reprit, acceptant les mouchoirs qu'il lui tendait pour se sécher le visage.

Le sourire qu'elle afficha était un peu larmoyant, mais c'était une bonne tentative.

— Merci. Ça *va* aller, mais tu sais qu'il est têtu.

— Comme une mule, confirma Zach.

Karen passa rapidement ses options en revue.

— Je ne sais pas ce qu'ils réparent, mais je sais comment c'était quand je me suis cassé la jambe. Que pouvons-nous faire pour lui rendre les choses plus faciles quand il sortira d'ici ?

Zach réfléchit.

— Selon le type de plâtre qu'il aura, il pourrait ne pas pouvoir conduire.

— Saute cette partie-là pour l'instant, suggéra Karen. Comment êtes-vous installés à la maison ? Est-ce qu'il pourra se déplacer sans risque ?

— Nous pouvons installer un lit dans la salle de séjour. Il n'y a pas moyen qu'il puisse monter l'escalier, déclara Zach avant d'hésiter. Ou, disons ça comme ça, il insistera probablement pour monter l'escalier, mais nous devrions essayer de nous organiser pour qu'il l'évite.

Elle refusa de tourner autour du pot.

— Il y a une deuxième chambre au cottage. Je pense qu'il devrait emménager avec moi.

Son annonce déterminée sembla couper Zach dans son élan pendant un instant. Puis il l'examina attentivement.

— Tu n'as pas à faire ça.

Marche ou crève.

— J'en ai envie, admit-elle avant de croiser son regard directement. J'ai été indécise trop longtemps. Finn dit que tu es au courant de notre passé, alors tu sais que ce ne sera pas un problème que je doive l'aider pour quoi que ce soit de personnel.

Elle ne s'attendait pas au petit rire qu'elle reçut en réponse. Il tendit la main et plaça les doigts sous son menton.

— Chérie, que Finn veuille de nouveau une relation avec toi ne voulait pas dire qu'il cherchait une infirmière.

— Oui, mais on n'obtient pas toujours ce qu'on veut, n'est-ce pas ? dit-elle en agitant une main. Écoute, d'abord. J'étais sérieuse au sujet des deux chambres. Il faut qu'il ait un endroit où dormir confortablement et sans danger. Ensuite, tu connais Finn. La quantité de soins que j'aurais à lui prodiguer sera pratiquement nulle après qu'il sera remis sur pied, pour ainsi dire. Je dis simplement...

Elle hésita, parce que c'était encore frais et nouveau, cette idée de prendre le risque.

— Je dois être là pour lui. Est-ce que ça a du sens ?

Un lent sourire s'étira sur le visage de Zach.

— Ça en a. Et si tu as besoin de quoi que ce soit, comme t'aider à maîtriser ce fumier parce qu'il fait quelque chose qu'il ne devrait pas, appelle-moi. Tu as compris ?

— Ça marche. Nous sommes une équipe.

La porte d'accès s'ouvrit, et les sœurs de Karen débarquèrent dans la pièce.

— Quelles sont les dernières nouvelles ? demanda Tamara.

— Comment vas-tu ? reprit Lisa du même ton.

Julia pencha la tête vers le poste d'infirmières pour faire diversion.

— Je vais aller prendre des nouvelles.

C'était comme avoir une tornade qui se joignait à eux, et c'était parfait. C'était la famille qui les entourait, elle et Zach, de la manière dont ses sœurs l'avaient toujours fait.

Ce qui rendit l'attente d'autant plus facile. Elle n'était pas seule.

Elle n'avait pas à être seule.

~

UNE LUMIÈRE vive pénétrait par la fenêtre. Une palpitation se déclencha à l'arrière de son crâne, le même tempo que le sang circulant violemment dans ses veines. Finn ferma brièvement les yeux puis essaya de les rouvrir, mais rien ne voulait apparaître clairement.

— Ralentis, mon pote. Tu n'as nulle part où aller et largement le temps d'y arriver.

Finn pivota vers la voix, et une douleur vive le frappa.

— Mince.

Il leva une main pour se frotter le cou, stoppé quand son bras s'arrêta brusquement après même pas deux centimètres.

— Finn. *Calmos.*

Une main se posa sur son bras, et la voix familière de Zach continua à bourdonner, le ton de sa voix empreint d'une intonation rieuse.

— Je pensais bien que tu te réveillerais brusquement. Tu vas bien. Tu es dans un lit d'hôpital, et tu as probablement l'impression d'avoir été percuté par un trente-huit-tonnes. Arrête de t'agiter dans tous les sens et vas-y doucement.

Cela semblait être un bon conseil, alors aussi difficile que ce soit, Finn prit une profonde inspiration et la laissa lentement échapper, se détendant tandis qu'il évaluait rapidement ce qui lui faisait mal ou non.

La première liste était beaucoup plus longue que la seconde.

Quand il rouvrit enfin les yeux et les cligna pour voir clair, Zach était assis à côté de lui, son sourire prétentieux sensiblement absent.

— Qui est mort ? demanda Finn, la gorge rauque et sèche.

Les lèvres de Zach se tordirent pendant un instant.

— Fumier.

— On ne peut pas se débarrasser de moi aussi facilement, répondit Finn en baissant les yeux pour étudier la situation de plus près. Bon sang, ça va me rendre les choses difficiles pour terminer mes cours de danse.

Le lit était plié en forme de V, et le dos de Finn était calé par des oreillers pour le maintenir presque assis. Sa jambe gauche était allongée sous les draps, mais la droite était surélevée, une demi-douzaine de poulies et de cordes la soutenaient dans une position alambiquée.

Son bras gauche était attaché contre le rail latéral, et des intraveineuses disparaissaient vers la gauche du lit.

Un rideau sur sa droite, une fenêtre sur la gauche, et une horloge sur le mur qui annonçait 9 heures.

— Il fait un peu trop clair dehors pour qu'il soit 21 heures.

— Tu as perdu une nuit, lui dit Zach. Tu t'es réveillé tout à l'heure, mais plutôt shooté après l'opération. Je suis sûr que les infirmières vont venir t'expliquer des trucs, mais en dehors de tes bleus de la tête aux pieds, la plus grande partie de ton corps a très bien survécu à l'écroulement d'un bâtiment.

Finn leva la main et la passa sur sa cuisse.

— Et la partie de moi qui n'a pas bien résisté ? Ça a l'air d'être la galère.

— J'ai été intime avec un plus grand nombre de tes os au cours des dernières vingt-quatre heures que je ne le voudrais jamais, déclara Zach en défaisant la sangle qui retenait le bras de Finn en place, puis il se replaça sur sa chaise et croisa les bras sur son torse. Il y a eu un terme médical compliqué, mais en gros tu t'es cassé le tibia suffisamment fort pour qu'il décide d'essayer de quitter ton corps. Félicitations. Tu vas maintenant déclencher les portiques de sécurité. Ils ont installé deux tiges métalliques pour te rafistoler.

Finn examina de nouveau sa jambe.

— Sacré truc.

Il était à l'évidence suffisamment drogué pour que la douleur soit un faible bourdonnement, mais la vue du plâtre rendait patent que ça ne pourrait pas s'arranger en marchant.

Il lança un autre coup d'œil à Zach et découvrit son ami qui fixait le plâtre d'un air morose.

— Tout le monde va bien ? Karen ?

— Le reste d'entre nous va bien. Ainsi que le chaton que tu as sauvé.

— Le chaton ?

Ce devait être les médicaments. Finn s'inquiéta un instant jusqu'à ce que la mémoire lui revienne lentement.

— Ollie, continua-t-il. Elle a trouvé un chaton piégé dans le mur.

— Karen a ramené l'animal à son cottage. Il est trop petit pour se retrouver déjà seul. Elle a dit qu'elle allait s'en occuper.

La mention du prénom de Karen effaça les questions restantes sur la manière dont un chaton s'était retrouvé piégé dans le mur et les remplaça par une image du visage de celle-ci.

— Comment va-t-elle ? Cela a probablement dû lui rappeler de mauvais souvenirs.

Son ami sourit enfin.

— Peut-être, mais tu vas pouvoir le lui demander toi-même. Elle est restée hier soir jusqu'à ce qu'il devienne évident que tu n'étais pas assez alerte pour te rappeler quoi que ce soit. Je l'ai ramenée au ranch pour faire un roupillon, et la seule raison pour laquelle elle a accepté c'est que je lui ai promis de la ramener aux heures de visite.

— Elle est là ?

— Elle a fait un détour pour aider sa sœur. Elle sera là dans quelques minutes, répondit Zach en se penchant vers lui, le regard déterminé. Tu n'as pas à t'inquiéter de quoi que ce soit, d'accord ? Je vais continuer à faire avancer les choses au ranch, mais s'il faut en arriver là, au diable le défi ! Nous savons tous les deux que Brandon ne veut pas vraiment avoir quoi que ce soit à faire avec le ranch éducatif. Il veut simplement de l'argent. Je parie que nous pourrons passer un accord pour le convaincre d'accepter des fonds et de nous laisser faire.

Finn n'était pas assez drogué pour que ça lui paraisse une bonne idée.

— Tu sais quelque chose que j'ignore ? Genre, est-ce que je suis coincé dans ce lit pour les six prochains mois ? Parce que je ne vois pas en quoi m'être cassé la jambe signifie que nous ne pourrons pas relever le défi.

— Alan a appelé avec une date butoir. Il ne savait pas que tu avais été blessé, mais ça ne change rien, dit Zach en secouant la tête. Tu ne comprends toujours pas où je veux en venir. La chose la plus importante est que tu guérisses, pas que tu te blesses davantage en essayant de malmener Brandon.

Finn renifla moqueusement.

— Fais-moi confiance. Je suis fantastique pour faire plusieurs choses en même temps. Je peux guérir *et* malmener ce fumier.

— Je dis ça comme ça. Gardons le sens des priorités.

— Il est bien gardé. Je vais guérir, nous lancerons le ranch, Brandon pourra aller pleurer.

Il réussit à faire rire son ami, mais l'effort rendit Finn heureux de pouvoir se détendre contre les oreillers.

— Arrête de résister. Quelle est la date butoir ?

— Alan assure qu'il a fait des recherches, mais je soupçonne qu'il prévoit aussi d'en profiter. Les premiers invités arrivent le week-end de Thanksgiving, répondit Zach en roulant des yeux comme un adolescent. Je te donne une chance pour deviner qui sont les premiers invités. Laisse tomber, tu ne devineras jamais que c'est un ténor du barreau qui nous a dit qu'il est un aspirant cow-boy. Lui et toute sa famille.

Finn se mit à rire, se reprenant rapidement quand il se rendit compte que ses côtes lui faisaient trop mal pour suivre.

— Bien. La troisième semaine d'octobre[1]. Ce n'est pas impossible.

Zach hocha la tête.

— Tu as raison, ça ne l'est pas. Mais revenons à cette affaire de priorités, nous ajustons les listes. Tu seras ravi de savoir que tu es désormais coincé devant l'ordinateur. De plus, tu pourras gérer les appels de contrats et les commandes téléphoniques. Je travaillerai en première ligne.

Il protesta par réflexe.

— Bien. Mais dès que j'aurai retrouvé ma mobilité, nous en reparlerons.

Son ami se leva, tendant la main derrière lui pour attraper son chapeau.

— Oh, et juste pour te prévenir, cette affaire de priorité signifie que tu vas prendre le temps de guérir et de te retrouver avec des personnes importantes.

De quoi parlait-il, bon sang ?

— Tu retournes déjà au ranch ?

— Je vais prendre un café, répondit Zach en allant à grands pas vers la porte, qu'il ouvrit, saluant quelqu'un hors de portée de vue de Finn. Il est réveillé et sain d'esprit. Ou en tout cas aussi proche qu'il peut l'être.

Karen se faufila dans la pièce, et certains des messages taquins de Zach prirent soudain du sens. À un certain moment, son ami s'en alla, mais l'attention de Finn était concentrée sur la femme brune qui s'avançait avec hésitation vers le côté de son lit.

Elle s'arrêta trop loin de lui pour qu'il puisse l'attraper

comme il le voulait. Elle lança à peine un coup d'œil à sa jambe avant que son regard ne se fixe sur son visage.

Il courba un doigt, lui faisant signe d'approcher.

— Vas-y. Mate-moi. Tu sais que tu en as envie.

Quelque chose évoquant un hoquet lui échappa alors qu'elle franchissait la distance entre eux et passait les doigts sur la joue de Finn.

— Tu as une sale tête.

— Dis-moi quelque chose d'autre de gentil, répondit-il doucement.

Ce hoquet se reproduisit, et elle déglutit péniblement. Elle posa les doigts sur les siens et les serra.

— C'est une plongée dans les souvenirs que je n'avais pas vraiment envie de faire.

— J'ai une nouvelle perception de ce que tu as traversé, lui dit Finn. Ça ira. Tu m'as montré comment.

Le regard de Karen dériva le long de sa jambe, et quand elle croisa de nouveau ses yeux, c'était comme si elle se préparait à lutter.

— Puisque tu sais que j'ai de l'expérience dans ce domaine, tu ne seras pas idiot et tu ne te disputeras pas avec moi sur certaines de mes petites suggestions.

— Zach m'a déjà dit qu'il jouerait les baby-sitters avec moi au travail, l'informa-t-il.

— Je savais que je l'appréciais pour une bonne raison.

Finn resta silencieux parce que rire lui faisait mal.

Son expression déterminée réapparut.

— Le médecin t'a parlé ou pas ?

— Personne en dehors de toi et Zach dont je me souvienne.

Elle hocha la tête.

— Ils te donneront les détails, mais on dirait que tu vas rester ici pendant quelques jours. Une fois qu'ils te laisseront sortir, tu emménageras dans le cottage avec moi.

Cette phrase aurait dû déclencher une vague de satisfaction. À la place, il regarda sa jambe, puis Karen.

— Tu ferais bien de ne pas prévoir de jouer aussi les baby-sitters avec moi.

Enfin, *enfin*, la Karen qu'il avait attendue s'avança et se montra.

Elle lui prit la main et la porta à ses lèvres. Elle déposa un baiser sur ses jointures, fronçant légèrement les sourcils devant les bleus et les éraflures qu'elle y trouva. Mais même si elle prit une profonde inspiration comme si elle se préparait à affronter l'adversité, quand elle parla, ce fut doucement et tendrement.

— Je veux être avec toi. Même si je ne sais pas à quoi ça ressemblera, et que je ne sais pas combien de temps ça durera, je veux essayer.

Ce n'était pas tout ce qu'il avait espéré, mais il était assez malin pour l'accepter. Suffisamment intelligent pour relâcher la tension qui lui nouait les épaules et les maintenait dans une position surélevée et rigide.

Il haussa un sourcil.

— Ce n'est pas une proposition indécente parce que tu as pitié de moi, n'est-ce pas ?

Un brusque éclat de rire échappa à Karen avant qu'elle ne se couvre la bouche, lançant un coup d'œil vers le couloir pour s'assurer que la porte était toujours fermée. Elle se retourna pour lui lancer une expression classique façon Whiskey Creek. Celle à mi-chemin entre le sérieux et un « qu'est-ce que c'est que ce bazar ? »

— Qui a dit quoi que ce soit d'indécent ? demanda-t-elle d'un ton pince-sans-rire.

Il tenait toujours sa main, par laquelle il l'attira à lui, et il glissa sa main libre le long du bras de Karen pour enrouler ses doigts autour de sa nuque.

Elle s'avança volontiers, Dieu merci, parce qu'un instant plus tard ses lèvres étaient à quelques centimètres des siennes.

Il regarda au fond de ses profonds yeux marron.

— Nous prendrons notre temps. Il n'y a pas le feu, mais je serai là pour toi. Je vais faire en sorte que tu te souviennes de chaque petite chose qui était tellement fantastique à propos de nous. J'ai besoin de goûter chaque centimètre de ton corps, de te parler pendant des heures, de te regarder dans les yeux pendant que je te rends folle avec mes doigts et ma langue. Et quand le moment sera venu, quand tu me diras que c'est le moment, c'est là que j'enfoncerai ma queue dans ton corps, là où est ma place. Où est *notre* place, *ma chérie*. Exactement là où est notre place. Liés. Ensemble.

Elle cligna à peine des yeux. Elle n'avait pas dégluti.

Finn baissa la voix et, grondant, il sortit son dernier argument.

— Et nous ne baiserons pas.

Il fit disparaître la distance entre leurs lèvres. Ou peut-être que ce fut elle, parce que la main de Finn n'était plus sur son cou mais contre sa joue. Leurs lèvres remuaient à l'unisson, leurs langues s'exploraient doucement comme si c'était la première fois.

Seigneur, chaque centimètre de son corps lui faisait mal, mais il était quand même à un pas du paradis. Voilà ce que c'était d'être avec elle, ce que cela signifiait.

Karen trembla légèrement, mais sa bouche était contre la sienne, une participante consentante et enthousiaste. De doux murmures de plaisir taquinaient les oreilles de Finn alors que son goût tourbillonnait dans son corps.

Quand ils se séparèrent, elle haletait lourdement. Ses yeux brillaient de passion et d'autre chose.

D'espoir.

10

———————

Avec le séjour à l'hôpital d'une durée indéterminée que Finn avait devant lui, tout le monde convint qu'il était plus logique de réserver les visites pour la fin de la journée et de garder le cap sur le travail autant que possible.

Karen se leva tôt et se mit à ses tâches. Quand ses rendez-vous avec des entrepreneurs et des employés potentiels furent terminés, elle rejoignit l'équipe de travail, usant du marteau pour monter des stalles et terminer les tâches dans l'écurie.

Elle monta Starlight et trouva un nouveau sentier, et tout cela était aussi parfait qu'une journée de travail pouvait l'être.

Puis Zach et elle effectuèrent le voyage de plus d'une heure vers Black Diamond. Cette partie-là n'était pas aussi parfaite, parce que voir Finn souffrir et clairement lutter pour rester alerte n'était agréable pour personne. Karen lui tenait la main parce qu'il l'exigeait, mais en dehors de ça, ce fut une soirée éprouvante.

Zach fut celui qui suggéra un changement après le second trajet.

— Est-ce que tu vas penser que je suis un enfoiré si nous ne

137

lui rendons pas visite pendant les prochains jours ? Si notre présence lui remontait le moral, je serais à fond pour. Mais je pense que nous l'épuisons.

Karen repensa aux premiers jours après sa blessure et à la manière dont parfois les visites avaient été plus gênantes qu'agréables.

— Nous devrions le laisser se reposer pour qu'il puisse aller mieux. Mais s'il veut de la compagnie, je veux y aller.

Le matin suivant, Zach tint parole, et une pause officielle fut déclarée. Confirmée par un appel de Finn à Karen seulement quelques minutes plus tard.

— Hé, toi.

Karen regardait fixement le champ battu par le vent près d'elle, pendant que le chaton se frottait contre ses chevilles.

— Hé. Comment se passe ta journée ? demanda-t-elle.

La voix de Finn ronronnait dans le téléphone, plus douce que d'habitude et légèrement fatiguée.

— Il se pourrait que je fasse une seconde sieste quand j'aurai terminé de me réveiller de la première. Ma liste de choses à faire est un enfer en ce moment.

Une douloureuse compassion lui serra le cœur.

— Tu guéris aussi, Finn. C'est sur ta liste de choses à faire en lettres d'un mètre de haut, compris ?

— Compris. Hé, j'ai discuté avec Zach. Je pense que c'est malin de votre part d'éviter le voyage pendant les prochains jours. Je suis toujours à la masse la plupart du temps à cause des médicaments. Je ne sais pas quand je serai clair. Je préférerais que tu passes du temps avec tes sœurs plutôt qu'avec mon corps comateux.

— Je ne veux pas que tu sois seul.

L'admettre était dur mais agréable.

Puis il la mit à genoux, sa voix était devenue douce, chargée de douleur mais encore plus de gentillesse.

— *Chérie*, je sais à quel point tu détestes les hôpitaux. Je ne veux pas que tu t'infliges ça en venant me voir. Je suis sérieux. Reste chez toi.

Elle répondit malgré sa gorge serrée.

— D'accord. Mais quand tu seras clair et que tu t'ennuieras, appelle-moi. Ou envoie-moi un texto. Tu n'es *pas* seul, d'accord ?

Il était vital pour elle qu'il le sache.

— Je t'ai entendue, dit Finn, ses mots s'affaiblissant sur la fin. Maintenant, va enquiquiner Zach puisque je ne suis pas là pour l'embêter.

Ne pas avoir Finn dans le coin plaçait Karen dans une étrange sorte d'incertitude, et bizarrement, c'était le moment où elle était chez elle qui semblait le plus décalé.

Ce qui avait commencé comme une vraie bénédiction – un endroit qu'elle considérait comme chez elle et où elle faisait ce qu'elle voulait sans les injonctions de qui que ce soit d'autre – n'était plus si merveilleux.

C'était solitaire.

Le chaton que Finn avait sauvé l'aidait à remplir une partie de cet espace. Karen avait nommé le petit animal Dandelion[1], et la boule de poils prenait lentement le contrôle de son territoire. Cela semblait impliquer beaucoup de bonds, surtout sur Karen et toute partie de son corps qui se trouvait à bouger.

Ses orteils. Ses pieds. Son doigt sur la table. Sa tête, dès le matin, quand le trublion décidait que son nez n'attendait que d'être mordu.

— Il n'a pas eu de problème après avoir été piégé dans ce mur, signala Julia pendant sa visite deux jours après l'accident.

— Ollie pense que Dandy est la chose la plus mignonne qu'elle ait jamais vue, déclara Lisa.

Elle lança un coup d'œil par-dessus son épaule vers les deux animaux qui se tournaient autour. Ou plus précisément,

Ollie se déplaçait lentement, la queue battant avec enthousiasme tandis que le chaton la traquait, se préparant à bondir.

— Je n'ai jamais vu Ollie comme ça, continua-t-elle. Elle chasse tous les chats du ranch.

— Au fait, Kelli m'a dit qu'il y a une nouvelle portée de chatons dans le fenil, mentionna Tamara. Je peux ramener Dandelion avec moi quand tu veux. Je suis sûre que la maman chat l'adoptera. Je sais que tu n'aimes pas les animaux dans la maison.

— Il est bien ici pour l'instant, dit Karen rapidement.

C'était l'autre raison pour laquelle Karen n'était pas complètement solitaire. Ses sœurs ne cessaient de l'envahir, seules ou à deux. Ou toutes les trois. Ce jour-là, Tamara était aussi présente, elle avait apporté le dîner pour elles quatre chez Karen.

— Tu as eu d'autres informations au sujet de tes cours en automne ? demanda Tamara.

Karen et elle étaient encore à table tandis que Lisa et Julia œuvraient devant l'évier, lavant la vaisselle.

Karen pensa à l'enveloppe toujours fermée sur son bureau.

— Oui, mais ça ne m'inquiète pas pour l'instant. Jusqu'au retour de Finn, nous bosserons tous super dur. J'essaie d'en faire un peu plus pour m'assurer de faire ma part.

— Je doute que ce soit un problème, dit Tamara d'un ton pince-sans-rire. Tu fais quelque chose pour t'amuser ? Enfin, pas que je m'attende à ce que tu sortes danser, parce que j'ai compris que tu es encore sous le choc de l'accident.

Actuellement, elle était davantage sous le choc de ce qu'elle avait proposé pour le logement de Finn – un petit détail qu'elle n'avait pas encore partagé avec ses sœurs.

Karen redirigea la question.

— Je suis allée me promener à cheval quelquefois. J'ai

remarqué cet étalon sauvage dans le coin. Il s'est certainement installé dans les contreforts à l'ouest. Nous devrons nous assurer qu'il est maîtrisé avant d'introduire trop d'autres chevaux, ou il essaiera constamment de les voler.

Tamara eut l'air inquiète.

— C'est un problème. Je vais en parler à Caleb pour voir si Silver Stone peut travailler avec vous pour gérer ça. Et au fait, est-ce que tu savais que Kelli travaille avec ce hongre qu'elle a séparé de la meute ? Les propriétaires n'en voulaient pas... Ils ont dit qu'il était trop sauvage dès le départ et ils ne veulent pas qu'il donne de mauvaises habitudes au reste du troupeau.

Karen n'aurait jamais rejeté un animal ainsi. Le hongre ne faisait que ce qui lui venait naturellement.

Elle secoua la tête.

— Je suis contente pour Kelli. Une fois que les choses se seront calmées ici, j'aimerais beaucoup venir lui donner un coup de main.

— Elle adorera te voir, dit Tamara avec un grand sourire. C'est assez amusant de voir Kelli t'idolâtrer à chaque fois qu'elle vient.

Karen était stupéfaite.

— Ce n'est pas vrai.

— C'est comme écouter ma fille qui n'arrête pas de parler de « Kelli dit ceci » et « Kelli dit cela ». Sauf que là, c'est Kelli qui parle et elle est à fond : « Karen dit que le meilleur moyen de gérer ça, c'est... » Tous les ouvriers du ranch de Silver Stone trouvent cela est hilarant.

À l'évidence, Lisa n'était pas la seule de ses sœurs à avoir bien trop d'imagination. Karen tendit les bras vers Tyler et le positionna pour qu'il puisse faire son rot.

— Dans un autre registre, qu'est-ce qui se passe dans les prochaines semaines ? J'ai un peu perdu la notion du temps.

— La fête du Canada est samedi. Il y a des activités dans le parc durant la journée, avec un dîner où tout le monde apporte un plat et la vente aux enchères des célibataires, répondit Tamara en terminant d'ajuster ses vêtements après la tétée avant de lever les yeux avec inquiétude. Quand est-ce que Finn sort de l'hôpital ?

— On espère dans deux jours. On sera mercredi, n'est-ce pas ?

Tamara fit la grimace.

— Je me demande si celui qui organise la vente aux enchères de célibataires est au courant que Finn est hors service.

Le dos de Karen se raidit.

— La vente aux enchères de célibataires ?

Sa sœur fronça les sourcils.

— Tu te souviens, je t'ai parlé d'Ivy qui avait remporté Walker il y a deux ans ? Zach et Finn ont été inscrits cette année parce qu'ils ont fait un pari avec Lisa et qu'ils ont perdu.

— Finn doit annuler.

— Oh, bon sang, non, répondit Tamara avant de marquer une pause. Laisse-moi reformuler ça. La chose que j'ai apprise quand tu étais amochée, c'est de ne rien présumer. Oui, c'est logique qu'il annule, mais réfléchis, si nous avions annulé des projets pour toi sans te consulter avant, à quel point ça t'aurait énervée.

— Vous aviez annulé mes projets, et j'ai pratiquement...

Mince. Ce souvenir lui revint brusquement. Cinq ans auparavant, dans la situation où elle se trouvait avec la jambe cassée, elle s'était énervée contre ses sœurs pour avoir pris le contrôle de son calendrier, même si c'était parti d'un bon sentiment.

Parce que se faire arracher autre chose qui était sous son contrôle n'avait fait qu'exacerber le problème.

Karen détestait que la dure vérité lui soit annoncée aussi proprement.

— Tu as raison. Je rappellerai à Zach pendant notre réunion du matin que ça approche, et ils pourront décider de ce qu'ils veulent faire.

Elle n'alla pas à l'hôpital ce soir-là non plus, restant chez elle et discutant tranquillement avec Julia et Lisa même après que Tamara avait ramené Tyler à la maison pour retrouver sa famille.

Le seul message de Finn ce jour-là avait été une courte mise à jour.

« *Je vais bien. Ils m'ont retiré la broche et m'ont fait un plâtre. C'est terriblement gênant, mais au moins je ne suis plus attaché au lit. J'espère que tu profites du soleil. Désolé de ne pas t'avoir apporté de fleurs ces derniers jours.* »

En milieu de matinée le mardi, Karen alla se promener à cheval sur un des sentiers à l'arrière, tout au bord de la propriété de Finn. Un léger hennissement attira son attention, et elle ralentit, stoppant Starlight.

La harde sauvage se déplaçait lentement entre les arbres. Ils se dirigeaient vers un goulet qui menait à un ravin proche. Karen les suivit prudemment pour ne pas faire paniquer les chevaux.

Par hasard, elle arriva tout au bord de la falaise alors qu'ils avançaient dans une clairière. Comptant rapidement, elle observa la harde secrètement.

L'étalon était facilement reconnaissable. Plus grand de plusieurs dizaines de centimètres que les autres, il se déplaçait comme le fumier arrogant qu'il était, changeant de position pour pousser une partie de sa harde et s'assurer qu'aucun des membres de son groupe ne traînait.

Une des juments était lourdement pleine. Elle apparaissait

et disparaissait à la périphérie du groupe alors qu'ils paissaient dans l'herbe fraîche de la clairière.

La jument se déplaçait plus lentement que prévu, et Karen examina sa démarche de près, se demandant pourquoi.

C'était sa jambe arrière. Elle l'utilisait à peine quand elle se déplaçait. Avec le poids supplémentaire du petit, la jument avait des difficultés à suivre.

La fuite de Silver Stone l'autre jour n'avait probablement pas aidé, et la culpabilité l'envahit.

Les animaux sauvages avaient toujours des épreuves difficiles à affronter. Même si Karen ne les avait pas poursuivis, des pumas ou une meute de coyotes à la recherche d'un dîner étaient toujours dans la région. Les animaux blessés étaient tout le temps choisis par les autres dans le royaume animal.

Karen tira les rênes sur le côté et éloigna lentement Starlight, suffisamment pour éviter d'effrayer la harde avant d'augmenter le rythme et de retourner au cottage par un autre trajet.

Elle s'occupa parce qu'attendre Finn était plus facile si elle était distraite.

Mardi soir, il y eut un spectacle à l'école primaire avec ses nièces, même si écouter des élèves de CE2 jouer de la flûte relevait plus de la torture que de la distraction.

Malgré tout, cela signifia que, lorsque mercredi arriva, cela faisait plus de deux jours qu'elle n'avait pas vu Finn.

Zach passa chez elle avant qu'elle n'ait terminé son premier mug de café.

— Finn a envoyé un texto. Le médecin sera là après le déjeuner, alors Finn ne sera pas libéré sur parole ce matin. Je vais à Calgary faire quelques courses jusqu'à ce qu'il appelle pour dire qu'il est prêt. Ne compte pas sur son arrivée avant l'heure du dîner, peut-être.

— Pas de problème, dit-elle. Pourquoi tu ne resterais pas quand tu le déposeras ?

Elle lui lança un sourire ironique.

— Peut-être qu'il se tiendra bien si nous nous liguons contre lui.

— Tu rêves ?

Malgré tout, il lui lança un clin d'œil.

— Tu sais qu'il va probablement être un ours, ajouta-t-il.

Elle marqua une pause et passa un bras autour d'elle-même alors qu'elle tenait son mug de café dans la paume de son autre main.

— Tu t'es déjà cassé un membre, Zach ?

— Non.

Karen pencha la tête vers lui.

— Il pourra grogner autant qu'il voudra. En tout cas au début. Plus tard, nous ferons en sorte qu'il se tienne bien, mais d'après mon expérience... je parie qu'il va arriver ici et prétendre que tout est au poil. Bon sang, je parie qu'il demandera un café à un certain moment, alors que tout ce qu'il voudra vraiment, c'est aller s'allonger et ne pas bouger pendant vingt-quatre bonnes heures. J'aime mes sœurs à la folie, mais les infirmières sont des enfoirées. À chaque fois que je m'endormais, quelqu'un passait pour prendre ma température ou me faire une prise de sang. Ou ils me prenaient la tension et me disaient ensuite que je devais me détendre.

Elle reçut un vrai rire de la part de Zach.

— Je parie que tu as raison. D'accord, que dis-tu de ça ? Je serai en ville de toute façon. Pourquoi je n'irais pas chercher ce dont nous avons besoin pour le dîner avant d'aller prendre monsieur l'ours ?

— Ça me paraît un bon plan.

Ils échangèrent quelques idées de menus avant que Zach ne parte et que Karen n'aille travailler.

Si elle passa une partie de sa journée distraite par des pensées de Finn Marlette allongé dans la chambre à côté de la sienne ce soir-là, elle mit cela sur le compte du gène de l'imagination hyperactive qui à l'évidence sévissait dans la famille Coleman.

~

Cela démangeait Finn de partir quand il reçut l'autorisation du médecin.

L'autorisation conditionnelle. Elle le fit plier du regard, cette minuscule chose qui n'avait pas l'air assez âgée pour avoir terminé le lycée, encore moins avoir fait son internat.

Le docteur Sydney Jerimiah se tenait derrière son porte-bloc et lui lançait un regard incendiaire.

— Aucune pression sur la jambe. Cela signifie ne pas marcher avec *accidentellement* pendant les six prochaines semaines. Vous comprenez que ce n'est pas un conseil ?

Il agita une de ses béquilles vers elle.

— Je suis presque sûr que c'est pour ça que vous m'en avez donné deux. Et de toute façon, avec l'angle que vous avez fait prendre à ma jambe, je n'ai aucune chance de marcher.

— Imaginez ça, dit-elle, alors que son expression ferme se changeait en un très léger sourire. Même si c'est le bon angle pour réparer ce genre de cassure, vous me remercierez plus tard que votre pied soit resté aussi loin du sol. Je pense que je n'ai aucune chance de vous empêcher d'aller dans les écuries, et les plâtres ne font pas tomber le fumier aussi facilement que les bottes de cow-boy.

— Merci.

Le mot sortit d'un ton bourru, mais il était sincère. Il tendit la main et la lui serra fermement.

Il s'écoula presque quarante minutes de plus avant que

Zach n'arrive, ce qui donna à peine assez de temps à Finn pour s'habiller, à cause du satané plâtre.

Il avait oublié que, même s'il avait mutilé un de ses jeans en le coupant au niveau de la cuisse, il devait quand même faire passer la taille sur son pied. Avec le plâtre fixe en place, il était à peine assez flexible pour se pencher aussi loin. Une bataille plutôt compliquée s'ensuivit, et quand il remonta sa braguette, il transpirait. Sans parler du fait que la douleur s'était suffisamment enflammée pour qu'il ne prévoie pas de faire plus de mouvements que nécessaire.

— Prêt à mettre les voiles ? demanda Zach en entrant dans la pièce en poussant un fauteuil roulant.

Il regarda le tissu en jean abandonné qui dépassait de la poubelle.

— On dirait que tout va aller comme sur des roulettes. Littéralement.

— Tu ne réussirais jamais dans le comique, l'informa Finn franchement.

Zach lança le sac de Finn sur son épaule et fit un geste vers le fauteuil roulant.

— Ne proteste pas. Je te jure que tu pourras abandonner les roulettes à la sortie.

— Pas de protestation, dit Finn sèchement.

Son ami lui lança un regard compatissant, puis haussa les épaules.

— Je suppose que tu as bien plus mal que tu ne l'avoueras jamais. Dis-moi de la fermer si je commence à te taper sur les nerfs.

Finn soupira. Super moyen de montrer sa gratitude que de rembarrer Zach sans raison.

— Tu n'as rien fait. J'ai juste...

— Je comprends. Honnêtement. Inutile de t'excuser.

Il y avait une bonne raison pour que cet homme soit son meilleur ami.

Curieusement, Zach le plaça sur le siège de la camionnette dans une position qui ne donna pas l'impression à Finn qu'il avait des dagues de glace qui s'enfonçait dans son crâne ou dans sa jambe. Quand Zach mit la musique en route doucement puis resta muet pendant une bonne demi-heure, Finn ferma les yeux et laissa les antidouleur envahir son corps.

Son téléphone sonna.

Zach parla rapidement.

— C'est ton frère. Tu es sur Bluetooth par la camionnette, si ça ne te dérange pas que j'écoute.

— Réponds. Tu aurais eu tous les ragots plus tard de toute façon.

Un instant plus tard, le frère cadet de Finn était en ligne.

— On dirait que tu as choisi le mauvais moment pour aller à la chasse au chaton.

— La bête féroce va bien d'après ce que j'ai entendu, dit Finn. Hé, Duncan. Tu es sur haut-parleur. Zach est là aussi.

— Hé, Zach. Tu as besoin que je t'envoie une boîte de ruban adhésif pour ralentir mon frère pendant un moment ?

Zach se mit à rire.

— Je pense que ça ira. Le médecin l'a déjà bien emballé.

— Un plâtre sur toute la longueur, avança Finn. Je ne vais pas être autre chose que passager pendant longtemps.

— Comme celui que Karen Coleman avait pendant l'été où nous étions à Whiskey Creek ? demanda Duncan avant de siffler doucement. Bon sang. Je suis désolé de l'entendre.

— Ça ira, répondit Finn en lançant un coup d'œil à son ami sur le siège conducteur. Comment es-tu au courant que j'ai été blessé ?

— Pas par toi comme j'aurais dû, crétin.

— C'est ce que je lui ai dit, dit Zach en aparté à Duncan pour l'informer.

Duncan renifla moqueusement.

— Oui, il ne voulait probablement pas que je m'inquiète. Mais je suis inquiet. Prends soin de toi, Finn. Laisse les gens prendre soin de toi. Je sais que ça va à l'encontre de notre nature têtue d'être autre chose qu'autonome, mais quand on en a besoin, avoir de l'aide est la meilleure chose au monde.

Des émotions entremêlées tourbillonnaient dans les tripes de Finn. C'était agréable d'entendre que son frère parlait de recevoir de l'aide comme de quelque chose de positif, mais que Duncan avait trempé dans suffisamment d'embrouilles dans sa vie pour avoir besoin d'aide rendait toujours Finn furieux.

— Je vais virilement faire de mon mieux pour accepter de l'aide quand elle sera proposée.

— Je te ferai tenir parole. Si j'entends le contraire, je vais m'énerver.

Un grondement résonna derrière lui.

— Je vais dans un poste de pesage, alors je ferais mieux d'abréger. La prochaine fois, ne t'en remets pas à Levi pour me mettre au courant quand quelque chose se produit. Et je suis sérieux au sujet de prendre soin de toi.

— Compris, lui dit Finn.

— Bien. Et Zach, toujours sympa d'entendre ta voix. Si mon frère fait de nouveau l'idiot à l'avenir, je m'attends à ce que tu me tiennes au courant.

Zach émit carrément un petit rire.

— Je te mettrai en numéro abrégé. Continue à bien rouler.

— Dix-quatre[2], dit Duncan avant de raccrocher.

Finn fixa le plafond de la camionnette et tenta de recalibrer son monde. Ce n'était pas ce qu'il avait espéré gérer à cet instant, mais il y avait eu beaucoup d'événements inattendus au cours des années.

Dans le grand ordre des choses, se casser la jambe n'était qu'un problème temporaire.

Il lança un coup d'œil à Zach.

— Ne va pas raconter de ragots à mes frères sans me demander la permission avant.

— Est-ce que tu plaisantes ? Bien sûr que je leur ai dit. Duncan est de la taille d'une armoire à glace, et les enfants de Levi sont tellement adorables qu'ils peuvent me persuader de faire n'importe quoi. Tu es seulement mon meilleur ami. Tu as bien moins d'influence.

Finn renifla moqueusement, le son se transformant en un grognement.

— Ne me fais pas rire. Ça fait mal.

— En parlant de ça, dit Zach en lançant un sac sur le tableau de bord. Je suis allé chercher tes médicaments. Garde une longueur d'avance sur la douleur ou tu le regretteras.

Quelque chose d'autre que la douleur s'infiltra.

— Tu penses que j'ai commis une erreur en acceptant d'emménager dans le cottage de Karen ?

— Ça t'inquiète ? Non, c'est parfaitement logique, répondit Zach en haussant les épaules. Je sais que tu as un objectif à l'esprit en ce qui concerne cette affaire avec elle, mais pour l'instant, suis le conseil de ton frère et inquiète-toi de toi et de ta guérison. Il ne s'agit que de ça, en fait. Emménager dans le cottage rendra les choses plus faciles pour toi.

— Ça les rendra plus difficiles pour Karen, grommela Finn.

— Seulement si tu es un fumier grognon, rétorqua Zach. Écoute, je sais que tu voudras y aller à fond dès que tu pourras. Ça ne me dérange pas de t'aider pour des tâches pendant que tu prends le temps de guérir. Et si tu as besoin que je vienne t'aider à enfiler ton pantalon chaque matin et à l'enlever le soir, je serai là. Zéro obligation de la part de Karen.

— Ne sois pas si sûr que je ne te ferai pas tenir parole. C'est un cauchemar d'essayer de m'habiller.

— Je m'étais posé la question. Évite le jean et porte un pantalon de jogging… nous t'en achèterons un assez ample pour recouvrir le plâtre. Et aussi, il y a cet outil pour attraper les objets que j'ai vu quand j'ai fait des recherches en ligne, alors je t'en ai commandé un. Il devrait être là demain, annonça Zach en lui lançant un grand sourire. Juste parce que j'ai proposé de t'aider à t'habiller, ça ne veut pas dire que je veux vraiment voir ta sale tronche trop tôt chaque matin.

Que ce soient les antidouleurs ou toute cette histoire, Finn se retrouva un peu tremblant tandis que la vérité se révélait.

— Content que tu sois mon ami.

Zach toussa dans sa main.

— Bon sang. Il faut que j'essaie certains de tes médocs.

— Enfoiré.

Près de lui, son ami riait pratiquement.

— Je t'aime aussi. Maintenant, tais-toi.

Ils firent la dernière partie du trajet dans un silence agréable.

Zach se gara, la portière passager aussi près que possible de l'allée du cottage. Il laissa Finn gérer ses béquilles et sortir seul de la camionnette, tandis que lui-même avançait en trombe sur le chemin, les sacs à la main, et frappait à la porte de devant.

— C'est Uber Eats.

Le visage d'un ange apparut alors que Karen ouvrait la porte et leur faisait signe d'entrer.

— Dieu merci ! J'étais sur le point de manger le dessert en premier.

Finn passa la porte et entra dans la salle de séjour sans se casser la figure, ce qui était un très bon premier accomplissement.

— Je ne vois rien de mal à commencer par les plats sucrés. Tu vas m'embrasser pour me dire bonjour ?

Zach renifla mais continua d'avancer vers la cuisine.

Karen bloqua le chemin de Finn, les poings sur les hanches et les sourcils levés.

— Soit tu es shooté, soit tu te sens mieux que je ne m'y attendais.

— Allons-y avec : je me sentirais encore mieux si j'avais un baiser.

Oui, il était insistant, mais…

Zut. Il était insistant.

Il croisa son regard.

— Je devrais probablement mettre cette phrase sur le compte des médocs.

Mais elle se rapprocha, leurs corps se touchèrent et elle leva les lèvres vers les siennes.

— Bienvenue à la maison.

Le contact se termina trop vite et fut loin d'être aussi intime qu'il en mourait d'envie, mais c'était tendre. À la fois le baiser et le sentiment, et il était heureux de l'accepter pour l'instant.

Elle s'écarta et lui fit signe d'avancer.

— Viens. Nous allons te faire manger, puis tu pourras t'écrouler. Si tu veux bien me pardonner cette tournure.

Un chaton fila à travers la pièce, plongeant sous une chaise pour le fixer du regard. Finn sourit mais laissa l'animal tranquille pour l'instant.

Il s'installait à table quand il se rendit compte que le cottage n'était plus le même que la dernière fois qu'il l'avait vu. Alors que Zach posait les sacs de plats à emporter sur la table, Finn regardait autour de lui pour noter les changements.

Il se retourna vers Karen.

— Tu as retiré des meubles.

Elle hocha la tête.

— Et un tapis décoratif. C'étaient des trucs supplémentaires qui n'étaient pas vraiment nécessaires. Je me souviens que c'était pénible de manœuvrer dans notre salle de séjour surchargée quand j'avais mon plâtre. Je ne cessais de me cogner, et non seulement c'était l'enfer pour les meubles, mais ce n'était pas très agréable.

Mais sa salle de séjour était restée exactement pareille tout le temps où elle avait porté le plâtre parce qu'aucun d'eux n'avait pensé à arranger la disposition pour elle.

Le regret le saisit, mais il écarta cette émotion parce que le seul moyen de se faire pardonner était ici et maintenant.

— Merci.

La nourriture n'avait pas tellement de goût. Il fit de son mieux, mais après avoir déplacé le contenu sur son assiette, Finn était à deux doigts de piquer du nez à table.

— Va au lit pendant un moment, lui suggéra Zach.

Finn tenta de se réveiller brusquement.

— Je vais bien. Peut-être une tasse de café.

Cela ne semblait pas être le genre de commentaire qui aurait dû faire rire Zach et Karen comme ils le firent.

Elle se rapprocha assez pour poser une main sur son épaule.

— Tout comme je sais que ce sera plus facile sans les meubles en trop, je sais que ce dont tu as besoin en ce moment, ce n'est pas d'une tasse de café.

Sa voix devint plus douce, son regard tendre et pourtant toujours insistant.

— Arrête de lutter, trésor, et fais ce qu'il faut. Va t'allonger.

Pour un individu férocement indépendant comme Finn, accepter de l'aide pour se lever de la chaise et aller dans le couloir porta un coup dur à son ego.

Quand Karen s'apprêta à le mener dans la chambre principale, il marqua une pause, un étrange mélange d'espoir et de confusion lui traversant le cerveau.

— C'est ton lit.

Ce qui était exactement là où il voulait être, mais pas dans son état actuel.

— Non, plus pour le moment, répondit-elle. Ses affaires sont sur la chaise dans le coin, Zach. Crie si tu as besoin d'un coup de main.

— Sans faute.

La réponse enjouée de son ami résonna à travers le cerveau de Finn comme une balle de ping-pong hors de contrôle.

— Allons, mec. Tu ressembles à un zombie. Abandonne, et je t'aiderai à te préparer pour te coucher.

Entre le moment où il alla dans la salle de bains et celui où il atterrit à plat sur le matelas, tout un tas de détails disparurent. Il entendit Zach et Karen parler, mais il était bien plus facile de fermer les yeux et d'écouter les battements de son cœur à ses oreilles.

Il se sentait mal, et il détestait gâcher les draps propres de Karen, mais prononcer le moindre mot était impossible.

Le bord du lit s'inclina légèrement, et la douce odeur de Karen l'enveloppa. Il inspira profondément pour en respirer autant que possible, parce que si c'était un rêve, c'était un endroit plutôt pas mal où commencer.

— Aucune idée...

Il se força à parler, luttant pour rester éveillé.

Des doigts touchèrent son visage.

— Détends-toi. Nous parlerons demain.

Il lui semblait vital qu'il le lui dise.

— J'avais aucune idée de ce que tu gérais. Je croyais savoir. Pas du tout. Je me ferai pardonner, *chérie*. Complètement.

— Chuuuuut. Endors-toi.

Il sentit une autre douce caresse le long de sa mâchoire, puis sur son cou. Sa main atterrit sur son torse. Il attrapa ses doigts des siens et les serra doucement, s'y accrochant.

La gardant près de lui, là où il avait besoin d'elle.

11

Finn : *Comment te sens-tu ce matin ? J'ai détesté te laisser hier soir.*

Karen : *Je suis incroyablement bien reposée. Quelqu'un m'a travaillée sérieusement au corps, et j'ai dormi comme une souche.*

Finn : *C'était un plaisir.*

Karen : *Oh, je parlais de l'autre gars qui s'est faufilé par ma fenêtre après ton départ.*

Finn : *Attention... la prochaine fois je refuserai de quitter ton lit.*

Karen : *Que tu te fasses prendre dans ma chambre rendrait difficile de garder cette aventure secrète. Je n'ai pas besoin de soirées pyjama. Je suis simplement contente que tu n'aies pas abandonné à cause de ma stupide jambe cassée.*

Finn : *Tu n'as aucune idée. Après t'avoir goûtée, touchée – fait l'amour – tu crois qu'un fichu plâtre va m'empêcher de profiter de chaque minute que nous pourrons trouver ?*

Karen : *C'est pervers. Et sexy. Et tu as bien géré. J'aurais aimé que tu ne sois pas obligé de gérer, c'est tout.*

Finn : *Ma chérie, pour avoir le privilège de te déballer, je ferai bien plus que gérer un simple plâtre.*

~ Fin de l'été, ranch de Whiskey Creek ~

~

*E*lle avait un rendez-vous le lendemain matin. Mais c'était probablement une bonne chose, parce qu'être traité comme un bébé était la dernière chose que Finn voudrait.

Même si elle resta dans l'embrasure de la porte de la chambre pendant bien trop longtemps, fixant sa mâchoire couverte d'un début de barbe. Son corps était détendu, un bras relevé sur la tête. Les draps étaient emmêlés sur la masse de son plâtre, son torse nu était partiellement exposé.

Il n'avait pas l'air complètement à l'aise, mais il fallait s'y attendre.

Elle se faufila à l'intérieur et releva les draps du mieux qu'elle put sans le déranger puis sortit.

Les trois entretiens qu'elle avait organisés pour ce matin-là étaient à peine terminés que son téléphone fit entendre une notification.

Julia : *Tu as du temps pour déjeuner ?*

Karen : *Je suis déjà en ville.*

Julia : *Buns and Roses ?*

Karen : *Je peux y être dans dix minutes.*

Elle ne se donna pas la peine de déplacer sa camionnette, marchant de la bibliothèque où elle avait utilisé leur équipement de vidéo conférence vers le café cosy.

Karen fit un rapide signe de la main à Tansy, qui était derrière le comptoir à travailler, puis s'installa à côté de Julia à une des petites tables.

— Tu as fini ton service de bonne heure ou tu te prépares pour un service tardif ? demanda Karen.

Julia avait l'air intriguée.

— C'est plutôt fascinant que tu me poses cette question. Je vais faire un service de nuit. Je me suis réveillée plus tôt que je ne le voulais.

— Alors nous ferions mieux de te prendre du café. Un petit déjeuner pour toi, un déjeuner pour moi.

— Comme la pizza est un plat parfait pour n'importe quel moment de la journée, nous ne pinaillerons pas sur le nom à lui donner, dit Julia en penchant la tête vers l'ardoise listant les plats du jour. Je régale. Ce que tu veux. Je vais prendre un bagel pizza.

— Laisse-moi commander. Je dois parler une minute avec Tansy.

Il était assez tôt pour que la foule du déjeuner ne soit pas encore arrivée, ce qui laissa le temps à Karen de passer leur commande puis de soumettre une requête particulière.

— La soirée entre filles le mois prochain. Comment penses-tu que tout le monde réagirait à l'idée de faire une randonnée équestre au clair de lune ?

Tansy écarquilla les yeux avant de se poser un doigt sur les lèvres.

— Reste discrète, ou Rose couinera pendant un mois.

Cela semblait positif.

— Je suppose que tu ne penses pas que ce soit une affreuse idée.

— Oh que non. C'est une idée fantastique. Même si certaines d'entre vous passent beaucoup de temps en selle, je ne pense pas que tu entendras qui que ce soit se plaindre.

Karen hocha la tête.

— Ça va me prendre du temps pour régler tous les détails, mais nous pourrons tester un itinéraire que nous utiliserons peut-être au ranch de Finn.

— Parlons-en le mois prochain… qui se trouve commencer une semaine après lundi, au fait. Je ne pense pas que qui que ce soit aura de problème, déclara Tansy en commençant à préparer leurs cafés. Comment vont les choses au ranch ? Est-ce que Finn est revenu et en fait trop ?

— Tout juste revenu. Il n'a pas eu le temps de commencer à trop en faire.

— Ça ne va pas tarder, assura Tansy. Je te parie que Zach devra s'asseoir sur lui pour le ralentir.

Ce n'était pas un pari qu'elle avait envie de faire.

— Tu traînes trop avec Lisa, lui dit Karen.

Elle attendit que les cafés soient prêts, les rapporta à la table où elles avaient été rejointes par le chef de Julia, Brad.

— Je ne vais pas vous interrompre longtemps, dit-il.

Karen écarta ce commentaire de la main.

— C'est bon. Inutile de rester près de la porte et de faire semblant de ne pas nous connaître pendant que tu attends que ta commande soit prête.

Un grand sourire penaud apparut sur le visage de Brad.

— Eh bien, je ne sais pas si je ferais semblant. Enfin, tu n'es pas arrivée depuis longtemps. Et Julia et moi ne travaillons ensemble que depuis le mois d'avril. Nous ne nous étions pas vus depuis un an avant ça.

Julia roula des yeux, et elle se pencha en avant pour parler d'un ton de conspirateur.

— Nous nous connaissons bien. Je vais te le prouver. Cette

petite partie de Cluedo que nous avons jouée l'autre jour. Tu t'en souviens ?

Brad se raidit.

La sœur de Karen continua malgré la gêne dans le langage corporel de Brad.

— Tu te souviens où ta douce fiancée t'a tué avec un baiser ?

Il ne dit rien, et pendant un instant Karen craignit que cela prenne une étrange direction, mais Julia souriait trop pour que ce soit quelque chose de bien terrible.

— Dis-nous, Brad... Combien de personnes as-tu effectivement mis sur la touche avant de finir avec Hanna comme cible ?

Il fallut un instant à Karen pour comprendre ce que Julia suggérait.

— Attends. Je ne me souviens de *personne* disant que Brad l'avait éliminé. Ça signifie...

— Exactement. Ça signifie que Brad avait le nom d'Hanna depuis la première minute du jeu et n'a jamais essayé de l'évincer, confirma Julia en reculant pour croiser les bras sur sa poitrine. Et c'est exactement ce à quoi je me serais attendue de ta part, Monsieur le Preux Chevalier.

Il eut l'air gêné, regardant autour de lui pour s'assurer que personne n'écoutait leur conversation.

— Ce n'est pas que je ne voulais pas gagner la partie, mais je m'amusais bien avec mes amis et j'ai un peu perdu la notion du temps. Et puis c'était très amusant de regarder Hanna se faufiler partout et surprendre tout le monde.

Karen aurait pu vomir devant la douceur écœurante de ce commentaire.

— Tu es terrible, informa-t-elle Brad.

— Je suis amoureux, répliqua-t-il. Ça vous fait faire toutes sortes de choses.

La sincérité avec laquelle il prononça ces mots ébranla Karen dans tout son être. Regarder Julia jubiler d'avoir eu raison l'aida à empêcher ses pensées de prendre un chemin dangereux.

Brad resta encore quelques minutes avant que Tansy n'annonce que sa commande était prête. Il les regarda l'une après l'autre.

— Julia, je te verrai au début de ton service. Karen, j'espère que tu passeras une super journée.

Il alla prendre deux grands sacs à Tansy, poussa la porte de l'épaule et sortit dans la magnifique journée ensoleillée.

Julia le regarda partir, une expression curieuse sur le visage.

Karen marqua une pause.

— Qu'est-ce que c'était que ça ?

Sa sœur secoua la tête comme si elle rejetait ses pensées.

— Oh, rien. Je repoussais quelques souvenirs qui ont besoin de bien se tenir.

Ce qui était des plus intrigant comme réponse.

Elles profitèrent de leur repas ensemble, puis Karen retourna au ranch tandis que Julia partait dans la direction de la caserne des pompiers pour se préparer pour le travail.

Durant le mois que Karen avait passé au ranch, d'énormes changements avaient déjà pris place. Toutes les dépendances qui ne pouvaient pas être sauvées avaient été démontées. Les parties réutilisables avaient été récupérées et entreposées dans un secteur derrière l'écurie principale. Le reste était empilé, prêt à être brûlé.

Un groupe était rassemblé près de l'ancienne maison close. Karen s'avança dans la cour et trouva non seulement Finn et Zach, mais une demi-douzaine de membres de l'équipe de travail, y compris le chef qui avait été engagé pour superviser la construction en elle-même.

Cody Gabrielle la remarqua et inclina la tête alors même

qu'il continuait à parler à son équipe. Le geste suffit à attirer l'attention de Finn, et il pivota, les béquilles sous les bras et une expression lasse sur le visage.

Zach lui fit signe d'approcher.

— J'ai vraiment besoin de ton aide.

L'équipe passa à côté de Karen, prenant la direction opposée. Un des nouveaux gars se paya sa tête, suffisamment bas pour que sa voix ne porte pas mais assez fort pour qu'elle ne rate pas le commentaire salace.

Un autre des plaisirs rencontrés à travailler avec des équipes essentiellement masculines.

Tuer dans l'œuf était la meilleure méthode. Elle pivota et lança un sifflement aigu.

— Hé.

Toute l'équipe marqua une pause, regardant par-dessus leur épaule.

— Tu fais un autre commentaire sur mon joli derrière, ou tu essaies de le toucher, et je t'enfoncerai ma botte là où le soleil ne brille pas. C'est clair ?

Elle foudroya du regard celui qui avait parlé.

Son expression lubrique disparut et son regard fila derrière elle, là où se trouvait le chef de chantier.

Mince. Cody et Zach avaient assisté à la scène.

Ainsi que Finn.

Karen se retourna et s'éloigna sans attendre de réponse parce que continuer à calmer la situation était la prochaine étape.

— Hé, les gars. Zach, quelle est la question ?

Elle garda délibérément le ton léger.

Cody s'essuya la bouche avec la main, jetant un coup d'œil à l'équipe qui avait soudain des ailes et se déplaçait rapidement pour se mettre à la tâche qui lui avait été assignée.

Zach serra la main sur l'épaule de Finn, puis accorda toute son attention à Karen.

— Nous avons une idée mais nous voulions te la soumettre. On dirait que le bordel – faute de meilleur mot – est essentiellement sûr d'un point de vue structurel. Il n'y a qu'une partie qui avait un problème. Cody a suggéré que nous démolissions la maison jusqu'aux fondations puis que nous la rénovions pour en faire une sorte de logement communautaire. Cela pourrait être vraiment bien reçu avec les célibataires qui veulent venir au ranch.

— Leur propre chambre dans un dortoir de cow-boy, ajouta Cody.

Cela lui semblait être une super idée. Elle marqua une pause.

— Si vous pouvez le faire avec l'intégrité structurelle, ça me paraît bien. Sur quoi vous avez besoin de mon opinion ?

— Tu ne penses pas que c'est gênant de reconstruire là où nous avons eu un accident ? demanda Cody franchement.

Karen lança un coup d'œil à Finn. Il foudroyait toujours du regard l'équipe de travail qui enfonçait assidûment des clous dans les terrasses de nouveaux chalets.

— Finn. Ça te pose un problème ? Je ne pense pas qu'il y ait de la malchance résiduelle.

Il croisa son regard.

— Du moment que ça te va.

Elle allait lui laisser un répit parce qu'il avait été blessé.

— S'il traîne une énergie résiduelle fantomatique dans une ancienne maison close, elle sera sexuelle par nature. Concentrons-nous peut-être là-dessus, les taquina-t-elle.

Le visage de Zach fit la proie d'une série de contorsions, et pendant un instant, Karen pensa qu'il avait des convulsions.

À la place, il lui attrapa la main et la serra avec enthousiasme.

— Tu es un génie.

— *Hummm*, merci ?

Karen libéra sa main et se glissa plus près de Finn. Une partie de sa rigidité s'effaça alors qu'elle se rapprochait et faisait semblant de chuchoter :

— Qu'est-ce qui se passe avec Zach ?

— Éternelle question.

La voix de Finn était rauque, empreinte de douleur.

— Et voilà la réponse sur le nom à donner à cet endroit, l'interrompit Zach. Enfin, vraiment. Tu m'as fait des remarques sur tous les noms fantastiques que je t'ai proposés, mais maintenant je comprends. Tu attendais que ce moment parfait arrive.

Finn s'adossa contre le pilier de soutien dans une position que Karen ne reconnaissait que trop bien comme étant celle qu'elle utilisait quand tout son corps palpitait.

Malgré tout, il croisa les bras et accorda toute son attention à son ami.

— Nous écoutons. Je ne sais pas pourquoi, mais nous t'écoutons.

— Nous devons choisir quelque chose qui vient du passé de cet endroit quand nous le baptiserons. Scarlet Station[1]. Red-Light[2] Ranch. Dance Hall Gertie's[3].

— Seigneur, pas Gertie, dit rapidement Cody. J'avais une tante qui s'appelait Gertie. Elle n'avait qu'un sourcil.

Karen marqua une pause.

— Un... sourcil ?

Cody leva un doigt au-dessus de ses deux yeux. Il secoua la tête avant de prendre l'air pensif.

— Et peut-être pas quelque chose d'aussi flagrant que *red light*, mais j'aime bien l'idée d'écarlate ou de rouge dans le nom.

— Red Boot Ranch[4] ? demanda Finn.

— C'est ça. *C'est* ce qu'il nous faut, dit Zach avec grand

enthousiasme avant de lancer un coup d'œil à Karen. Qu'en penses-tu ? C'est génial comme marque, mais ce n'est pas vraiment salace à moins que les gens ne veuillent creuser dans le passé.

Son excitation la contamina, elle enroula les doigts autour de ceux de Finn.

— Je pense que c'est un super nom. Faisons d'abord des recherches pour nous assurer que nous ne nous installons pas à moins de cent soixante kilomètres d'un autre Red Boot Ranch. Mais sinon, je pense que c'est mignon.

Un soupir d'exaspération échappa à Finn, mais il lui lança un clin d'œil.

— D'accord. Si ça marche, nous avons un nom. Bienvenue au Red Boot Ranch.

IL ÉTAIT à peine quatorze heures, et il n'en pouvait plus.

Alors que Finn traversait lentement la cour et montait vers le cottage, des parties de son corps dont il ne soupçonnait pas même l'existence, hurlaient sous la douleur.

Il arriva jusqu'à la salle de séjour avant qu'une petite boule de poils blanche attaque la chaussette couvrant son pied intact. L'instant d'après, la créature démoniaque avait les quatre griffes enfoncées dans l'épais tissu tricoté, les membres largement écartés pour garder l'équilibre alors que la jambe de Finn se balançait librement.

On aurait dit un éléphant se faisant attaquer par une souris, et malgré la douleur et l'épuisement, Finn découvrit qu'un rire le démangeait.

— Tu es bête.

Il tira une chaise de cuisine et s'installa dessus. Une fois que son pied fut posé sur le sol, le chaton s'avança, grimpant sur Finn comme sur un griffoir.

— Oh que non. Pas de ça.

Finn l'attrapa par la peau du cou avant qu'il ne puisse enfoncer ses griffes dans son entrejambe. Il souleva le chaton dans l'air devant son visage.

L'animal agitait ses minuscules pattes et lançait d'adorables miaulements grondants.

Finn rit.

— On aurait dû t'appeler Marshmallow Fluff. Tu es suffisamment doux pour faire faire un malaise à un homme.

Il gratta la petite chose sous son menton poilu, puis plaça le chaton contre son torse, gardant une main sur le corps de Dandy, le tenant tendrement, et l'instant d'après, le chaton ronronnait, se frottant contre la chemise de Finn.

— En voilà un spectacle, dit Karen qui se tenait dans l'embrasure de la porte, un doux sourire aux lèvres. Je me demandais où tu étais passé, mais maintenant, c'est logique. Tu savais que Dandy avait besoin de câlins.

— Il ne faudrait pas qu'il se sente seul, ronchonna Finn.

Karen pencha la tête en l'examinant, interprétant à l'évidence les signaux de douleur dans son corps. Mais elle ne dit rien alors qu'elle entrait dans la cuisine.

— Tu veux boire ?

Seigneur, il voulait un verre.

— Puisque je présume que l'alcool est hors de question, tu as du jus de fruit ?

— Pas de problème.

Elle posa deux verres sur le plan de travail puis chercha dans le réfrigérateur tout en changeant complètement de sujet.

— Tu sais qu'en tant que femme je supporte des commentaires vulgaires presque tout le temps, n'est-ce pas ?

Finn le savait, mais cela ne lui plaisait pas du tout.

— Tu ne devrais pas avoir à le faire.

— Je suis d'accord à cent pour cent, mais c'est ma réalité, et je ne l'imagine pas changer du jour au lendemain. Mais ce qui m'aide, c'est de calmer ça très vite. C'est tout ce que je faisais, et neuf fois sur dix, c'est tout ce qu'il faut. En tout cas dans ce genre de cadre où nous travaillons ensemble régulièrement.

— Et qu'en est-il du mec sur dix qui ne sait pas quand trop c'est trop ? demanda Finn en prenant le verre qu'elle lui tendait. Je ne veux pas avoir d'enfoirés qui travaillent par ici et qui ne comprennent pas le mot « non ».

— Et si nous en avons un de ce genre par ici, je te jure que je le dirai à Cody, et il fera son travail et s'en occupera. Mais je ne vais pas te demander de virer quelqu'un pour un commentaire vulgaire qui n'a même pas fait biper son détecteur d'idioties parce que c'était anodin comparé à ce qu'il peut faire impunément dans un autre ranch.

Karen était désormais assise sur la chaise en face de lui, et son expression s'adoucit.

— Est-ce que j'aime gérer ça ? Non. Mais le changement arrive. Lentement, *sacrément* lentement dans le monde agricole, mais ça se produit.

Finn regarda fixement le verre de jus d'orange qu'elle lui avait donné.

— Je n'aime ni les brutes ni les harceleurs. Je ne les ai jamais appréciés.

Elle posa une main sur le bon genou de Finn.

— Je l'ai su dès la première minute, quand tu as mis mon cousin en garde alors qu'il n'était rien de plus qu'un léger agacement. Tu fais partie des bons gars, Finn Marlette.

S'il n'avait pas eu les deux mains pleines, il aurait recouvert celle de Karen de l'une des siennes. À la place, il regarda un scintillement d'amusement apparaître dans ses yeux.

Elle prit le chaton sur le torse de Finn et alla mettre Dandy dans une boîte dans le coin de la pièce.

— Si je brise toutes les règles en ayant temporairement un animal dans la maison, tu vas apprendre à bien te tenir, informa-t-elle le petit animal.

Dandy essaya trois fois de sortir, et elle le remit patiemment trois fois dans la même position. À chaque fois, elle le caressait un peu, et une fois qu'il se fut calmé, elle lui donna une récompense.

Il ouvrit la bouche sur un minuscule bâillement puis posa la tête sur sa queue et s'endormit.

Karen s'installa en face de Finn. La pièce devint silencieuse pendant un instant avant que la curiosité n'apparaisse dans les yeux de la jeune femme.

— Raconte-moi quelque chose sur la période où on s'est perdus de vue.

Toute la situation avec sa famille lui vint à l'esprit, mais Finn n'était absolument pas prêt pour cette conversation à ce moment-là.

Mais Bruce ?

Il se cala sur sa chaise et regarda par la fenêtre alors qu'il réfléchissait.

— Une des choses les plus importantes qui se soient passées, ça a été la rencontre avec l'homme qui a été notre mentor, à Zach et moi. Bruce Travers. Un homme très bon, créatif et innovateur. Un peu tête brûlée, mais très pragmatique et gentil.

Elle s'appuya sur les coudes.

— Quel genre de mentor ?

— Il nous a appris les affaires. Comment investir, quels risques valaient la peine d'être pris, quand il valait mieux se coucher et essayer quelque chose de nouveau.

Finn buvait sa boisson tandis qu'il réfléchissait.

— Imagine quelqu'un qui connaît à peu près tout sur les chevaux et qui t'offrirait une opportunité de travailler avec lui pendant quelques années. Tu ne sais même pas ce que tu ignores, mais alors que le temps passe, tu commences à comprendre que c'est davantage qu'une liste de choses à faire et à ne pas faire. C'est comme un poème ou une chanson, avec un rythme et des rimes, quand tu améliores un commerce ou que tu essaies de convaincre d'autres personnes que ce que tu as à l'esprit est brillant.

— On dirait qu'il était plus qu'un professeur de commerce.

Finn hocha la tête.

— C'était un ami. Il m'a aidé à gérer beaucoup de choses. Il m'a beaucoup appris. À Zach aussi.

Il pouvait parler de Bruce pendant des heures sans jamais finir de chanter les louanges de cet homme, mais il faudrait que ce soit une autre fois. Aussi agréable que ce soit d'être simplement assis à discuter avec elle, il avait atteint ses limites.

— Karen ? Tu veux me rendre un service ?

— Humm ?

C'était stupide à quel point c'était difficile.

— Peux-tu aller me chercher un antidouleur ?

— Pas de problème.

Elle glissa à côté de lui et se dirigea vers l'arrière de la maison, passant les doigts sur son épaule au passage.

Elle revint une minute plus tard, le comprimé dans la paume de sa main et une bouteille d'huile pour bébé dans l'autre.

— Je ne pense pas que ce soit un bon mélange, dit Finn d'une voix traînante.

Karen poussa un petit rire alors qu'il prenait le comprimé et l'avalait avec le reste de son jus de fruit.

— Tu as besoin d'un massage, et je n'ai pas d'huile pour ça.

Sauf si tu veux de la crème pour les pieds à la gaulthérie sur ton torse et tes bras.

Le cerveau de Finn était trop engourdi pour penser correctement. Est-ce que cela signifiait ce qu'il croyait ? Seigneur, sentir ses mains sur son corps...

Il choisit la décontraction.

— Évite la gaulthérie. Je vais prendre l'huile pour bébé.

Elle attrapa la serviette sur son épaule et lui fit signe de se pencher en avant sur son siège.

— Enlève ta chemise. Je vais mettre ça derrière toi pour que, lorsque tu te redresseras, il y ait quelque chose de doux entre toi et le bois.

Rien que la pensée qu'elle le touche créait d'autres genres de surfaces dures.

Changer lentement de position pour ne pas couper la circulation du sang dans son entrejambe signifia qu'il ne défit pas les boutons assez vite pour elle. Soit c'était ça, soit elle était impatiente de le mettre à demi nu, parce qu'elle lui écarta les mains. Un instant plus tard, des doigts compétents se déplaçaient le long de la patte de sa chemise.

Il se déplaça docilement tandis qu'elle repoussait la chemise en flanelle de ses épaules et la lui retirait. Il tendit les bras par-dessus sa tête pour attraper le t-shirt qu'il avait en dessous, le tirant et l'enlevant d'un geste.

— Bon sang, Finn.

Elle rapprocha sa chaise, ses doigts dérivant sur les bleus de son torse. Sur la longue ligne où une planche dentelée avait tout déchiré et laissé une marque enflammée, avec des bords rouges qui s'évasaient en vert et bleu marbrés.

C'était l'enfer et le paradis, qu'elle le touche par des caresses lentes et prudentes. Elle versa de l'huile sur les paumes de ses mains, les frotta, puis les posa sur un de ses biceps.

Doucement au début, puis avec plus de pression alors

qu'elle trouvait les nœuds, Karen lui massa les bras, les épaules, le cou. De longs mouvements légers de contact peau contre peau suivis de sensations d'un douloureux plaisir alors qu'elle enfonçait les pouces dans ses muscles malmenés.

Tout ça était spectaculaire, même les parties qui faisaient mal. Et à quel point était-ce tordu ? Il s'en fichait s'il grognait sans arrêt, il voulait simplement qu'elle continue à le toucher.

— Tu me tues, chuchota-t-il.

— Tu as eu une semaine difficile, l'informa Karen. Il n'y a pas de mal à laisser quelqu'un s'occuper de toi.

Il ne voulait pas foirer, mais il voulait être honnête.

— Je veux prendre soin de toi. De toutes les manières possibles. Ça me donne l'impression d'échouer d'avoir besoin d'autant d'aide.

— Nous en avons déjà parlé. Si tu flemmardes encore dans trois semaines, nous en discuterons. Pour l'instant, les bleus sont encore là, et tu es shooté à mort. Donne-toi une chance, dit-elle sévèrement.

— Pas assez, répéta-t-il.

Il devait arrêter de protester parce qu'à l'évidence Karen et Zach étaient allés à la même école de l'obstination.

— Dans trois semaines, continua-t-il, si je suis encore une épave, vire-moi à coups de pied.

Elle se déplaça derrière lui, glissa les mains le long de sa colonne vertébrale et lui provoqua la chair de poule.

— Vendu.

Il appuya un bras sur sa cuisse et l'autre sur la table et laissa les mains de Karen dériver sur son dos de cette manière sensuelle et obsédante. C'était doux et gentil, amical. Soignant ses douleurs. Mais c'était un flash-back vers des instants de cet été si lointain quand ils s'étaient déshabillés mutuellement, cherchant frénétiquement à s'unir.

Ou lors de leurs relations sexuelles, rares et lentes. Cela

avait été peu fréquent, des moments volés quand ils étaient sûrs que personne d'autre n'était aux alentours. De longues situations intimes où ils s'étaient touchés, embrassés et unis jusqu'à être haletants et complètement repus.

— Dans trois semaines, quand tes mains seront sur moi, il vaudrait mieux que ce soit réciproque.

Les mots sortirent rauques, sa gorge serrée de désir. Il pencha suffisamment la tête pour croiser son regard.

— Je veux glisser les doigts sur ton dos nu pour pouvoir t'attirer étroitement contre moi. Les passer sur tes hanches juste avant de glisser ma main entre tes cuisses. Ou je prendrai tes seins pour pouvoir poser la bouche sur tes mamelons et les lécher jusqu'à ce que tu te trémousses. Je veux...

Il reprit conscience à travers la chaleur qui emplissait ses veines. Bon sang, il recommençait.

Finn se redressa un peu plus.

— Bon sang. Ces antidouleurs semblent me dénouer la langue plus qu'ils ne le devraient. Pardon.

Il se força à croiser son regard.

Les joues de Karen étaient rouges, ainsi que son cou et le haut de sa poitrine.

Elle s'humecta les lèvres et sembla lutter pour trouver ses mots.

— Oui. Toi et les antidouleurs, c'est un mélange dangereux. Je dois retourner travailler un moment. Tu as besoin de quelque chose avant que je ne sorte ?

Il secoua la tête, la regardant alors qu'elle semblait trébucher sur du vide en filant vers la porte.

Mais avant qu'il ne puisse finir de se botter les fesses, elle s'arrêta, carra les épaules comme si elle se préparait à un assaut, puis lui fit face.

— Juste pour être claire, je ne suis pas offensée par ce que tu as dit. C'est juste un peu tôt dans ta récupération pour que je te saute dessus.

Puis elle disparut, ses bottes claquant brièvement à la porte d'entrée avant que la porte moustiquaire ne se referme.

Finn cligna des yeux, son cerveau légèrement embrouillé examinant lentement ce commentaire.

Eh bien, d'accord alors.

Il lui fallut un moment pour manœuvrer dans le couloir et se mettre au lit pour faire une sieste, mais pendant tout ce temps, l'amusement et l'espoir se mêlèrent pour apaiser les pointes acérées de sa douleur.

Ses rêves furent parfaitement salaces.

12

Les deux jours suivants passèrent à un rythme irrégulier. Karen ne savait jamais quand elle se levait le matin si Finn serait réveillé ou non. Il était plus facile de laisser de la nourriture dans le frigo que de prévoir des repas à heure fixe... Que Finn dorme quand il en avait besoin était une surprenante évolution.

Elle se mit à la tâche, l'évolution permanente de son travail s'accentuant quand Zach décidait qu'il avait besoin d'aide.

Ou Finn, lorsqu'il eut repris beaucoup d'activités de bureau en ne se plaignant presque pas.

Ha à ce propos.

Cet homme ne se plaignait en fait jamais, mais la manière dont il s'asseyait et regardait de travers la pile de papiers attachée au porte-bloc devant lui disait clairement qu'il aurait aimé être sur le dos d'un cheval à la place.

— Ça ne va pas bondir pour te mordre, le taquina Karen en le rejoignant à table.

— Je n'ai pas besoin qu'autre chose me morde. J'ai déjà une vermine qui pense que je suis son vulgaire jouet à mâcher, dit

Finn en lui lançant un clin d'œil avant de lui faire signe de se rapprocher.

Sur ses genoux, le chaton blanc comme neige mâchouillait le pouce de Finn, agitant joyeusement sa queue d'avant en arrière.

— Il est affreux. Ne le laisse pas te mener à la baguette, l'avertit Karen.

Finn haussa les épaules.

— Je pense qu'il a eu des débuts un peu difficiles. Ça ne me gêne pas de lui donner un peu d'amour en trop en ce moment, déclara-t-il en poussant le porte-bloc vers elle. Sauve-moi.

Karen tourna la pagaille de papiers vers elle.

— Qu'est-ce que Zach te fait donc faire ?

— Il veut que je prenne des décisions de design, ce qui n'est pas mon domaine d'expertise.

Sur le dessus se trouvait une esquisse des plans des nouveaux cottages qui étaient bâtis dans le ranch. En général une pièce, avec des configurations de deux ou trois chambres pour les familles. Était incluse une pile de carrés et de rectangles découpés, chacun soigneusement marqué avec « commode » ou « lit *queen-size* ».

— Tu devrais demander à mes nièces de t'aider avec ça. Elles adoreront jouer aux poupées en papier et organiser les meubles, suggéra Karen en jetant un œil à la masse de papiers épaisse de trois centimètres en dessous. Qu'est-ce que c'est que tout ça ? Est-ce que Zach a imprimé tout l'inventaire de Bed, Bath & Beyond[1] ?

— Peut-être, répondit Finn en lui offrant son expression la plus suppliante. J'ai dit que je gérerais la paperasse, mais Seigneur, ce n'est pas une chose dont je devrais être responsable. Il veut que je choisisse des palettes de couleur.

Le son qu'il émit soutira un rire à Karen.

— Je ne suis pas celle qui t'aidera non plus. Mes sœurs

apprécieraient probablement, mais... N'est-ce pas un peu tôt pour prendre ce genre de décisions ?

— Nous allons engager quelqu'un comme gouvernante, ainsi qu'un chef cuisinier, mais probablement pas avant la fin septembre. Ils auront leur mot à dire sur la quantité de choses que nous achèterons et les fournitures dont nous aurons besoin, mais ce serait bien d'avoir au moins décidé des styles.

Karen hocha la tête.

— Cela va me prendre trois secondes pour te donner mon opinion totalement biaisée. Quand tu auras décidé de ce qui pourra tenir dans chaque chalet, tu pourrais voir avec mon cousin Daniel qui dirige une activité parallèle pour la fabrication de mobilier sur mesure Coleman.

Une partie du désespoir de Finn disparut, remplacé par un sourire incrédule.

— Mince. Je suis à côté de la plaque parce que j'avais complètement oublié ça. Et pour les couettes et les oreillers, tu as quelques cousins qui peuvent m'aider aussi, n'est-ce pas ?

— Si tu es prêt à faire des folies pour avoir des designs faits à la main. Ceux-là, tu dois les commander à Hope et Becky dès que possible, ou tu ne les auras pas à temps. Même si elles ont parfois du stock.

Une étincelle de bonheur s'embrasa en elle à l'idée de résoudre le problème de Finn tout en aidant sa grande famille.

— J'ai vu leur travail. Ce ne serait pas une difficulté de présenter leur artisanat par ici, dit Finn en pointant la liasse de papiers sous ses mains. Jette ça. Je vais appeler ta famille et voir ce qu'elle suggère.

— Et si je les appelais pour te présenter ? Ou te re-présenter... Je suis presque sûre que Daniel et Hope se souviendront de ton nom.

Il perdit un peu le sourire.

— Est-ce une bonne chose ?

Karen examina son visage et les poches sous ses yeux alors qu'elle revenait cinq ans en arrière.

— Je pense qu'une seule personne parmi mes nombreux cousins avait des doutes sur toi. Ashley est maintenant la mère surmenée de deux enfants, alors une fois que je t'aurai donné le feu vert, tu ne devrais pas avoir de problèmes.

— Ce ne sont pas tes cousins qui m'inquiètent, dit Finn carrément. Franchement, que tes sœurs ne se soient pas liguées contre moi pour menacer de me démembrer puis de me tuer me surprend vraiment.

— Je suis sûre qu'elles le prévoyaient mais qu'elles ont reporté ça après ton accident, répondit-elle en tapotant légèrement les doigts sur la table. Ce n'est pas drôle de menacer quelqu'un qui ne peut pas fuir.

À sa grande surprise et à son amusement, il lui tira la langue.

Elle gloussait encore lorsqu'elle appela sa cousine Hope, propriétaire du magasin de patchwork Stitching Post à Rocky Mountain House.

De petites choses comme ça rendaient le travail quotidien de Karen unique et beaucoup plus amusant qu'il ne l'avait été récemment au ranch de Whiskey Creek.

Chaque instant était différent. Comme être appelée pour aider à décider selon quel angle exactement installer la base d'un nouveau cottage. Ou devoir arbitrer une *discussion* entre Cody et Zach sur la peinture à utiliser pour l'extérieur des chalets individuels.

Ils avaient peint un mur de deux couleurs différentes et n'arrivaient toujours pas à décider laquelle ils voulaient. Pas même après l'avoir entraînée dans leur conversation pour proclamer les mérites de chacune par rapport à l'autre.

Ils semblaient déterminés à se comporter tels des chiens avec un os à ronger.

Finn passa sur ses béquilles, les regardant alors qu'il s'arrêtait près d'elle.

— Ils se disputent comme des poules qui caquettent depuis longtemps ?

— Définis ce que tu appelles longtemps, répondit Karen avec un sourire narquois vers Zach, qui planta les poings sur les hanches à son commentaire. Je leur ai dit que je connaissais déjà la réponse, mais ils ne veulent pas arrêter de glousser assez longtemps pour m'écouter.

Finn hocha vivement la tête.

— Je pense que je sais où tu vas. Le truc de l'écurie ?

— Bien sûr. Tu veux m'aider ?

— J'en serais ravi.

Il attendit qu'elle se penche et ramasse deux mottes de terre, puis elle en déposa une dans sa main tendue. Les yeux de Finn brillèrent d'amusement, puis sans avertissement, il la lança droit vers Zach.

— C'est quoi ce bazar ? fit Zach en esquivant.

La terre percuta le mur latéral du chalet, se brisant et se répandant en particules de terre qui s'accrochèrent sur les planches brutes.

Au même moment, Karen lança le second bloc vers Cody, le ratant délibérément pour qu'il s'écrase contre le mur à environ un mètre de celui de Finn.

— Tu as une étrange manière d'aider, se plaignit Cody avant que Zach ne lui donne un coup poing sur le torse, pointant du doigt le mur derrière eux.

La terre sur la gauche avait fait une tache ronde intense, tandis que celle sur la droite était à peine visible puisque le ton marron plus léger correspondait presque au sol local.

— Et nous avons un gagnant. Je t'avais dit que mon choix était le bon, jubila Zach.

— Oui, mais tu as eu de la chance. Tu n'étais pas du tout

scientifique comme Karen, répondit Cody en levant le pouce vers celle-ci et Finn. Jolie technique.

— La prochaine fois, écoutez, suggéra Finn avant de lancer un clin d'œil à Karen.

Les seules choses qui n'allaient pas dans la vie de cette dernière étaient de continuer à voir Finn souffrir et d'avoir dit au revoir à Dandelion. Comme elle partait à l'automne faire des études, il était plus intelligent d'installer le chaton avec les chats de l'écurie, mais l'avoir déposé au ranch de Silver Stone l'avait laissée étrangement vide à l'intérieur.

Le samedi matin, elle se leva tôt pour aller faire une balade à cheval avant que les réjouissances de la fête du Canada ne commencent. De faibles ronflements s'entendaient à travers la porte fermée de la chambre principale quand elle passa devant.

Encore un autre bouquet de fleurs sauvages l'attendait dans un verre sur le plan de travail de la cuisine. Comme chaque matin depuis que Finn était revenu de l'hôpital.

Elle ne savait pas quand ni comment il sortait en douce de la maison pour les trouver, mais alors qu'elle ramassait les tiges solides surmontées de pétales violet pâle, elle devait admettre qu'elle était charmée.

Elle glissa les fleurs avec le bouquet qui était déjà sur la table et en jeta quelques-unes qui s'étaient fanées. Elle remplit un thermos de café, et après avoir laissé un mot à Finn disant qu'elle le retrouverait à la fête foraine, elle sortit dans l'air frais matinal du 1ᵉʳ juillet.

Les corvées du matin avaient commencé. Un murmure tranquille de voix et de sons d'animaux flottait sur le ranch tandis que les employés se dirigeaient vers la tente du mess improvisé pour prendre leur café et leur petit déjeuner. Les chevaux se déplaçaient lentement dans le manège. À peine une douzaine, essentiellement ceux qui appartenaient aux hommes qui dormaient dans des vans tout autour de la large zone de travail.

Les hommes agitèrent la main dans sa direction tandis qu'elle sellait Starlight, mais aucun ne l'interrompit alors qu'elle rangeait le thermos dans une sacoche puis montait et se dirigeait vers l'ouest.

Elle n'avait pas cru sa sœur Tamara quand elle lui avait dit à plusieurs reprises à quel point le relief de Heart Falls était différent, comparé aux terres qui entouraient Rocky Mountain House. Trois heures seulement vers le sud n'auraient pas dû faire une aussi grande différence.

Mais tel était le cas. Plus elle restait dans la région, plus Karen comprenait ce que Tamara avait essayé de dire.

Ici ils étaient déjà dans les contreforts, avec les Rocheuses qui filaient vers le ciel et semblaient suffisamment proches pour pouvoir les toucher. Et même si les contreforts présentaient certaines pentes caractéristiques qui descendaient dans des vallées puis remontaient vers les hauteurs, comme celles si communes autour de Rocky Mountain House, ici la forêt alpine avait commencé à gagner du terrain. Des pins et des épicéas se dressaient, éparpillés sur les collines avoisinantes.

Les ravines n'étaient pas douces avec des pentes vaseuses. Elles étaient en granit et escarpées, l'érosion avait abattu les côtés du canyon jusqu'à la roche nue et avait créé un paysage plus sauvage.

Brut, pur, dangereux.

Karen chevauchait dans le silence plein d'échos du grand air. Les sacoches craquaient, et ses cuisses gainées de jean frottaient les flancs de Starlight avec un doux sifflement. Les oiseaux, le vent et les arbres contribuaient tous à la musique autour d'elle.

Elle laissa son cheval prendre l'initiative, errant là où il voulait. Il avait trouvé une vieille piste à gibier, qui sortait en boucle de la ravine en direction du nord. Après avoir tourné et viré, Karen se retrouva en haut d'une crête, regardant ce qui serait bientôt le Red Boot Ranch. Derrière, la ville de Heart Falls se trouvait au loin avec le ranch de Silver Stone à l'extrême sud-ouest.

C'était un endroit magnifique, et elle inspira profondément et laissa le calme l'envahir. Quel privilège d'être ici !

Alors pourquoi as-tu autant hâte de t'enfuir ?

Cette pensée arriva spontanément, et elle éloigna Starlight de cette vue, reprenant le chemin comme si cela l'éloignerait de cette question.

Elle entortilla les rênes autour de ses doigts et marqua une pause assez longue pour vérifier sa position, parce que se perdre n'améliorerait pas sa réputation pour son travail.

Un doux frottement provint de la droite, et Karen se figea. Les oreilles de Starlight se redressèrent brusquement, pivotant alors qu'il essayait d'identifier le danger.

Quand son cheval se détendit, Karen fit de même. Quelque chose se trouvait dans les buissons, mais ça n'allait pas bondir pour les attaquer. Elle glissa de la selle et attacha Starlight.

Puis elle se déplaça prudemment à travers les fourrés vers l'endroit où des rais de lumière plus vifs indiquaient qu'il devait y avoir une sorte de clairière.

Une petite ouverture entre des pins massifs créait une petite oasis. La jument qu'elle avait vue l'autre jour était là. Sur le flanc, haletant lourdement, son ventre gros d'un poulain.

— Mince.

Karen repartit dans l'autre sens et attrapa les rênes de Starlight, le menant un peu plus loin jusqu'à ce qu'elle trouve un sentier suffisamment large qui les mena dans la clairière.

La seule chose utile dans ses sacoches était une trousse d'urgence, et il fut vite évident qu'elle en avait besoin. La jument était suffisamment en difficulté pour bouger à peine quand Karen se laissa tomber au niveau de sa tête.

— C'est bon, ma beauté. Je vais t'aider, la rassura Karen, même si à ce stade, il n'y avait pas grand-chose à faire.

Elle l'examina, jurant quand elle découvrit que le poulain arrivait par le siège. Une mise bas difficile dans le meilleur des cas. La jument était petite, et le poulain – probablement celui de l'étalon sauvage – était arrivé à terme et plutôt grand.

Avant d'entreprendre quoi que ce soit de trop drastique, Karen fit une tentative pour passer un appel, mais comme elle s'y attendait, elle n'avait aucun réseau. Elle essaya la deuxième meilleure solution, qui était d'envoyer un rapide texto pour qu'il passe dès qu'elle serait à portée de réseau.

Pendant tout ce temps, elle caressa le flanc de la jument, la calmant, la rassurant, priant avec ferveur.

Karen se pencha et pressa son front contre celui de la jument.

— Toi et moi, nous allons voir ce que nous pouvons faire d'accord ? Donnons tout ce que nous avons.

Elle inspira profondément et commença.

Traîner dans la salle des fêtes était la dernière chose dont Finn avait envie.

Il avait plus ou moins été ligoté et emmené aux réjouissances de la fête du Canada après qu'on lui avait rappelé que c'était un événement communautaire, et qu'ils devaient être sympas. Parce qu'ils vivaient à Heart Falls, qu'ils démarraient un business et tout ça.

En tout cas, ce fut l'avertissement que Zach lui donna.

— Je pensais qu'avoir une jambe cassée signifiait que j'avais le droit d'être un ours grincheux et un ermite pendant un moment, avança Finn d'un ton pince-sans-rire.

— Est-ce que j'ai dit ça ? Je suis sûr que je n'ai jamais dit ça, répondit Zach en se garant sur une place de parking juste devant la salle des fêtes. Si j'avais dit quoi que ce soit, cela aurait été que tu es un ours grincheux, point barre.

Finn posa une main sur le volant avant que Zach ne coupe le contact.

— Tu ne viens pas de te garer sur une place handicapée.

— Je te dépose.

— Déplace ta fichue camionnette.

Son ami poussa un gros soupir, puis changea d'emplacement.

Ils étaient à peine entrés dans la salle quand ils furent encerclés par une bande de femmes.

— Nous t'avons gardé un siège, annonça une brune particulièrement belle à Zach tandis qu'elle battait des cils vers lui avant de lancer un coup d'œil à Finn. Pauvre bébé. Tu peux venir aussi.

Finn garda un visage inexpressif tandis que Zach tentait de repousser les encouragements à s'orienter dans trois directions différentes.

Quelqu'un toussa.

Finn lança un coup d'œil sur la droite et découvrit Julia Blushing qui se tenait un peu plus loin.

Il chercha de la compassion.

— Seigneur, dis-moi que tu as un endroit où nous asseoir.

Elle lui lança un clin d'œil.

— Mes sœurs ont gardé un siège pour vous, Zach et Karen, répondit-elle en regardant par-dessus l'épaule de Finn. Elle n'est pas venue avec toi ?

Eh bien, zut. Il secoua la tête.

— Elle a dit qu'elle nous retrouverait ici.

Julia hésita, puis haussa les épaules.

— Viens. Nous allons laisser Zach se débrouiller pendant que nous chercherons Karen.

De longues rangées de tables s'étiraient d'un côté à l'autre de la salle communale. Des chaises métalliques typiques étaient alignées à intervalles réguliers, et toute la pièce était emplie de gens qui riaient et discutaient.

La famille Stone avait accaparé un coin de la salle. Caleb et Tamara étaient là avec leurs deux filles et leur bébé, Tyler. Luke et Kelli discutaient avec Walker, tandis que leur plus jeune frère, Dustin, ajustait nerveusement son col, lançant un coup d'œil vers un groupe de jeunes demoiselles qui le regardaient d'un air spéculateur.

— Je n'arrive toujours pas à croire qu'ils organisent des enchères de célibataires lors d'une manifestation familiale, dit Finn à Julia alors qu'elle le menait vers trois chaises vides près de Lisa et Josiah.

— Si ça fait gagner de l'argent, tout est permis, lança Julia malicieusement. C'est bon. Tu es tiré d'affaire pour cette année.

Une pensée amusante traversa l'esprit de Finn.

— Je peux voir Zach monter sur scène, non ?

Elle ricana.

— C'est un truc de meilleur ami, n'est-ce pas ? Jubiler de la souffrance de l'autre ?

— Cela ne pourrait pas arriver à un homme plus sympa, répondit Finn en ajustant ses béquilles pour s'asseoir prudemment sur la chaise tout au bord de la table.

Josiah changea immédiatement de position pour se joindre à lui.

— Je ne vais pas te demander comment tu vas, mais je suis content de te voir.

— Un peu déterré, et je suis ravi de te voir aussi. Je t'attendais au ranch cette semaine, admit Finn.

— Je me suis retrouvé avec un tas d'urgences, y compris un appel au milieu de la nuit qui a duré presque vingt-quatre heures.

Josiah lutta contre un bâillement avant de s'y abandonner. Il se couvrit la bouche, les yeux bien fermés avant de les cligner intensément. Il fit un geste vers le mug de café devant lui.

— Je vais peut-être tenir encore deux heures avant que tout ce que je vois, ce soit l'intérieur de mes paupières.

Ils discutèrent pendant que Finn attendait l'arrivée de Karen. Julia était au téléphone, mais quand il attira son regard, elle leva le pouce, alors il essaya de se détendre et d'apprécier cette sortie.

Le repas commença. Ce fut à ce moment que Finn se rendit compte une nouvelle fois combien être blessé, ça craignait. Il ne pouvait pas gérer ses béquilles et une assiette.

Tamara le prit en pitié. Elle déposa Tyler dans ses bras comme prétexte.

— Tiens. Prends le bébé, et je vais aller te chercher à manger.

— Merci.

À trois mois, Tyler avait déjà plus de personnalité qu'il n'en avait quelques semaines auparavant. Finn regarda le petit dans les yeux et lui dit franchement la vérité.

— Tu as une femme bien, là. Assure-toi de bien apprécier ça à sa juste valeur.

Un gloussement féminin s'éleva derrière lui, suivi d'un autre. Une partie de la bande de Zach passa tranquillement à côté de lui avec des assiettes en main, l'examinant attentivement.

— Dommage que tu sois indisponible, dit Zach en s'installant sur la chaise en face de Finn. D'après la manière dont les femmes te regardent en ce moment, tu rapporterais un paquet de fric. Les bébés sont comme des aimants.

— Je suis surpris que tu souffles, dit Finn en installant Tyler plus confortablement et donnant son doigt à mâchouiller au petit.

— Ce n'est que pour le plaisir, dit Zach, mais il sourit.

Julia marqua une pause en passant. Elle saisit la joue de Zach, en effaçant les marques de rouge à lèvres écarlate avant de lui lancer une œillade incroyable et de continuer son chemin.

Les gens revenaient avec des assiettes pleines, un tour de chaises musicales s'ensuivit, et en dehors du fait qu'il n'y avait aucun signe de Karen, c'était un repas parfaitement simple.

Finn ne cessait de regarder sa montre.

Le micro s'alluma, et Malachi Fields s'avança sur l'estrade.

— Si vous voulez bien empiler vos assiettes et les faire passer au bout de la table, nous allons les ramasser et nous préparer pour la prochaine partie de nos festivités. Il est presque l'heure, messieurs. J'ai besoin que tous nos courageux célibataires se dirigent vers l'escalier latéral et montent sur la scène dans les quinze prochaines minutes.

Des moqueries bon enfant résonnaient dans la pièce, ainsi que le cliquetis des assiettes et des ustensiles.

À proximité, un téléphone sonna, et même si cela n'aurait rien dû être de plus qu'un bruit de fond parmi d'autres, cela attira l'attention de Finn.

Kelli Stone cligna intensément des yeux alors qu'elle faisait défiler son écran. Elle se pencha vers son mari et chuchota à son oreille avant de se lever et d'aller droit vers Josiah.

Elle s'adressa au vétérinaire en murmurant, mais Finn saisit une mention du prénom de Karen. Bon sang, il n'allait pas rester silencieux alors que sa curiosité et son inquiétude bouillonnaient.

Il posa une main sur le bras de Josiah avant qu'il ne se lève de table.

— Karen ?

Josiah lança un coup d'œil à Kelli, puis pencha la tête vers la porte de sortie.

— Vas-y. Vois si tu peux l'avoir en ligne.

Kelli s'éloigna tout en appuyant rapidement sur les boutons. L'inquiétude était inscrite sur tout son visage.

Seule une seconde s'écoula avant que Josiah ne se penche vers lui, mais ce fut assez long pour que Finn s'imagine toutes sortes de terribles scénarios.

— Karen a trouvé une des juments sauvages en plein travail. C'était un message rapide envoyé avant qu'elle n'essaie de l'aider. Le fait qu'il soit arrivé maintenant signifie probablement qu'elle est en route. Tu veux m'accompagner et voir ce qui se passe ?

Impossible qu'il fasse moins que ça.

Josiah les dirigea vers la sortie de secours plutôt que d'essayer de manœuvrer à travers la foule de personnes.

Zach attira son attention juste avant qu'ils ne passent la porte et leva une main vers son oreille pour mimer un téléphone. Finn hocha la tête. Dès qu'ils sauraient ce qui se passait, il tiendrait son ami au courant.

Kelli raccrocha le téléphone et chercha précipitamment ses clés dans ses poches.

— Karen est en chemin vers le ranch. Elle ramène le poulain mais elle dit qu'il ne respire pas très bien. Ça te dérange d'y aller ?

— Bien sûr que non, répondit Josiah en lançant un coup d'œil à Finn avant de hocher vivement la tête vers Kelli. Retourne à l'intérieur et passe du temps avec ta famille. Finn et moi, nous nous occupons de ça.

— Mais...

Kelli s'interrompit en fermant brusquement la bouche.

— Oui. Tu as raison. Elle m'a envoyé un message parce qu'elle ne voulait pas te faire déplacer si aucun des chevaux ne s'en sortait. Mais il n'y a pas grand-chose de plus que je puisse faire que Karen n'ait pas déjà fait.

Josiah lui serra le bras.

— C'est bien de savoir que les gens te font autant confiance. Et c'est mérité... Mais pour l'instant, va profiter des festivités. Et assure-toi d'avoir tous les détails pour que nous puissions taquiner Zach plus tard.

— Ça marche.

Kelli s'éloigna comme si elle était une Amazone de trois mètres cinquante et pas un tourbillon habillé de jean d'un mètre cinquante.

Finn joua ses béquilles comme un fou pour suivre alors qu'ils filaient à travers le terrain de football vers la camionnette de Josiah.

— Tu veux essayer de l'appeler ? suggéra Josiah une fois que Finn fut monté sur le siège haut de la camionnette.

— Super idée.

Karen répondit à la deuxième sonnerie.

— Finn ?

— Josiah et moi sommes en chemin, lui dit-il. Où es-tu ?

— Presque à la limite ouest. Cela va me prendre encore vingt minutes parce que je ne peux pas me déplacer trop vite.

Des larmes mouillaient sa voix, ce qui suffit à déclencher tous ses réflexes protecteurs.

— Ça va ?

— Je ne suis pas blessée. Ça a juste été une sacrée journée.

— Tiens le coup, *chérie*. Prends le sentier numéro un, et Josiah et moi te retrouverons dès que nous pourrons.

Mais quand ils eurent couvert la distance jusqu'au ranch, Karen était presque arrivée à l'écurie. Josiah bondit, attrapa sa trousse et fonça vers Karen, qui s'apprêtait à mettre pied à terre.

Il fallut trop de temps à Finn pour sortir de la camionnette et s'approcher de l'écurie, et à ce moment-là Josiah avait déjà posé le poulain sur le sol et il était à l'ouvrage. Il donna sèchement des ordres à Karen, tandis que ses mains se déplaçaient rapidement et qu'il faisait quelque chose avec le cou de l'animal.

Finn n'avait rien d'autre à faire que d'observer et attendre.

Quand le petit poulain eut enfin ce tressaillement distinctif et bougea ses jambes comme s'il était forcé d'essayer de se lever, Finn inspira profondément.

— D'accord. Maintenant, c'est bon, dit Karen en titubant pour se remettre debout, s'essuyant les mains sur son jean, le visage blême.

Finn ouvrit les bras.

— Viens là.

Elle secoua la tête.

— Je suis sale...

— *Karen*, dit-il, attendant qu'elle le regarde. Viens là !

Qu'elle s'avance dans ses bras était un genre de capitulation. Il ne se souciait pas qu'elle soit couverte de boue et dégage l'odeur de quelqu'un qui avait aidé à faire naître un poulain. Sa joue se pressa contre son torse, elle passa les bras autour de lui et s'agrippa étroitement, le serrant comme s'il était la seule raison pour laquelle elle pouvait rester debout.

Il la serra simplement dans ses bras. Il ne lui caressa pas les cheveux ni ne lui tapota le dos, ni quoi que ce soit d'autre. En partie parce qu'il faisait de son mieux pour garder l'équilibre, mais surtout parce qu'il ne s'agissait pas de la rassurer. Il s'agissait d'être là pour elle.

Quels que soient les obstacles auxquels elle avait fait face, elle l'avait fait avec sa force habituelle. Et quel que soit ce dont elle avait besoin maintenant, il le lui donnerait.

Juste à l'extérieur du petit cercle qu'ils formaient, Josiah recula alors que le poulain luttait pour se redresser et faire ses premiers pas tremblants. Un miracle, comme tant de miracles qui s'étaient produits avant et qui se reproduiraient.

Mais le vrai miracle, c'était d'avoir Karen dans ses bras.

13

Karen : *Tu me manques*

~

Finn : *Je donnerais n'importe quoi pour être avec toi.*

~ Messages non envoyés, en automne, après ce qui s'était passé au ranch de Whiskey Creek ~

~

Karen était une épave, et pas seulement à l'extérieur. Elle était fatiguée, et sale, et elle avait un mal de tête arrivé tout droit de l'enfer. Mais ce qui était le plus frustrant, c'était de ne pas pouvoir suffisamment disséquer les émotions entremêlées en elle pour pouvoir les repousser.

Finn était là, et cette partie-là était merveilleuse.

Une fois que Karen eut assez récupéré pour se tenir debout seule, Josiah lui lança un hochement de tête approbateur.

— On dirait que ce petit chenapan va s'en sortir. Un peu de boulot pour le nourrir, mais si tu veux, je peux l'emmener au refuge pour animaux de Sonora. Ils donnent le biberon à des veaux en ce moment, alors l'ajouter ne devrait pas poser de problème.

Le bras passé autour de ses épaules pour la soutenir la serra brièvement.

— Ça pourrait être une bonne idée, dit Finn.

C'était une super idée.

— Je n'ai pas le temps de m'occuper de lui en ce moment, dit Karen. Si tu penses que ça ne dérangera pas Sonora...

Le vétérinaire remballa ses outils, alors même qu'il secouait la tête.

— Elle te remerciera probablement pour la distraction. Elle a beaucoup de volontaires réguliers qui arrivent en ce moment, et cela leur donnera quelque chose à faire.

— Merci, dit Karen avant de marquer une pause. J'aurais aimé pouvoir dire que la jument allait bien, mais elle était encore couchée quand j'ai décidé que je ferais mieux de partir et de ramener le poulain.

Josiah eut un air un peu sombre à cette déclaration mais la compassion emplissait son regard lorsqu'il répondit.

— Tu sais que nous ne pouvons pas tous les sauver, pas même dans les meilleures conditions. Tu as ramené le petit, et c'est déjà merveilleux.

— J'aurais quand même aimé pouvoir en faire plus.

À l'intérieur, elle avait mal.

Josiah partit de son côté, et Finn et elle se dirigèrent du leur vers le cottage.

Il lui indiqua le couloir.

— Va prendre une douche. Je vais te préparer à déjeuner.

Elle vida tout le ballon d'eau chaude mais ne réussit toujours pas à se débarrasser du froid dans ses os. La sensation n'avait rien à voir avec la chaleur de sa peau et tout à voir avec les cris de coyote qui avaient résonné autour du cottage ces dernières semaines.

Karen appuya le front contre le mur de la douche. Des prédateurs qui mettaient au tapis un animal blessé... cela faisait partie de la vie. Il était probable que les coyotes abrégeraient les souffrances de la jument, plutôt.

Malgré tout, l'idée qu'elle avait probablement laissé la jument mourir ne lui convenait pas.

Quand elle arriva dans la cuisine, il y avait une assiette de nourriture sur la table. Finn était étiré sur une chaise à proximité, les bras croisés sur le torse. Ses yeux étaient clos, et sa tête dodelinait légèrement. Il dormait profondément, assis, à l'attendre.

Le pauvre homme ! Il avait toujours mal et cela continuerait pendant des semaines. La dernière chose dont il avait besoin, c'était qu'elle pleure sur lui, et pourtant c'était exactement ce qu'elle avait fait.

Elle s'assit silencieusement et attaqua la nourriture. Insipide – ce n'était pas la faute de Finn, elle n'avait simplement pas d'appétit – et pourtant nécessaire.

Pendant tout ce temps, elle le regarda. Le lent mouvement de son torse. La manière dont ses cils sombres reposaient contre ses pommettes. Sa tête qui tombait lentement jusqu'à ce que ses paupières s'ouvrent et que son regard sombre croise le sien.

Aussitôt alerte, il examina son visage.

— Comment te sens-tu ?

— Agacée parce que je t'ai éloigné du moment que tu passais avec tes amis.

Finn se pencha en avant, la désapprobation le gagnant.

— Vraiment ?

— Hé, je dis simplement la vérité.

Karen repoussa son assiette, luttant pour trouver un équilibre.

— Ce n'était pas la meilleure matinée que j'ai jamais eue, alors peut-être que nous devrions laisser tomber pour l'instant. Merci d'avoir été là. J'apprécie, lui dit-elle sincèrement.

Il examina son visage, expirant durement comme pour essayer d'évacuer sa propre frustration, mais il laissa tomber. Ce qui était exactement ce qu'elle voulait, même si cela signifiait que cette pagaille d'émotions était toujours là et hors de contrôle.

Au diable tout ça. Inutile d'essayer de décortiquer la douleur à l'intérieur quand la vérité était que parfois la vie craignait.

Elle nettoya la cuisine, puis quand Finn sortit par la porte de derrière, elle alla dans la salle de séjour pour se distraire en examinant le courrier qui s'était entassé au cours des dernières semaines. Les lettres qu'elle avait fait réexpédier chez sa sœur puis apporter au cottage pour promptement les ignorer.

Elle était en plein milieu du paiement des factures quand sa sœur appela.

— Hé, Tamara.

— Hé, sœurette. J'ai entendu parler du poulain. On dirait que tu as passé une sacrée journée.

Un bruit résonna à l'arrière-plan derrière la voix de Tamara. Des enfants et un grondement plus profond tandis que Caleb répondait à l'une d'elles.

— Je ne vais pas te retenir, mais je voulais t'informer que papa arrive demain, continua-t-elle. Viens pour le dîner. Julia sera là, c'est certain. Peut-être même Lisa.

Depuis la découverte de l'existence de Julia, George Coleman faisait désormais un effort pour être plus impliqué dans les vies de ses filles.

La relation entre Karen et son père n'avait jamais été ce qu'elle qualifierait de « proche », mais les derniers mois avaient été ce qui se rapprochait le plus de l'impression d'avoir un vrai père.

Bon sang, elle était ici, à Heart Falls parce qu'il avait insisté pour qu'elle prenne du temps pour elle. Il lui avait même écrit une chaleureuse recommandation qui avait contribué à ce qu'elle soit acceptée dans le programme de formation où elle irait en automne.

Malgré tout, il n'y avait pas grand-chose de réjouissant à la pensée de partager un repas avec lui, et n'était-ce pas pourri ?

Il essayait, alors elle le ferait aussi.

— Je serai là.

Tamara lui fit part de quelques anecdotes sur ce qui s'était passé pendant les célébrations de la fête du Canada, y compris l'info que Zach n'était pas passé loin d'être acheté par *deux* femmes. En tout cas, jusqu'à ce que Malachi Fields rappelle à tout le monde que, d'après les règles, ce n'était pas autorisé. Peu importe que les femmes aient insisté en disant qu'elles étaient prêtes à partager... bien que pas en même temps.

L'amusement transperça la coquille qui enveloppait Karen.

— Ça a dû être amusant à voir. Comment Malachi a-t-il donc expliqué ça d'une manière adaptée aux enfants ?

— Très, très prudemment, répondit Tamara avec un petit rire. Ne te donne pas la peine d'apporter quoi que ce soit demain, mais viens de bonne heure si tu peux. Les filles sont en vacances d'été, et elles ont hâte de passer du temps avec leur tata Karen.

— J'adore passer du temps avec elles aussi, affirma Karen.

Son regard erra vers l'épaisse enveloppe jaune qui était la suivante dans sa pile.

« *Ministère de l'Éducation. Thérapie équine.* »

Tamara lui dit au revoir, et Karen raccrocha

machinalement, tirant l'enveloppe vers elle. C'était un lourd paquet, de plus d'un centimètre d'épaisseur... Ce n'était probablement pas ce à quoi s'attaquer avec son humeur actuelle. Elle l'écarta et termina le reste de ses tâches.

Finn revint après avoir fini ce qu'il faisait derrière, lui faisant signe de s'approcher.

— Viens.

Il avait lancé un feu dans la fosse circulaire à la base de la terrasse en bois. Finn s'assit avec précaution sur une chaise Adirondack, allongea les jambes et se pencha en arrière avec un soupir de soulagement.

Karen leur prit des boissons puis se joignit à lui. L'agencement leur fournissait une magnifique vue à la fois du feu de camp et des montagnes au loin.

— Il est trop tôt pour voir correctement les flammes, mais s'asseoir près d'un feu, c'est toujours relaxant, déclara-t-il, et son regard qui en savait bien trop se reporta sur elle. Nous avons tous les deux besoin d'un peu de détente.

C'était exactement ce dont elle avait besoin. De rester assise, en silence, à fixer les flammes qui dansaient alors que des petits nuages blancs dérivaient dans le ciel. Le temps qui passait silencieusement ne répondait à aucune question et ne résolvait aucun problème, mais c'était apaisant et peu exigeant parce que Finn faisait en sorte que cela le soit.

Zach apparut avec le dîner alors que le grondement de l'estomac de Karen était sur le point de la forcer à s'occuper du souper.

— J'ai des plats à emporter. Aucun de vous n'a répondu à son téléphone, alors vous êtes coincés avec ce que j'ai choisi sur le menu de l'Est de l'Inde, déclara Zach en posant les coudes sur la balustrade alors qu'il les examinait. Si vous n'avez pas pris racine, venez à table.

Karen se leva, s'avança en tendant une main à Finn pour l'aider à s'extirper de la chaise.

Sa prise puissante s'enroula autour de son poignet, et un coup sec plus tard, il était debout, souriant avec une expression indéchiffrable. Ils se fixèrent un instant du regard, le silence qui les avait entourés pendant les dernières heures presque tangible.

Karen leva la main pour repousser la mèche de cheveux qui était tombée sur le front de Finn.

— Merci. Encore une fois.

— Pas de problème, répondit-il.

Il lui attrapa les doigts et les porta doucement à ses lèvres.

Le cœur de Karen s'emballa.

Ils rentrèrent dans le cottage, où pendant l'heure qui suivit, Zach Sorenson fournit un moment de détente en rejouant chaque instant des enchères de célibataires avec des intonations théâtrales.

Même avec le divertissement enjoué, Karen était prête à en rester là quand Zach posa une main sur son bras.

— Tu as eu une dure journée. Je vais aider Finn s'il en a besoin pour aller se coucher.

— Tu veux juste encore jubiler au sujet de ces deux femmes qui se battaient pour toi, ronchonna Finn, mais il regarda Karen dans les yeux. Ça ira. Va dormir un peu.

Les yeux de Karen s'étaient peut-être fermés, mais son sommeil avait été tout sauf reposant. Malgré tout, elle sortit du lit à l'heure habituelle et découvrit que quelqu'un s'était levé avant elle.

Il y avait une nouvelle fleur sauvage dans un verre sur le plan de travail.

Le nœud serré dans son ventre était encore là, mais une touche de douceur y pénétra aussi. Suffisamment pour permettre à ses épaules de se détendre légèrement avant qu'elle ne prenne un mug de café pour commencer sa journée.

Elle travailla sérieusement toute la matinée avant de retrouver Finn pour l'informer qu'elle sortait pour la soirée.

Il hocha la tête, fronçant distraitement les sourcils devant les reçus qu'il avait étalés partout sur la table de la cuisine de Karen.

— Zach a promis qu'il apporterait encore à manger, alors ne t'inquiète pas pour moi, répondit-il avant de lever les yeux, le regard soudain déterminé. Passe un bon moment avec ta famille. Dis bonjour à ton père pour moi.

De toutes les âneries qu'elle aurait pu faire...

— Mince. J'aurais dû dire à Tamara que tu viendrais avec moi. Je sais que papa aimerait te revoir.

Mais cette fois, Finn secoua la tête.

— Pas tout de suite. Pour l'instant, vous renouez encore avec lui, et je ne vais pas interrompre ça. Mais si tu apprends qu'il prévoit de revenir, nous pourrons l'emmener dîner.

— Je pourrai faire ça.

Karen se tenait d'un air gêné dans l'embrasure de la porte, sans savoir si elle devait l'embrasser ou simplement partir.

Finn résolut le problème en courbant un doigt vers elle.

— Je sais que je suis un peu distrait, mais penses-y comme à un mal nécessaire.

Ce qui la fit rire. Elle glissa ses doigts entre les siens et se pencha pour presser ses lèvres contre les siennes. Brièvement, chastement.

Il l'attrapa par la nuque pour la retenir, regarda fixement dans ses yeux puis laissa tomber son regard sur sa bouche.

— Je ne crois pas. Réessayons.

Cette fois, quand leurs lèvres se rencontrèrent, elle ne commandait plus. C'était lui. Ce n'était pas le genre de baiser qu'on approuverait en public. Il était sexy, profond et langoureux, et quand il la lâcha, Karen respirait difficilement. Son cœur palpitait, la tête lui tournait, et...

— Tu es un homme dangereux, Finn Marlette, dit-elle quand elle trouva enfin assez d'air pour parler.

Il lui lança un clin d'œil.

— Passe une bonne soirée.

Le temps qu'elle passa avec ses nièces était merveilleux. Sasha avait plein de listes pour tout ce qu'elle prévoyait de faire pendant l'été. C'était très amusant d'entendre « Et Kelli dit... » répété une bonne demi-douzaine de fois durant sa récitation.

Mais ce qui fut encore plus drôle, ce fut quand sa petite sœur Emma se pencha gravement contre Karen et parla doucement mais très clairement et avec assurance.

— Mamounette dit que parfois les citations de Kelli répétées par Sasha la rendent fébrile.

Karen étouffa son rire.

— Vraiment ? Et qu'est-ce que c'est « être fébrile » ? demanda-t-elle sérieusement.

Emma marqua une pause pendant un instant avant de sourire radieusement.

— Cette sensation agréable qu'on a quand on caresse un chat.

Ce qui était à peu près la meilleure définition que Karen ait jamais entendue.

— Ça me paraît parfait, assura-t-elle à Emma alors même qu'elle croisait le regard de Julia et que toutes deux souriaient radieusement.

George Coleman arriva. Caleb le mena à l'intérieur, et Emma et Sasha se déchaînèrent pour accueillir leur grand-père.

Le chaos familial s'ensuivit, la chaleur du foyer de Tamara et de Caleb offrant une étreinte accueillante. L'odeur d'un repas fait maison et la musique des rires emplissaient l'espace du sol au plafond.

Caleb avait servi le dîner selon la tradition des Stone quand la conversation prit un tournant. Rien de vraiment terrible, mais cela apporta une tonalité gênée.

— Tu dois être excitée d'aller en cours, dit son père à Karen.

Puis il se tourna vers Caleb tandis qu'il ajoutait :

— Certains des garçons Coleman se sont chargés de prendre sa place. Ils ne s'en sortent pas mal du tout...

— En as-tu appris plus sur tes cours ? demanda Lisa tandis qu'elle aidait Emma avec son dîner.

— J'ai reçu une enveloppe d'informations, admit Karen. Je vais bientôt l'explorer, mais j'ai été assez occupée avec le travail au ranch dans lequel je me suis engagée. Surtout maintenant que Finn est en mode récupération.

George Coleman haussa un sourcil.

— Tu travailles dans un ranch ? Je croyais que tu étais venue ici avant tout pour passer du temps avec tes sœurs.

— C'est le cas. Enfin, c'est ce que nous faisons. Mais...

Un bégaiement lui échappa, et elle réfléchit rapidement.

— Je suis sûre que j'en ai déjà parlé. Finn Marlette est ici pour mettre sur pied un ranch éducatif. Je les aide pour les chevaux dont ils ont besoin. Ce genre de chose.

L'expression de son père se crispa alors qu'elle parlait, et il secoua la tête comme si elle venait d'avouer un crime honteux.

Puis il changea de sujet.

— Qu'est-ce que ce garçon fait ici ? Aux dernières nouvelles, il était dans le Manitoba.

Karen n'allait pas entrer dans une longue explication alors qu'elle ne connaissait pas elle-même tous les détails.

— Il est dans le coin depuis un moment, intervint Tamara, bondissant avec la réponse, souriant avec compassion à Karen. Il est impliqué dans toutes sortes de projets ces temps-ci, pas simplement l'élevage. Il a bien réussi.

Karen était à deux doigts de mentionner que Finn avait

magnifiquement réussi, en dehors du fait qu'il s'était cassé la jambe, quand son père parla.

— Il a toujours été un fonceur. C'est bien de prendre des nouvelles. Je devrais appeler son père. Dis bonjour à Finn pour moi, ajouta son père ostensiblement à Karen.

— Il a dit que la prochaine fois que tu viendras ici, il aimerait beaucoup que vous vous voyiez.

La conversation dériva ensuite, mais la sensation gênante dans son estomac persista.

Elle était encore là quand Karen retourna au cottage. Ni Finn ni Zach n'étaient là. Ils étaient probablement allés à la maison principale où il y avait au moins une télé pour les divertir.

Une étrange force de la nature l'attira vers cette enveloppe kraft. Elle la reprit, mais le poids lourd dans sa main ne déclencha aucune excitation.

Génial, quand on considère que tu as tout abandonné pour ça.

Cette pensée lui donna envie de rugir.

Elle sortit les papiers et commença à les lire. Il y avait un programme de cours, avec des listes de livres qu'ils étudieraient, et les activités pratiques où ils travailleraient avec des formateurs expérimentés.

La sensation tendue au creux de son estomac ne fit que s'aiguiser jusqu'à ce que Karen repousse la pile n'importe comment, n'essayant même pas de replacer les papiers dans l'enveloppe.

Elle avait dû manger quelque chose qui ne lui convenait pas. Ou peut-être qu'elle avait attrapé un microbe, parce qu'elle ne se sentait vraiment pas bien.

Elle posa tout le bazar sur l'étagère dans le coin le plus éloigné de la pièce, plaçant un vieux caillou qui se trouvait là pour une étrange raison sur le dessus de la pile pour la maintenir en place au cas où...

Bon sang, elle ne *savait* pas pourquoi. Peut-être qu'une tempête passerait dans sa salle de séjour et que le caillou serait la seule chose qui empêcherait le tout de partir en morceaux.

Elle traversa la pièce d'un pas rageur et s'en alla au lit parce qu'il était impossible que qui que ce soit ait besoin de subir son humeur grincheuse.

~

Quelque chose n'allait pas.

Finn évalua mal un pas entre les béquilles et sa bonne jambe, cognant accidentellement son plâtre dans le coin du couloir.

— Bord...

Il referma brusquement la bouche et étouffa ses jurons.

— Bon sang, ça fait mal, avança Zach pour lui.

Seulement, il prononça ces paroles à voix basse, ce qui amusa suffisamment Finn pour qu'il oublie à peu près la douleur qui palpitait dans sa jambe.

D'accord, c'était un mensonge. *Rien* ne lui faisait oublier la douleur, mais il était capable de plus d'une pensée à la fois, et la deuxième était que quelque chose n'allait pas.

— Tu n'as pas besoin de jouer les baby-sitters pour ma tronche, chuchota-t-il à Zach une fois qu'ils furent entrés dans la chambre.

— Mais c'est une si belle tronche, ou en tout cas c'est ce qu'on m'a dit, répondit Zach en s'arrêtant hors de portée de ses béquilles, levant les mains en signe de capitulation. Tu sais que je plaisante. Si nous étions de ce bord, nous serions passés à l'acte il y a longtemps.

— Je ne sais pas combien de fois je vais devoir te le dire,

mais les probabilités pour que tu fasses carrière dans la comédie sont nulles.

Finn réfléchit. Baisser le pantalon puis roupiller ? Ou rassembler assez d'énergie pour au moins se brosser les dents avant de s'écrouler dans le lit ?

Zach s'assit sur le matelas et, aussi patiemment que s'il gérait un enfant de deux ans, il écarta les mains de Finn et l'aida à retirer son pantalon.

— Tu es sur le point de tomber. Arrête de lutter et laisse-moi t'aider.

— Je te déteste un peu en ce moment, dit Finn à son meilleur ami.

— Ça me va. Je suis assez grand pour gérer des remarques méchantes, répondit Zach en se redressant après lui avoir retiré ses chaussettes. Tu as besoin de plus d'aide ?

— Casse-toi, répondit Finn avant de marquer une pause et d'inspirer entre ses dents. Merci.

Seule une lueur amusée brillait dans les yeux de son ami.

— Je vais chercher tes antidouleurs.

Il fut de retour dans la pièce un instant plus tard, un grand verre d'eau fraîche et les médicaments requis dans la paume de la main.

Finn eut à peine le temps d'avaler les comprimés quand, à sa grande surprise, Zach l'attira dans ses bras pour lui marteler le dos brièvement mais minutieusement.

Puis il recula, son grand sourire fermement en place.

— Je ne te l'ai jamais dit, mais je suis content que tu ailles bien. Enfin, tu as mal comme tout, tu es défoncé et tu es complètement à l'ouest dans ce que tu fais de ta vie amoureuse. Tu es fixé sur la vengeance et tu essaies de relever un défi impossible, mais tu es vivant, et c'est ce qui compte.

Finn se pinça l'arête du nez.

— Tu as fini ?

Il leva les yeux à temps pour voir Zach regarder au loin comme s'il réfléchissait avant de hocher fermement la tête.

— À peu près.

Tous deux se fixèrent du regard pendant un instant avant d'étouffer un éclat de rire.

— Dégage d'ici, ordonna Finn alors qu'il allait vers le lit, l'amusement bouillonnant toujours en lui.

Mais le soupçon que quelque chose n'allait pas persista. Il y avait encore des mystères à résoudre, et oui, comme Zach l'avait mentionné, il y avait un défi à gagner.

Mais il y avait également des choses qui allaient bien. Il avait des amis... de *bons* amis. Il guérirait et serait plus fort qu'avant.

Et il avait Karen. Une relation qui avait tellement d'espoir et de potentiel qu'il était déterminé à ce qu'aucun d'eux n'abandonne. C'était le défi qu'il était déterminé à gagner. C'était la chose la plus importante au monde pour lui.

Alors même que les antidouleurs l'entraînaient, ses pensées tourbillonnaient autour du moyen de remettre un sourire sur le visage de Karen.

De remettre des étoiles dans ses yeux.

De la ramener à ses côtés. Pour toujours.

14

───────

Quelque chose s'était opéré en Finn, et Karen ne savait pas si elle devait le justifier par un effet secondaire des médicaments ou par sa propre mélancolie actuelle qui la rendait trop susceptible.

Il était constamment dans ses pattes. À chaque fois qu'elle se retournait, il était juste *là*.

Lui tendant un mug de café. Passant la tête au coin quand elle revenait dans le cottage ou dans la maison principale pour faire une pause. Lui demandant si elle avait besoin qu'il réponde à des questions.

Dans l'écurie.

Agitant la main vers elle depuis la terrasse alors qu'elle chevauchait Starlight.

Bon sang, elle commençait à penser que, si elle grimpait dans le fenil de l'écurie, elle le trouverait là, allongé sur les ballots et prêt à lui demander s'il y avait quoi que ce soit qu'il puisse faire pour elle.

Elle s'arrêta devant les stalles des chevaux, essayant de retrouver son équilibre.

Starlight lui offrit son salut, hennissant pour l'inciter à venir lui donner une friandise.

— Tu es un vrai dragueur, lui dit-elle.

Mais elle ouvrit docilement la barrière et le rejoignit dans la stalle. Elle lui donna quelques morceaux de carotte qu'elle avait apportés puis s'arrêta sur le côté et posa la tête contre son flanc chaud.

Elle le caressa plusieurs fois, sentant ses muscles tressaillir sous sa peau et absorbant le calme de l'animal d'une manière qui aurait surpris beaucoup de gens qui n'étaient pas à l'aise avec les chevaux.

Il hennit, leva la tête et ajusta doucement ses sabots avant, comme s'il sentait son humeur.

Karen s'approcha de sa tête et passa les bras autour de son cou, respirant son odeur tout en essayant d'évacuer une partie de la frustration qui la noyait depuis quelques jours.

C'est assez pathétique que même les chevaux sachent que tu es patraque.

Le sachent *et* sachent comment lui offrir du soutien.

Qu'il en soit ainsi. Pour l'instant, c'était soit accepter le réconfort du grand animal, soit simplement trouver un coin dans l'écurie pour s'asseoir et pleurer. Elle n'avait pas été aussi émotive depuis son adolescence.

Mais la puberté au début de la trentaine ça n'existait pas, alors ça...

C'était très agaçant.

— Karen ?

Elle renifla moqueusement. C'était Finn. Elle pensait qu'il se dirigeait vers l'autre bout du site de construction où, pour une obscure raison, il allait voir l'équipe de travail quatre à cinq fois par jour.

— À l'intérieur avec Starlight, lança-t-elle.

Parce que se cacher dans la stalle sans rien dire aurait été puéril. Tentant, mais puéril.

Il apparut, et elle fut instantanément en état d'alerte.

— Nom d'un chien, que s'est-il passé ?

Finn coinça ses béquilles sous ses bras pour déboutonner sa chemise en flanelle qui dégoulinait, et de l'eau s'écoula du bord de son chapeau sur ses joues ombrées d'une barbe de deux jours.

— Défaillance de la conduite d'eau. J'ai besoin de ton aide pour me nettoyer.

Elle embrassa rapidement Starlight sur les naseaux et lui donna un petit tapotement d'au revoir avant de fermer la barrière derrière elle et de rejoindre Finn.

— Viens. Allons au cottage. On te déshabillera sur la terrasse de derrière.

Finn grogna de frustration alors qu'ils sortaient et traversaient la cour en direction du cottage.

— Je n'ai même pas besoin de demander où se trouve le problème, dit Karen.

Toute l'équipe de travail se bousculait frénétiquement dans la boue. Un haut panache d'eau se projetait vers le ciel comme s'ils avaient un geyser maison.

— C'est un système tout neuf, se plaignit Finn. Ça aurait dû être impossible qu'il explose comme ça.

— Super frustrant, acquiesça Karen avant de signaler le côté positif. C'est quand même mieux de trouver un défaut maintenant plutôt qu'un mois après l'arrivée des clients.

— Arrête d'être optimiste. Je suis irritable, lui dit Finn.

Bon sang, ils étaient deux. Un sourire ironique arriva sans prévenir.

— Je croyais que le mot clé était « grincheux ».

— Ça aussi.

Déshabiller cet homme était agréablement distrayant. Une

partie de l'agacement qui s'était attardé ces derniers jours commença à se calmer tandis qu'elle aidait Finn à se dévêtir. Il enleva le haut, et elle l'aida à retirer sa botte, ce qui requit qu'il s'assoie sur le haut tabouret qu'ils avaient placé sur la terrasse exactement dans ce but.

Elle lui retira le pantalon de jogging dégoûtant qui adhérait à son plâtre, et quand il se tint là sans rien d'autre que son caleçon – mouillé lui aussi –, Karen se rappela bien quel incroyable spécimen physique il était.

Il avait des traînées de boue sur le visage, la nuque et les bras. Des gouttes avaient sali en tombant le reste de son torse pendant qu'ils le déshabillaient, traçant des sillons sur la magnifique palette de sa peau. Karen ne savait pas où porter son regard, entre ses muscles fermes, le mouvement hypnotique de sa respiration, la toison bouclée sur son torse, et cette ligne dangereuse qui reliait son nombril à l'élastique au niveau de sa taille.

— Si tu continues à me regarder comme ça, je ne serai pas seul dans la douche, l'avertit Finn.

Karen releva brusquement les yeux alors qu'elle admirait la longueur de sa verge sous son caleçon. L'épais membre était devenu plus épais, probablement parce qu'elle était en train de le regarder fixement.

Et il l'avait prise la main dans le sac.

Elle croisa son regard.

— Je devrais avoir honte, mais ce n'est pas ce que je ressens en ce moment.

Un grondement étouffé s'échappa du torse de Finn tandis qu'il attrapait ses béquilles.

— Entre dans cette fichue maison, ordonna-t-il.

Elle ouvrit la porte et pénétra à l'intérieur, Finn juste derrière elle.

— Tu sais que tu ne peux pas encore prendre de douche,

l'avertit-elle. Mais ton plâtre est résistant à l'eau à l'extérieur, alors ça devrait aller si on l'essuie.

Puis ils arrivèrent dans la salle de bains. Il ouvrit les robinets, attrapa un gant de toilette et le passa sur ses mains et le haut de son corps avant que l'eau n'ait eu le temps de chauffer.

La couche de poils sur ses bras et ses avant-bras se redressa légèrement lorsque l'eau fraîche toucha sa peau. Ses mamelons étaient tendus, les muscles de son abdomen dessinaient des lignes fermes. Karen l'observa, fascinée, pendant un instant avant de se rendre compte qu'aussi incroyable que soit le spectacle, elle ne l'aidait pas.

Elle attrapa un autre gant, le plongea dans le lavabo et entreprit de lui laver le dos, les épaules et le creux où sa taille s'incurvait avant de s'évaser sur ses fesses fermes. Elle se tenait derrière lui dans la salle de bains, puis elle s'empara de l'élastique du caleçon, descendant le sous-vêtement sur son plâtre rigide en fibre de verre.

Son postérieur était une merveille.

Ses doigts frôlèrent une de ses fesses et descendirent plus bas, au niveau de la pliure de sa jambe d'appui. Des poils rêches effleurèrent ses paumes alors qu'elle le lavait plus bas et remontait plus haut.

Vers l'arête supérieure dans le creux de ses reins, sur ses muscles fermes le long de sa ceinture d'Adonis.

Finn grogna, et elle leva les yeux pour découvrir qu'il tenait le bord du plan de travail de la salle de bains fermement, la tête baissée, *la* fixant dans le miroir tandis qu'elle le touchait.

En fait, elle ne le lavait plus depuis dix bonnes minutes. Le mouvement continu du gant sur sa peau était une excuse, et lorsque leurs regards se croisèrent, quelque chose dans celui de Finn s'assombrit, intense et exigeant.

Il tendit la main en arrière et lui attrapa le poignet de ses doigts puissants. Il guida sa main vers l'avant, au bas de son abdomen d'où sa verge se dressait droite et épaisse, un filet humide s'écoulant.

Humidité qui toucha le bout de ses doigts quand il lui enroula la main autour de son membre et le pompa lentement.

Vers le bas, puis le haut, faisant rouler sa paume sur le gland où la chaleur et l'humidité augmentaient.

Encore une fois, les doigts de Finn s'enroulèrent plus étroitement autour des siens, bien plus fort qu'elle ne l'aurait jamais agrippé, mais c'était agréable. Un lien doux et tellement voluptueux tandis qu'il utilisait sa main pour amener le plaisir au premier plan.

Karen regrettait chaque centimètre de tissu qui couvrait son corps car, lorsqu'elle se rapprocha, la chaleur qui passait entre eux ne lui suffit pas.

Mais il faudrait qu'elle s'en contente, parce qu'elle n'arrêterait pas ce qu'elle faisait. Pas quand le reflet dans le miroir lui montrait les yeux fermés de Finn, le plaisir visible sur son expression alors qu'il s'abandonnait à son contact.

Finn lâcha la main de Karen pour lui attraper la hanche. Ses doigts s'enfoncèrent dans sa fesse alors qu'il l'attirait contre lui. Plusieurs couches de tissu les séparaient, pourtant la tension sexuelle les reliait d'une manière complètement insensée.

Et cette *vue*...

Le reflet devant elle représentait chaque souvenir lascif et chaque rêve fiévreux depuis qu'elle avait rencontré Finn Marlette. Ce n'était pas tant la perfection de son corps que la manière dont il se laissait aller.

Son visage. Les paupières bien fermées, puis se détendant. Les lèvres entrouvertes alors qu'il haletait, l'orgasme s'approchant lentement. Les muscles tendus de son torse, son abdomen se courbant alors qu'elle maintenait le rythme.

Karen lécha son épaule, son bras. Elle le mordilla un peu, le regard fixé sur le miroir pour apprécier sa réaction.

Les yeux de Finn... ouverts désormais, communiquaient les mots qui ne sortaient pas de sa bouche. Un désir, un désir urgent. Il hoqueta, balança les hanches contre sa main en un dernier coup de reins désespéré.

Il jouit à ce moment-là en longues giclées intenses qui volèrent sur le plan de travail et le poing de Karen tandis qu'il la regardait dans le miroir et lui permettait de tout voir.

Il était toujours sous le choc quand la vérité le frappa violemment. Aussi agréable, et aussi nécessaire, que son orgasme ait été, ce n'était pas la fin de ce qui était absolument vital en cet instant.

Finn pivota, maladroitement à cause de son plâtre et instable sur son seul pied de soutien parce que tout son satané sang était encore concentré dans sa verge.

Malgré tout, il trouva l'énergie de glisser les doigts dans les cheveux de Karen pour accéder à ses lèvres.

Il l'embrassa comme s'il était possédé.

Il prit sa bouche profondément et il la prit durement, et s'il n'avait pas été entravé par le plâtre, il l'aurait pénétré contre la porte seulement quelques secondes plus tard.

Peut-être que le plâtre était une bonne chose, parce qu'il ne devait pas aller trop vite.

La chaleur entre eux brûlait comme une flamme vive sous le ciel d'une nuit noire d'été. Finn nourrissait la passion, la léchant et la mordillant tout en la tenant contre lui alors que ses courbes douces rencontraient les méplats rigides de son corps.

Ils se correspondaient. Ils se correspondaient tellement bien ! Ils haletaient tous deux quand leurs lèvres se séparèrent.

Il attrapa une serviette sur le porte-serviettes et la frotta sur son cou, avant de faire un signe de tête vers la chambre.

— Là-dedans. Maintenant.

Karen recula lentement, les yeux malicieux.

— Tu es censé être tout détendu et content maintenant.

— Je suis très détendu et extrêmement content, mais si tu n'es pas nue dans environ dix secondes, j'espère que tu n'es pas trop fan de ce jean.

Il se rapprocha d'elle, luttant pour s'empêcher de grogner quand elle leva timidement les yeux entre ses cils.

Puis elle se mit à rire, tendit les mains vers le bas de sa chemise et la fit passer par-dessus sa tête un instant plus tard.

Elle s'attaqua au bouton de son jean, mais Finn était plus intéressé par l'idée de jeter ses béquilles et de faire davantage que de l'admirer de loin.

Mais ce spectacle de strip-tease... Elle l'ébahissait déjà.

— Seigneur, Karen.

Karen marqua une pause alors qu'elle était en train de descendre le denim sur ses hanches, examinant Finn de près.

Il sautilla d'un demi-pas pour annuler la distance entre eux, s'équilibrant sur une béquille alors que ses articulations frôlaient le bord de son caraco rouge chatoyant.

— Quand tu passes près du manège en balançant les hanches telle la plus douce des tentations, je bande tellement parce que tu portes ces trucs sexy en dessous, et je suis le *seul* à le savoir. Du satin et de la soie, doux au toucher, mais loin d'être aussi doux que la peau que tu couvres. Et je veux te déshabiller et te toucher partout jusqu'à ce que tu sois prête à hurler mon satané prénom.

Il glissa un doigt sous la fine bretelle en soie de son caraco et celle plus épaisse de son soutien-gorge. Le bout de son doigt effleura lentement son épaule et son bras pour que le caraco descende et révèle le renflement crémeux et lisse de sa poitrine, qui s'élevait et retombait de plus en plus rapidement alors que le rythme de sa respiration augmentait.

— Et ce soutien-gorge devrait être illégal.

Le caraco tomba assez bas pour que le bord de son mamelon soit visible, dépassant du bonnet du soutien-gorge.

Finn pencha la tête et lécha lentement la ligne entre ses seins. Il remonta le long de la courbe avant de s'arrêter directement sur son téton. Il referma les lèvres, l'attira dans sa bouche et le titilla.

Les doigts de Karen s'enfoncèrent dans ses cheveux tandis qu'elle gémissait et s'arc-boutait vers lui.

Il n'était pas capable de tenir sur une jambe pendant aussi longtemps qu'il en aurait eu besoin pour se délecter à souhait de la situation. Il était temps d'être créatif. Il remonta le long de son cou, puis vers ses lèvres, la faisant reculer vers le bord du lit.

S'écartant juste assez pour la regarder dans les yeux, il parla d'une voix tendue de désir.

— J'ai besoin de soulager un peu le poids, mais dès que je l'aurai fait, tu vas me donner ce que je veux. Je n'ai pas fini d'examiner ce joli soutien-gorge, et je n'ai certainement pas fini de te faire te sentir bien. Je ne m'arrêterai pas tant que tu ne seras pas assise sur mon visage et que ma langue ne sera pas au fond de toi, te baisant jusqu'à ce que tu jouisses si fort que tu oublieras tout le monde en dehors de moi.

Karen sortit de son chemin, les joues et la poitrine rougissantes.

— Ces antidouleurs te rendent très grossier.

Il se mit sur le lit, souriant sans discontinuer.

— Je n'en ai pas encore pris aujourd'hui, alors disons simplement que tu m'inspires. Enlève ta petite culotte puis viens là.

Finn s'allongea sur le dos, les jambes tendues, le regard fixé sur Karen qui tendit la main derrière elle...

— Laisse ton soutien-gorge, ordonna-t-il. C'est mon boulot. Abandonne ta petite culotte et viens m'enfourcher.

Il ne pensait pas qu'il soit possible qu'elle rougisse davantage, mais elle le fit, ce qui fit bouillir quelque chose en lui. Ou peut-être que c'était la manière dont elle passa les pouces sous la fine bande de tissu qui couvrait chaque hanche en se tortillant avec une grâce naturelle. Le morceau de tissu en soie glissa hors de sa vue sur le sol, et les poils sombres bouclés qui couvraient son sexe étaient un petit bout de nirvana dans la chambre.

Posant un genou puis l'autre sur le matelas, Karen se plaça prudemment sur son abdomen.

— Ne fais rien qui pourrait te blesser, l'avertit-elle.

— Quand tu étais à ma place, je te faisais confiance pour m'informer si quelque chose n'était pas agréable, lui rappela-t-il. Je ne vais pas essayer quoi que ce soit de trop dur ou de trop rapide, même si le jour où je pourrai glisser ma queue dans ta douce intimité ne peut pas arriver assez vite.

Elle s'humecta les lèvres, respirant difficilement.

Il lui fit signe d'avancer.

— Plus près. Je n'ai pas fini de jouer.

La confusion sur le visage de Karen disparut dès qu'elle ajusta sa position. Il passa lentement les paumes sur son abdomen jusqu'à ce que ses mains prennent les magnifiques seins, un lent passage circulaire sur le tissu suivi de caresses taquines sur la peau exposée qui jouaient à cache-cache avec ses sens.

— Bon sang, je n'arrive pas à comprendre comment ça peut être confortable, mais c'est un des trucs les plus sexy que j'ai jamais vus, avoua Finn.

— Le soutif me donne beaucoup de soutien.

Ses mots s'estompèrent en un doux gémissement alors qu'il faisait rouler ses mamelons entre ses pouces et ses index.

— Je parie que c'est agréable, l'encouragea Finn. Quand tu es dehors à chevaucher et que ce caraco soyeux frotte tes mamelons nus, tu penses à moi parfois ? À ma bouche sur toi ? Te suçant et te mordillant jusqu'à ce que tu te trémousses ?

Karen se pencha en avant, ses seins débordant pratiquement des bonnets, à quelques centimètres de la bouche de Finn comme pour les lui présenter en offrande.

— Parfois. Parfois je rentre à la maison et je me fais jouir dans la douche. Je laisse l'eau couler sur mon corps et je rêve que c'est toi.

Cette image fut tout ce qu'il lui fallut. Finn défit son soutien-gorge et le retira alors même que sa bouche entourait un mamelon tendu et le suçait.

Il utilisa sa langue, dessinant des cercles sur la peau sensible jusqu'à ce qu'elle se presse plus fort contre lui. Puis vint le moment d'utiliser ses dents, alternant entre mordillements doux et succions qui s'accentuaient. Le goût de Karen était parfait. De ses mains, il rapprocha suffisamment ses seins pour pouvoir alterner entre leurs extrémités sensibles. Elle restait au-dessus de lui, les yeux clos, et le plaisir se lisait sur son visage.

Puis cela suffit, parce que c'était loin d'être assez. Finn tendit les mains et lui attrapa les hanches, l'attirant vers le haut.

Karen s'empara de la tête de lit pour garder l'équilibre, mais il la tenait suffisamment étroitement pour qu'elle ne puisse aller nulle part.

Il déposa un baiser sur le sommet de son sexe.

— Bon sang. Ça m'avait manqué.

— Moi aussi.

Les mots de Karen n'étaient qu'un chuchotement, avec une petite inflexion rieuse.

Finn croisa son regard souriant.

— Tu as manqué à ma langue.

Elle ouvrit la bouche pour dire quelque chose, mais il n'attendrait pas plus longtemps. Il la lécha à travers ses poils, l'ouvrant. Sa saveur afflua en lui, et il la souleva plus haut pour œuvrer avidement, taquinant le faisceau de nerfs qui lui fit remuer les hanches.

Il enfonça les doigts dans les muscles de son postérieur pour qu'elle se presse contre son visage. Il enfonça profondément la langue, poussant son plaisir plus haut d'après les sons qui s'échappaient de ses lèvres.

Il glissa les doigts dans son sexe et se concentra sur son clitoris avec sa langue. L'humidité baignait sa main alors qu'il taquinait son orifice. Il la pénétrait lentement avec les doigts, elle se balançait contre lui, s'approchant de l'orgasme.

La seule chose qu'il n'appréciait pas dans cette position, c'était qu'il ne pouvait pas voir son visage, mais pour l'instant, il l'accepterait. Il accepterait les sons qui tombaient de ses lèvres, l'humidité qui lui enduisait les doigts, puis, lorsqu'elle jouit, son corps qui se resserrait étroitement alors même qu'il continuait à la pénétrer durant le déferlement de son orgasme.

Il laissa ses doigts enfoncés profondément, léchant lentement ses replis pour la sentir frissonner. La tête de lit trembla alors qu'elle se contractait encore, chaque coup de langue de Finn l'enflammant de nouveau.

— Oh mon Dieu, Finn. Ralentis. *Ralentis*, souffla-t-elle après un autre long hoquet, soulevant les hanches assez haut pour rompre le contact avec sa bouche.

Il leva les yeux, retira partiellement ses doigts.

Et les glissa lentement de nouveau à l'intérieur.

Le visage de Karen se tordit alors qu'une autre palpitation la traversait.

— Oh mon Dieu. *Oh mon Dieu.*

Il recommença, et cette fois elle jura doucement.

— Je vais mourir.

Finn immobilisa sa main, tourna suffisamment la tête pour déposer un baiser sur l'intérieur de sa cuisse. Elle frissonna et soupira.

— Tu en veux encore ? demanda-t-il.

— Non. Oui, répondit-elle avant de se mettre à rire. Plus tard ?

Incurver doucement les doigts en elle déclencha un autre cri. Cette fois, il la prit en pitié et retira complètement la main.

— Plus tard, acquiesça-t-il.

Elle se souleva prudemment puis attrapa la couverture sur la chaise. Elle l'étendit sur lui avant de s'allonger à côté.

À plat sur le dos, il n'avait pas beaucoup d'options pour la tenir dans ses bras. Mais Finn les ouvrit, et elle se pelotonna contre lui, la tête posée sur son épaule, un bras drapé sur son torse. Tous deux nus en dehors du plâtre extrêmement présent.

Ils restèrent silencieux un moment. Finn déposa un baiser sur le dessus de sa tête.

— Ça ne te pose pas de problème ?

— D'être nue au lit avec toi ou la partie où nous nous sommes fait jouir au milieu de l'après-midi ?

Il choisit l'honnêteté.

— Les deux. Les orgasmes sont amusants, mais être avec toi est très important pour moi. Nus ou pas.

— Oui, c'est ça. Parce que j'ai tellement été agréable dernièrement, ronchonna un peu Karen avant de pousser un gros soupir. Désolée d'avoir été aussi grincheuse.

— Ce n'est pas ma réplique ?

Elle se mit à rire, mais le son n'était pas enjoué et clair comme il voulait l'entendre.

— Je ne sais pas. C'est juste...

Elle prit une autre inspiration profonde, puis secoua la tête, ses cheveux glissant sur le torse et le biceps de Finn.

— Nous avons un objectif, continua-t-elle. Rendre le ranch

opérationnel, et c'est un *bon* objectif. Je suis contente de pouvoir t'aider avec ça.

Ses paroles disaient une chose, son ton en disait une autre. Pour une étrange raison, il lui semblait que travailler avec lui était une chose qu'elle était déterminée à réussir même si ce n'était pas vraiment ce qu'elle voulait.

Ne pas pouvoir la regarder dans les yeux, c'était nul. Tout comme ne pas trouver le moyen de la rassurer en lui faisant comprendre qu'il abandonnerait tout le fichu ranch si elle désirait autre chose.

Mais quelque chose lui disait d'attendre. Il serra brièvement le bras autour d'elle.

— Je suis content que tu sois là. Pas à cause du ranch, mais parce que tu es *là*.

Elle s'adoucit un peu à ces mots, tourna la tête et déposa un baiser sur son torse.

— Est-ce que les siestes sont légales dans ce ranch en particulier ?

— Absolument. Surtout après une bonne séance d'exercice.

Cela lui attira un doux gloussement, puis le silence. Finn continua à l'étreindre alors que la respiration de Karen ralentissait, et ils se détendirent tous les deux.

Comment allait-il survivre en attendant encore quatre semaines qu'on lui retire son plâtre pour faire passer leur relation au niveau supérieur ?

Mais aussi distrayantes que soient ces pensées sexuelles, il se demanda ce qui manquait d'autre et comment arranger ça. Le miracle d'avoir de nouveau sa confiance le frappa de plein fouet.

Il devait encore passer à la vitesse supérieure.

15

Ce n'était pas comme s'ils avaient pris un tournant décisif et que désormais tout leur temps était consacré au plaisir dénudé et à *plonger* complètement *dans une relation*.

Cela n'aurait pas dérangé Finn, mais il pensait bien que la réalité ne fonctionnerait pas ainsi. Et même pendant qu'il prenait le temps d'apprécier la brève sieste lové contre elle, il pensait que, quand elle se réveillerait, elle trouverait probablement un moyen de remettre de la distance entre eux.

Aussi frustrant que ce soit, Finn ne lutta pas. Ce n'était pas comme s'il pouvait la poursuivre et exiger qu'elle arrête de fuir ce qui existait entre eux.

Malgré tout, quand elle l'embrassa doucement avant de sortir du lit pour se rhabiller, il prit cela comme une victoire.

Karen lui lança un clin d'œil.

— L'un de nous doit aller travailler. Le chef de mon chef est un vrai dur à cuire.

Finn croisa les bras derrière la tête et sourit.

— Va dire à Zach que je suis son chef. J'ai envie d'entendre ce qu'il a à dire.

Elle s'en alla avec un geste de la main.

Finn prit tout son temps pour finir de se préparer et continuer sa journée. Heureusement, l'étrange outil allongé en forme de pince que Zach lui avait acheté lui permettait de s'habiller en moins d'une heure.

Karen avait ramassé ses vêtements mouillés et les avait mis dans le lave-linge, alors il s'affaira dans la cuisine un moment, préparant les affaires pour la soirée. Quand il arriva à la maison pour discuter avec Zach, il était presque 16 heures.

Son ami examinait des listes avec un froncement de sourcils inhabituel.

— Qu'y a-t-il ? demanda Finn alors qu'il traversait la pièce, les béquilles bien stables sur les nouvelles lames en contreplaqué utilisées comme base pour les futurs sols en parquet.

Zach cligna des yeux avant de se concentrer, répondant en agitant les papiers dans sa main.

— Je vérifiais pour voir ce qui se trouvait sur notre récente liste de commandes, parce qu'il nous manque beaucoup de choses. Cody m'a informé qu'ils ont dû stopper l'installation de la plomberie dans les chalets parce qu'il leur manquait presque tous les coudes dont ils ont besoin.

Ça n'avait pas de sens.

— Les entrepreneurs ont rédigé des devis pour tout ce qu'il nous fallait. Est-ce qu'un colis n'aurait pas été entreposé à un endroit inattendu ?

— Ça a été ma première réflexion aussi. Certains des gars sont en train de chercher, lui dit Zach. En attendant, je revérifiais que je n'avais pas foiré.

— Ou moi, étant donné que c'est moi qui m'occupais de la paperasse, dit Finn franchement. Ne ménage pas ma susceptibilité. Qui sait ce que j'ai fait pendant que je planais à quinze mille ?

— Je ne pense pas que ce soit l'un de nous. C'est ça le problème, répondit Zach en regardant la paperasse de travers comme si son dégoût ferait surgir la vérité en lui faisant peur.

Finn s'installa lentement sur le haut tabouret qui l'attendait.

— Repose ça pour l'instant. Fais-moi un topo sur la façon dont ça se passe vraiment. J'ai levé le pied sur les antidouleurs. Je veux m'assurer que je n'ai rien raté d'important pendant ces dernières semaines.

Cela ne leur prit pas longtemps. En partie parce que Zach savait comment aller à l'essentiel, et en partie parce qu'ils avaient une manière plutôt directe de travailler ensemble. Si c'était bon, Zach n'ajoutait rien.

S'il y avait un problème – comme les pièces manquantes –, le sujet était abordé par ordre de priorité en fonction de l'effet qu'il aurait sur leur date butoir. Ce qui pour l'instant ne semblait pas être un problème.

— Cependant, je pense que nous devrions être un peu moins perfectionnistes, admit Zach. Alan nous a déjà dit qu'il amènerait toute sa famille. Cela signifie que nous aurons besoin que six chalets soient terminés pour relever le défi. Karen a dit qu'elle aurait assez d'animaux et de personnel pour gérer les randonnées. L'extérieur au moins des maisons mitoyennes sera terminé... c'est davantage pour l'apparence et le plaisir que pour autre chose. Une fois que nous aurons installé tout ce dont nous avons besoin, en tout cas.

Finn réfléchit.

— Est-ce que tu suggères que nous ne terminions pas cette maison ?

Zach haussa les épaules.

— Nous avons besoin d'un endroit pour un cuisinier et pour servir des repas. Karen et moi en avons parlé. Aussi agréable que ça paraisse d'avoir ça dans la maison, je pense que cela implique beaucoup plus de changements que nous ne pourrons en effectuer dans notre calendrier. Tout bien considéré.

— Nous aurions probablement dû comprendre ça avant, grommela Finn.

— Ça aurait probablement été le cas, mais il y a eu des imprévus, annonça Zach gaiement.

Son visage s'illumina tandis qu'il souriait vers la porte.

— Karen. Génial. Viens parler à Finn de ton idée de cuisine.

Elle traversa la pièce, parfaitement professionnelle. C'était la faute de Finn s'il ne cessait d'imaginer ce tissu en soie rouge qui frottait sous sa chemise en flanelle.

— Tu veux parler de ça ? demanda Karen. Ce n'était qu'une idée.

— C'était une bonne idée, insista Zach. Raconte.

Elle haussa les épaules comme si elle ne voulait pas attirer l'attention.

— Je me suis simplement mise à réfléchir à certains des commentaires que nous avons reçus à Willmore Wilderness Park. Nous avions un réfectoire d'installé. Un grand bâtiment au bout du parking, du côté opposé aux chevaux... ça réduit l'odeur de la campagne.

Les lèvres de Finn tressaillirent.

— C'est toujours une bonne chose dans un ranch éducatif.

Elle hocha lentement la tête.

— Ce qui a fini par se passer, c'est que les gens ont commencé à demander à louer la salle pour des mariages et des fêtes d'anniversaire. Et même si la configuration du Willmore est un peu différente parce que nous organisons des camps sur toute une semaine, ce qui ne laisse pas beaucoup de temps mort, si vous faites une cuisine avec deux salles pour dîner, vous pourriez en louer une pour des fêtes privées tout en continuant à assurer le service pour vos clients.

— Tu ne penses pas que ce serait un problème de fournir des repas pour deux groupes ?

— Ça dépend de la manière dont vous organisez ça, mais les gens qui viendront ici pour un mariage ou un anniversaire seront des cavaliers, ou des gens qui aiment la campagne, ou qui ont une raison de choisir le Red Boot Ranch. Bon sang, cela pourrait peut-être les intéresser de faire une randonnée d'une heure ou deux sans rester pour la nuit. Avec Calgary à proximité, c'est une réelle possibilité. Et j'ai entendu dire que le prix des locations pour les lieux de mariage a explosé.

Zach sortit la carte du ranch et pointa du doigt une surface plane à l'ouest de l'espace actuellement affecté au parking.

— Ça ne gâcherait aucun des points de vue des cottages. Si nous construisons une terrasse de bonne taille à côté d'un bâtiment de base, cela ne ferait qu'améliorer l'expérience. Je pense que ce serait génial.

Il imaginait le résultat. Finn y réfléchit sous plusieurs angles, évaluant notamment combien d'argent cela demanderait de le faire aussi vite que possible.

Il hocha la tête vers Karen.

— Super idée. Nous revérifierons quelques trucs, mais je pense que tu as raison. Il est toujours bon d'inclure de nouvelles sources de revenus. Zach, vois ce que nous devons faire pour mettre ça en route. Les permis, les assurances, etc. Nous avons cet architecte qui nous doit un service si nous avons besoin d'un plan tout de suite.

Karen n'avait pas bougé.

— Vraiment ?

Il ne savait pas comment répondre.

— Vraiment... quoi ?

— Vous prenez simplement mon idée et vous partez là-dessus ? demanda Karen en secouant la tête. J'espère que je ne t'ai pas donné une idée pourrie. N'allez pas gaspiller votre argent...

Zach leva la main.

— Nous venons de te dire que c'était une très bonne idée.

— Et nous examinerons la question de l'argent avant de commencer, mais ça ne prendra pas longtemps, ajouta Finn.

Elle haussa de nouveau les épaules comme s'ils étaient tous les deux un peu perdus.

— Oh, au fait, Cody voulait que je vous dise qu'il avait trouvé une boîte de coudes de plomberie, mais on dirait qu'elle s'est fait rouler dessus plusieurs fois par un tracteur. Nous allons devoir en recommander.

Finn étouffa son juron.

— Hé, Zach.

Karen changea de sujet. Sa voix prit une intonation joyeuse.

— Quelqu'un te taquinait plus tôt au sujet des enchères de célibataires. Je n'ai pas entendu les détails de ton rencard victorieux. Qui t'a acheté ? Où est-ce que tu l'emmènes ?

— Rose Fields, répondit-il avec un sourire.

Il leva la main devant le léger sifflement que suscita son annonce.

— Inutile de s'exciter. Elle m'a déjà dit que ce n'était pas un *vrai* rencard. Brad et Hanna se marient la semaine prochaine, et Rose voulait un rencard qui lui promette de danser avec elle autant qu'elle voudrait. Elle a mis ça dans le contrat de la vente aux enchères.

— Comme si c'était difficile, dit Finn d'une voix traînante.

Zach posa une main sur son torse et tenta de prendre un air douloureux.

— Je ne sais pas comment je vais survivre. Une jolie femme qui veut passer la soirée dans mes bras ? Une vraie torture.

Ils discutèrent encore pendant quelques minutes, puis Karen s'en alla d'un côté et Zach de l'autre. Finn retourna lentement au cottage parce qu'il en avait assez.

Mais l'étrange réaction de Karen ne cessait de lui revenir à l'esprit, encore et encore. Pourquoi serait-elle tout excitée de partager une idée et pourtant choquée quand ils passaient à l'action ?

Si Finn l'avait cherchée auparavant, il devrait fournir deux fois plus d'efforts désormais. Karen se surprit à activement se cacher de lui.

Que ce soit en allant de bonne heure dans sa chambre ou en se levant quand il faisait encore noir... ce qui signifiait horriblement tôt en cette période de l'année, quand à cinq heures le soleil pointait déjà à l'horizon.

Bien sûr, si elle avait su *pourquoi* elle se cachait de lui, cela aurait rendu les choses plus faciles.

La petite touche de sexe n'avait fait que la mettre en appétit, alors ce n'était pas ça. Elle avait hâte qu'il n'ait plus de plâtre, ou en tout cas qu'il n'avale plus d'antidouleur régulièrement, parce qu'elle savait d'expérience qu'il y avait des moyens d'être créatifs même pendant qu'il portait encore l'engin gênant.

Elle se sentait simplement *mal*.

Il n'avait certainement pas besoin de quelqu'un avec une attitude pourrie qui vienne lui compliquer la vie.

Elle partit à Silver Stone pour discuter avec sa sœur et rendre visite à Kelli.

La douce odeur fraîche de l'écurie de Silver Stone apaisa légèrement son stress. Karen sentit son pas ralentir alors qu'elle errait dans l'écurie à la recherche de son amie.

Un des chats de l'écurie avançait lentement sur le haut d'une stalle. Il marqua une pause pour la fixer de ses yeux verts étincelants, agitant la queue lentement.

Une partie de la quiétude de Karen s'estompa.

— Hé. Je ne m'attendais pas à te voir aujourd'hui.

La voix arrivait d'au-dessus. Kelli se tenait au bord du fenil, les bras croisés sur la balustrade.

— Tu es venue voir Dandelion Fluff[1] ?

C'était un aussi bon prétexte qu'un autre.

— En partie. En partie pour te voir.

Kelli lui fit signe d'aller vers l'échelle fixée au mur le plus proche.

— Monte. Tu pourras faire d'une pierre deux coups, pour ainsi dire.

Le haut de l'échelle s'ouvrait sur un fenil comme n'importe quel autre, avec des rangées bien alignées de foin à l'odeur douce organisées avec une précision militaire. Kelli s'assit sur une section basse, et tandis que Karen approchait, une bande de chatons apparut, rampant dans le parc naturel formé par un ballot légèrement plus bas.

— Tu es le joueur de flûte de Hamelin, la taquina Karen.

— J'avais des corvées très matinales. C'est une des récompenses que je m'offre quand j'ai terminé, dit Kelli. Sasha et Emma veulent toujours savoir où sont les bébés. C'est l'excuse que j'ai trouvée pour les chercher.

Kelli attrapa un des chats tigrés, le souleva vers son visage, et frotta son nez contre le museau.

— Ce ne serait pas du tout parce que tu es bonne pâte avec un animal câlin, parce que, bien sûr que non, dit Karen en soulevant Dandelion. Bonjour, mon chou. Est-ce que je t'ai manqué ?

Elle reçut le plus satisfaisant des *miaous* alors qu'il ouvrait sa petite bouche rose. Elle le pressa contre sa poitrine, et il se frotta contre sa gorge, ses petites pattes s'enfonçant.

Elle se sentit oppressée de plus belle, et maintenant elle était à l'arrière de sa gorge, rendant sa déglutition difficile.

— Hé. Ça va ?

L'inquiétude marquait l'expression de Kelli.

Karen se secoua et se força à sourire.

— Je voulais savoir si tu avais eu des nouvelles des chevaux sauvages. Comment va le hongre que tu as séparé de la meute ?

— Marmalade. Il va bien. Encore un peu obstiné, mais il se comporte mieux depuis que nous avons commencé à lui donner du travail à faire.

Kelli se pencha en arrière, empilant distraitement d'autres chatons sur ses cuisses tandis qu'elle parlait.

— J'espère sortir la semaine prochaine pour aller voir comment vont Thor et son harem. Tu veux venir ? J'aimerais beaucoup que tu m'accompagnes.

— Si je peux, dit Karen lentement. Ce sera chargé pendant les prochains mois. Je te jure que Finn et Zach ont engagé tous les saisonniers de la communauté, et ils veulent tous mon opinion.

— Pas de problème. Je te tiendrai au courant quand j'aurai un jour de libre pour aller explorer, et si ça colle pour que tu te joignes à moi, super.

Kelli jura doucement, retirant de son bras un chaton qui avait commencé à grimper sur elle.

Dandelion était profondément endormi dans le bras de Karen.

Elle baissa les yeux sur lui, cette petite boule de chaleur. Si confiante. Si fragile.

Tôt ou tard, elle devait arrêter de fuir sa journée. Elle le reposa prudemment avec ses frères et sœurs adoptifs, la maman chatte miaulant alors qu'elle changeait de position pour laisser un autre chaton la téter.

Paisible. Tendre et heureux.

À un million de kilomètres des sensations qui tourbillonnaient en Karen.

— Eh bien, je suppose que je dois y aller. Je n'ai pas terminé *mes* corvées, dit-elle gaiement alors qu'elle se levait.

— Quand tu veux. Si tu as une pause dans l'après-midi, je travaillerai probablement avec Marmalade. Tu es toujours la bienvenue.

Karen était sur le point de disparaître sous le niveau du fenil quand Kelli la rappela.

— Oh. Et je te verrai chez Tansy.

Sa pause fut juste assez longue pour être gênante, en tout cas du côté de Karen.

— C'est vrai. La soirée entre filles, c'est ce soir, n'est-ce pas ? Je ne peux pas venir. Un contretemps.

— C'est dommage. Tu nous manqueras, lui assura Kelli. Je te verrai bientôt. Dis à Finn de guérir vite.

— Ça roule.

Karen continua à avancer, reprit sa journée et se força à travailler très dur parce que, lorsqu'elle travaillait, elle ne réfléchissait pas.

Et quand elle ne réfléchissait pas, ce nœud tendu de frustration en elle ne lui faisait pas aussi mal.

Étonnamment, elle évita Finn toute la journée. Ce qui l'aida, ce fut qu'à un moment, Zach et lui s'en allèrent à la banque pour gérer de la paperasse concernant une erreur dans les frais qui devait être réglée en personne.

Vers 17 heures, elle reçut un texto de Finn, mais même ça fut facile à repousser.

Finn : *On va dîner au Longhorn. On passera te prendre.*

Karen fixa son téléphone pendant une minute avant de répondre : *Pas vraiment faim. Amusez-vous bien.*

Elle erra sans but dans la maison pendant quinze bonnes minutes avant de se mettre en colère. Cette fichue enveloppe la hantait depuis l'étagère. Elle avait envie de pleurer sans bonne raison, et elle s'était délibérément arrangée pour être toute seule au lieu de passer du temps avec ses amies ou avec l'homme qui disait qu'il ne demandait pas mieux que d'être avec elle.

Idiote, irresponsable, elle méritait certainement de passer une soirée pourrie.

Quelque chose la mena dehors vers le feu de camp. Finn l'avait préparé avec du petit bois, alors une allumette suffit à l'enflammer. Elle s'assit sur sa chaise, fixant les flammes tandis que le soleil descendait lentement vers les montagnes.

Le silence dans l'air semblait contre nature. Aucun oiseau ne pépiait, et même les longues herbes près du chemin semblaient être muettes, le vent si léger qu'elles bougeaient à peine. Au-dessus d'elle, un faucon était en train de huir. Un son solitaire et inquiétant qui fit naître la chair de poule sur ses bras.

Le prédateur seul, cherchant son dîner.

Karen fixa le ciel, à deux doigts de pleurer.

Presque une heure plus tard, le son familier de béquilles et d'un pas solitaire résonna sur la terrasse et à travers l'herbe qui menait au feu de camp. La chaise près d'elle craqua, et elle ouvrit les yeux mais évita quand même de le regarder, fixant à la place les montagnes lointaines, parsemées d'orange et de rose.

Finn resta silencieux pendant un moment, puis il tendit une main par-dessus son accoudoir. Les chaises étaient assez éloignées l'une de l'autre pour qu'elle soit obligée de tendre la sienne et le retrouver à mi-chemin.

Elle leva les doigts vers les siens.

Une seconde plus tard, ils étaient entremêlés étroitement dans sa prise ferme, et les signes avant-coureurs de larmes imminentes devinrent plus vifs. Bon sang, ce devait être hormonal, parce qu'elle *n'était pas* mélodramatique ni à ce point incapable de se contrôler.

Comme il ne dit rien pendant un moment, Karen se détendit lentement.

Une différente sorte de tension monta. Du genre à ce qu'elle se rende compte qu'il avait été sérieux sur ce qu'il voulait, et même si elle n'était pas sûre de ce qui se passait, si elle voulait vraiment s'investir dans cette relation, elle aussi devait être honnête.

— J'ai l'impression qu'il y a ce gros nuage noir au-dessus de moi.

Les mots se frayèrent un chemin par sa gorge nouée.

Elle lança un coup d'œil sur sa gauche et trouva Finn qui regardait toujours fixement le feu, hochant lentement la tête.

— Ce n'est pas habituel. Ou ça ne l'était pas, pas il y a cinq ans. Tu as une idée de la raison ? demanda-t-il.

Elle secoua la tête avant de se rendre compte qu'il ne la voyait pas.

— Non. Pas la moindre.

La frustration la frappa également.

— D'accord. Je sais un truc qui m'a contrariée, mais je dois simplement m'en remettre.

Il leva la tête et croisa son regard.

— Tu veux en parler ? Tu sais que je sais garder un secret.

Son commentaire n'était pas censé la faire rire, mais tel fut pourtant le cas.

— Tu sais absolument garder un secret, confirma-t-elle avant de reprendre son sérieux. Je sais que mon père fait des efforts, mais à chaque fois que je suis près de lui, je ne cesse de m'attendre aux mêmes réponses que celles que j'ai reçues pendant toutes ces années. Je n'apprécie pas de passer du temps avec lui, et c'est absolument pourri.

La prise de Finn sur ses doigts se resserra.

— Ce n'est pas pourri. C'est la réalité.

— Je me sens tellement coupable ! Enfin, Julia veut apprendre à connaître son père, et pour elle, ce gars honnête est le seul avec lequel elle a dû gérer. Tamara se concentre sur lui en tant que grand-père, et ça semble l'aider. Lisa est comme un canard et l'eau coule simplement sur son dos. Mais moi je ne *l'apprécie* pas.

Cet aveu faillit se coincer dans sa gorge.

— J'ai travaillé trop d'années avec lui. Je sais qu'il a fait des choses vraiment bien récemment, mais...

La compréhension sur le visage de Finn n'effaça pas la culpabilité mais au moins n'y ajouta rien.

— Il y a quelque temps, il a expliqué à Lisa qu'il essayait, d'une manière tordue, de nous protéger. Il pensait qu'être chassées du ranch nous éviterait d'être blessées ou tuées, comme l'accident qui a emporté maman. Ce qui est tordu et anormal. Ça fait mal de penser au temps et à l'énergie que j'ai mis à essayer d'améliorer le ranch, et pendant tout ce temps, il n'a jamais voulu de moi là-bas.

Le silence retomba un instant. Le feu crépita tandis que son cœur palpitait après cette dure confession.

Puis Finn balança sa propre grenade.

— Je suis en colère – tellement en colère – en pensant à la manière dont tu as été traitée. Et même si ton père a fait certaines choses bien, je ne respecte pas la manière dont il t'a traitée. Cela rend difficile l'idée de faire quoi que ce soit avec lui, et je ne fais que ressentir ça indirectement. Je n'ai pas dû supporter ces embrouilles comme toi pendant tant d'années.

Karen retira sa main pour chercher des mouchoirs dans sa

poche. Elle pleurait, même si – pour l'instant en tout cas – ses larmes coulaient simplement au lieu de la faire franchement sangloter.

L'expression de Finn devint glaciale.

— Ne réponds pas si tu ne le veux pas. A-t-il un jour fait quoi que ce soit de déplacé sexuellement à l'une de vous ?

Le choc la percuta. Elle secoua vigoureusement la tête.

— *Jamais.* Nous en avons parlé, en plus. Mes sœurs et notre cousine Anna. Une conversation sans retenue quand toute l'affaire #MeToo a commencé, alors je sais que ce n'est pas un secret qui se cache dans le passé de la famille Coleman.

Les traits durs de l'expression de Finn s'adoucirent légèrement.

— Tant mieux. Mais ne pense pas que, parce que tu n'as pas eu à gérer ce problème, cela signifie que ce que tu as supporté était mineur. Parce que ça ne l'était pas.

Son avertissement arriva au moment exact où elle se dirigeait sur cette voie.

Il avait raison.

Cela ne rendait pas plus facile d'ignorer l'accès de culpabilité. Elle avait eu un toit sur la tête, de la nourriture sur la table, et un travail à faire. Il y avait eu plein de bonnes choses dans sa vie...

Elle avait quand même mal à l'intérieur.

Karen parla lentement, essayant de formuler son plus gros problème.

— J'ai passé des années à entendre que je n'étais pas assez bien, et ça a fini par rentrer, quand bien même je ne l'aurais pas voulu. Et la *raison* pour laquelle il a fait ça n'a pas d'importance, c'était mal.

— C'était vraiment mal. Tu ne le méritais pas à l'époque, et tu ne le mérites pas maintenant, déclara Finn en se penchant vers elle pour chercher à attirer de nouveau son regard. Ce n'est pas quelque chose qui s'effacera du jour au lendemain.

— Je sais.

Il hocha la tête.

— Ton père n'est pas la seule personne contre qui je sois en colère, admit-il. Je dois être prudent pour ne pas laisser ma colère exploser au mauvais moment. C'est une chose sur laquelle j'ai commencé à travailler ces dernières années.

Karen attendit, mais il n'ajouta rien de plus sur la source de sa colère. Elle se dit qu'il le ferait quand il serait prêt. Le point le plus important maintenant était l'autre partie.

— Comment travailles-tu là-dessus ? Avec des punching-balls ? De la danse de salon ?

Il renifla moqueusement.

— Je danse un super tango.

— Surtout maintenant, répondit-elle en lançant un coup d'œil à son plâtre.

Finn se pencha en arrière, leva les yeux vers le soleil tandis qu'il plongeait derrière la montagne, disparaissant.

— Je suis allé un moment chez un thérapeute. Nous avons trouvé des questions que je passe en revue quand je tombe sur les problèmes qui me mettent hors de moi.

— Continue.

— Ça peut paraître basique, mais ça m'aide. Je me demande : « Quel est mon but ultime ? » Habituellement ça m'offre quelques chemins différents à prendre au lieu de simplement exploser.

Karen y réfléchit.

— Quand on me demande d'aller dîner avec mon père, mon but ultime est d'être une bonne fille, alors je dois prendre sur moi et y aller.

Il secoua la tête.

— Rien à fiche de ça. Tu *es* une bonne fille. Le but ultime est que tu sois heureuse et en bonne santé, ce qui signifie que parfois tu diras non à un dîner parce que tu n'auras pas l'énergie de composer avec ton père à ce moment-là. Parfois, ça signifiera que tu pourrais dire à ta sœur que tu viendras mais que tu partiras pile quand le repas sera terminé. Ou que tu veux rester avec tes nièces.

— Mais je devrais...

— Être une mauvaise fille ? la coupa Finn en secouant la tête. *Ma chérie*, ce n'est pas ton boulot de lui apprendre comment être un bon père.

Les mots la frappèrent avec le poids d'une enclume.

Finn continua doucement.

— Tu dis qu'il essaie de faire les choses différemment, mais il a passé tellement d'années à se comporter autrement... Il foirera parfois et retombera instinctivement dans ses mauvaises habitudes. Tu n'as pas besoin de te porter volontaire pour être dans le coin pendant qu'il s'entraînera à ne pas être un enfoiré.

Les larmes qui avaient menacé n'étaient plus prêtes à attendre, et les vannes s'ouvrirent. Parce que c'était vrai. Chaque mot lui brûlait l'esprit et l'écrasait.

Des jurons échappèrent à Finn, puis le son de sa voix inflexible transperça sa détresse tandis qu'elle pleurait, le visage entre les mains.

— Je ne peux pas supporter ça, gronda Finn d'une voix rauque. Bon sang, je ne peux pas te regarder pleurer sans te serrer dans mes bras. Et je ne peux pas me lever pour te prendre dans mes bras, alors *chérie*, tu dois venir là. Viens t'asseoir avec moi et laisse-moi t'étreindre. Nous traverserons ça. Nous trouverons un moyen.

Un million de prétextes sur les raisons pour lesquelles c'était une terrible idée firent surface, toutes repoussées face à l'indélébile souvenir de la gentillesse dont il avait fait preuve avec elle quand c'était elle qui était blessée. Karen se leva de sa chaise, traversa la courte distance entre eux et le regarda avec inquiétude.

Il l'attrapa et l'attira sur ses cuisses. Karen s'installa sur sa bonne jambe, et son corps se tourna vers lui jusqu'à ce qu'elle se retrouve entre ses bras.

Dans ses bras, le monde de Karen s'ajusta. Les ténèbres étaient encore autour d'elle, mais il y avait également une bulle protectrice.

Finn Marlette, qui allumait une bougie dans son cœur pour envoyer de minces rais d'espoir dans la nuit douloureuse.

Ce que Finn voulait le plus, c'était être son héros. Une tâche impossible étant donné sa jambe blessée et l'incapacité totale de changer le passé.

Le regret le frappa d'avoir foiré cinq ans auparavant et de ne pas être revenu plus tôt pour changer sa vie.

Pourtant, il savait que ces choix faisaient non simplement partie du passé, mais aussi qu'ils étaient inévitables. Il était devenu l'homme qu'il était aujourd'hui grâce aux cinq années précédentes. Et Seigneur, il espérait qu'il en avait appris assez pour faire de leurs lendemains ceux qu'elle méritait.

Elle pleurait toujours, mais plus doucement désormais, les mains agrippant ses épaules, le visage enfoui dans son cou... le son d'un cœur brisé.

Ses lèvres effleurèrent sa tempe.

— Pleure autant que tu veux, *ma chérie*. Laisse sortir tout ça pour que, lorsque tu seras prête, nous puissions regarder vers l'avenir.

Finn caressa les cheveux le long de son épaule et de son

dos, des caresses douces et tendres jusqu'à ce qu'elle se calme. La tension s'effaça lentement et la laissa docile dans ses bras.

Elle pencha la tête jusqu'à ce que leurs regards se croisent.

— Je ne suis pas comme ça. Je suis forte, j'accomplis les choses et j'avance.

Sa voix n'était qu'un chuchotement, triste et rauque.

— Pleurer, c'est être fort, insista-t-il. C'est ton corps qui te dit qu'il en a assez de faire semblant que tu n'es pas blessée. Admettre que tu n'es pas en Teflon demande beaucoup de force.

La tristesse brillait au fond des yeux de Karen.

— Je n'ai pas envie de ressentir ça.

— Personne n'a envie d'avoir l'impression qu'il ne sera jamais à la hauteur. Et je comprends qu'on te l'a dit beaucoup trop souvent. Soit par les paroles, soit par les actes, répondit-il en caressant son menton. Ce n'était pas vrai. Il est temps que tu cesses de *te* dire que tu ne suffis pas. C'est un bon point de départ.

Karen eut l'air surprise.

— Je suis très compétente dans ce que je fais.

— Oh que oui ! acquiesça Finn. Je pense que tu te le dis parfois. Mais après t'avoir observée ce dernier mois, j'ai remarqué que tu ne laisses pas toujours les autres personnes te dire la même chose. Et ce n'est pas de la modestie, mais du déni.

Karen ouvrit la bouche, puis la referma tandis qu'elle réfléchissait. Elle lui caressa le bras d'un air absent, comme si le contact l'aidait à se concentrer.

— Donc, mon but ultime est d'admettre que je suis géniale ?

— C'est un bon objectif. Mais parlons une minute. Je me pose cette question sur mon but ultime quand je fais face à une situation où ma colère monte. Ça marche encore mieux si je réfléchis à l'avance à ce que je vise. Tu as dit que tu étais coincée dans un nuage de ténèbres. Je sais que tu veux t'en débarrasser. Avoir un objectif rend plus facile de s'éloigner des distractions émotionnelles négatives. C'est une des premières leçons que notre mentor nous a apprises, à Zach et à moi.

Karen se tut un moment et lança un coup d'œil vers le ciel pendant un instant avant de parler fermement.

— Je pars pour suivre des cours en automne. En ce moment, je suis là à Heart Falls, à passer du temps avec mes sœurs et à vous aider à démarrer le ranch éducatif.

Elle prit une inspiration tremblante avant de continuer.

— Je passe du temps avec des amies et je fais des randonnées à cheval, ce qui signifie que je n'ai aucune raison de me plaindre de quoi que ce soit, parce que tout cela est fantastique.

Comment rendre cela clair ?

— Ce ne sont pas des objectifs, c'est une longue liste de ce que tu fais. Qu'est-ce que tu *veux* ? Quand tu regardes au fond de toi-même, que te vois-tu faire dans cinq ans ? Ou, si c'est trop loin, pense à dans un mois ou à demain. Que fais-tu qui te fait sourire ? Je ne parle pas d'un sourire de rigolade comme si la vie était une fête permanente. Le travail n'est pas toujours amusant, mais même quand Zach et moi gérons le problème le plus épineux, il y a de la satisfaction à le faire si c'est un pas en direction du vrai but que je veux atteindre.

— Je ne peux pas annoncer mes objectifs sur le long terme aussi facilement, protesta Karen, s'éloignant légèrement de lui. Enfin, je dois analyser ce que j'ai fait par le passé, ensuite...

— Au diable l'idée d'être méthodique, suis ton instinct, ordonna Finn. Ferme les yeux.

Elle lui lança un regard noir, mais suivit ses instructions.

Ses cils légèrement humides reposaient contre ses joues. Il y avait un pli entre ses sourcils et la tension enserrait son corps.

Finn voulait arranger tout ça.

Il lui caressa gentiment la joue.

— Inspire profondément et imagine-toi en train de te réveiller demain matin. Quelle est la première chose à laquelle tu penses qui te rendrait heureuse, au fond de tes tripes ? Qu'attends-tu avec impatience ?

— Dandelion Fluff qui me saute dessus.

Les mots sortirent comme s'ils avaient été propulsés par une fusée. Elle ouvrit brusquement les yeux. L'expression de surprise qui suivit provoqua un tressaillement des lèvres de Finn.

— Pourquoi est-ce que tu ne l'as plus ? demanda Finn doucement.

— Parce que la place des animaux n'est pas dans la maison, répondit-elle automatiquement.

— Ce n'est pas celle de certains, acquiesça-t-il. Mais d'autres si. Pourquoi est-ce que Dandy ne pourrait pas être ton animal de compagnie *dans la maison pour le câliner* ?

La lèvre inférieure de Karen trembla.

— Je pars suivre des cours en automne, répéta-t-elle. Je ne peux pas emmener un chaton à l'université.

— Peut-être pas, mais c'est un problème pour plus tard. Si tu veux, nous pourrons aller chercher cette bête poilue ce soir. Je suis sûr qu'il adorerait te sauter dessus dès le réveil.

Bon sang. L'expression dans ses yeux le détruisait. Comme si elle n'arrivait pas à croire qu'elle avait droit au simple plaisir d'avoir un chat dans sa maison.

Il poussa le bouchon.

— Que veux-tu d'autre quand tu te réveilleras demain ? Ne te demande pas si cela se trouve sur ta liste actuelle de choses à faire, parce que tu n'as pas fait cette liste en pensant à toi-même.

Elle baissa les yeux sur ses lèvres.

— Je veux être dans tes bras.

Oh que oui.

Elle se redressa légèrement et leva la main pour la poser sur son visage.

— Je veux me réveiller le matin au lit avec toi, mais même alors que je dis ça, je sais que c'est une idée folle étant donné que tu es encore plâtré jusqu'à la hanche, et il y a...

— Oui, l'interrompit-il, tout en resserrant ses doigts sur le menton de Karen. Ce que tu veux. Je dis oui à ça. Au diable les excuses qui sont instantanément apparues dans ton esprit en disant que tu ne pouvais pas l'avoir, ou que tu ne devrais pas l'avoir, ou que tu dois faire quelque chose avant de pouvoir l'avoir. Ce sont les choses auxquelles tu dois dire « rien à faire ».

— Mais...

Elle referma brusquement la bouche. Elle inspira lentement et profondément, puis réessaya :

— Ce que je veux, c'est toi, Finn. Point. C'est ce que je veux depuis toujours. Je l'ai très mal montré. Je ne sais pas ce que je vais faire à partir de maintenant, mais si c'est la soirée où *Karen apprend à faire de nouvelles grimaces*, je vais vraiment dire que lorsque j'imagine le matin de demain et celui d'après, ce qui me ferait sourire, ce serait de t'avoir près de moi. Avec Dandy.

Finn n'avait aucune objection à être classé en tête avec une boule de poils, surtout étant donné l'énorme changement que c'était pour elle d'admettre ce désir en particulier.

— Alors tu m'as. Je m'inquiéterai de la façon de gérer ma fichue jambe cassée. Maintenant, trémousse-toi encore un peu et donne-moi tes lèvres, parce qu'une certaine personne vient de fixer un objectif remarquablement clair. Elle mérite une récompense.

Karen s'appuya sur les accoudoirs de sa chaise, faisant toujours de son mieux pour ne pas appuyer son poids sur lui. Mais quand elle pencha la tête et se rapprocha, tout ne fut que souffle chaud et douce offrande, sans aucune retenue. Leurs lèvres se pressèrent lentement, doucement, avec hésitation. Pas parce qu'ils hésitaient à s'embrasser, mais parce que c'était un moment à savourer.

Finn passa les doigts dans les cheveux à l'arrière de sa tête et la serra contre lui. Il la goûta et la taquina, faisant lentement monter la température jusqu'à ce qu'elle se tortille si fort qu'il s'empara de ses hanches.

Il s'écarta pour la regarder dans les yeux.

— Il est temps d'aller à l'intérieur.

— Ta jambe…

Karen marqua une pause. Son expression se durcit.

— Je ne serai pas un paillasson, même si maintenant je remets en question chacun de mes commentaires. Je veux être avec toi, ce qui signifie que je veux que tu me serres dans tes bras. Et je veux te serrer dans les miens, mais je ne veux *pas* que tu te blesses.

— Tu prévois de monopoliser le lit ou de me pousser par terre au milieu de la nuit ?

Il la souleva de façon que les pieds de Karen touchent le sol.

— Seulement si tu le mérites, dit-elle avec une très légère touche d'amusement dans la voix.

Il accepta sa main tendue, se relevant dans un mouvement relativement fluide.

Il fit un geste vers la maison.

— À l'intérieur. Nous avons une affaire en cours.

Elle vivait dans le cottage depuis plus d'un mois, le partageait avec Finn depuis plus de deux semaines, et c'était la première fois qu'elle se sentait gênée. En tout cas, jusqu'à ce qu'il se rapproche d'elle par-derrière, presse les lèvres contre son cou, et frotte doucement son nez dessus.

— Tu dois mettre ton cerveau encombré en mode OFF, chuchota-t-il. Il y a une urgence dont tu doives t'occuper ce soir ?

Ses sœurs avaient laissé des messages sur son téléphone, puisqu'elle n'avait dit à aucune d'elles qu'elle ne viendrait pas à la soirée entre filles. Elle envisagea de continuer à les ignorer, mais décida que ce n'était pas une idée intelligente.

— Donne-moi une minute pour prendre les devants avant que mes sœurs ne se pointent toutes ici.

— Tu veux aller chercher Dandy ?

Elle avait sorti son téléphone, ouvrant un message de groupe au lieu de répondre à chacune individuellement.

— Je n'arrive toujours pas à croire que tu m'encourages à prendre un animal de compagnie.

Il se pencha et se rapprocha de son visage.

— Je pense qu'il t'a choisie. Nous pouvons aller le chercher, pas de problème.

Les pouces de Karen se déplaçaient sur le clavier alors même qu'elle secouait la tête.

— Je doute que la sécurité de Silver Stone apprécierait de nous trouver dans l'écurie au milieu de la nuit à essayer de trouver un chaton qui se promène.

Elle revérifia son message avant de l'envoyer. Avec un peu de chance, cela suffirait pour maintenir ses sœurs à distance.

« J'ai passé une dure journée, mais ça va. Je vais me pieuter... je vous verrai demain. XOXO »

Elle appuya sur le bouton « Envoyer », posa le téléphone et pivota pour prendre le visage de Finn entre ses mains.

— Demain, nous irons chercher Dandy, parce que, aussi gênant que ce soit de l'admettre, je veux vraiment qu'il soit là.

— Alors tu as le droit de l'avoir.

Finn l'embrassa doucement, d'abord au coin de la bouche, puis sur la joue, avant de taquiner longuement sa mâchoire et d'atteindre son oreille.

— Ce soir. Je t'aurai pour moi.

Un frisson la traversa.

— Est-ce un oui ? demanda-t-il alors que ses mains se déplaçaient sur ses hanches et retiraient activement le t-shirt de son pantalon.

— Je pense, répondit Karen. Tu ne prévois pas de me faire simplement un câlin, n'est-ce pas ?

Les lèvres de Finn lui tirèrent brièvement l'oreille avant que sa bouche n'atteigne l'emplacement sensible sur son cou qui la rendait toujours folle. Il le suça légèrement. Sa langue produisait un effet dangereux sur la tension de Karen.

Les doigts de Finn glissèrent sous son t-shirt, ses doigts calleux effleurant doucement sa peau avant qu'une paume chaude ne se pose au creux de ses reins. Il l'attira vers lui, et leurs torses se rencontrèrent. Ses muscles fermes se frottaient contre son t-shirt, ce qui en retour taquinait la peau de Karen, bien trop sensible.

— Nous allons peut-être devoir être créatifs, l'avertit Finn. Mais ça ne me dérange pas de commencer par une redite de l'endroit où j'ai terminé la dernière fois.

— Où était-ce ?

— Entre tes cuisses avec ma langue sur ton sexe.

— Oh. Là.

Ce n'était pas qu'elle ne s'en souvenait pas, mais c'était que les mots commençaient à perdre toute signification.

— D'accord.

Finn émit un petit rire alors qu'il passait la main entre ses omoplates. Il émit un son joyeux.

— Pas de soutien-gorge.

— Une femme seule chez elle, qui s'apitoie sur son sort ? Crois-moi. Pas besoin de soutien-gorge.

L'amusement de Finn se répercuta sur la peau de Karen, faisant naître la chair de poule lorsque la main de celui-ci se glissa jusqu'à l'un de ses seins pour le prendre. Il reposait dans la paume de sa main tandis que son pouce taquinait son mamelon.

— Est-ce que nous faisons ça ici ? demanda-t-elle.

— Faisons quoi ? murmura Finn.

Il allait l'obliger à le dire.

— Avoir une relation sexuelle.

— Pour l'instant, je joue avec tes nichons. Ce qui fait partie d'une relation sexuelle, je suppose, dit-il tandis que son sourire devenait coquin.

Elle fut tentée de l'attraper par les oreilles et de le secouer.

— Ça t'amuse.

— Oui. J'espère que toi aussi, dit-il en baissant les yeux sur le tissu qui se déplaçait sur son pouce. Je suppose que nous devrions aller dans la chambre ou fermer quelques rideaux.

— Super idée, dit-elle en s'assurant que Finn était stable avant de reculer. Je vote pour que nous restions ici. Attends une seconde.

Il ne fallut à Karen qu'un instant pour fermer le store au-dessus de l'évier, et quand elle eut verrouillé les deux portes, de devant et de derrière, elle revint dans la cuisine et trouva Finn qui s'appuyait sur le plan de travail et lui lançait un grand sourire.

— J'aime bien quand tu prends les choses en main, lui dit-il.

Elle fit passer son t-shirt par la tête et le lança sur la chaise.

Un grognement étouffé échappa à Finn.

— Viens ici.

Au lieu de le rejoindre, elle retira son pantalon de jogging, restant en sous-vêtements.

Puis elle sauta sur la robuste table de cuisine, écarta largement les jambes tandis qu'elle levait les mains pour prendre ses propres seins.

— Je croyais que tu aimais quand je prenais les choses en main. Cela pourrait mieux convenir pour nos besoins.

Finn perdit sa chemise alors qu'il franchissait la courte distance entre eux. Une main appuyée de chaque côté de ses hanches, il pressa leurs corps l'un contre l'autre alors qu'il prenait ses lèvres.

Les minutes suivantes disparurent dans une brume de chaleur sexuelle montante. Les grandes paumes de Finn se promenaient partout sur elle, la taquinant et la caressant. Il l'embrassait comme si cela faisait des années qu'il ne l'avait pas fait et qu'elle était sa bouée de sauvetage.

Karen s'abandonna à la tentation et laissa aussi ses doigts l'explorer. Les reliefs l'appelaient, taquinaient ses sens et faisaient battre son cœur.

Finn embrassa sa bouche, embrassa ses seins. Il traîna une chaise vers elle, s'y assit et l'attira par les hanches.

— Tu n'as pas réfléchi jusqu'au bout, gronda-t-il.

Un instant plus tard, la culotte de Karen tomba sur le sol, l'élastique cassé au niveau des hanches. Puis la bouche de Finn fut sur elle, la léchant, la suçant et la mordillant. Observer ne faisait que rendre les sensations plus intenses.

Le plaisir s'envola, tourbillonnant autour d'elle. Elle enfouit les doigts dans ses cheveux et l'attira encore plus près.

Finn la souleva, et Karen se laissa tomber sur les coudes. Les poils de sa barbe irritaient l'intérieur de ses cuisses tandis que sa langue se déchaînait sur son clitoris.

— *Finn.*

L'orgasme débuta à l'endroit habituel, mais il sembla développer des tentacules, s'enroula autour de son corps en vagues de plus en plus fortes. Tout son corps la picotait et palpitait.

Finn reposa ses hanches puis se leva. Il fit descendre son pantalon et son caleçon. Sa verge épaisse se dressa vers elle, et Karen se releva assez pour enrouler une main autour de lui et le caresser.

Il jura et saisit son pantalon pour en sortir un préservatif. C'étaient les préparatifs les plus rapides qu'elle avait jamais vus, mais elle s'en moquait. Elle était plus que prête.

Karen avait les pieds posés sur la table, les cuisses largement écartées. Finn plaça sa verge contre son sexe, remonta et tourna autour de son clitoris. Et encore une fois, les effets de son orgasme la firent hoqueter.

— Seigneur, Finn. Vas-y maintenant.

L'expression de ce dernier devint plus sombre, sérieuse.

— Tu en as envie ?

Elle eut envie de hurler d'exaspération, mais elle savait ce qu'il lui demandait.

— Oui. J'ai envie de toi. Je veux *tout* de toi.

Finn avança lentement les hanches, faisant pénétrer l'épaisse longueur de sa verge un centimètre à la fois. C'était fascinant, délicat... parfait.

Quand il fut complètement enfoncé, Finn lui attrapa les hanches et l'attira encore plus près. Le plaisir s'enflamma de nouveau. Le regard de Finn remonta sur son corps après qu'il eut observé sa verge disparaître en elle, il marqua une pause sur ses seins et remonta plus haut jusqu'à croiser son regard.

Le mouvement de balancier continua. C'était tellement plus qu'une union entre leurs corps ! Karen lui agrippa les poignets et s'y accrocha tandis que l'extase grimpait en flèche.

Pour un homme qui tenait en équilibre sur une seule jambe, Finn faisait du très bon boulot pour l'ébahir. Tout se combinait, son expression, la caresse de ses doigts qui glissaient désormais pour titiller son clitoris.

Ses paroles.

— Jouis sur ma verge. Je veux te sentir m'enserrer.

Elle n'avait pas besoin de jouir pour que ce soit parfait, mais elle s'exécuta. L'explosion était irrésistible et inévitable à cause de la manière dont il la regardait, celle dont il la taquinait pile comme il le fallait. Parce qu'il la connaissait, qu'il avait envie d'elle.

Il tenait à elle.

Peut-être même qu'il l'aimait.

Karen s'abandonna à son exigence, arqua le dos et appela son prénom.

Finn grimaça, lui écarta davantage les cuisses et accéléra de nouveau. Il allait et venait en elle, lui donnant des coups de reins frénétiques. Chaque poussée déclenchait un autre orgasme, et elle cria encore et encore.

Il s'immobilisa, sa verge enfoncée profondément, et son cri résonna contre les murs. La ferme prise qui maintenait les cuisses de Karen se détendit légèrement. Encore un peu. Finn hoqueta, recula lentement et la pénétra de nouveau pour qu'elle en ressente chaque centimètre.

Il s'écroula sur elle, les coudes posés sur la table, le front contre son corps alors qu'il respirait lourdement.

Calme. Paisible. Unis.

Il se retira, s'occupa du préservatif, et revint sur elle une seconde plus tard avant qu'elle n'ait eu le temps d'avoir froid.

— Tu m'as manqué, dit Finn contre son ventre en l'embrassant doucement, et pendant un instant, elle eut l'impression qu'elle allait de nouveau se transformer en épave larmoyante.

Puis il émit un bruit de pet avec sa bouche, et tout devint possible.

Karen tendit les mains pour lui tirer les oreilles, et Finn se tortilla pour lui échapper. Elle se redressa, passa les bras autour de lui et le serra fort.

Elle l'embrassa, s'attarda longuement avant de reculer assez pour qu'ils puissent se fixer du regard. Sans un mot, parce qu'ils n'en avaient pas besoin.

Il s'ensuivit des rires, des baisers et du bon temps ensemble jusqu'à ce qu'ils finissent dans le grand lit. Il n'y eut plus de conversation sérieuse, juste deux personnes qui réapprenaient à se connaître. C'était confortable, silencieux.

Un silence intime.

Karen se réveilla au milieu de la nuit, le silence uniquement brisé par les doux ronflements de Finn. Elle s'appuya sur un coude, la lumière de la lune qui se faufilait par la fenêtre suffisait tout juste à lui permettre de l'examiner de près.

Cette nuit n'avait pas été ce à quoi elle s'attendait. Et pourtant, Finn avait été le catalyseur du changement... Ça, elle aurait pu le deviner.

Cinq ans auparavant, ils avaient été ensemble parce qu'ils s'entendaient bien et qu'ils avaient eu un désir à satisfaire. Mais la raison pour laquelle elle était au final tombée si profondément amoureuse, c'était parce qu'il y avait plus que de l'alchimie et du charme.

Finn Marlette était un homme bien.

Un homme bien pour *elle*, se corrigea-t-elle mentalement, parce que même s'il avait été gentil ce soir-là, il avait été franc.

Tandis qu'elle rejouait les conversations dans sa tête, il devint bien trop clair qu'il avait raison. Il était inutile de nier le fait que les chevaux l'aimaient bien. Elle était douée avec eux... très douée. Au contraire, elle était trop sûre d'elle dans ce domaine.

Mais même avec ce talent, elle ne s'attendait toujours pas à ce que les gens prennent ses suggestions au sérieux. Le premier jour où elle avait travaillé avec Zach... à chaque fois qu'elle avait proposé une idée, il avait hoché la tête et avait enchaîné.

Elle avait été déconcertée de découvrir qu'il avait vraiment adopté ses idées et était parti de là.

Par contraste, elle n'allait pas toujours jusqu'au bout quand elle *avait* une bonne idée... Elle ne se battait pas pour ce qu'elle voulait vraiment.

Elle ne voulait pas réveiller Finn pendant qu'elle réfléchissait, mais ne pas le toucher était impossible. Le dos de ses doigts frôla doucement son épaule, glissa pour repousser les cheveux sur son front.

Il sourit, toujours profondément endormi.

La discussion de ce soir-là avait peut-être été un tournant, mais elle avait un peu l'impression d'avoir quitté l'artère principale parce que soudainement son GPS s'était tu.

Quels *étaient* ses objectifs ?

Elle s'était fixé des objectifs régulièrement, mais peut-être que la vérité était qu'elle devait mettre l'accent légèrement différemment sur cette question. Parce que tout jusqu'à maintenant avait été basé sur les attentes des autres et le travail pour le bien commun du ranch de Whiskey Creek et du clan Coleman.

Quels étaient *ses* objectifs ?

Elle se pelotonna contre Finn, étira les jambes loin des siennes pour être sûre de ne pas lui donner de coups quand elle bougerait.

Le bras de Finn s'enroula autour d'elle, l'attirant contre son corps. Même endormi, il était clair qu'il la voulait aussi proche de lui que possible.

Qu'est-ce que je veux ?

Qu'est-ce qui me rend heureuse ?

Quand je me réveille le matin, qu'est-ce que j'ai l'intention de faire qui m'apportera de la joie ?

Un reniflement moqueur lui échappa. Elle s'immobilisa instantanément.

Finn ne bougea pas, ce qui était une bonne chose.

Cette pensée amusante persista.

La seule chose à laquelle elle pouvait penser, c'était à cette émission qui obsédait ses cousines par alliance. Celle sur le rangement par le vide où cette femme incroyablement intelligente ne cessait de demander aux gens avec qui elle travaillait : « Est-ce que cela vous apporte de la joie ? »

Karen n'avait jamais tout à fait compris le but de cette question auparavant... Mais bon elle n'avait jamais eu de problème avec ses possessions. Ce qui semblait lui causer des problèmes, c'était de choisir des *activités*, quotidiennes et sur le long terme, qui étaient vraiment importantes pour elle.

Elle était déjà à demi endormie alors que les questions rebondissaient dans son cerveau et que des images se mélangeaient avec.

La dernière chose dont elle se souvint juste avant de s'endormir fut un de ses rêves où le nœud serré dans son ventre avait disparu. Elle menait sa routine en flânant, ramassant des objets, un à la fois, et en regardait certains s'illuminer assez fort pour faire briller toute la pièce.

Qu'il en soit ainsi. Ce n'était pas tout à fait aussi original que la question de Finn sur les buts ultimes, mais ça pourrait fonctionner.

Le lendemain, elle commencerait à chercher des étincelles de joie.

17

C'était comme regarder le printemps arriver dans les prairies. Ce lent changement de saison quand la neige persistait à essayer de tenir un peu plus longtemps, mais qu'une verdure déterminée insistait pour dire qu'il était temps de passer à autre chose.

Ce fut ce que Finn vit lorsque Karen commença sa journée.

Elle semblait légèrement distraite, et elle n'avait pas voulu discuter de quoi que ce soit de trop sérieux ce matin-là. Il savait ce que c'était. Une fois que lui-même s'était décidé à essayer quelque chose de nouveau, il avait eu besoin de temps pour le faire avant de tout analyser.

Se réveiller à côté d'elle n'avait pas été gênant. Même s'il lui avait été impossible de se faufiler dehors pour aller lui chercher des fleurs, leur absence ne sembla pas la troubler.

Quand ils discutèrent devant un café, la seule chose dont elle voulut bien parler, ce fut du chaton.

— Nous allons vraiment aller chercher Dandelion aujourd'hui, mais j'ai promis de donner un coup de main à Zach ce matin. Veux-tu venir à Silver Stone avec moi plus tard ? Nous ne leur achèterons pas beaucoup de chevaux parce que tu n'as pas besoin d'un troupeau de course, mais il y a quelques retraités qui pourraient bien travailler.

Finn écarta son mug de café alors qu'il s'appuyait contre le plan de travail.

— Tu sais que je me fie à tes décisions. Mais si tu veux de la compagnie, j'aimerais beaucoup me joindre à toi. Il continua en tapotant le plâtre sur sa cuisse : Mais j'évaluerai à distance.

Elle se glissa dans ses bras en souriant.

— Pas de chevauchée. Pas cette fois. Mais t'avoir avec moi me rendrait heureuse.

— Gentille fille, chuchota-t-il en lui embrassant le bout du nez.

Elle lui tapa légèrement le postérieur et lui lança un clin d'œil alors qu'il se tournait pour s'éloigner.

Ce fut un peu précipité, mais il trouva le temps de lui cueillir une fleur pour qu'elle la trouve quand elle rentrerait pour le déjeuner.

Il travaillait à table, reposant sa jambe, quand elle entra. Elle lança un coup d'œil sur le plan de travail de la cuisine et sur la petite offrande blanche qu'il avait réussi à trouver.

Les fleurs sauvages à proximité du cottage étaient rares.

— Merci pour mon petit bout de contrée sauvage, dit-elle. C'est vraiment mignon que tu aies recommencé. À m'apporter des fleurs.

Elle s'installa sur sa cuisse valide, les mains sur son col.

— Je me souviens encore que tu m'avais dit que ne pas pouvoir monter à cheval signifiait que tu ne pouvais pas voir certains de tes endroits préférés du ranch alors qu'ils fleurissaient.

Il la rapprocha de lui et frotta le nez contre son cou.

— Le premier matin, quand j'ai trouvé ce crocus sur le

rebord de ma fenêtre au premier étage, j'ai pensé que les lutins étaient venus me rendre visite.

Elle inspira lentement, les yeux clos alors qu'elle frôlait ses lèvres des siennes.

— Je n'ai pas tendance à avoir des idées folles, ajouta-t-elle.

— J'avais presque besoin de voler pour aller là-haut, lui dit Finn. Ce pommier est toujours devant la fenêtre à Whiskey Creek ?

— Ne crois pas que tu me rendrais visite dans l'état dans lequel tu es maintenant, Hopalong[1].

Il regarda fixement ses lèvres, gagnant de l'appétit pour davantage que le déjeuner.

— Tu serais surprise par ce qu'un homme motivé peut accomplir.

Elle se mit à rire avant de lui donner le plus doux des baisers en récompense de ses efforts. Une douceur qui se transforma en baiser fougueux et enthousiaste de Karen qui impliquait que ses seins soient en contact avec son torse, le distrayant durement.

Seigneur. Ce n'était pas la seule chose qui était dure.

— Je suis partant pour tester de nouveau la stabilité de cette table de cuisine, proposa-t-il.

Elle fila hors de sa portée, chercha dans le réfrigérateur et posa des aliments sur le plan de travail pour le déjeuner.

— Garde ça en tête. Je meurs de faim.

— Moi aussi, gronda-t-il avec autant de sous-entendus que possible.

Cela déclencha le rire de Karen. Le reste de leur repas se déroula dans une camaraderie agréable. Karen semblait beaucoup plus joyeuse qu'elle ne l'avait été dernièrement, et il en était heureux.

Ils se dirigèrent vers Silver Stone, et elle lui parla de tout ce qu'il avait raté ce matin-là dans la cour et l'informa d'une découverte.

— Tu sais, ces fournitures qui nous manquaient quand la dernière livraison est arrivée ? Les trucs dont l'équipe de construction se plaignait ?

— Est-ce qu'ils sont réapparus ?

Elle secoua la tête.

— Pas les trucs disparus. La commande de remplacement est arrivée. Zach et moi avons discuté avec le livreur. Il essayait de comprendre ce que nous pouvions bien faire qui requerrait autant de poutrelles de soutien et de joints d'étanchéité de toilettes. Il a juré qu'il les avait tous déposés. Il a dit que quelqu'un avait dû signer l'accusé de réception.

Finn hocha la tête.

— Nous avons déjà vérifié. C'est compliqué quand tant de choses se passent en même temps. Quelqu'un a bien signé, mais nous ne pouvons pas lire la signature. Qu'est-ce qu'ils auraient pu faire de tous ces trucs, de toute manière ?

Karen haussa légèrement les épaules.

— Je ne sais pas. Les revendre au marché noir ?

— Je n'aurais jamais cru qu'il y avait une telle demande pour les joints d'étanchéité de toilettes, dit Finn d'un ton pince-sans-rire. Je suppose qu'il est possible que nous ayons un employé malhonnête, avec le recrutement rapide que nous avons fait. Nous ferons en sorte que Cody garde un œil plus attentif.

Elle tourna dans l'allée de Silver Stone et se gara habilement sur une place juste devant l'écurie.

— En attendant, Zach estime que nous avons accompli presque un tiers de la tâche. Il faut barricader la plupart des bâtiments, ce qui signifie que tout le ranch a l'air de sortir d'un mauvais film de western de série B, sans les décors des fausses façades.

— Quelqu'un d'autre devra décider comment leur donner l'air jolis, lui rappela-t-il alors qu'il ouvrait la portière et descendait avec précaution.

— Zach a dit qu'il a eu de bonnes idées quand il a discuté avec Julia il y a un moment, dit-elle en lui faisant signe d'aller vers le manège. Je vais aller chercher Ashton et leur dire que nous sommes prêts. Oh, et je vais chercher Dandelion.

Elle s'éloigna, le pas léger.

Il essaya de ne pas s'attarder sur le fait qu'il avançait en titubant à la vitesse d'un escargot. Maintenant, utiliser les béquilles devenait bel et bien plus facile, en matière d'équilibre et parce que ses muscles ne lui faisaient plus un mal de chien.

Mais devoir les utiliser, ça commençait à bien faire, et il lui restait encore trois semaines avant d'être *peut-être* libéré, d'après le docteur.

Finn observa un moment la cour, où régnait de l'activité dans tous les coins, comme dans n'importe quelle entreprise bien huilée. Des voix résonnaient avec les sons des animaux, et au-dessus de tout cela planait une nette sensation de paix. Les bruits familiers calmaient quelque chose en lui.

Cela lui manquait d'avoir un ranch qui fonctionnait.

— Tu as l'air prêt à prendre un verre.

Josiah Ryder sortit de l'écurie, une petite boule de poils blanche dans les bras. Il s'appuya sur la barrière près de Finn alors qu'il l'examinait.

— Peut-être un double, ajouta-t-il.

— Je me sens mieux que je ne l'ai été depuis un moment, répondit Finn en faisant signe à Josiah de lui passer le chaton. Qu'est-ce que tu fais ici ?

Josiah fit un geste vers les trois chevaux qu'on menait hors de l'écurie.

— Une série de tâches pour Ashton. Puis Lisa et moi restons pour le dîner. Son père sera là ce soir.

Un détail dont Finn n'avait pas entendu parler plus tôt. Il lança un coup d'œil à Karen, qui menait un des chevaux dans le manège.

Il se demanda si elle le savait.

Il ignora cette question et profita à la place de la discussion avec Josiah. Zach et lui avaient récemment déménagé. Même si tous trois n'avaient été colocataires que pendant quelques mois, cela avait suffi pour que Finn se rende compte à quel point il appréciait la compagnie de Josiah.

Et puisque Josiah et Lisa étaient assurément un couple, et que Finn prévoyait d'être avec Karen sur le long terme, la relation entre le vétérinaire et lui existerait longtemps. Il voulait qu'elle soit positive.

Les femmes riaient pendant qu'elles travaillaient, mettant les chevaux à l'épreuve tandis que Josiah et lui, et finalement Ashton, observaient.

L'homme d'âge mûr était le contremaître du ranch de Silver Stone et faisait probablement autant partie des meubles que les planches de bois usées sur le côté du bâtiment.

Il hocha fermement la tête vers Finn avant que toute son attention ne se tourne vers les animaux.

— J'ai entendu dire que vous voudriez certains de nos vétérans.

— Si Karen le dit.

Cela lui attira un grand sourire de la part de Josiah.

— Elle t'a vite dressé.

Il était tentant de lui rendre son sourire, mais Finn savait que rien n'était officiellement réglé, alors rien n'était encore garanti.

— Elle a construit de bonnes bases. C'est facile de faire en sorte que ceux qui sont bien dressés se comportent bien quand on part du bon pied avec eux.

Un rire joyeux résonna à l'intérieur du manège. Lisa

affichait un sourire narquois qui s'étirait d'une oreille à l'autre alors qu'elle menait une jument grise jusqu'à la barrière.

— C'est toujours bien de t'entendre dire que tu connais la vraie manière dont fonctionne le monde.

— Tu dis *saute*, et je dis *sur toi* ? suggéra Josiah.

L'homme d'âge mûr près d'eux renifla moqueusement, tentant de le dissimuler par une toux. Ashton se redressa, les yeux étincelants alors qu'il secouait la tête.

— Je crois que cette conversation me dépasse un peu.

Finn lança un clin d'œil à Josiah et se tourna vers Ashton alors que Lisa se déplaçait hors de portée de voix.

— Je suis sûr que Karen aura une liste précise des genres d'animaux nous aurons besoin. Je me demandais quelque chose... Vous savez comment Sonora s'en sort avec le refuge pour animaux ? Elle a une rotation correcte ou elle peine ?

— Cette femme est une fichue faiseuse de miracles. Je te jure qu'elle a ensorcelé tous ceux qui ont passé sa porte, parce que quatre-vingt-dix des gens repartent avec un animal, répondit Ashton en levant une main pour se mettre à faire la morale. Mais elle doit arrêter d'être aussi têtue. Il y a plein de gens par ici qui lui donneraient un coup de main pour les aspects les plus difficiles du business, pourtant elle est déterminée à le faire seule. Ça n'a pas de sens.

— Elle est indépendante, c'est sûr, dit Josiah qui souriait désormais, les coudes posés sur la barrière.

— Le meilleur genre de femmes qui existe, acquiesça Finn.

Josiah et lui échangèrent un autre coup d'œil, parce que, récemment, il était devenu plus qu'évident qu'Ashton avait un énorme coup de cœur pour la douce Sonora Fallen.

Il était tout aussi clair qu'il jurerait ses grands dieux que ce n'était pas vrai.

Le taquiner en douce pour faire admettre à l'homme de

soixante ans le temps qu'il passait avec elle – ou à penser à elle – était devenu un passe-temps amusant.

Ashton partit donner un coup de main à Kelli, qui agita la main vers Finn de l'autre côté de la cour avant de ramener les animaux dans l'écurie.

Karen vint le rejoindre. Son visage révélant son plaisir, elle se rapprocha et passa un bras autour de la taille de Finn. Avec un soupir heureux, elle prit tendrement la tête de Dandelion et déposa un baiser sur son petit museau.

— De l'affection en public. Ça me plaît, lui dit Finn en penchant le chapeau de Karen en arrière pour en faire un vrai signe d'affection en public.

— Dégueu.

Cela venait de Lisa, qui le dit d'un ton rieur alors qu'elle grimpait sur la barrière et se jetait pratiquement sur Josiah.

— Cache tes yeux chastes, ils s'embrassent, ajouta-t-elle.

Josiah la fit tourner, un rire retentissant dans l'air.

— Je ne pense pas que ce mot signifie ce que tu penses.

— *Hé*. Tu es censé être de mon côté, répliqua Lisa en enroulant les jambes autour de lui pour l'embrasser méticuleusement. Là. Maintenant, j'ai attrapé des germes de garçon aussi.

Karen se mit à rire doucement tandis qu'elle se tenait à côté de Finn, le bras toujours autour de sa taille, la tête appuyée contre son épaule, et Dandelion niché contre sa poitrine.

— Nous devrions y aller.

— On se parle demain. Nous passerons le bonjour à ton père de ta part, dit Lisa joyeusement avant d'attraper la main de Josiah et de le tirer vers la maison.

Josiah agita la main par-dessus son épaule.

Ce qui laissa un Finn très perplexe et pourtant satisfait devant la barrière avec Karen.

Elle tendit la main vers ses béquilles et les lui tendit.

— J'ai réfléchi à ce qui me rendrait heureuse ce soir, et cela implique que tu m'emmènes dîner. Tu crois que c'est possible ?

Il la suivit vers la camionnette.

— Je pense que c'est très possible. Il y a quelque chose en particulier qui te fasse envie ?

Elle ne lui répondit pas avant qu'ils n'aient pris la route en direction du nord. Dandelion était pelotonné sur les cuisses de Finn, petite masse chaude de fourrure.

— Un steak, ce serait bien. Nous pouvons rouler jusqu'à Calgary si tu veux un bon italien ou autre chose que de l'indien, dit-elle en lui lançant un coup d'œil, un sourire ironique sur les lèvres. Je suis sûre que tu as saisi. Que papa sera là.

— Josiah me l'a dit.

Elle regarda fixement la route une minute, puis poussa un gros et long soupir.

— En fait, je me suis entraînée ce matin pendant que je travaillais parce que j'ai pensé que ça se produirait tôt ou tard. J'ai pensé à ce que je ressentirais la prochaine fois que je recevrais une invitation à dîner. Ce nœud dans mon estomac s'est encore serré, et au lieu de me sentir heureuse de pouvoir passer du temps avec ma famille, je le redoutais. Alors, pour l'instant, ma réponse est non. Mais *à ce moment-là* j'ai trouvé ce que je voulais faire à la place.

Elle tendit la main et attrapa les doigts de Finn entre les siens, lui souriant timidement.

— Imaginer un agréable dîner avec toi a fait disparaître ce nœud.

Il lui étreignit la main.

— Je suis content pour toi.

— Imaginer de rentrer à la maison avec toi après, ça a fait danser des lucioles dans mon ventre, alors il y avait ça aussi.

Cette image le fit rire.

— Est-ce une bonne chose ? Des lucioles dans ton ventre ?

Elle émit un petit son satisfait.

— Une très bonne chose. Ça t'intéresse ?

Il porta ses doigts à ses lèvres.

— Laisse-moi t'offrir à dîner, et nous verrons si nous pouvons trouver des lucioles ensuite.

Karen regarda fixement les vêtements dans sa penderie et hésita. Ce n'était pas comme si le mariage était un événement pompeux. Pour prononcer leurs vœux à la mi-juillet, Hanna Lane et Brad Ford avaient décidé de se marier dans le ranch familial de celui-ci, en extérieur, avec un dîner où chacun apportait quelque chose. Le nombre d'invités était probablement en dessous de cinquante, et c'étaient soit des amis d'Hanna, soit les gens avec qui Brad travaillait, ce qui signifiait que la liste de convives était composée de fermiers, de ranchers, de pompiers et d'autres cols-bleus.

Les gens s'habilleraient bien, mais ce ne serait pas sophistiqué.

Elle ne voyait toujours rien dans sa penderie qui la rendait heureuse. Absolument rien qui suscitait de la joie, pas pour cet événement.

Si elle était parfaitement honnête, une des raisons pour lesquelles elle souhaitait une tenue spéciale, c'était pour rester en phase avec cette attitude où elle *cherchait des choses qu'elle aimait.*

Cela n'avait pas été facile, mais durant la semaine passée, Karen s'était entraînée à marquer une pause avant de prendre une décision ou de répondre à un commentaire ou à une question. Elle était presque sûre que, parfois, cela avait donné l'impression qu'elle était figée.

Mais il devenait plus facile de prendre rapidement une décision positive ou négative sur le chemin qui menait à ce qu'elle voulait vraiment.

Ce matin-là, elle avait enfin franchi le pas pour gérer sa plus grosse source de stress. Elle alternait encore entre être absolument nauséeuse de l'avoir fait et être ravie d'avoir été assez courageuse pour avoir pris le contrôle de manière décisive.

Après tout ça, elle pourrait sûrement trouver une tenue pour ce soir-là.

— Est-ce que quelque chose se cache dans ta penderie ? demanda Finn en passant la porte pour s'approcher d'elle.

— Je cherche une tenue qui soit habillée sans me mettre sur mon trente-et-un, répondit-elle en lui tapotant le bras. Même ceux d'entre nous qui sont contents de passer leur vie en jean traversent ce genre d'épreuves.

— On dirait que tu as le même problème que moi, lui dit Finn.

— Une penderie pleine de vêtements et rien à te mettre ?

Il se tapota la jambe, ses lèvres se plissant aux coins.

— À peu près. Je ne pense pas que je devrais me pointer en pantalon de jogging.

Elle éclata de rire.

— Tu pourrais lancer une nouvelle mode. Je suis presque sûre que, du moment qu'il est en flanelle, ça sera très bien reçu.

Il lança un coup d'œil à sa montre.

— Et si nous allions en ville pour voir ce que nous pourrions trouver ?

— *Vraiment ?*

Il hocha la tête avec un air taquin.

— Je sais que c'est une petite ville, mais ils ont quelques trucs. Allons voir ce nouveau dépôt-vente.

— Tu m'emmènes à un rendez-vous shopping ? Cool.

Finn fit la grimace.

— Disons simplement que je t'emmène à un rencard, et nous verrons ce qui se passera.

Ce fut ainsi qu'ils terminèrent sur Main Street à peine une demi-heure plus tard, à déambuler, autant que les béquilles de Finn le permettaient, côte à côte sur la promenade en bois à l'ancienne. Ils regardèrent les vitrines, discutèrent des mérites de l'emplacement de la boutique de pêche, et firent un arrêt au magasin de douceurs.

Cela signifia qu'ils durent faire une pause pour s'asseoir un moment à une des minuscules tables devant le mur du bâtiment.

— Les béquilles et la glace forment un mélange dangereux, dit-il en léchant son cornet de glace avant d'émettre un son qui aurait dû être illégal. Rien que cet arrêt vaut le déplacement.

— Oui. Pour moi aussi.

Était-ce terrible de ne pouvoir détacher les yeux de sa langue ? Probablement pas, étant donné qu'elle savait exactement à quel point elle était talentueuse.

Envieuse d'un cornet de glace. Génial.

Il devait l'avoir surprise à baver, parce que son regard devint brûlant, ce dangereux regard de braise de retour. Complètement distraite, l'instant d'après, sa glace coulait sur son cornet et sur ses doigts.

— Laisse-moi t'aider, dit Finn en lui attrapant le poignet.

Il rapprocha sa main et passa la langue sur sa peau.

« Alerte info. Une combustion spontanée devant un magasin de glaces dans une petite ville de l'Alberta. » Oui. Ce serait le gros titre dans les actualités du lendemain.

Finalement, Finn et elle arrivèrent au dépôt-vente où, au grand plaisir de Karen, quelque chose de spécial les attendait à l'autre bout du magasin.

Elle s'arrêta net, leva une main et pointa un doigt.

— Finn ?

— J'arrive. Les allées étroites sont un peu horribles pour...
oh, *waouh*. Te vont-elles ?

Elle prit la paire de bottes de cow-boy rouge dans le rayon,
furetant jusqu'à trouver un endroit où s'asseoir. Et quand son
pied glissa à l'intérieur, ce ne fut pas une simple lueur de joie
qui l'illumina, mais toute une scène de projecteurs.

Elle se leva et tournoya un peu, les pieds baignés de pur
confort.

Finn se racla la gorge, puis pencha la tête derrière elle vers
le mur du fond.

— Est-ce que c'est ta taille ?

La robe qui avait été exposée sur le mur avait assez de
volants pour se balancer au moindre mouvement, et elle lui
allait parfaitement.

L'homme devant elle était silencieux. Mais ses yeux... Oh,
ses yeux en disaient bien long.

Deux jours plus tard, devant la maison du ranch de Lone
Pine, Finn était assis près d'elle, ses doigts liés aux siens alors
qu'ils attendaient que le mariage commence. Il avait trouvé un
pantalon noir qui passait sur son plâtre, une chemise sombre et
un gilet rouge.

Comment il avait réussi à trouver un gilet qui était
exactement assorti à ses bottes en aussi peu de temps, elle ne le
savait pas.

Mais ils avaient l'air d'un couple, et ils avaient l'impression
d'être un couple. La sensation dans son ventre ressemblait
davantage à des lucioles qu'à n'importe quoi d'autre.

Les habituels discussions et bavardages dérivaient autour
d'eux tandis qu'ils attendaient que l'événement commence.
Finalement, Brad alla devant, où les chaises formaient un
sanctuaire en plein air. Il se tenait sous le pommier à côté de
Malachi Fields, qui avait l'air légèrement amusé.

La petite fille d'Hanna, Crissy, avança dans l'allée, portant un seau argenté rempli de toutes sortes de fleurs provenant des massifs en floraison autour de la maison.

— Hanna a le même goût pour les fleurs que toi, chuchota Finn à l'oreille de Karen.

Elle lui étreignit les doigts alors qu'Hanna passait à côté d'eux. De petites fleurs blanches parsemaient la natte sur le dessus de sa tête. Elle portait une simple robe blanche et son visage affichait une expression d'adoration totale alors qu'elle regardait fixement Brad.

Puis Brad et Hanna promirent de s'aimer jusqu'à la fin de leurs jours. Leurs vœux incluaient tout un tas d'autres mots tendres, mais Karen était trop occupée à essayer d'endiguer l'idée de Finn et elle vivant la même chose pour se concentrer sur les détails en eux-mêmes.

Quelque chose en elle explosa comme un barrage auquel on aurait porté le coup ultime.

Et puis mince. Finn avait dit qu'il souhaitait plus. Si elle voulait chasser des lucioles, alors elle devait chercher les lucioles les plus grosses, les plus brillantes et les plus incroyables du monde entier.

Ce qui signifiait lui dire ce qu'elle voulait vraiment, puis faire en sorte que cela se produise.

Le mariage, jusque-là bien organisé, devint chaotique. Il y avait plus qu'assez de gens prêts à guider la foule de la cérémonie à la fête. Karen prit des nouvelles de ses amies, discutant avec les filles dont elle s'était si spontanément coupée la dernière fois qu'elles s'étaient rassemblées.

Mais il n'y avait pas de ressentiment. Il était évident que, lorsqu'elle arrivait dans une conversation, elle était la bienvenue.

Une fois que le repas fut terminé, ils se dirigèrent tous à l'extérieur, où la musique avait commencé.

Rose sautait pratiquement sur place sous l'excitation.

— Excusez-moi. C'est maintenant que mon célibataire va payer son dû.

Sa sœur, Tansy, roula des yeux. Karen se mit à rire.

— Tu sais ce qu'elle a fait ? demanda Tansy.

Karen hocha la tête.

— Viens. Je suis presque sûre qu'il y a des gars prêts à danser même si tu ne les as pas achetés.

La foule se rassembla de l'autre côté de la cour. Karen rejoignit vers Finn, qui parlait avec un Brad rayonnant. Le jeune marié avait le bras étroitement passé autour d'Hanna, comme s'il n'avait aucune intention de la lâcher de sitôt.

— Brad et Hanna, appela Patrick, le père de Brad, qui slaloma sur le trajet pour s'approcher de plusieurs haut-parleurs. Il est temps pour vous d'inaugurer la nouvelle piste de danse.

Les jeunes mariés s'avancèrent sur l'estrade basse en bois construite en plein air. Brad mena Hanna au milieu. Il attrapa ses doigts et les embrassa avant de l'attirer dans ses bras alors que les premiers accords de la musique résonnaient dans l'air.

Finn passa un bras autour de Karen, la rapprocha de lui alors que sa chaleur s'insinuait en elle.

Brad et Hanna dansaient lentement, les yeux fixés l'un sur l'autre comme s'il n'y avait personne d'autre à des kilomètres à la ronde, avec une expression de pur amour.

La petite Crissy arriva en courant par le côté, se jeta sur eux et s'accrocha comme un chaton.

Dans un grand rire, Brad souleva l'enfant en l'air. Il l'embrassa avant d'ajuster sa position pour les enlacer, elle et Hanna.

Tous trois dansaient, commençant officiellement leur vie ensemble.

La musique changea, et Finn fit pivoter Karen contre lui.

Ils se balançaient légèrement pendant que d'autres allaient sur la piste de danse pour se joindre à Brad et Hanna.

— *Finn.*

— J'aimerais beaucoup que tu m'accordes cette danse.

Il la tenait parfaitement, faisant émerger ce lien comme toujours. Loin de la foule et dans leur petit monde.

Pourquoi se serait-elle plainte alors que c'était exactement ce dont elle avait besoin ? La tension dans son ventre était différente de celle qu'elle éprouvait quand elle avait envie de s'enfuir. Elle formait un nœud semblable à celui qu'une personne ressentait lorsqu'elle s'apprêtait à prononcer des paroles importantes, des paroles qui lui venaient des tréfonds de l'âme.

Comme « amour ». Comme « pour toujours ». Elle les retint, plus ou moins.

— Cette danse, et tout le reste si tu veux.

Ce n'était pas un aveu de ce qu'elle ressentait, mais cela s'en rapprochait.

La prise de Finn se resserra, puis ses lèvres se posèrent sur sa tempe, l'embrassant doucement et légèrement.

— Je te prends au mot.

Elle était prête à se laisser aller et à lui faire confiance. Peut-être que cela ne fonctionnerait pas, au final, mais comme il l'avait dit, s'ils ne cherchaient pas à atteindre ce qu'ils voulaient, ils ne le découvriraient jamais.

18

Finn et Karen quittèrent la fête juste après minuit.

Zach était encore sur la piste de danse avec Rose, ainsi qu'une demi-douzaine d'autres irréductibles qui avaient l'air prêts à danser toute la nuit.

Karen resta silencieuse sur le trajet du retour, ce qui d'une certaine manière tombait bien parce que le cerveau de Finn tourbillonnait dans un million de directions différentes.

La guérison de sa jambe était suffisamment avancée pour que son plâtre soit surtout gênant à supporter. Il n'avalait plus les antidouleurs comme des bonbons, ce qui signifiait que ce qui résonnait dans son cerveau ne pouvait pas être expliqué par la confusion ou les produits chimiques.

Il avait entamé cet été avec l'intention de reconquérir Karen quoi qu'il en coûte, où que le voyage les mène. La manière dont elle s'était appuyée contre lui ce soir-là lui avait montré tous les signes qu'elle était prête à s'investir complètement...

En fait, il ne s'était pas attendu à ce que ce miracle survienne avant l'automne. Ils étaient tous les deux têtus, et ils trimbalaient des casseroles. Des années auparavant, leur relation avait été douce, mais ressemblait davantage à une base solide qu'à un véritable enracinement.

Peu importe, savait-il seulement comment s'enraciner ? Tout ce qu'il savait c'était qu'il voulait être avec elle. Il était temps de le lui redire.

Karen prit un virage bien avant le chemin qui les menait au futur Red Boot Ranch, et elle lui lança un coup d'œil.

— J'ai quelque chose à te montrer. Enfin, si tu n'y es pas déjà allé.

Il calcula mentalement où ils se trouvaient et comprit assez vite.

— Le poste d'observation sur le bassin de Heart Falls ?
Elle hocha la tête.

— À cette période de l'année, c'est joli. Il n'y a qu'une petite marche jusqu'au banc.

— Pas de problème.

Ils marchèrent en silence sur le sentier battu, la lumière de la lune au-dessus d'eux éclairait un chemin bien visible. Le son des chutes devenait plus bruyant, transformant un faible murmure en rire grondant tandis que l'eau jaillissait en haut de la falaise et cascadait vers le bassin en forme de cœur à sa base.

Quand ils atteignirent le banc, Finn lança un coup d'œil dans la vallée, surpris de voir autre chose que la lumière de la lune se refléter sur l'eau.

— Quelqu'un a installé des projecteurs ?

Karen s'assit sur le banc, et Finn prit place près d'elle, attrapant ses doigts et les serrant fort.

Elle posa la tête sur son épaule et se mit à rire doucement, regardant les reflets étincelants sur la surface de l'eau.

— Tamara a dit que son plus jeune beau-frère, Dustin, traînait par ici il y a un moment. Il a expliqué qu'il faisait quelque chose pour améliorer l'atmosphère naturelle. Elle pense qu'il les a installés pour des bains de minuit.

Finn se mit à rire.

— Habituellement, on fait ça dans le noir, mais je peux imaginer pourquoi mettre un peu le sujet en lumière pourrait être amusant. Nous devrons revenir une fois que je n'aurai plus mon plâtre pour essayer.

— Plus que deux semaines ?

Il lui serra les doigts.

— Je compte les jours.

— Moi aussi.

Elle se tourna légèrement en faisant attention à sa jambe mais se repositionna pour le regarder dans les yeux.

— J'ai quelque chose à te dire, ajouta-t-elle.

La respiration de Finn se coinça, mais il fit de son mieux pour se comporter aussi nonchalamment que possible.

— Balance.

— J'ai beaucoup réfléchi à ce que je veux, et tu avais raison. Je me suis fixé beaucoup d'objectifs au cours des années, et j'ai réussi à accomplir des choses, mais souvent je me demande si ce que j'ai accompli était ce qu'il fallait. Enfin, tu as dit ça aussi. Le travail, ce n'est pas toujours amusant, mais il devrait être précieux. Faire quelque chose parce que c'est la priorité de quelqu'un d'autre, ce n'est pas la bonne manière de diriger sa propre vie, n'est-ce pas ?

Il fixa ses grands yeux marron.

— De qui venaient les objectifs que tu visais et qu'il faudrait changer ?

— De Karen, répondit-elle avec un reniflement moqueur. Je sais, ça n'a pas de sens. Mais c'est comme s'il y avait cette partie de moi avec une liste de règles et d'idées qui sont tellement intégrées qu'elles dictent tout. Chaque choix que je fais et chaque objectif que je fixe.

— Ce ne sont pas les choix que tu veux faire ?

Elle fit la grimace.

— Cette Karen-là n'aurait pas Dandelion dans la maison. La nouvelle Karen pense qu'il est adorable, et je suis si contente qu'il soit là !

Toute cette conversation commençait à prendre sens. Ce n'était pas la déclaration que Finn avait espérée, mais il était quand même content. Cela ferait une énorme différence dans la vie de Karen.

— Je suis content pour toi, dit-il en passant le pouce sur le dos de sa main. Qu'est-ce que la nouvelle Karen prévoit comme autres changements ?

— Toi.

Sa voix était basse et rauque.

Il semblait que les lucioles qu'elle avait mentionnées étaient contagieuses, parce que son fichu estomac se retourna comme s'il en était rempli.

— Continue.

Elle inspira profondément, puis lui ouvrit son cœur.

— Je veux être avec toi. Je veux nous donner une vraie chance au lieu de stagner avec l'ancienne Karen. Elle s'inquiète en pensant à quel point elle souffrira si nous devons encore nous éloigner l'un de l'autre. Je veux mettre le paquet pour que ça marche entre nous.

Bon sang. Il passa un bras autour d'elle et l'étreignit étroitement.

— J'en ai envie aussi. Et je suis vraiment désolé que tu aies été blessée quand je suis parti.

Elle s'agrippa à lui, mais elle secoua doucement la tête.

— Ce n'était pas ta faute. Ce n'était la faute de *personne*. Pas vraiment. C'était une question de moment et d'endroit, et il n'y avait pas grand-chose à y faire.

Un profond éclair de colère le frappa parce que c'était vrai, mais il était également aisé de pointer du doigt *une* des raisons pour lesquelles il n'était pas revenu la chercher quand il s'était rendu compte que partir avait été une mauvaise idée.

Mais cet aveu serait pour une autre fois. Pour l'instant, il écoutait les mots qu'il avait espéré entendre depuis qu'il était arrivé à Heart Falls, et bon sang, il avait hâte de s'en imprégner.

Il était temps de lui mettre la tête à l'envers aussi. Il croisa son regard avant de parler.

— Je suis partant. Sur tout ce que tu as dit au sujet de faire en sorte que ça marche entre nous... *Bon sang*, oui. Si tu as besoin de temps pendant que tu cherches ce que tu veux vraiment, je peux te le donner, mais je ne te lâcherai pas. Je te jure que je ne partirai *plus*.

Le poing de Karen heurta son torse avec à peu près autant de force que Dandelion avec sa petite patte poilue.

— Je ne voulais *pas* pleurer ce soir, se plaignit Karen.

Il posa les doigts sous le menton de Karen et le leva. Il lui embrassa les paupières, goûta le sel des larmes qui coulaient sur ses joues.

— Tu dois pleurer pour nous deux.

Elle s'essuya les joues, les coins de ses lèvres se relevant en un sourire.

Il pressa son front contre le sien.

— Je t'aime. Je t'aime depuis très longtemps.

Un éclair passa dans les yeux de Karen. Elle prit une inspiration saccadée.

— Je t'aime aussi.

L'étreinte fut spontanée. Karen se tourna sur le banc pour être encore une fois aussi proche de lui que possible, même avec sa jambe qui restait maladroitement raide, tel un mannequin qu'ils auraient dû emporter avec eux.

Mais le plâtre disparut, parce que ce qu'elle venait de dire était plus important que toutes les frustrations et toute la colère.

Elle l'aimait. Il déplacerait des montagnes pour s'assurer que cela reste vrai.

Mais pour l'instant, il l'embrassa. Sa main tenait l'arrière de la tête de Karen tandis qu'il prenait ses lèvres. Il les mordilla jusqu'à ce qu'elle hoquette, puis il glissa la langue plus profondément. Il la goûta et étourdit ses propres sens.

Les mains de Karen étaient occupées à l'avant de la chemise de Finn, la déboutonnant pour presser ses paumes contre son torse. Ses ongles le taquinaient et faisaient frissonner sa peau.

Il titilla le lobe de son oreille avec sa bouche.

—J'ai envie de toi. Tout de suite.

Karen recula légèrement, les yeux écarquillés. Elle jeta un coup d'œil sur le sentier qui remontait jusqu'à l'endroit où était garée la camionnette, mais ce fut bref, et l'instant d'après, elle était debout. Elle glissa les mains sous sa robe et se trémoussa pour retirer sa petite culotte.

Tout cela avec une attitude légèrement timide et innocente.

L'effet fut complètement anéanti quand elle l'enleva et l'agita de manière provocante avant de la lui tendre.

— *Ma chérie*, tu me tues.

Peu importait l'endroit où ils se trouvaient.

— Viens là, ajouta-t-il.

Il changea de position et écarta plus largement les jambes. Il y avait plus qu'assez de place pour que Karen s'avance entre elles, baissant les yeux avec une expression assurément coquine.

Il passa les mains sur ses hanches, sur sa taille et sur le renflement de ses seins.

— D'abord, nous allons te préparer.

—Je suis prête, assura Karen.

— Prouve-le.

Finn défit la rangée de boutons à l'avant de sa robe. Il écarta le tissu, ce qui révéla sa peau et un joli soutien-gorge suffisamment fin pour rendre ses mamelons visibles même à la lumière de la lune.

Il défit l'agrafage à l'avant – c'était la meilleure invention du monde – et prit ses seins. Impatiemment, il se pencha, les suça, les lécha et les mordilla à tour de rôle tandis qu'elle glissait les doigts dans ses cheveux et gémissait.

— Je suis prête.

Lui était plus que prêt, mais loin d'en avoir terminé.

— Glisse tes doigts en toi et montre-moi à quel point tu mouilles.

Un hoquet échappa à Karen, mais elle glissa une main le long de sa cuisse, froissant sa robe alors qu'elle la relevait.

— *Finn.*

Son reproche arriva alors qu'il posait encore une fois la bouche sur elle, appréciant la beauté plantureuse de ses seins. Le son d'amusement qu'il émit dansa contre la peau de Karen.

— Je n'ai pas dit que j'avais terminé. Tu te touches ?

La question lui attira quelque chose entre un grognement et un gémissement. Finn fit descendre sa main le long de la cuisse de Karen et rencontra sa peau nue.

Cela faillit bien être sa perte, parce qu'une hanche nue signifiait un postérieur et un sexe nus, et il n'était qu'à quelques centimètres de l'attirer vers lui et de s'enfoncer dans sa chaleur moite.

Karen se redressa, vision de débauche sensuelle. Ses cheveux étaient ébouriffés sur ses épaules, ses seins nus étaient encadrés par sa robe ouverte. Ses cuisses nues étaient pâles alors qu'elle agrippait un côté de sa robe. Elle leva l'autre main, les doigts étincelant dans la lumière de la lune.

Son érection n'aurait pu augmenter.

— Gentille fille. Laisse-moi revérifier.

Elle laissa tomber sa tête en arrière alors qu'il attirait ses doigts vers sa bouche pour les lécher. Puis il les déplaça de nouveau vers le bas, les pressant contre son sexe, titillant fermement son clitoris sensible.

Les doigts de Finn étaient désormais humides aussi, et ensemble ils firent monter le plaisir de Karen. Il en fallait à peine plus.

— Continue, ordonna-t-il. Caresse ton clitoris. Je vais te faire jouir avec mes doigts. Et une fois que tu auras joui, à fond, tu grimperas à bord et je m'enfoncerai en toi si profondément qu'il n'y aura plus ni toi ni moi, juste nous.

Karen écarquilla les yeux. Ses doigts faiblirent un instant, puis prirent de la vitesse. Finn glissa une main plus bas, veillant à ne pas gêner ses mouvements tandis qu'il taquinait sa vulve, manœuvrant en petits cercles jusqu'à ce qu'elle se tortille, et ce fut seulement à ce moment-là qu'il glissa les doigts profondément en elle.

LA MAGIE de la lumière de la lune était la seule chose qui la maintenait debout. Il était impossible qu'elle tienne encore sur ses jambes par ses propres moyens, pas avec Finn qui la fixait avec cette expression dans les yeux.

Ils avaient dépassé le « regard de braise ». C'était du sexe pur.

Les mains de Finn la poussaient vers l'orgasme tellement rapidement. Devrait-elle se plaindre que cela se termine trop vite ou être excitée parce que la suite serait tout aussi merveilleuse ?

Encore plus intime. Même si avoir sa main sur elle – et ses

doigts en elle, et son regard qui la transperçait – était aussi intime qu'il était possible de l'être.

La voix de Finn vibrait dans ses oreilles.

— C'est ça, *ma chérie*. Serre-moi. C'est tellement bon, mais ce sera encore meilleur quand ce sera ma verge. Je te ferai voir des étoiles.

Karen pencha la tête vers le ciel nocturne dégagé, souriant alors que des galaxies étincelaient.

— C'est *tellement* bon.

C'était normal d'être là. D'avoir enfin admis une partie de ce qu'elle devait lui dire. La partie la plus importante. Le reste concernait des détails mineurs, et ils les régleraient au fur et à mesure, mais en cet instant, avec ses mains qui la propulsaient, Karen se laissa aller un peu plus, augmentant la vitesse de ses doigts sur son clitoris tandis que des étincelles volaient.

— *Finn*.

La main sur sa hanche se resserra, et les doigts en elle ralentirent. Ce qui tomba à pic, parce que son corps tenta de les immobiliser, et le léger mouvement était suffisant pour pousser son orgasme encore plus haut.

Finn retira ses doigts. La partie suivante fut un peu désordonnée, entre le fait de sortir un préservatif de sa poche, d'ouvrir assez son jean pour libérer sa verge, puis de la couvrir.

Puis Karen monta sur le banc et enfourcha Finn tout en le regardant dans les yeux, emplis de passion.

Il déposa un baiser entre ses seins.

Sa robe pendait sur ses cuisses, et sans le spectacle érotique que laissait voir le corsage de sa robe, personne n'aurait su ce qu'ils faisaient. Mais peut-être aurait-on pu le deviner quand elle se souleva et retomba le long de son membre épais, frottant son sexe humide contre l'objet de son désir, solide comme le roc qui s'élevait vers le ciel.

Finn lui attrapa les hanches et l'immobilisa, changeant de position jusqu'à ce que son gland soit pressé entre ses plis.

Puis il l'embrassa, sauvage et affamé, brûlant d'ardeur. Elle était sûre qu'il allait s'enfoncer profondément, mais il attendit, la taquinant en se pressant juste assez contre elle pour qu'elle sache qu'il était là. Impossible à ignorer, une délicieuse excitation grimpait.

Elle avait le souffle coupé quand Finn la laissa enfin détacher les lèvres des siennes, haletant alors qu'elle croisait son regard, et ce fut à ce moment-là qu'il la fit descendre. Une union lente et inévitable qui se termina pour Karen par un doux soupir de satisfaction.

Le dernier morceau de l'ancienne Karen disparut dans le baptême d'un nouvel espoir.

Finn frôla sa joue d'une main, essuyant une larme qui s'attardait.

— Je t'aime, répéta-t-il. Je sais que je suis encore handicapé, mais je prévois de faire tout ce qu'il faut pour que tu saches que c'est vrai. En long et en large.

Le cœur de Karen exulta.

— Tu t'en sors plutôt bien pour un gars handicapé. Je dis ça comme ça.

Son grand sourire rare apparut.

— Je ferais bien d'être à la hauteur de tes attentes.

Elle ne savait pas comment il faisait, étant donné qu'il n'était pas des plus mobile en cet instant, mais il ne lui fallut que quelques minutes pour recommencer à la stupéfier.

La prise de Fin sur ses hanches fournissait le rythme d'un mouvement qui la fit de nouveau vibrer.

— Remets tes doigts sur ton sexe, *ma chérie*. Je veux encore te sentir avec moi.

Elle ne se souciait pas de jouir de nouveau, mais avec lui

qui la regardait comme si elle avait décroché les étoiles, le tourbillon de sensations en elle était inévitable.

Elle avait parlé de lucioles, mais c'était un plaisir sensuel qui se mélangeait à la lumière dans son cœur, et tout cela ensemble signifiait, alors qu'elle chancelait au bord du précipice, que le physique et l'émotionnel se confondaient intimement.

Tandis que son corps s'abandonnait, en parfait écho à ce qu'elle avait dans le cœur. Le plaisir... l'union. Avec cet homme.

Finn émit un son alors qu'elle enserrait sa verge. Un son heureux, grondant et *rieur*.

L'amusement l'envahit. Elle rit en réponse, et soudain ils se retrouvèrent à sentir l'orgasme les traversant toujours son corps, mais les rires les entourant également.

Les mains sur ses hanches se relâchèrent, glissèrent derrière elle, la caressant désormais. Leurs bouches s'unirent tandis qu'ils s'embrassaient, le sourire aux lèvres. Ils ralentissaient, toujours liés physiquement, et assurément liés à un niveau encore plus intime.

Quand Karen pressa sa joue contre celle de Finn et le serra fort dans ses bras, cela lui parut normal. Comme revenir sur terre après avoir rendu visite aux étoiles ?

Se nettoyer et retourner à la camionnette déclencha d'autres rires parce qu'elle lui fit remporter le préservatif au lieu de l'enterrer quelque part dans les buissons.

Elle démarra, retournant au cottage.

— Ma sœur emmène mes nièces ici, et aucun de nous ne veut expliquer pourquoi il y a de drôles de ballons dégonflés dans les arbres.

Finn rit.

— Si tu penses que c'est nous qui avons inauguré ce banc, tu te fais des illusions.

Elle lui tapa sur le bras.

— Laisse-moi conserver mon innocence.

— *Ma chérie*, tu viens de me débaucher sur un banc public. Ton innocence m'épate.

Ils se tinrent la main et écoutèrent la radio pendant le bref trajet de retour.

Ils n'avaient pas encore terminé de parler… elle devait encore lui annoncer le reste de ses nouvelles. Elle alla leur chercher des boissons pendant que Finn sortait pour allumer le feu de camp. Cette fois, au lieu de s'asseoir côte à côte sur des chaises Adirondack, elle s'installa sur le banc en face de lui pour pouvoir voir son visage.

Le soleil avait bel et bien disparu derrière les montagnes, et les étoiles étincelaient dans le ciel. Vers le nord, les lumières de Black Diamond faisaient faiblement luire l'horizon lointain.

Dans l'écurie et le manège derrière la maison principale, les chevaux et les animaux qu'ils avaient commencé à rassembler se déplaçaient en silence. Les bruits nocturnes correspondaient si parfaitement au lieu !

Karen tomba encore un peu plus amoureuse de Heart Falls.

Ou peut-être était-ce de l'homme en face d'elle. Les flammes du feu dansaient entre eux, soulignant son expression satisfaite.

— Tu as l'air content, le taquina-t-elle.

Il se carra sur sa chaise, respirant lentement tandis que ses yeux brillaient.

— Créer un bon souvenir est une excellente chose.

Elle leva légèrement son verre.

— Buvons à la création de nombreux autres.

Il porta un toast en retour.

— Ce plâtre ne peut pas dégager assez vite. Je ne veux pas que tu sois assise à deux kilomètres là-bas. Je te veux dans mes bras, là où est ta place.

— Nous avons largement le temps pour ça, lui assura-t-elle.

L'inquiétude apparut sur le visage de Finn.

— Tu ne vas plus travailler aussi dur, dit-il. Nous allons prendre le temps dont nous avons besoin pour nous. Surtout que tu es dans le coin jusqu'à la fin du mois de septembre seulement. À ce moment-là, tu seras occupée par tes cours, et tout le reste, mais je serai là-bas avec toi. Les premières semaines, la situation sera un peu délicate pendant que je terminerai ici...

Oh Seigneur ! Karen leva une main comme si elle arrêtait la circulation.

— Attends. *Quoi* ?

La détermination apparut sur le visage de Finn.

— Je t'ai dit que je ne partirai plus jamais. Puisque tu dois aller quelque part pour ta formation, j'irai avec toi. Je ne t'envahirai pas, mais...

— Finn. *Arrête*, dit-elle en secouant la tête vivement. C'est ce que je devais te dire. Je ne vais pas à l'université.

Il ne dit rien, et resta simplement là à la regarder fixement, stupéfait.

— C'est ce qui a déclenché tout ça. Je pense que le programme est fantastique, et, oui, j'étais excitée au début. C'est un bon boulot, et *peut-être* que ce sera quelque chose que je voudrais faire plus tard. Mais je pense que l'ancienne Karen avait saisi cette occasion de partir pour l'université car c'était une raison que les gens accepteraient pour abandonner le clan Coleman.

Il n'était plus calé dans son siège mais se penchait en avant, l'écoutant attentivement.

Et maintenant elle devait parler, mais peu importait. Ce ne serait pas la dernière fois qu'elle devrait s'expliquer.

Elle regarda fixement le feu.

— J'aimais bien travailler pour la famille dans une certaine mesure. Mais comme il était difficile de gérer mon père, même la famille qui appréciait mes talents devait marcher sur des œufs pour s'assurer qu'ils ne franchissaient pas de limites avec lui ou les autres vétérans de la communauté. Le ranch de Whiskey Creek était rempli de tellement de mauvais souvenirs que je cherchais une échappatoire. Postuler pour une formation en thérapie équine cochait toutes les bonnes cases pour obtenir l'approbation de tous. Des chevaux, un acte altruiste, et une aide fantastique pour les autres. Une partie de moi se sent horrible de ne pas aller jusqu'au bout, mais à chaque fois que je m'imagine partir, j'en ai presque la nausée. Et pas une nausée due au stress face à quelque chose que je n'ai jamais faite, mais je me sens physiquement nauséeuse dans le sens où je sais que ce n'est pas pour moi.

— Pas pour toi pour l'instant, et peut-être jamais. Tu n'as pas à t'en excuser, dit Finn doucement mais fermement.

Elle croisa son regard.

— La nouvelle Karen le sait. L'ancienne Karen tremble un peu comme une feuille et veut s'excuser de toutes les manières possibles, dit-elle en se redressant. Mais pour en revenir au fait, je ne pars pas. Je reste *ici*. Alors tu n'as pas à tout lâcher ni à abandonner ton travail pour moi. Parce que je ne veux pas que tu fasses ça non plus.

— Oh, *ma chérie*. Tu me stupéfies. Et tu me donnes une leçon d'humilité, et je suis tellement content de ne pas devoir vivre sans toi, chuchota-t-il tellement, tellement tendrement.

Il ouvrit les bras.

— Tu connais la routine.

Elle franchit rapidement la distance entre eux, reprenant délicatement sa position sur sa cuisse.

Finn passa les bras autour d'elle, lui faisant pencher la tête pour l'embrasser, doucement cette fois. Tendrement, comme le glaçage sucré sur le dessus d'un gâteau. Puis il attira sa tête contre son torse et poussa un léger soupir, la serrant simplement contre lui.

Une autre pensée la frappa.

— Au fait. Je prévois de récupérer ce poulain sauvage auprès de Sonora dès que possible.

Un petit rire amusé échappa à Finn.

— Tu prévois de le garder dans la maison avec Dandelion ?

— Peut-être, répondit-elle en penchant la tête en arrière pour lui sourire. Mais non. J'ai déjà une créature bizarre dans ma maison. Je n'ai pas besoin d'en avoir deux.

Un pincement vif lui mordit la fesse.

Karen se mit à rire doucement, puis se pelotonna de nouveau contre Finn.

Devant elle, le feu dansait, des flammes jaunes et dorées cherchant à atteindre le ciel et les étoiles étincelantes au-dessus d'eux. Il lui restait encore des décisions à prendre. Elle devait aussi annoncer aux autres quelque chose qui n'était pas vraiment un mystère concernant l'université, mais pour l'instant, elle l'avait dit à la personne la plus importante et lui avait bien fait comprendre quelles étaient ses priorités à partir de maintenant.

Aux personnes les plus importantes... l'ancienne Karen fut mise à la porte ce soir-là.

Il était temps de faire un saut dans l'inconnu et d'écarter tous ses secrets.

19

———————

Il semblait qu'un lit pour deux personnes n'était pas assez grand pour lui, Karen, son plâtre *et* une boule de poils d'un kilo.

Finn savait exactement lequel des quatre il voulait faire disparaître. Il comptait les jours avant de pouvoir se retourner dans le lit pour attirer Karen dans ses bras comme il en avait envie, sans que cela implique des contorsions ou de la fibre de verre.

Malgré tout, se réveiller et voir le bonheur briller sur le visage de Karen était incroyable. Karen gloussa alors qu'elle déplaçait ses doigts lentement sous la couette tandis que Dandelion Fluff poursuivait la bosse en mouvement. Elle rit franchement quand le chaton bondit.

C'était un morceau de perfection, et Finn s'en imprégna.

Le regard de Karen remonta. Son bonheur devint plus vif.

— Bonjour.

— Bonjour, *ma chérie*, répondit-il en incurvant un doigt. J'ai peur que tu doives venir à la montagne.

Cette femme maléfique lui lança un grand sourire.

L'instant d'après, sa main glissa sur sa hanche et ses doigts se posaient de manière très provocante sur son érection matinale.

— C'est vraiment une montagne.

Une chose en entraîna une autre de la meilleure des manières possibles, après que le chaton avait été fermement posé sur le sol.

Une heure plus tard, ils étaient assis l'un en face de l'autre à la table du petit déjeuner, l'expression de Karen toujours suffisamment douce pour que tout vibre de bonheur en lui.

— J'ai demandé à Zach de passer ce matin, lui annonça Finn.

La surprise envahit les traits de Karen.

— *D'accooooord.*

Un petit rire échappa à Finn.

— Ne t'inquiète pas, je ne partage pas des secrets d'alcôve, mais il y a quelques autres secrets que je veux dévoiler.

— Et Zach en fait partie ?

Karen eut l'air pensive quand il hocha la tête.

— Juste pour info, continua-t-elle, c'est vraiment un bon ami. Il n'a jamais parlé de toi de manière inacceptable. Il pense que tu es incroyable.

— Bien sûr que oui.

Finn remplit son mug de café à ras bord et se carra sur sa chaise sans rien ajouter d'autre.

De l'autre côté de la table, Karen rit.

— Je t'aime.

Il savait qu'il souriait, ce qui était inhabituel pour lui, mais le fait qu'elle comprenne son sens de l'humour et admette quand même qu'elle l'aimait la rendait encore plus parfaite.

— Je sais.

Ce commentaire lui attira un roulement d'yeux dramatique alors qu'elle se levait.

— Excuse-moi pendant que je vais t'acheter de nouvelles répliques kitsch.

— Il n'y a rien de plus kitsch que le kitsch rétro.

Elle retira le t-shirt qu'elle portait, lui lança le tissu roulé en boule au visage avant de se retourner et de se diriger vers la chambre.

— Si tu commences un spectacle, tu t'en vas du mauvais côté...

— Zach va passer, lança-t-elle par-dessus son épaule. Je ne vais pas l'accueillir en pyjama, autrement dit, avec ton t-shirt.

Il se pencha en avant pour contempler ses hanches qui se balançaient tout le long du couloir.

Bon sang, il était vraiment un fumier chanceux.

Elle revint, complètement habillée, pile au moment où Zach arriva.

La sonnette retentit. Karen ouvrit la porte avec un amusement évident.

— Quoi ? Tu ne te sens pas bien ?

Zach marqua une pause sur le paillasson et retira prudemment ses bottes.

— Je ne sais pas de quoi tu parles.

Elle retourna vers la chaise que Finn avait traînée à côté de lui, s'y installa comme dans un rêve tandis qu'elle taquinait son ami.

— C'est la première fois que je t'entends utiliser la sonnette. Oh, attends... Une fois, tu as frappé mais tu as ouvert la porte et tu es entré avant que qui que ce soit ne réponde.

— Tu m'avais dit de faire comme chez moi, lui rappela-t-il.

Il retourna la chaise la plus proche et s'assit dessus à califourchon. Il croisa les bras sur le dossier et leur lança un large sourire.

— Vous vous êtes amusés au mariage hier soir ? demanda-t-il.

— Tais-toi, gronda Finn doucement. Et toi, la ballerine ? À quelle heure es-tu rentré hier soir ?

— Et tu as intérêt à avoir bien traité Rose, ajouta Karen en souriant de toutes ses dents. Autrement, son gang de filles s'occupera de toi.

Les mains de Zach se levèrent brusquement.

— J'ai effectué mon devoir conformément à la transaction et j'ai dansé toute la nuit avec elle. Puis je l'ai ramenée et je l'ai déposée chez elle, dit-il en se penchant en avant comme pour dévoiler un terrible secret. À l'instant où j'ai garé Delilah, Rose s'est retournée et a dit qu'elle avait passé une excellente soirée, et que j'étais un super danseur, et que si je voulais un jour la laisser conduire ma voiture, elle était à fond pour.

Finn pencha la tête vers Karen.

— Cette fille a bon goût en matière de voitures.

Un profond « *ha !* » échappa à Zach.

— *Puis* elle m'a dit qu'il était inutile de sortir de la voiture, parce que sa sœur était juste là, et que ce n'était pas le genre de rencard qui se terminait par un baiser.

— *Ooooh.* C'est triste, dit Karen.

Zach eut l'air stupéfait.

— Tu *voulais* que je l'embrasse ?

— Eh bien, je n'arrive pas à t'imaginer lui permettre un jour de conduire Delilah, alors elle aurait dû recevoir un bonus après cette soirée, répondit Karen en se tortillant pour échapper aux doigts de Finn. Arrête de me chatouiller. C'est comme ça que je vois les choses.

Étant donné l'importance de Zach dans la vie de Finn, il était agréable de voir ses proches nouer des liens.

Désormais, il était temps de tester la réactivité de Zach. Finn lia délibérément ses doigts à ceux de Karen.

Le regard de son ami se baissa, puis revint vers le visage de

Finn. Un lent sourire incurva les lèvres de Zach, mais il ne dit rien. Il attendit simplement.

— Il y a eu quelques changements par ici, mais celui-ci te concerne, dit Finn. Karen est à fond dans le ranch éducatif. Elle va rester de manière permanente, ce qui signifie que nous allons ajuster nos plans de recrutement une fois qu'elle aura trouvé quel boulot exactement elle veut faire à plein temps.

Le sourire ravi de son ami annonçait la couleur. Il savait que cette annonce ne se résumait pas uniquement au fait que Karen restait au ranch, mais aussi dans la vie de Finn.

Le regard de Zach se déplaça vers celui de Karen, et il inclina la tête.

— Je n'ai jamais entendu de meilleures nouvelles de ma vie. Bienvenue à bord.

Karen pâlit légèrement.

— Merci, répondit-elle en lançant un coup d'œil à Finn. Ce n'était pas ce à quoi je m'attendais.

— Ce n'est que le début, parce que maintenant nous arrivons au plat de résistance. Tu te souviens que je t'ai parlé de Bruce Travers ?

Elle hocha instantanément la tête, les regardant tous les deux.

— Votre mentor.

Le visage de Zach s'éclaira de compréhension.

— Est-ce à propos de cette chose dont nous ne devions pas parler ? demanda-t-il.

Un reniflement moqueur lui échappa.

— J'espère bien, parce que sinon, c'était une remarque stupide à faire.

Les doigts de Karen se resserrèrent sur ceux de Finn.

— Des secrets ?

Il en restait quelques-uns à dévoiler, et Finn était déterminé à les révéler.

—Tu te souviens de cette voiture chic qui était là au début de l'été ? L'avocat d'affaires de Bruce, Alan, entre en contact avec nous de temps à autre. Alan est un mec bien, mais cette fois quelque chose a déclenché une clause dans le testament, et il s'avère que nous avons une date butoir pour mettre sur pied le Red Boot Ranch.

La confusion se lisait sur le visage de Karen, mais elle lui tenait toujours le bras de manière possessive.

— Je croyais que Bruce était décédé il y a quelques années. Comment peut-il faire ça ?

— Les avocats sont doués pour trouver des moyens de faire durer plus longtemps leurs notes de frais, dit Zach d'une voix traînante. Cette histoire de date butoir n'est pas une grosse affaire. Pas si nous maintenons le rythme.

— Quand devons-nous être opérationnels ? demanda Karen.

C'était agréable, sa manière d'accepter si facilement de faire partie du projet.

— D'ici à Thanksgiving.

Elle proféra un juron particulièrement grossier, et Zach et Finn clignèrent des yeux.

— Sérieusement, les gars ? Vous m'avez déjà entendue jurer.

Zach se pencha vers elle et parla doucement :

— J'admirais simplement la conviction totale avec laquelle tu as dit ça.

Elle croisa les bras sur sa poitrine et le foudroya du regard.

— Revenons au problème, pourquoi donc avez-vous accepté ce genre de date butoir ? Enfin, ce n'est pas impossible, mais la précipitation ne me semble pas être la manière dont vous aimez faire les choses.

La petite info sur le fait qu'ils perdraient tout au profit de Brandon attira une autre salve de jurons digne d'un charretier.

Le sourire de Zach devenait de plus en plus large.

— Je t'apprécie vraiment beaucoup, dit-il à Karen.

— Arrête de flirter avec ma meuf et trouve-toi la tienne, ronchonna Finn, mais il était d'accord à cent pour cent.

— Impossible que Brandon obtienne notre ranch, dit Karen.

— C'est ce que j'ai dit, acquiesça Finn en lui étreignant les doigts. Donc on charge les canons et en avant toute. Personne d'autre n'est au courant pour la date butoir, mais d'ici à Thanksgiving, nous devons être prêts à épater Alan et sa famille.

— Ce n'est rien que nous ne puissions gérer.

Le téléphone de Karen sonna, et elle plissa le nez.

— Désolée. C'est mon père. Comme je ne suis pas allée au dîner l'autre soir, il vaut mieux que je réponde.

Elle sortit de table et alla sur la terrasse, laissant Finn et Zach seuls.

Son meilleur ami laissa échapper un lourd soupir.

— C'est toujours tellement plein d'émotions quand les oisillons quittent le nid.

— Tais-toi, marmonna Finn.

Zach se pencha en avant. Un plaisir sincère apparut sur son visage.

— Je suis heureux pour toi. Enfin, je suis heureux pour ce que je crois avoir compris, ce qui avec un peu de chance est que tu as enfin avoué à cette femme que tu ne pouvais pas vivre sans elle.

— Quelque chose comme ça, répondit Finn.

Zach marqua une pause, l'air pensif.

— Je croyais que le Red Boot Ranch n'était qu'une étape supplémentaire le long du chemin. Un projet de plus avant que tu ne repartes. Enfin, je suis content que ce ne soit pas le cas, mais ça me paraît être un grand changement. On dirait que tu prévois d'en faire ton foyer.

Eh bien, bon sang ! Le cerveau de Finn avait été si accaparé par tout le reste que ce petit détail n'avait pas été tout à fait traité. Pourtant, Zach avait raison.

Mais quand Finn y pensait, y pensait *vraiment*, cette impression d'appartenir à cette communauté avait grandi au cours des mois passés.

Il ne s'agissait pas simplement d'un logement trouvé pour Karen, mais d'un endroit où il se sentait chez lui aussi. Un endroit où ils pourraient évoluer ensemble, tous les deux. C'était un peu... inattendu.

Parfait, en fait.

— Ça se développe depuis un moment, admit Finn.

— Il était clair que le ranch te manquait, releva Zach. Trouver un nouveau foyer, c'est logique. L'endroit où tu as grandi n'est pas un endroit où tu pourras retourner un jour.

— Ce n'est pas le lieu idyllique et sûr que je croyais, acquiesça Finn.

Il jeta un coup d'œil sur le paysage, jusqu'aux Rocheuses qui s'élevaient vers les cieux. Cette journée estivale était pleine de beauté et de bonheur.

— Je dois créer de nouveaux souvenirs, et cet endroit possède le potentiel, ajouta-t-il.

Cela provoqua un rire chez son ami.

— Et Bruce te dirait que ce potentiel est la chose la plus importante à voir.

Zach parla plus doucement, faisant un geste vers Karen qui se tenait sur la terrasse, une main enfouie dans les cheveux :

— C'est un souvenir qui devait devenir plus que ça. Je suis content que tu l'aies retrouvée.

Finn regarda Karen attentivement, la sensation dans son cœur était assez puissante pour le sentir se gonfler.

— Elle est tout en haut de ma liste, dit-il à Zach. Tout le reste a été rétrogradé.

— Y compris moi, répondit Zach fermement. Ce qui ne me pose aucun problème. C'est exactement comme ça que cela doit être.

Bon sang, Finn avait tout ce dont il avait besoin dans la vie. Une magnifique femme qui lui avait dit qu'elle l'aimait, et un meilleur ami qui le comprenait complètement.

Sans un mot, Finn tendit une main de l'autre côté de la table vers Zach.

Zach l'ignora. À la place, il fit le tour de la table puis mit Finn debout, lui donna une étreinte fraternelle et lui tapa dans le dos.

— Moi aussi, mon pote. Moi aussi.

EN MATIÈRE DE CONVERSATION, celle avec son père se passa mieux qu'elle ne s'y était attendue. Il la mit au courant de certains événements qui se passaient à Whiskey Creek, y compris une seconde surprenante de compliments concernant son travail avec une partie de leur troupeau. Cette partie-là était agréable, ainsi que la partie où elle entendit parler de ragots sur sa famille.

Puis il commença à râler contre son frère aîné, l'oncle Mike, qui donnait de plus en plus de responsabilités et de pouvoirs décisionnaires à la nouvelle génération...

Ce fut le moment où Karen en eut *assez*.

— Hé, papa. Ça a été super, mais je finissais mon déjeuner, et j'ai un rendez-vous dans quinze minutes. Tiens-moi au courant la prochaine fois que tu prévois de venir à Heart Falls. Finn et moi t'emmènerons dîner.

Son père marmonna un instant, puis saisit le changement de sujet.

— Ça me fait penser... J'ai essayé de joindre Richard

Marlette l'autre jour. Le numéro de téléphone que j'ai est hors service. Demande à Finn ses nouvelles coordonnées, d'accord ?

— Bien sûr. Je te les enverrai. Je dois filer. Je t'aime.

La dernière partie de la conversation lui trotta dans le cerveau un instant. Il ne lui fallut qu'une seconde pour fourrer son téléphone dans sa poche et retourner dans la cuisine, prendre Dandelion et trouver en lui son point d'équilibre personnel. Caresser la fourrure douce du petit animal apaisa la tension pendant qu'elle s'appuyait contre la porte, les yeux clos, et cherchait la paix.

La vérité était qu'elle aimait son père. Elle ne l'*appréciait* simplement pas beaucoup, pas en ce moment.

Et ce n'était pas grave.

Des sons inattendus attirèrent son attention. Le bruit le plus fort était Dandelion qui ronronnait contre sa poitrine. Karen ouvrit les yeux, soudain consciente que la cuisine était inoccupée. Finn et Zach n'étaient nulle part.

Des cris résonnaient à l'avant de la maison, et elle posa prudemment le chaton avant de se dépêcher vers la porte d'entrée.

De la fumée s'élevait en volutes du toit d'un des chalets récemment construits. Elle fourra ses pieds dans ses bottes et sortit en courant à toute vitesse.

L'équipe de travail se précipitait dans la cour, arrivant de divers endroits du ranch. Karen rattrapa Finn alors qu'il avançait sur ses béquilles à une vitesse inquiétante.

— J'espère que tu ne penses pas aller là-dedans, l'avertit-elle sèchement.

Il lui lança un rapide coup d'œil avant de s'arrêter. Une expression penaude apparut sur son visage.

— Bien sûr que non.

Elle passa son bras autour de son biceps pour s'en assurer.

— Quelqu'un a appelé les pompiers ?

— On n'aura peut-être pas besoin d'eux.

Deux ou trois hommes avaient sorti des tuyaux d'arrosage et aspergeaient à la fois le coin du bâtiment qui brûlait et les chalets les plus proches. La fumée s'élevait en volutes plus épaisses, un panache grisâtre se formait, semblable à nuage d'orage.

Pendant ce temps-là, Zach sortait du chalet, levant un extincteur en l'air tandis qu'il criait des paroles rassurantes.

— C'est bon. Il est éteint.

Il s'approcha de Finn et Karen qui attendaient. Karen n'avait jamais vu Zach l'air aussi sérieux que lorsqu'il se rapprocha, parlant à voix basse.

— Est-ce que les caméras de sécurité sont opérationnelles ?

Finn s'immobilisa.

— Certaines. Pourquoi ?

Zach lança un coup d'œil par-dessus son épaule avant de chercher dans sa poche et d'en sortir un morceau de carton partiellement brûlé. Environ cinq centimètres de haut, la section intacte montrait une image familière.

— C'est une boîte d'allume-feu. Est-ce que quelqu'un a déjà allumé le poêle à bois ? demanda Karen.

— J'en doute, étant donné qu'il n'était pas raccordé. C'est la seule raison pour laquelle nous avons repéré ça avant que tout ne parte en fumée dans le chalet... la fumée s'est échappée par la cheminée partiellement ouverte, expliqua Zach, son expression devenant plus sombre. Le feu a démarré sous un établi. J'ai trouvé le morceau de la boîte et les restes d'un amas beaucoup trop gros de sciure.

— Tu veux dire que c'est un incendie criminel, résuma Finn en regardant son ami durement.

— Il est possible que ce soit un accident. Si quelqu'un a balayé un mégot de cigarette allumé avec la sciure, ça aura couvé un moment avant de prendre feu, répondit Zach en lançant un coup d'œil à Karen avant de revenir sur Finn. Tu veux qu'on appelle les flics ?

— Vérifie la vidéo de sécurité avant, intima Finn.

Karen tremblait intérieurement à l'idée que quelqu'un avait délibérément déclenché un incendie dans une construction flambant neuve.

— Prendre quelqu'un en flagrant délit sur la vidéo de sécurité, ce serait génial, mais pourquoi nous n'appelons pas immédiatement la police ?

Zach plissa le nez.

— Nous voulons continuer à avancer, lui rappela-t-il. Une enquête pour incendie criminel peut prendre du temps, ce qui signifie qu'il faudra interrompre la construction pendant une durée indéterminée.

Karen n'avait pas pensé à ça.

— Tu crois vraiment que quelqu'un a délibérément mis le feu ?

— Je ne sais pas. Honnêtement, je ne sais pas, répondit Zach.

Près d'elle, Finn gardait une expression indéchiffrable fermement rivée à son visage.

— Vérifions d'abord les caméras et voyons ce que nous trouvons. Je ne veux pas brûler les étapes et présumer quoi que ce soit, dit-il en posant la main sur celle de Karen. Nous allons nous assurer que tu es en sécurité. Juste au cas où il se passe quelque chose.

— Pas simplement moi. Tout le monde, y compris vous deux.

C'était une autre inquiétude qu'elle n'avait même pas envisagée jusqu'à cet instant.

— Pourquoi ne pas prendre des chiens de garde sur la propriété ? ajouta-t-elle.

— Du personnel de sécurité aussi, répondit Finn en lançant

un coup d'œil à Zach. Première priorité. Immédiatement.

Son ami hocha la tête.

— Je vais en parler à Cody pour qu'il sache qu'il doit se tenir sur ses gardes, mais en dehors de ça, restons discrets. Je vous retrouve à la maison dès que possible pour vérifier la vidéo.

Mais les caméras ne donnèrent rien.

Finn se carra sur sa chaise, mécontent après avoir sorti toutes les données conservées dans le cloud.

— Il devait y avoir une douzaine de gars qui entraient et sortaient de cette rangée de chalets, et sans image claire de la porte d'entrée de ce logement en particulier, je ne suis pas prêt à démarrer un interrogatoire.

— Alors commence par où tu peux, dit Karen. Je suis d'accord. Je ne pense pas que nous devrions convoquer tout le monde et commencer à poser des questions. Mets un service de sécurité en place, et cela devrait décourager ce genre de chose.

— Avec un peu de chance, ça suffira, dit-il en croisant son regard. Si tu te sens inquiète au sujet de quoi que ce soit, n'importe quand, fais-le-moi savoir.

— D'accord.

La poussée d'adrénaline s'estompa doucement tandis que Karen et Zach travaillaient ensemble pour nettoyer pendant le reste de la matinée. Cette tâche s'avéra rassurante. Rien ne semblait suspect dans le chalet. De plus, en dehors de l'odeur digne d'un fumoir, l'incendie n'avait pas eu le temps de causer des dommages structurels.

Quand ils eurent terminé, ils portèrent leur matériel et les quelques sacs de chutes de bois et de sciure sous le porche, puis calèrent la porte pour laisser le chalet s'aérer.

— Tout semble plutôt clair et net, dit Zach en secouant la tête. Je suis simplement un fumier soupçonneux. Je n'aurais rien dû dire.

Karen haussa les épaules.

— Faire appel à un service de sécurité n'est pas une mauvaise idée. Nous avons besoin que ce soit opérationnel avant Thanksgiving, de toute façon. Nous pensons que vivre dans une petite ville signifie qu'il ne se passe jamais rien d'excitant, mais les gens peuvent devenir désespérés ici aussi.

— Et le désespoir mène à des erreurs et à de mauvaises décisions, conclut Zach en hochant la tête, lui lançant un sourire rusé. Au fait, comment as-tu réussi à convaincre Finn de nous laisser faire le nettoyage ?

— Moi, le convaincre ? Il s'est porté volontaire pour préparer le déjeuner après s'être occupé de contacter vos habituels gars de la sécurité.

Quand la mâchoire de Zach s'affaissa avec emphase, Karen leva une main comme si elle prêtait serment :

— Je sais. J'accepterai la corvée de nettoyage n'importe quand si ça signifie que je peux rentrer et trouver un repas fait maison.

— Du moment qu'il ne prépare pas des macaronis au fromage, la taquina Zach.

Elle lui donna un coup de poing bon enfant sur le bras, puis rentra retrouver son homme.

La maison sentait délicieusement bon. La partie d'elle qui trouvait cela étrange luttait contre la partie jugeait cela parfait et disait qu'elle devait en apprécier chaque instant.

— Salut, chéri, je suis rentrée, lança-t-elle en retirant ses bottes avant d'aller vers la cuisine.

— Timing parfait.

Après avoir passé la porte, Karen marqua une pause pour bien regarder, pour *apprécier pleinement*.

Il avait mis la table avec des sets, de jolies assiettes et un vrai vase avec des fleurs fraîches. De grands verres attendaient près de chaque couvert, mais heureusement un indice très concret attestait aussi que cela restait relativement dans ses cordes... une bouteille de ketchup de format familial se trouvait sur la table.

— Tu vas travailler pour ton déjeuner, l'informa Finn alors qu'il se détournait du plan de travail. C'est prêt, mais je ne voulais pas jongler entre les bols et mes béquilles.

— Être ta serveuse ne me pose aucun problème, répondit-elle en lui faisant signe de s'installer à table, puis elle se pressa d'aller chercher le repas.

Un instant plus tard, ils étaient tous deux attablés devant des bols fumants de soupe à la tomate et des sandwichs au fromage fondu, parfaitement dorés à la surface.

L'odeur à elle seule fit gronder l'estomac de Karen d'impatience.

— Ça a l'air super bon, dit-elle.

— C'est un repas de réconfort, dit Finn en attrapant le ketchup pour en mettre une bonne dose sur son assiette. Habituellement, je garde la soupe pour l'hiver, mais ça me paraissait être une bonne chose à servir aujourd'hui.

Karen posa une main sur son bras.

— Ça a été une bonne matinée, en fin de compte. Nous n'avons pas eu grand-chose à faire pour réparer les dégâts. Zach pense maintenant que ce n'était qu'un accident, après tout.

— C'est bien. Mais j'attends quand même un appel de la société de sécurité. Les types devraient être là dans les prochains jours, dit-il en se tournant pour lui étreindre les doigts. Mange.

La nourriture était délicieuse, ce qui fit réfléchir Karen.

— Nous n'avons jamais eu l'occasion de faire des choses comme cuisiner ensemble. Enfin, à Whiskey Creek.

— J'étais trop occupé à essayer de trouver comment me faufiler par la fenêtre de ta chambre sans me faire prendre, lui rappela Finn.

Elle se mit à rire.

— Nous avons fait des bêtises dans tellement d'autres endroits que ma chambre, Finn Marlette.

— Si par « bêtises » tu veux dire nous bécoter et coucher ensemble, tu as raison. Et ça ne prend pas en compte tous les endroits où j'ai *pensé* à te faire l'amour.

Il lui attrapa les doigts et les porta à ses lèvres, les embrassa avant de transformer la taquinerie en mordillement.

— J'ai une liste de tout ce que nous ferons une fois que je n'aurai plus ce plâtre.

— J'ai hâte, lui dit-elle honnêtement. Mais je suis sérieuse au sujet de la cuisine. C'est agréable que nous aimions tous les deux cuisiner. Nous n'allons pas mourir de faim.

— Est-ce que c'est là que je suis censé dire quelque chose de ringard comme « nous pouvons vivre d'amour et d'eau fraîche » ?

— Je rirais bien, mais je suis trop occupée à profiter de mon fromage fondu... Qu'est-ce que tu as mis là-dessus ? C'est délicieux. Une sorte de confiture ?

Il pressa un doigt contre ses lèvres.

— Je ne vais pas te donner ma recette secrète de fromage fondu.

Les coudes sur la table, Karen se pencha en avant.

— Ce qui signifie que tu pourras en préparer à chaque fois que j'en aurai envie.

Finn lui tendit une main.

— D'accord.

Avec un rire, elle lia leurs doigts et lui serra fermement la main. À l'instant où il la lâcha, elle saisit le dernier sandwich en forme de triangle sur l'assiette de Finn et se recula de la table pour qu'il ne puisse pas l'atteindre.

— Hé, rends-moi ça ! dit-il, alors que de l'amusement dansait dans ses yeux.

— Pas question.

Un peu triste de ne pas avoir de ketchup dans lequel le plonger, elle engloutit le morceau, gémissant alors que ses papilles gustatives s'illuminaient.

Finn croisa les bras sur son torse et lui lança un faux regard noir plutôt convaincant.

— Je devrais te donner une fessée pour ça.

— Des paroles, toujours des paroles.

Elle revint à ses côtés et passa les bras autour de lui. La prochaine étape fut de lui déposer un baiser bruyant sur la joue.

— C'était trop bon. Merci.

Il hocha la tête.

— Merci pour le travail que tu as fait ce matin.

— Pas de problème. Ça a interrompu mon...

Ce qui lui ramena à l'esprit une autre interruption plus tôt dans la journée.

— Mince. Hé, quand mon père a appelé ce matin, il a dit qu'il avait essayé de joindre ton père. Tu as un numéro de téléphone que je peux lui transmettre ? On dirait que celui qu'il a n'est plus d'actualité.

L'expression amusée de Finn disparut, laissant son visage blême sous son bronzage.

Karen recula, inquiète.

— Finn ?

Il secoua la tête.

— Hier soir, tu as dit quelque chose d'assez fort. À propos de toi et moi et de faire en sorte que ça marche entre nous, et je suis à fond avec toi là-dessus. Ce qui signifie qu'il n'y a aucun secret entre nous. Aucun vrai secret, en tout cas.

L'inquiétude noua le ventre de Karen.

— Qu'est-ce qui ne va pas ?

— Il y a quelque chose que je dois te dire.

20

Karen rapprocha sa chaise et lui attrapa les doigts.

— Tu me fais un peu peur, Finn. As-tu des problèmes ?

— Quoi ? Non. En fait, il ne s'agit pas de moi, répondit-il avant de faire la grimace. Enfin, si, mais le problème, c'est que le secret ne m'appartient pas, alors j'ai dû demander la permission pour te le dire.

Impossible qu'elle démêle ça, alors elle resta assise et attendit. Elle savait bien que parfois les histoires difficiles ne se racontaient pas de manière linéaire.

Finn eut l'air pensif.

— À l'instant où j'ai quitté Whiskey Creek, j'ai su que ce n'était pas ce qu'il fallait. Mais tu ne pouvais pas partir non plus, alors j'ai dû clarifier les choses à la maison avant de revenir.

Elle ne s'attendait pas à ce que la conversation prenne cette tournure.

— Je ne te reproche rien de cette époque-là, Finn. Tu as fait une promesse à tes parents. Un peu comme j'avais fait une promesse au clan Coleman. Aucun de nous ne pouvait partir brusquement.

Mal à l'aise comme elle l'avait rarement vu, il inspira profondément et croisa son regard sans détour.

— Nous sommes rentrés. Levi, Duncan et moi. Levi, comme tu l'as appris, a découvert qu'il allait bientôt être père, ce qui n'a été qu'une bénédiction dans sa vie et celle de Chelsea. Mais Duncan... Plus nous nous rapprochions du ranch, plus il devenait silencieux, ce qui en disait long.

Karen hocha la tête. Alors qu'elle et Finn avaient été très occupés l'un avec l'autre cet été-là, et que Levi et Lisa s'étaient déchaînés comme des poulains, Duncan avait été un fantôme discret qui semblait content d'être seul.

Finn détourna les yeux et fixa son plâtre.

— Levi et Chelsea se sont mis ensemble. Il fut décidé qu'ils emménageraient dans le ranch avec mes parents jusqu'à l'arrivée du bébé. Il y avait largement la place pour les loger. Puis Duncan est venu me parler et m'a dit qu'il ne pouvait plus garder le silence.

Finn marqua une pause.

— Il a dit que papa avait sexuellement abusé de lui. Il ne lui faisait pas confiance pour laisser Chelsea tranquille ou, plus tard, être à proximité des enfants de Levi.

Un abîme de douleur s'ouvrit à l'intérieur de Karen.

— Oh mon Dieu ! Pauvre Duncan.

Finn croisa de nouveau son regard.

— Je lui ai parlé ce matin, au fait. Il m'a donné la permission de t'en parler. Il m'a dit que tu devais savoir aussi, et qu'il espérait que tu essaierais de comprendre.

Elle perdit le fil à ce moment-là.

— Je ne... Comprendre quoi ?

L'expression dans les yeux de Finn reflétait à la fois une colère brûlante et une frustration glacée.

— Duncan refuse de porter plainte. Il ne veut pas attirer l'attention ni déclencher le cirque médiatique qu'impliquerait cette révélation. Il a dit qu'il ne pourrait pas le supporter, mais avec Levi et Chelsea impliqués, il ne voulait pas risquer de *ne rien* dire et de permettre que cela se reproduise.

Toute cette situation était un sac de nœuds. S'y retrouver projeté comme Finn l'avait été avait dû être un enfer. Sans parler du courageux Duncan, qui souffrait en tant que victime tout en essayant de sauver d'autres personnes.

Karen serra fort les doigts de Finn.

— Je suis vraiment désolée que Duncan ait dû gérer ça. Ce n'est pas normal.

— Bon sang, ça a été un désastre, admit Finn. Duncan était au bord du gouffre. Nous avons failli le perdre. J'avais tellement peur qu'il fasse quelque chose de radical, je ne pouvais pas le pousser à souffrir davantage. Levi n'en avait aucune idée, et pour ce que Duncan en savait, maman non plus.

Karen prit la joue de Finn, projetant de la force en lui.

— Tes parents ne sont plus dans le ranch.

Il secoua une fois la tête tandis que son expression se durcissait.

— Je ne voyais qu'une solution qui n'impliquait pas de faire souffrir Duncan davantage ou de laisser qui que ce soit en position de vulnérabilité. J'ai parlé à mon père en privé et je lui ai dit que j'étais au courant. Il ne s'est même pas donné la peine de le nier. Je lui ai dit qu'il avait le choix. Il devait quitter le ranch immédiatement, mais en laissant croire que c'était son idée. Peu m'importait à quel point les mensonges devraient être gros, il devait convaincre maman qu'ils devaient déménager assez loin pour avoir une bonne excuse pour ne jamais venir nous rendre visite.

La réponse à la question de Karen était claire, mais elle la posa quand même.

— Et s'il n'avait pas accepté ?

Finn n'hésita pas.

— Alors il serait mort, et je serais en prison pour meurtre.

Cet aveu aurait dû l'horrifier, mais un accès de colère inattendue l'embrasa.

— Je suis contente que tu ne sois pas en prison, mais ça n'aurait pas été une grosse perte qu'il ne soit plus en vie. Ce qui pourrait sembler sans cœur, mais je ne cesse de penser à ce doux Duncan. Il ne méritait pas ça. *Personne* ne mérite ça.

Encore une fois, Finn l'attira sur sa cuisse mais cette fois, au lieu qu'il lui offre du réconfort, ce fut Karen qui enroula ses bras autour de lui. Ce fut elle qui murmura des mots apaisants et déposa des baisers sur son visage mouillé de larmes.

Ils restèrent assis ensemble silencieusement pendant quelques minutes avant qu'il ne pousse un soupir tremblant. Il recula légèrement et déposa un baiser sur le côté de sa bouche puis hocha fermement la tête.

— C'était la bonne chose à faire, mais la mener à bien a été un enfer pour toutes les raisons que tu peux imaginer. En plus de ça, j'avais eu l'intention de couper les liens aussi vite que possible pour te retrouver, mais la situation a rendu ça impossible.

— Je suis si contente que tu aies été là, insista Karen. Enfin, et si tu étais resté à Whiskey Creek ? Oh mon Dieu...

— Nous ne pouvons pas nous demander « et si », mais je devais te le dire. Je voulais revenir à tes côtés même pas une heure après mon départ.

Elle était une épave à l'intérieur, et pourtant la pulsation d'amour battait simplement de plus en plus fort. Karen glissa les mains dans les cheveux de Finn et fixa son visage, mémorisant les rides qui n'étaient pas là des années auparavant, comprenant mieux d'où elles venaient, que c'étaient les marques qu'il avait récoltées en accomplissant une tâche dont il ne pouvait retirer aucun honneur.

— Je t'aime. Et nous sommes ensemble maintenant. Tout ce que tu as dû faire a fait de toi celui que tu es maintenant, insista-t-elle.

Finn passa une main autour de la nuque de Karen.

— Seules quelques personnes connaissent l'histoire de Duncan. Toi, Zach et moi. Et une autre personne... Alan, en fait. Bruce aussi était au courant, parce qu'il m'avait déjà pris sous son aile pendant que je gérais les détails légaux pour retirer mon père du ranch. J'ai passé beaucoup de temps à garder un œil sur mon père à cette époque jusqu'à ce que mes parents déménagent officiellement, et Bruce devait savoir pourquoi. Bon sang, au final il m'a aidé à mettre les choses en place par l'intermédiaire d'Alan pour qu'elles soient inattaquables d'un point de vue légal.

Karen n'était pas vraiment curieuse, sauf qu'elle voulait être sûre que les bébés de Levi étaient en sécurité. Pourtant... Et les autres enfants ?

— Où tes parents ont-ils déménagé ?

— À Québec City. Ils sont dans une copropriété pour adultes uniquement où maman est parfaitement heureuse. Elle profite de la vie en ville et peut voir des gens quand elle le veut. Trois ou quatre fois par an, elle prend l'avion pour Winnipeg où mon frère va la chercher pour séjourner au ranch pendant une semaine environ. Mon père est toujours trop occupé pour se joindre à elle. Maman croit que c'est trop difficile pour lui de retourner au ranch à cause des souvenirs. Et mon père n'a pas l'autorisation de travailler avec des enfants ni d'être dans un cadre privé avec qui ce soit d'autre que maman. J'ai quelqu'un qui le surveille... Cela fait partie de ce que Bruce m'a aidé à mettre en place.

Ses paroles s'interrompirent, comme s'il était à court

d'énergie pour continuer. Ses paumes étaient pressées contre le dos de Karen et la rapprochaient de plus en plus, pas par désir sexuel mais par besoin désespéré et urgent d'avoir un lien.

Karen s'accrocha aussi étroitement que possible, offrant ce qu'elle pouvait par sa chaleur, par ses paroles.

— Plus de secrets. Juste un pas à la fois vers notre avenir, dit-elle en reculant légèrement, appuyant ses deux paumes contre ses joues. Nous construirons un endroit sûr et joyeux juste ici, ensemble. Le Red Boot Ranch sera notre foyer. Levi et Chelsea et les enfants viendront nous rendre visite. Tu diras à Duncan qu'il pourra faire entrer son semi-remorque dans la cour et y rester quand il voudra. Nous serons la famille dont ils ont besoin.

Finn hocha fermement la tête. L'inspiration qu'il prit était légèrement tremblante, mais l'amour dans ses yeux était assuré.

— *Tu es* tout ce dont j'ai besoin. Tout ce que j'ai toujours voulu.

L'épuisement submergea Karen comme si elle avait été de corvée pendant des heures au lieu d'avoir eu une conversation assise dans la cuisine. Elle donna un bref baiser à Finn puis inclina la tête vers la porte.

— Viens. J'ai besoin d'un peu d'air frais, et je veux que tu sois avec moi.

Ils marchèrent en silence pendant un moment, suivant le chemin qui menait à la rivière en bas du pâturage. Il était large et lisse, ce qui signifiait que les béquilles de Finn étaient bien stables.

Mais il ronchonna avec dégoût.

— Je voudrais pouvoir te tenir la main au lieu de gérer ce bazar où nous sommes proches sans pouvoir nous toucher.

— Flash info, cow-boy. Même quand tu te feras enlever ton plâtre, nous ne passerons pas vingt-quatre heures sur vingt-quatre, sept jours sur sept reliés par les hanches.

C'était agréable d'entendre un petit rire doux, et Karen jeta un coup d'œil sur le côté et découvrit qu'il lui lançait de nouveau un regard de braise.

— Je prévois de faire de mon mieux. Oh, attends. Ce n'est pas tout à fait aux *hanches* que je pense.

— Vilain garçon, dit-elle en haussant un sourcil. Je croyais que tu aimais la position cow-girl.

— Je l'adore, acquiesça-t-il. Quand tu veux, je te donnerai le feu vert. Mais un peu plus de variété, ce sera amusant.

La conversation dériva à ce moment-là, devenant délibérément plus légère tandis qu'ils évitaient de parler des sujets sérieux qui avaient fait dérailler leur journée. Il y avait plein d'autres choses desquelles discuter, entre leurs plans en cours pour le ranch et Karen qui explorait timidement les possibilités pour l'avenir.

Elle devait discuter de ces idées avec d'autres personnes que Finn, et ce fut ainsi que, quelques jours plus tard, elle rassembla enfin son courage pour partager ses nouvelles avec ses sœurs.

Elles s'étaient réunies au cottage, soi-disant pour présenter à Julia une de leurs traditions familiales préférées. Karen pensait que le repas festif et animé offrirait une bonne distraction après qu'elle aurait lâché sa bombe.

Cela signifiait également que la cuisine et le nettoyage seraient rapides, et, avec les longues journées qu'ils faisaient au ranch pour faire avancer les choses à un rythme accéléré, en cet instant, Karen était à fond pour la facilité.

Julia passa la porte.

— Désolée d'être en retard. Où veux-tu que je mette ça ?

Elle leva un morceau de fromage suisse et un carton d'œufs.

Lisa les attrapa puis se dirigea vers la cuisine.

— Ce sont les derniers ingrédients qui nous manquaient. Je vais préparer l'omelette. Karen, coupe le fromage.

C'était comme au bon vieux temps. Karen échangea un coup d'œil avec Tamara.

— Je ne suis pas aux commandes de ma propre maison.

— Habitue-toi. Je l'ai bien fait, répondit Tamara en admirant Tyler, qui tétait avant qu'elles ne commencent leur repas, ce qui les arrangeait bien. Tata Lisa est autoritaire, n'est-ce pas ? Oui, elle est vraiment autoritaire et nous l'adorons pour ça.

Karen rit en se joignant aux autres filles dans la cuisine et coupait docilement le fromage, suivant les instructions de Lisa. Ollie errait aux pieds de Lisa, geignant doucement pour avoir une gâterie jusqu'à ce qu'on lui ordonne d'aller sur le coussin que Karen avait posé dans un coin.

Dès que la chienne s'installa, Dandy rampa de sous le canapé comme un tigre sauvage, résolu à traquer la queue d'Ollie.

Quand elles se rassemblèrent autour de la table, Tamara avait terminé de nourrir le bébé, lui avait fait faire son rot et l'avait couché pour qu'il dorme. Elle se frotta les mains.

— Je meurs de faim. Après neuf mois à ne pas manger, je suis toujours en train de me rattraper.

— Je n'arrive pas à croire que tu as vraiment eu la nausée pendant toute ta grossesse... s'étonna Julia avant d'hésiter. D'accord, techniquement et scientifiquement, j'y crois. Je veux simplement dire que le sort qui t'a été réservé était pourri.

— J'espère que ça n'est pas de famille, rétorqua Tamara d'un ton pince-sans-rire.

— Je nomme Karen pour être le prochain cobaye à tomber enceinte, vota Lisa instantanément.

Karen hoqueta.

— Quoi ? *Non.* Je viens juste d'entamer une relation sérieuse. Il est évident que tu seras la prochaine à y passer.

Tamara tapota doucement les doigts contre son verre, juste assez pour attirer leur attention mais pas assez pour réveiller le bébé.

— Expliquons les choses à Julia pour qu'elle sache ce que nous faisons. Ceci est une raclette.

— La nourriture crue rencontre la surface chaude, à laisser chauffer jusqu'à ce que ce soit cuit, dit Karen en sortant une des petites poêles de sous la plaque de cuisson. Tu peux faire cuire de petites omelettes là-dedans ou faire fondre le fromage à verser sur ta nourriture. Mange jusqu'à être prête à exploser.

Lisa leva une paire de baguettes.

— La seule autre règle familiale que tu dois connaître, c'est que même si tu as mis un morceau de nourriture sur la surface du dessus, elle pourrait ne plus être là quand tu reviendras la chercher. C'est un peu chacun pour soi quand nous sommes lancées.

La nouvelle venue regarda un moment tandis que les trois autres commençaient avec impatience. Elles se passèrent les sauces, et une conversation décontractée s'installa tandis qu'elles mangeaient et que des rires dansaient dans l'air. Les animaux faisaient d'occasionnelles tentatives pour être nourris avant d'être renvoyés dans leur zone où « sans quémandage ».

C'était confortable et familial. Les inquiétudes de Karen à l'idée de faire part de son changement de plan s'apaisèrent quand elle fut mise face à la douceur du lien qui existait entre elles.

Malgré tout, il fallait passer se jeter à l'eau.

Elle attendit que tout le monde ait remis de la nourriture à cuire, puis elle posa ses couverts et se redressa encore un peu.

— Je dois vous informer de certaines nouvelles. Toutes sont bonnes, et j'espère que vous serez heureuses pour moi.

Trois regards se tournèrent vers elle, emplis de curiosité.

Et d'impatience.

— Est-ce que Finn et toi vous êtes fiancés ? demanda Lisa.

Karen se retint de rouler des yeux.

— Tu ne brûles pas un peu les étapes ? C'est bien trop tôt. Nous sommes...

Comment allait-elle donc appeler ça ? Il était plus que son petit ami, plus qu'un amant.

Il était... *à elle.*

— Vous êtes ensemble, compléta Julia en hochant fermement la tête. Vous allez bien ensemble. Et j'ai cru comprendre que vous avez un passé, mais vous semblez assez solides dans le présent. Je suis contente pour toi.

— Que se passera-t-il quand tu partiras en automne ? demanda Tamara d'un air incertain. Les relations sur le long terme fonctionnent mieux quand on est à proximité.

Karen prit son élan et sauta.

— Je voulais vous parler de ça aussi. Depuis que je suis arrivée ici, j'ai étudié mes options. J'ai réfléchi à ce qui me rendrait heureuse, pas simplement plus tard, mais maintenant. Et même si ça peut ressembler à un revirement, on m'a fait remarquer que je pouvais faire ce qui me rend heureuse. J'ai décidé que l'université n'était pas sur ma liste pour le moment. À la place, je reste pour travailler dans le ranch avec Finn et Zach.

Elle se demanda si elle allait devoir repousser une masse de questions, alors elle se dépêcha de conclure :

— C'est ce que je veux. Je suis tout excitée de rester à Heart Falls.

Au fur et à mesure que Karen avait parlé, les expressions de ses sœurs étaient devenues de plus en plus surprises, leurs yeux s'écarquillant.

Lisa pressa les doigts contre sa bouche. Puis, bon sang, elle éclata en sanglots. Tamara suivit, et soudain les yeux de Karen s'emplirent aussi.

Il était bien trop facile de faire en sorte qu'un groupe de femmes adultes finissent en larmes.

Julia fut la première à exprimer finalement sa gêne.

— Je ne sais même pas pourquoi je pleure. Enfin, je suis heureuse pour toi. On dirait que tu as bien réfléchi. De plus, dit-elle en indiquant Lisa et Tamara du pouce, pouvoir s'installer à Heart Falls avec ces deux-là est plutôt parfait.

— Je pleure parce qu'*elle* pleure, insista Tamara tandis qu'elle pointait Lisa du doigt. Bon sang. Les hormones de grossesse et d'allaitement sont un *enfer*. Je suis vraiment heureuse pour toi, Karen. Et pas seulement parce que ce sera beaucoup plus facile d'organiser des réunions de famille.

Ollie, le petit terrier couleur crème, était debout sur ses pattes arrière, et grattait légèrement la jambe de Lisa, essayant de comprendre ce qui était allé de travers pour essayer d'arranger ça.

Lisa l'apaisa, caressant lentement la tête de la chienne.

— C'est bon, ma puce. C'est une de ces choses bizarres que les humains font quand ils sont heureux, dit-elle en tendant une main à Karen pour lui serrer les doigts. C'est un sacré changement de destination, mais je suis mal placée pour dire quoi que ce soit. Je suis si contente que tu restes dans le coin.

— Maintenant, nous devons trouver un travail à plein temps dans les parages pour Julia, ainsi nous aurons toutes les femmes de Whiskey Creek rassemblées dans un seul endroit, souligna Tamara.

Julia haussa les épaules tandis qu'elle essuyait ses larmes.

— Ça ne me dérangerait pas, mais pour l'instant ce boulot ne dure que jusqu'à la fin du mois d'octobre. Mais quoi qu'il arrive, ça va rendre les choses beaucoup plus simples quand je viendrai vous rendre visite. Je vous retrouverai toutes les trois au même endroit.

Elles retournèrent à leur repas tandis que des questions et des taquineries sur tous les autres sujets imaginables continuaient. Des rires s'élevaient, l'amour et le soutien entouraient Karen comme une chaude couverture lors d'une froide journée.

Ça risquait d'être une autre histoire quand elle devrait l'expliquer au reste de la famille, mais en fait, à la base, est-ce que cela comptait ?

Les femmes autour d'elle en cet instant... c'étaient les *seules* personnes dans son cœur. Celles dont les opinions comptaient, et avec elles à ses côtés, Karen pouvait tout accomplir.

21

_L_es choses commencèrent à s'apaiser de telle façon que les bouleversements momentanés semblaient déjà de lointains souvenirs. Cela convenait à Finn.

Des équipes de sécurité furent engagées, et il n'y eut plus de pertes ou de feux inattendus. Ce qui signifiait que, alors que le mois de juillet se terminait, le chantier continuait à progresser au pas de charge.

Karen l'emmena à l'hôpital pour son rendez-vous pour se faire retirer son plâtre. Il était fébrile. Ça se passait quelques jours plus tard qu'il ne l'avait espéré, et puis il en avait tellement marre d'être conduit partout !

Sur le siège conducteur à côté de lui, sa nana n'essayait même pas de dissimuler son amusement.

— Arrête avec ton sourire narquois, ronchonna Finn. Admets-le. Tu es tout aussi impatiente que moi de voir retirer ce plâtre.

— Oh, je ne pense pas que ce soit _possible_.

Elle lui lança un doux sourire avant de ramener son attention sur la nationale.

— Je suis vraiment stupéfaite que tu ne l'aies pas attaqué avec une scie hier. Félicitations pour ta retenue.

— Ce fichu médecin n'aurait pas dû dire le 1ᵉʳ août alors qu'elle savait qu'elle ne revenait pas de vacances avant le 3, se plaignit Finn. Et mettre dans mon dossier que personne d'autre n'était autorisé à retirer le plâtre sans son approbation était simplement cruel.

— Je sais. C'était une chose terriblement méchante à faire, admit Karen en lui tapotant la main avec une compassion feinte. Et si nous allions faire une promenade à cheval commémorative quand nous serons rentrés ?

Il conserva sa prise sur ses doigts et les porta à ses lèvres.

— Peut-être en deuxième position.

En fait, le sourire de Karen s'agrandit.

— Tu as raison. Tu devrais vraiment aller faire une visite d'inspection complète de tout ce qui a été accompli au cours des derniers mois avant que nous ne tentions quoi que ce soit d'amusant.

— Continue bien comme ça. Tu verras combien tu te retrouveras baisée.

Elle hoqueta.

— Ton langage !

Il se déplaça autant que possible sur son siège, se tourna vers elle et joua avec une mèche de cheveux qui s'était détachée de sa queue-de-cheval.

— J'ai hâte qu'on soit de retour à la maison pour pouvoir te déshabiller. Après que j'aurai utilisé ma bouche et mes doigts pour te faire hurler deux ou trois fois, nous passerons à quelque chose de complètement fou.

— Vraiment ? Et qu'est-ce que c'est ?

La question était sortie, le souffle un peu court.

Il se pencha en avant pour être dans son champ de vision.

— La position du missionnaire.

Comme il l'avait espéré, cela lui attira un grand rire, mais l'étincelle dans les yeux de Karen disait qu'elle était tout aussi impatiente de varier.

L'avoir dans ses bras chaque nuit avait été un petit miracle. Pourtant, puisque se retourner requérait d'être entièrement concentré et était l'équivalent d'une fichue séance d'exercices, leur vie sexuelle était restée limitée.

Le médecin le prit en pitié, passa rapidement sur les résultats des rayons X, ce qui le ramena dans la salle d'attente en deux temps, trois mouvements. Se faire regarder de haut par cette minuscule femme avec l'attitude d'une Amazone aurait été follement amusant s'il n'y avait pas eu autant en jeu.

— Vous êtes guéri, lui annonça le docteur Jerimiah. Félicitations. Vous pouvez marcher sur vos deux jambes.

Finn sourit à Karen par-dessus l'épaule du médecin.

— Prête à aller danser, *ma chérie* ?

— Bonne idée, approuva la médecin. Avec modération. Vous devez de nouveau développer votre force. Je vais vous donner une liste d'exercices à faire et une ordonnance pour de la physiothérapie si vous en avez besoin. J'ai le pressentiment que votre plus gros problème sera de ne pas trop en faire.

Par-dessus son épaule, elle lança un coup d'œil à Karen.

— Empêchez-le de rester debout quand vous le pourrez.

— Elle a déjà promis de le faire.

Finn attira le regard de Karen, et d'une voix plus basse, pleine de désir et d'excitation, il ajouta :

— Fréquemment et avec enthousiasme.

Cela était sorti sur un ton un peu plus salace qu'il n'en avait eu l'intention. Devant le médecin.

La jeune femme se mit à rire.

— C'est à peu près ce que je pensais. Si vous avez des problèmes, revenez me voir. Autrement, restez éloigné des bâtiments qui s'effondrent, et j'espère que le reste de votre été se passera bien.

Il lui serra la main avec une réelle gratitude.

— Merci.

Finn et Karen s'en allèrent lentement vers le parking, mais quand il lui ouvrit la portière passager, elle secoua la tête et pointa le siège du doigt.

— Une dernière fois comme passager. J'insiste. Tu as des cadeaux à ouvrir.

Cela ne valait pas la peine de ronchonner parce que... *bon sang*. Sans le plâtre, il se sentait plus léger de vingt kilos et pourtant un peu en décalage.

— D'accord. Mais demain je conduirai.

Elle ne plaisantait pas au sujet des cadeaux. Une pile était posée sur le siège.

Il attendit qu'elle soit sortie du parking de l'hôpital et qu'ils soient sur la nationale pour retourner à Heart Falls.

— C'est quoi tout ça ?

— Tout le monde voulait célébrer le moment où tu serais sorti de prison, répondit-elle en pointant du doigt des paquets au hasard. Zach, Cody, Josiah. Ces deux-là viennent de Tamara et Lisa. Tansy a envoyé un cheesecake forêt-noire, et Julia et l'équipe de la caserne de pompiers sont allés chercher des faux filets pour que nous les dégustions dans la semaine.

Un étrange nœud se coinça dans la gorge de Finn. Il fixa les paquets, tous emballés dans du papier brillant, et s'interrogea sur la sensation bizarre qu'il avait dans le ventre.

Karen lui lança un coup d'œil.

— Finn ? Ça va ?

Il prit un des paquets, ouvrit la petite carte dessus et vit qu'il venait de son frère Levi et de sa famille.

— Pour dire la vérité, là, j'ai la gorge un peu nouée.

— Parce que les gens sont heureux que tu ailles mieux ?

Il haussa les épaules.

— Bon sang. Je pensais qu'ils seraient heureux de savoir que je ne les supplierai plus pour qu'ils me rendent service. Je ne suis pas habitué à... Je ne sais pas.

Elle entrelaça leurs doigts.

— Pas habitué à voir des preuves d'affection des gens apparaître sur le pas de ta porte ? Ou dans ce cas précis, sur le siège de la camionnette ?

Il hocha la tête.

— En gros, oui.

— Eh bien, ils t'apprécient. Et ils sont heureux pour toi, et il faut que tu commences à ouvrir les cadeaux parce que je meurs de curiosité.

Alors même qu'il triturait le papier cadeau de celui qu'il tenait entre les mains, il baissa la voix d'un cran.

— Merci pour ce que tu m'as donné. C'est exactement ce que je voulais.

Elle rit.

— Mon cadeau n'est même pas là.

— Oh. Je parlais de ta promesse de m'achever par le sexe.

— Oh. Ça. De rien, répondit-elle en lui donnant une petite tape sur l'épaule. Tu n'es pas doué pour ouvrir les cadeaux. Allez.

La boîte de Levi et Chelsea contenait des cartes venant des enfants – des dessins typiques de petites personnes faites de gribouillis au crayon de couleur et de cœurs – et un cadre avec une photo.

Levi et Chelsea étaient assis sous le porche devant la maison dans laquelle Finn avait grandi, entourés par leur famille. Les enfants portaient des tenues coordonnées avec des chapeaux et des bottes de cow-boy. Les trois petits chenapans avaient l'air heureux et aimés. Son frère avait le bras passé autour des épaules de Chelsea, et le sourire sur son visage était une pure perfection.

La maison en elle-même avait été repeinte, et étrangement elle avait l'air beaucoup plus lumineuse que la dernière fois que Finn y avait été.

Il posa prudemment le cadre sur le côté, l'absorbant comme un nouveau souvenir pour l'aider à chasser une partie de l'amertume du passé.

Puis il s'attaqua au cadeau suivant, la chaleur grandissant dans sa poitrine.

— Zach m'a offert un nouveau jeu de cartes. Il a probablement compris que celui que nous utilisons est marqué, étant donné qu'il n'arrête pas de perdre depuis un petit moment.

— Tu ne devrais pas être aussi méchant avec ton meilleur ami.

— Hé, s'il veut nous aider à financer nos prochaines vacances, je n'ai aucun problème à lui soutirer de l'argent, répliqua Finn en ouvrant le sac qui venait de Josiah avant de se mettre à rire. Il m'a offert un pot de Bag Balm[1].

— Cela devrait t'aider pour toutes les irritations que tu as l'intention d'avoir, le taquina-t-elle.

Ils se sourirent.

Il ramassa le paquet de Tamara et le secoua. Quelque chose glissa à l'intérieur.

— Tu veux que j'attende que nous soyons rentrés pour l'ouvrir ?

Ils étaient encore à quarante-cinq bonnes minutes du ranch.

— Continue. C'est divertissant, lui répondit Karen.

Dans le papier se trouvait une tabatière à l'ancienne.

— Elle veut que je développe de mauvaises habitudes, informa-t-il Karen.

Il retira le couvercle, et se mit à rire.

— Oublie ça. Ta sœur m'a offert deux douzaines de préservatifs.

— Tu me charries, dit Karen en lui lançant un rapide coup d'œil tandis qu'il penchait la boîte vers elle. Elle est terrible.

— Elle est brillante, corrigea Finn. Maintenant, je suis paré pour les jours à venir.

Seulement, quand le cadeau de Lisa émit aussi le même son suspect de glissement, Finn commença à rire alors qu'il arrachait le papier.

— Oh, regarde. Une autre boîte en étain. Je me demande ce qu'il y a à l'intérieur ?

— Je vais tuer mes sœurs.

Mais son rire se joignit au sien, et quand il déversa dans sa paume ouverte le contenu, des sachets colorés comme un arc-en-ciel, elle lui lança un sourire salace.

Quand elle sortit de la route et se dirigea sur un sentier gravillonné en direction d'il ne savait où, Finn envoya un remerciement vers le ciel.

— Dis-moi que tu as une arrière-pensée pour m'emmener faire un tour.

Karen arrêta la camionnette sur un chemin étroit dissimulé entre de grands arbres.

— Tu penses que tu peux gérer ce truc de missionnaire à l'arrière de la camionnette ?

Il la retrouva devant le hayon en moins de trois secondes.

Karen espérait que cela n'allait pas à l'encontre de tout ce que le médecin avait déconseillé à Finn, mais ils étaient tous les deux trop impatients pour attendre.

Il prit la couverture qu'elle avait attrapée à l'arrière de

la cabine et, d'un geste sec, l'étala sur la plateforme de la camionnette. Puis il attrapa Karen et l'attira contre lui, leurs lèvres se rencontrèrent avec enthousiasme, leurs mains s'explorant librement alors qu'ils s'abandonnaient au désir.

Il lui défit son jean, le baissa sur ses hanches avec sa petite culotte. Quelques secondes après, il la souleva vers la surface du hayon ouvert.

Les mains de chaque côté des jambes de Karen, Finn se pencha en avant.

— Accroche-toi bien. Je suis sur le point de t'emmener à l'église.

Ce qui signifiait que ce ne serait pas long avant qu'elle ne commence à chanter avec les chœurs. Cette pensée la fit glousser, le son se transforma en un gémissement lorsque Finn lui écarta les genoux et déposa un baiser à l'intérieur d'une de ses cuisses. Puis un autre, un peu plus haut, alors que ses mains précédaient sa bouche jusqu'à ce que ses pouces taquinent son intimité.

De lentes caresses douces enflammaient les sens de Karen et faisaient grimper en flèche le désir de le sentir tout au fond d'elle.

La chaleur dans son cœur était solide comme de la pierre – son lien avec cet homme attentionné et généreux s'était régulièrement développé au cours des derniers mois. Cela ne semblait être qu'un fragment de temps mais il était associé à cet été cinq ans auparavant et à tous les instants où elle avait pensé à lui, où elle l'avait espéré.

Où elle aurait aimé qu'il soit avec elle... et maintenant c'était réel.

Un mordillement contre sa cuisse la fit hoqueter et Finn se pencha sur elle.

— Quelqu'un rêvasse.

Karen glissa les doigts dans les cheveux de Finn et caressa le sommet de ses pommettes.

— Je rêve de toi. Toujours de toi, avoua-t-elle.

Il tourna la tête pour déposer un baiser sur ses doigts.

— Je t'aime, *ma chérie.*

Le cœur de Karen se gonfla de bonheur.

— Je sais.

L'homme habituellement stoïque et silencieux qui possédait son cœur se mit à rire si fort que sa joie résonna dans les arbres autour d'eux.

Puis il ramena son énergie entre ses jambes. Il la taquina et la toucha jusqu'à ce que la spirale en elle se tende puis se détende brusquement. Le plaisir la traversa comme une flèche depuis son épicentre alors qu'il grimpait au-dessus d'elle, son jean écarté, un emballage coloré de préservatif abandonné près d'eux.

Il rampa entre ses cuisses, et le gland large de sa verge frôla son sexe.

Il marqua une pause, ses bras puissants se posèrent de chaque côté de Karen tandis qu'il se positionnait au-dessus d'elle. Il la fixa dans les yeux et la laissa tout voir en lui.

— Tu es à moi.

— Pour toujours.

« Pour l'éternité » résonna dans la tête de Karen alors que Finn glissait plus profondément en elle, de manière insupportablement lente. Des sensations incroyables se développaient entre eux tandis qu'il la pénétrait à la perfection.

Le ciel bleu s'étalait au-dessus d'eux, de grands arbres s'agitaient légèrement sous le vent. L'odeur de l'été et la chaleur se dégageant de l'asphalte se mêlaient en une symphonie de routine campagnarde.

Tandis que Finn reculait les hanches, sa verge taquinant sa peau sensible, Karen souffla :

— *Je suis chez moi.*

Les lèvres de Finn s'incurvèrent, et il s'enfonça plus rapidement, plus durement avec le coup de reins suivant, lui attrapant les hanches et changeant l'angle pour s'enfoncer encore plus profondément.

À chaque fois, les mots résonnaient dans l'esprit de Karen et sur ses lèvres. C'était ça, rentrer chez elle.

Il était son foyer.

Les pulsations s'accélérèrent, elle tendit les bras derrière lui, et enfonça ses ongles dans le tissu doux de sa chemise en flanelle. Le grattement râpeux du jean de Finn jouait contre l'intérieur de ses cuisses, et là où ils étaient unis, c'était la chaleur, le feu et la perfection.

— *Finn.*

Elle leva les jambes autour de ses hanches, enfonça les talons dans son postérieur alors qu'il donnait un dernier coup de reins et projetait la tête en arrière, criant son prénom vers le ciel.

Puis il l'embrassa, frôla son cou de ses lèvres, déposa des mots doux contre sa bouche. Il vint appuyer son torse tout contre le sien jusqu'à ce qu'elle le sente sur chaque centimètre de son corps.

Sur elle et en elle. Il faisait partie d'elle pour toujours.

— J'aime bien mon cadeau, pour l'instant, lui dit Finn tandis qu'il lui léchait délicatement le lobe de l'oreille. Mais il se pourrait qu'on doive s'arrêter deux ou trois fois en chemin pour s'en assurer.

Le bonheur s'accentua.

— Espèce d'imbécile. Nous n'arriverons jamais à la maison.

La joie illumina le visage de Finn.

— D'après ce que tu viens de dire, nous y sommes déjà.

~

Maintenant que Finn était mobile à cent pour cent, Karen ne savait jamais quand il se pointerait, impatient de lui faire l'amour, impatient qu'ils soient ensemble. Le plaisir dansait chaque fois qu'elle filait en douce avec lui... quelque chose qui allait bien au-delà de ce qu'elle avait ressenti lors de ce lointain été durant leur liaison.

Ça n'était pas temporaire, et cette simple idée déclenchait une immense joie.

Tandis que la semaine avançait, le travail tomba dans une routine régulière. Les gars s'occupaient à fond de la partie construction du ranch pendant que Karen se concentrait sur le recrutement.

Ils prenaient quand même le temps de voir leurs amis et leurs familles. Finn insistait là-dessus, ce que Karen appréciait parce qu'il aurait été très facile d'aller trop loin en s'efforçant de respecter le délai.

Elle fit sa part pour s'assurer que *toutes les personnes* importantes dans la vie de Finn étaient incluses. Comme le jour où le téléphone de Finn sonna pendant que Karen et lui s'étaient arrêtés pour déjeuner.

Duncan finit sur haut-parleur.

Ils discutèrent avec lui pendant tout le repas. Duncan mit Karen au courant des dernières innovations majeures du transport routier. Il leur raconta tout sur les jeux en ligne auxquels il jouait le soir avec des amis tout autour du monde.

— Pour l'instant, je fais un trajet de Toronto à Detroit, mais j'ai demandé à être affecté sur une route plus à l'ouest, leur dit-il. Si cela se produit, j'espère que ça ne vous dérangera pas que je passe plus souvent.

L'expression sur le visage de Finn valait l'effort que cela avait demandé à Karen de retrouver son frère.

— Tu seras toujours le bienvenu, assura Finn à Duncan.

Les mots sortirent d'une voix un peu rauque.

Après que Duncan eut raccroché, Finn fit le tour de la table et prit Karen dans ses bras, la serrant étroitement.

— Fauteuse de troubles. Tu as fait quelque chose, n'est-ce pas ?

Inutile de faire semblant.

— J'ai contacté Levi. Je voulais le numéro de Chelsea pour mettre à jour mon calendrier d'anniversaires avec les informations des enfants. Il était vraiment excité de me parler et nous a instantanément invités à venir pour Noël. Je lui ai dit que nous ne savions pas quels seraient nos plans pour cette année, mais que nous trouverions sans doute le moyen de nous retrouver à un moment ou à un autre.

Il hocha lentement la tête.

— Je pense que ce serait bien de leur rendre visite. Ils s'approprient le ranch et le remplissent de nouveaux souvenirs. Ce pourrait être bien de le voir en personne.

Elle acquiesça.

— Et j'ai appelé Duncan. Je n'ai pas soulevé de sujet spécifique, mais je lui ai fait savoir que nous avions beaucoup d'endroits agréables et calmes par ici, et que nous aimerions beaucoup le voir. N'importe quand. Il semble que c'était tout ce dont il avait besoin.

Finn l'embrassa à ce moment-là, et une chose en entraînant une autre, ils ne retournèrent à leur liste de tâches qu'une heure plus tard.

Zach affichait un constant sourire narquois à chaque fois qu'il venait. Karen pensait qu'ils le méritaient probablement.

Le seul point négatif qui pendait au-dessus de leurs têtes était la date butoir. La construction progressait à son propre rythme. S'ils voulaient engager des personnes qualifiées pour des postes permanents dans le ranch et autour, cela requérait de *leur* donner le temps d'organiser leurs vies.

Karen marmonnait sa frustration à Finn alors qu'ils se

tenaient côte à côte dans la petite cuisine du cottage, à laver la vaisselle après le dîner.

— Je sais exactement qui je veux engager comme gouvernante, mais jusqu'à ce que nous ayons un logement pour elle, il est inutile qu'elle commence à travailler. Cependant, tout ce dont elle a besoin, c'est d'un préavis de deux semaines, et elle est prête à nous rejoindre.

— C'est la difficulté qui entre toujours en jeu dans les défis de Bruce, lui dit Finn. S'il ne s'agissait que de nous, nous pourrions nous adapter. Y associer d'autres personnes rend ça plus difficile. Nous trouverons une solution, promit-il. Pour ce soir, ne t'en inquiète pas. Profite de ta sortie avec les filles, tu m'entends ?

La chaleur envahit de nouveau le ventre de Karen.

Ce petit mois avait créé une grande différence. À peine trente jours auparavant, elle avait fui ses amis et se morfondait dans la maison, confuse au sujet de son avenir et de l'endroit où aller pour trouver le bonheur.

Impulsivement, elle étreignit Finn, pressant ses mains humides d'eau de vaisselle contre son dos.

— Tu te souviens de ce jour où je t'ai dit que je me sentais toute morose et que je ne savais pas pourquoi ?

Il la serra fort.

— Cette nuit est gravée dans ma mémoire.

Elle toucha son nez du sien.

— Je ne ressens plus ça, lui assura-t-elle. Merci d'avoir été un bon auditeur et de m'avoir donné de très bons conseils.

— De rien. Maintenant, bouge-toi les fesses. Tes sœurs vont arriver avant nous à l'écurie si nous ne nous magnons pas.

Il avait en partie raison. Kelli était déjà là, à entraîner prudemment Tansy, Rose et Brooke à l'art délicat de tapoter les naseaux d'un cheval. Hanna était la seule de leurs amies qui ne se joignait pas à elles. Brad s'était esquivé avec elle pour un week-end d'anniversaire dans les montagnes.

Kelli repéra Karen la première.

— On échauffe nos bleues, les informa-t-elle. Tes sœurs sont à environ dix minutes.

— Parfait. Maintenant, nous avons besoin de quelques chevaux de plus, d'un peu de clair de lune et d'une touche de magie, et nous serons prêtes à partir.

Karen se retourna pour aller terminer de préparer les chevaux et repéra Finn qui coordonnait déjà la tâche avec certains des ouvriers. Zach arriva aussi, discutant tranquillement avec les amies de Karen, son beau visage s'illuminant sous son habituel sourire.

Tandis que Lisa, Julia et Tamara se joignaient à elle, il était clair que la seule chose que Karen avait déjà dans sa vie était la magie.

22

Avec Starlight qui hennissait joyeusement, Karen mena ses amies dans la lumière déclinante. Le crépuscule tomba tandis que les animaux se déplaçaient à une allure régulière le long du large sentier d'accès en direction de leur première destination.

Ses sœurs étaient des cavalières émérites, et elle s'était assurée de donner à ses amies les moins expérimentées des chevaux dociles. Avec Kelli qui fermait la marche, Karen était confiante, elles n'auraient pas de problèmes sur le sentier.

Julia fit avancer suffisamment son cheval pour pouvoir discuter aisément à côté de Karen.

— Ça m'a manqué, avoua Julia. Enfin, j'aime bien être technicienne d'urgence, mais après avoir grandi constamment avec des chevaux, ne pas y avoir accès vingt-quatre heures sur vingt-quatre, sept jours sur sept, c'est assez nul.

Karen savait exactement de quoi elle parlait.

— Tu peux venir à chaque fois que tu as besoin de ta dose.

Julia hocha la tête. Assise avec aisance sur la selle, elle fixait les montagnes qui planaient au-dessus d'elles.

— Je vais te prendre au mot pour cette offre, du moment que je pourrai monter *avec toi* au moins de temps en temps, dit-elle, son sourire un peu insolent. Je veux apprendre à connaître mes sœurs, pas seulement tirer profit de leur super accès à des randonnées équestres.

Cela avait été une bonne chose d'apprendre à mieux connaître Julia.

— Tu t'intègres bien avec nous, lui assura Karen. J'espère que tu t'amuses et que tu ne te sens pas trop submergée.

— Ça va, lui assura Julia. En dehors d'avoir dû apprendre à gérer les couches. J'aurais pu m'en passer. Trop dégueu.

Karen se mit à rire.

— Es-tu sûre d'être technicienne d'urgence ? Je croyais que cela signifiait que tu avais un estomac de fer.

— Du sang et des tripes ? Pas de problème. Du caca toxique de bébé ? Ce truc requiert un niveau de formation aux matières dangereuses auquel je n'avais pas encore aspiré.

Elles chevauchèrent sur le sentier calme pendant environ quarante-cinq minutes avant de rejoindre le point d'observation que Karen avait trouvé. Avec le feu de camp prêt à être allumé, la réserve de matériel pour faire des marshmallows grillés et les thermos de chocolat chaud dans ses sacoches, son gang de filles se rassembla.

Peu de temps après, elles faisaient joyeusement griller des marshmallows tandis qu'elles attendaient que la lune se lève. La conversation allait dans une douzaine de directions différentes à la fois, les discussions tournaient en boucle et se chevauchaient de telle manière qu'elle n'avait de sens que dans une communauté soudée.

Karen était assise au milieu et absorbait tout.

— Non, je ne vais pas aller à un autre rencard avec lui, répéta Rose en réponse à la taquinerie de Tansy. Zach est assez gentil, mais je ne cherche pas un petit ami régulier. Je t'ai dit que je voulais danser, et il a assuré. Ça ne veut pas dire que je dois le revoir.

— Attends. C'est ça. J'ai une question là-dessus, déclara Brooke.

Elle tendit les mains en arrière et resserra sa queue-de-cheval brune avant de tourner un regard inquisiteur vers Rose.

— J'ai été absolument stupéfaite quand je t'ai vue avec Zach au mariage de Hanna. Je croyais que tu sortais avec Alex, l'ouvrier de Silver Stone, pompier volontaire. Tu sais, un autre mec grand, brun et sexy.

— C'était le cas. Pendant un moment. Nous nous sommes amusés, mais nous ne sommes qu'amis. Nous ne voulions rien de sérieux.

— Dieu nous garde de te voir devenir sérieuse, marmonna Tansy.

Rose foudroya sa sœur du regard.

— Ne fais pas de commentaires sur ma vie sexuelle.

Un chœur de rires fit le tour du feu de camp.

Brooke plaça délibérément un autre marshmallow sur son bâton, souriant alors qu'elle le tendait vers le feu.

— Je n'ai entendu personne parler de sexe jusqu'à ce que *tu* abordes le sujet.

— C'est la faute de Tansy, répliqua Rose entre ses dents.

Brooke hocha lentement la tête, puis elle afficha un autre sourire rusé.

— Probablement. En général, ça l'est.

— Hé ! protesta Tansy.

Ce qui déclencha une autre tournée de rires dans tout le groupe. Des liens se nouaient et des amitiés se renforçaient.

— En parlant de sexy... commença Tamara en se penchant vers Brooke. Comment va *ton* pompier ces temps-ci ?

— Ça va entre nous. Lentement et régulièrement, mais c'est bon. Je réfléchissais...

Julia bondit sur ses pieds, la main pointée vers l'est.

— Désolée, Brooke. Qu'est-ce que c'est ?

Le groupe se tut, regardant en direction du doigt tendu de Julia. La lune s'était levée, le cercle entier au-dessus d'elles brillait comme un projecteur en direction de la prairie qu'il y avait entre elles et le Red Boot Branch.

Seuls ou par deux, des chevaux sauvages quittaient le couvert des arbres pour rejoindre la vaste étendue de la rivière. L'argent étincelait sur la surface de l'eau alors que la harde d'une demi-douzaine d'animaux traversait la prairie.

— Voilà l'étalon, en tête sur l'extrême gauche, indiqua Karen. Quelle beauté !

— Il est *énorme*, dit Rose. Est-il dangereux ?

— Si tu te mets directement sur son chemin, peut-être. Autrement, je préférerais lui faire face plutôt qu'à un couguar, lui répondit Kelli doucement.

La harde ne se pressait nullement, alors le groupe de femmes se tenait en silence, admirant les animaux alors qu'ils broutaient dans la prairie près du bord de l'eau.

Ce fut à ce moment-là que Karen la vit. La jument à la démarche boiteuse. Celle dont elle avait sauvé le poulain.

Instinctivement, elle saisit les doigts de Lisa et les étreignit, la gorge serrée d'émotion.

Lisa croisa son regard.

— Ça va ?

Le fait de hocher la tête lui donna un instant pour se reprendre.

— Je viens de repérer la mère de Moonbeam.

Lisa passa un bras autour d'elle, son contact était réconfortant.

— Elle s'en est sortie. Je suis contente.

La gaieté envahit le corps de Karen, effaçant les dernières traces de tristesse qui s'étaient nichées dans son cœur malgré toutes les bonnes choses qui s'étaient produites. Elle posa la tête sur l'épaule de sa sœur.

— J'étais tellement déchirée de devoir la laisser là-bas !

Le bras autour de sa taille se resserra.

— Oh, ma puce, je comprends. Juste parce que tu savais que c'était la bonne chose à faire, ça ne rendait pas ça plus facile.

Cette magie à laquelle Karen avait pensé plus tôt... sortit en force en cet instant. Voir les chevaux sauvages dans leur élément emplissait son âme d'une tranquillité et d'une beauté indicibles.

L'étalon se redressa brusquement, donna un coup de sabot sur le sol et secoua sa crinière avant de hennir bruyamment.

— Que se passe-t-il ? demanda Rose. Il a l'air contrarié.

— Je dirais qu'il chante la sérénade à de nouvelles dames, mais ça ne devrait pas être possible, répondit Karen en se déplaçant sur le côté pour mieux voir l'ensemble du secteur.

Julia jura doucement, pointant le doigt dans une autre direction.

— À moins que quelqu'un ait laissé la porte de l'écurie ouverte après notre départ.

Karen chercha dans sa sacoche et attrapa une paire de jumelles. À la seule lumière de la lune, il était difficile de discerner les animaux individuellement alors qu'ils traversaient le champ vers la rivière, mais certains d'entre eux étaient des juments familières qu'elle avait emmenées de Whiskey Creek. Elle reconnaîtrait leurs mouvements n'importe où.

Puis...

— Enfoiré.

Littéralement. Car quelqu'un se trouvait là-bas, debout près d'une barrière qui n'était pas censée être ouverte.

Elle appuya les jumelles contre la poitrine de Lisa, puis chercha son téléphone dans sa poche.

— Donne-moi une seconde.

— Ces chevaux ne sont pas censés être là, n'est-ce pas ? dit Tansy en se redressant. Que veux-tu que nous fassions ?

Karen leva un doigt en l'air.

— Finn ? Nous avons des problèmes. Quelqu'un vient de laisser sortir un groupe de nos juments. Elles se dirigent droit vers l'étalon sauvage.

C'était une soirée parfaitement décontractée. Finn et les gars avaient sorti une table de jeu avec des cartes car ils prévoyaient de jouer une fois qu'ils auraient terminé de papoter. Ils avaient fait venir Cody comme quatrième joueur, et il s'avéra être un excellent complément : sympathique, amusant.

Une heure et demie après le départ des filles, ils n'avaient toujours pas distribué la première main.

Mais c'était agréable de discuter. Pas simplement le genre de conversation où ils se demandaient « que devons-nous faire ensuite, bon sang ? », mais un échange détendu. Pas de programme. Des mecs qui appréciaient vraiment la compagnie les uns des autres.

La seule chose qui lui manquait était un bon verre de scotch, que Finn prévoyait d'apprécier une fois que Karen serait revenue.

— À chaque fois qu'elles organisent une soirée entre filles, nous devrions nous retrouver, dit Josiah en penchant suffisamment sa chaise en arrière pour se retrouver presque à l'horizontale, les bottes appuyées sur un ballot de foin.

Cody leva sa bière en l'air, approuvant.

— Tu as ma voix.

— Une soirée entre mecs, suggéra Zach.

— C'est quoi ton problème, avec cette envie irrésistible de

donner des noms aux choses ? demanda Finn à son ami. Tu ne peux pas trouver ton chemin pour aller quelque part à moins de lui mettre une étiquette ? Un jour, tu auras une maison appelée Green Gables[1], et je m'étoufferai à chaque fois que je te rendrai visite.

— Tu es juste jaloux parce que...

Zach marqua une pause lorsque le téléphone de Finn sonna.

— Tu es juste jaloux. C'est tout.

— Une capacité supérieure à donner des noms est un talent hautement recherché, avança Josiah.

— Que tout le monde se taise une minute, ordonna Finn pour pouvoir écouter Karen. Répète ça.

— Quelqu'un a sorti au moins huit de nos juments dans le champ le plus à l'ouest. Ce ne sont pas des animaux habitués à se séparer du reste du troupeau et à s'éloigner. Je vois aussi quelqu'un qui agite les bras et qui crie pour que les chevaux se dirigent hors de nos clôtures.

— Nom de Dieu !

Trois regards étaient désormais posés sur lui, tout amusement avait disparu tandis que chacun était en alerte, craignant probablement que quelque chose se soit mal passé avec les filles.

Karen continua :

— Et par malchance, l'étalon sauvage est dans le secteur.

Tandis que Finn jurait, elle entreprit de le rassurer, la voix pleine de conviction.

— Oui, c'est ce que j'ai dit. Ne t'inquiète pas, nous sommes suffisamment près pour aller nous assurer qu'il ne chope pas nos filles. Mais tu dois t'occuper du bâtard qui les a laissées sortir. Le fumier nous doit des explications.

— Ne prenez pas de risques, ordonna-t-il.

— Nous serons prudentes. Fais attention... cet individu n'a rien à faire ici. Qui sait ce qu'il manigance et s'il est seul.

Ce problème n'avait même pas traversé l'esprit de Finn.

À l'instant où elle raccrocha, Finn se dirigea vers le coin de l'écurie où Zach et lui mettaient leurs chevaux.

— Quelqu'un viole la propriété et vole nos chevaux. Est-ce qu'on appelle encore ça du vol de chevaux si on les pousse vers des espaces naturels au lieu de les faire grimper à l'arrière d'un van ?

Cody commença à seller son cheval deux fois plus vite.

— Si c'est un membre de notre équipe, je te jure que je vais écorcher ce fumier.

— Tu devras faire la queue. On dirait que Karen est prête à le faire rien qu'avec ses dents.

Finn leur expliqua le peu qu'elle avait révélé avant de regarder son meilleur ami.

— Si je me souviens bien, il y a deux moyens de rejoindre ce champ, ajouta-t-il.

Zach resserra la sangle sur son cheval.

— Tu veux que Cody et moi arrivions en longeant la clôture nord ?

Finn réfléchit au trajet, tandis qu'il plaçait la bride par-dessus la tête de Mywaye.

— Josiah ira avec Cody. Toi et moi approcherons par le sud. Si par hasard le type essaie de s'échapper droit vers l'est, nous aurons les gars de la sécurité qui l'attendront.

— Je préviendrai les gardes dès que nous serons partis, assura Cody.

— Est-ce que les filles vont bien ? demanda Josiah, semblant plus inquiet qu'on ne s'y serait attendu. Enfin, c'était censé être une promenade amusante au clair de lune, pas un rodéo.

Finn pensa aux femmes qui étaient sorties ce soir-là.

— Il y a trois débutantes mais aussi cinq cavalières hautement qualifiées. Elles peuvent gérer ça.

Cela sembla prendre une éternité, mais il savait qu'ils quittèrent l'écurie plus vite que d'habitude. Il mena Zach vers le sentier où Karen et lui s'étaient promenés seulement quelques jours auparavant. Ils se déplaçaient prudemment, mais l'impression d'urgence était présente. Et il ne s'agissait pas des chevaux, ni même de ce qui pouvait bien se passer dans le ranch.

Il s'agissait de s'assurer que Karen était en sécurité.

Les sabots résonnaient bruyamment sur la terre battue.

À L'INSTANT où Karen raccrocha, elle commença à donner des ordres.

— Finn s'occupe de notre homme mystère. Nous devons nous assurer que Thor ne s'en aille pas avec nos juments. Tamara, est-ce que tu peux rester ici avec Tansy et Rose pour t'assurer que tout est réglé ?

Tamara hocha la tête.

— Nous pourrons retourner au ranch comme nous en sommes venues une fois que le feu de camp sera éteint. Tu as bien marqué le sentier. Ça ira si nous y allons lentement.

— Quelqu'un viendra vous retrouver dès que possible, promit Karen avant de se tourner vers ses autres sœurs et Kelli. Nous allons nous occuper de nos juments.

Il y eut trois hochements de tête, toutes les femmes se déplacèrent vers leurs chevaux sans poser de questions.

— Et moi ? demanda Brooke.

Elle avait été la plus compétente des trois cavalières inexpérimentées sur le trajet, et Karen avait besoin de deux mains supplémentaires.

— Ça te dit de venir avec nous ? Tu chevaucheras avec moi jusqu'en bas de la colline, puis tu serviras de renfort.

— Pas de problème.

La grâce fluide avec laquelle tout le monde répondit rendit Karen fière.

Starlight avait suivi le sentier assez souvent pour se déplacer avec assurance même dans les ténèbres. Cela donna le temps à Karen de parler à Brooke de ce que serait sa tâche.

Une fois qu'elles arrivèrent au bas de la colline, Karen aida Brooke à descendre, puis dirigea Lisa et Kelli vers le sentier qui menait vers le nord.

— Julia et moi chevaucherons vers le sud pendant dix minutes puis nous nous dirigerons vers la rivière. Avec l'agitation dans le Red Boot Ranch, j'espère que ça n'intéressera pas l'étalon d'aller dans cette direction. Il attendra que les juments viennent à lui. Nous devrions pouvoir les arrêter avant qu'elles ne rejoignent sa harde.

Brooke leva son téléphone.

— Et si les chevaux sauvages se dirigent dans *cette* direction, je déclencherai mon alarme pour qu'ils ne prennent pas le sentier qui monte à côté du feu de camp, ce qui risquerait d'effrayer le reste de notre groupe.

— Ne déclenche pas l'alarme à moins d'y être obligée, parce qu'*aucun* des chevaux ne va aimer ce son.

Toutes cinq se dirigèrent dans des directions différentes. Karen était stupéfaite de voir à quelle vitesse leur groupe était passé des rires et des plaisanteries à un grand sérieux, digne d'une équipe compétente.

Mais d'un autre côté, elle avait travaillé avec certaines de ces femmes presque toute sa vie. Elle savait de quoi elles étaient capables.

Peut-être que cela faisait partie de ce qui l'avait appelée à Heart Falls, l'avait appelée pour en faire son foyer, parce que même plongée dans l'inconnu de ce qui se passait, il semblait qu'elle était au bon endroit et avec les bonnes personnes.

Tandis que Julia et elle se déplaçaient silencieusement le long du sentier, Karen prit le temps de détendre les sangles qui immobilisaient son fusil.

Julia le remarqua.

— Tu penses que c'est nécessaire ?

— J'espère que non, mais je ne veux pas avoir à me précipiter si j'en ai besoin.

— Compris.

Elles chevauchèrent sur une nouvelle section de terrain, les broussailles basses étaient éclairées par derrière par le clair de lune qui transformait les bords des feuilles vertes en un argenté chatoyant où la rosée avait commencé à s'assembler. C'était magnifique et irréel étant donné qu'elles s'approchaient furtivement d'une harde de chevaux sauvages.

Le murmure de l'eau devint plus bruyant alors qu'elles se rapprochaient.

— Quelle est la profondeur de la rivière ici ? demanda Julia suffisamment discrètement pour que sa voix ne porte pas plus loin qu'aux oreilles de Karen.

— Nous pourrons passer à gué s'il le faut.

Karen s'efforça de discerner les détails tandis que la lune jouait à cache-cache derrière les nuages. Elle leva une main :

— L'étalon.

— Ton troupeau, dit Julia en pointant du doigt vers l'est. C'est bien. Ils n'ont pas beaucoup bougé. Ils sont toujours près de la clôture.

— Tes yeux sont meilleurs que les miens, dit Karen en sortant ses jumelles pour vérifier.

Elle venait de les voir quand le rapide *bang* d'un coup de feu résonna. Instantanément, les juments paniquèrent et se retournèrent pour fuir. Elles laissèrent la clôture derrière elles et se dirigèrent vers l'endroit où se tenaient Julia et Karen de l'autre côté de la rivière.

— C'est encore cet idiot, dit Karen tandis qu'elle encourageait Starlight à avancer. Viens. Arrêtons-les avant qu'elles ne rejoignent la rivière.

L'eau se mit à jaillir alors que Julia et elle dirigeaient leurs chevaux dans l'eau peu profonde, puis elles remontèrent et traversèrent les champs vers les juments paniquées. À l'est, la clôture était visible sauf là où un groupe d'arbres lui bloquait la vue.

Il n'y avait aucun signe du tireur. Après avoir vérifié pour s'assurer qu'elles étaient assez loin pour ne pas offrir de cible à moins que quelqu'un ne se déplace de manière visible vers elles, Karen se concentra sur les chevaux.

Julia pivota sur la gauche, Karen sur la droite. Les juments se déplacèrent instinctivement ensemble, ralentissant leur allure et retournant à la familiarité de leur nouveau foyer.

Elles firent un autre tour, et les chevaux ralentirent encore, les têtes et les oreilles tressaillant alors qu'ils essayaient de trouver quoi faire ensuite.

De l'autre côté de la rivière, Kelli et Lisa avançaient lentement vers la harde sauvage pour les repousser vers les terres gouvernementales et les terres sauvages où était leur place.

FINN ET ZACH laissèrent leurs chevaux à l'abri des arbres et s'avancèrent vers la clôture, s'approchant furtivement de l'homme qui se tenait là, et qui criait de temps à autre vers les chevaux qui ne faisaient pas ce qu'il voulait.

— On le plaque au sol ? murmura Zach doucement.

— On l'envoie au tapis.

Puis le fumier sortit une arme et tira en direction du ciel, et tout dérapa. Zach attrapa Finn, le tira vers le sol et les plaqua dans une des anfractuosités peu profondes à dix mètres à peine de la position de l'homme.

Ils restèrent tous deux immobiles, s'attendant à être découverts à tout instant. Comme rien ne se produisait, Finn sortit prudemment la tête et découvrit que l'homme leur tournait toujours le dos et fixait les chevaux.

Zach jeta aussi un coup d'œil, et quand il se rallongea, son ami pointa les montagnes du doigt.

— À l'ouest, les chevaux, chuchota-t-il. Et les filles.

Une terreur glacée coula dans les veines de Finn.

— À quelle distance ?

— Assez loin pour l'instant, répondit Zach en penchant la tête vers l'homme. On fonce sur lui ?

C'était une torture de rester là, à préparer un plan au lieu de l'exécuter.

— Risque-t-il de tirer sur les filles ?

Zach secoua la tête.

— Trop loin. Même pas avec un coup de bol.

Alors il avait sa réponse.

— On attend. Il bouge, on bouge. Il tire, on bouge.

Son ami acquiesça en hochant la tête.

Ils restèrent silencieux. Une minute. Puis deux.

Le temps s'écoula comme de l'eau qui fondait lentement le long d'une stalactite.

Un autre coup de feu partit, seulement cette fois les chevaux ne s'emballèrent pas. Ils frissonnèrent simplement, comme s'ils souhaitaient vraiment que Julia et Karen fassent disparaître cette nuit.

— Bon sang, que se passe-t-il ? demanda Julia.

Elle lança un coup d'œil vers la clôture et pointa de nouveau le doigt :

— Là-bas.

Pendant un très bref instant, une seule silhouette fut auréolée par le clair de lune. Un deuxième homme arriva en courant de nulle part, plaqua la première au sol tandis qu'un autre coup de feu résonnait.

Karen lança un coup d'œil au troupeau, mais il circulait autour de Julia comme si elle était le saint Graal.

— Reste ici, ordonna Karen avant de faire pivoter Starlight et de galoper vers le groupe d'arbres le plus proche de la clôture.

— Qu'est-ce que c'est que ce bazar ? demanda la voix de Julia avant de disparaître au loin.

Peut-être que c'était une décision stupide, mais l'instinct de Karen lui avait dit de le faire. Elle baissa la tête et chevaucha.

FINN HEURTA le sol avec un inconnu sous lui, et la douleur remonta violemment dans sa jambe droite affaiblie. Des coups de poing martelèrent ses côtes tandis que l'homme essayait de se libérer.

Zach jura à l'arrière, en hoquetant, et Finn fut distrait juste assez longtemps pour que l'homme le dégage d'un coup de pied. L'inconnu se rua sur l'arme qui lui avait été arrachée des mains.

Il la leva, et pointa directement l'abdomen de Finn.

Nom de Dieu.

Finn leva lentement les mains en l'air.

— Attention.

D'autres jurons suivirent, mais cette fois ils provenaient de l'homme devant lui. Une voix familière, complètement inattendue.

Sa colère s'embrasa.

— *Brandon ?*

Le fils de son mentor repoussa sa capuche et le foudroya du regard.

— Qu'est-ce que tu fiches ici ?

— Je parle à une saleté de voleur de chevaux.

Finn tourna le dos à Brandon et se dépêcha d'aller voir ce qui n'allait pas avec Zach. Il s'agenouilla près de son ami.

— Ça va ?

Zach était sur le sol et agrippait son épaule.

— J'ai plongé dans la mauvaise direction, dit-il, la voix tremblante. Bon sang.

Finn écarta la veste déchirée de Zach et en vit assez pour que ça le rende furieux. Le tir n'avait pas traversé l'épaule de son ami, mais c'était une égratignure assez sérieuse pour que cela lui fasse probablement un mal de chien.

Il remit la main de Zach sur la blessure et appuya fort.

— Maintiens la pression. Nous allons trouver quelqu'un pour t'arranger ça tout de suite.

Il sortit son téléphone pour appeler Josiah pendant que Brandon continuait de crier des idioties en fond sonore.

En se relevant, Finn parla à Brandon d'un ton sec :

— La ferme, maintenant. Je ne sais pas ce qui se passe, mais nous le découvrirons une fois que Zach aura été soigné. Pose ce fichu fusil sur le sol et ramène tes fesses par ici.

Brandon resta là, la main tremblante, le fusil toujours pointé en direction de Finn.

— Est-ce que je lui ai tiré dessus ? Je ne voulais pas lui tirer dessus.

Il était au bord des larmes, certainement pas cohérent.

— On ne sort pas une arme pour la pointer sur quelqu'un à

moins d'avoir l'intention de lui tirer dessus, rugit Finn. Pose ce fichu fusil *maintenant*.

Rien ne changea. Au contraire, le fusil s'agita encore plus.

— Je ne voulais pas, cria encore Brandon. C'était un accident.

Bon sang. Finn leva une main pour essayer de le calmer, mais c'était inutile. Brandon devenait plus hystérique, agitant le fusil en l'air sans aucune prudence tandis qu'il criait « accident » encore et encore.

— Bien sûr que c'était un accident. Il va bien, cria Finn, essayant de transpercer la panique.

— C'est ta faute, tu sais.

Brandon leva le regard vers Finn, et le fichu fusil se leva de nouveau.

Même si Brandon était un vrai dégonflé, à cet instant, Finn était convaincu qu'il était sur le point de se faire tirer dessus quand même. Quand un *bang* bruyant résonna, il tressaillit, attendant que la douleur déchire son corps.

Au lieu de ça, Brandon hurla. Il tomba au sol et agrippa le bas de sa jambe.

Tout l'air quitta les poumons de Finn.

Il lança un coup d'œil à Zach.

Son ami secoua la tête en pointant la rivière du doigt.

— Ça alors.

Sortant de la futaie la plus proche, Karen Coleman s'approchait prudemment d'eux, une carabine à la main et une expression dure comme l'acier dans les yeux.

Finn la retrouva à la clôture après s'être arrêté en chemin pour éloigner l'arme de Brandon.

— Joli tir, lui dit-il.

Elle haussa un sourcil et répondit sans une trace d'ironie.

— Il avait l'air d'avoir besoin de se faire tirer dessus.

Un commentaire qui, pour une étrange raison, sembla absolument hilarant à Finn.

Derrière lui se tenaient deux hommes qui avaient besoin de soins médicaux, mais devant lui se trouvait la femme qu'il aimait, qui avait été prête à mettre une balle dans le corps de quelqu'un pour lui, et assez douée pour viser juste.

Il l'attira par-dessus la clôture, puis dans ses bras.

23

____

Les heures suivantes passèrent en un clin d'œil, et la main de Finn dans la sienne était la seule chose qui faisait tenir Karen.

Ce n'était même pas le choc d'avoir tiré sur un homme. Une arme avait été pointée sur Finn, et le stress de Brandon, qui à l'évidence n'arrêtait pas de monter, lui avait forcé la main.

C'était tout le _reste_. La promenade interrompue, la poursuite des chevaux sauvages. Découvrir que Zach s'était fait tirer dessus...

Heureusement, ce n'était qu'une blessure superficielle. Il n'avait fallu que quelques minutes à Julia pour le bander.

— Tu auras une jolie cicatrice, mais ça ne devrait pas affecter ta liberté de mouvement.

Elle s'occupa également de la blessure au mollet de Brandon, et la technicienne de services d'urgence ne fut peut-être pas aussi douce dans ses soins que Karen l'avait vue l'être avec d'autres patients.

Désormais, Brandon était assis sur une chaise dans le

bureau de Cody, surveillé de près par leur chef de chantier alors qu'ils attendaient l'arrivée d'un autre visiteur.

Un autre visiteur qui n'était pas la police montée, ce qui ajouta encore de la confusion à tout le reste.

— Tu es sûr que nous ne devons pas appeler la police ?

Non pas que Karen veuille un casier ou ce qui allait avec, mais contacter les autorités lui semblait simplement être la chose à faire après qu'on avait tiré sur un homme.

Enfin, techniquement sur *deux* hommes, puisque Brandon avait aussi tiré sur Zach.

— Alan a dit de ne pas le faire, et étant donné qui a fait quoi à qui, nous allons simplement attendre de voir ce qu'il a à dire pour l'instant, répondit Finn en déposant un baiser sur la tempe de Karen avant de lui reverser du thé dans son mug. Détends-toi.

Ce n'était pas comme si tout le monde était au courant non plus. Pour l'instant, Julia, Zach et Finn étaient les seuls à savoir que c'était Karen qui avait tiré. Le reste d'entre eux présumaient que Brandon s'était blessé avec sa propre arme durant la lutte. Finn n'avait rien fait pour les détromper.

Les amies et la famille de Karen étaient parties après que tout le monde était rentré et que les juments avaient été ramenées à l'écurie.

Maintenant, Finn, Zach et elle attendaient dans la salle de séjour de Karen que leur super avocat arrive.

— Vous savez que c'est bizarre, n'est-ce pas ? leur dit Karen avec insistance. La plupart des gens n'ont pas ce genre de relation avec un avocat.

— Tu veux dire le genre où il saute dans un jet privé au milieu de la nuit pour venir gérer des situations délicates ? demanda Zach en levant son verre, faisant ressortir le bandage sur son épaule sous le tissu de son t-shirt. Bienvenue dans la famille.

— Je devrais boire la même chose que toi et pas ce thé, marmonna Karen.

Finn lui proposa son verre.

— Il est tout à toi si tu veux.

— J'ai besoin de garder les idées claires au cas où votre avocat s'attende à ce que je sois cohérente.

Mais elle lui vola une gorgée avant de lui rendre le verre.

Une fois que la brûlure de l'alcool se fut dissipée, elle se pelotonna contre lui. La pièce devint légèrement floue alors que ses yeux se fermaient. Finn et Zach continuèrent à discuter doucement pendant que le feu crépitait dans le poêle.

Elle avait dû s'endormir, à cause de la retombée d'adrénaline, parce que l'instant d'après, il y avait de la lumière à l'horizon et quelqu'un s'agitait dans la cuisine.

Elle était encore sur le canapé et dans les bras de Finn, ce qui lui semblait parfait.

Karen leva les yeux et le trouva en train de la regarder d'un air satisfait.

— Hé.

Il toucha son nez du sien.

— Hé. Tu veux aller te rafraîchir ? Alan est à environ deux minutes d'ici. Il va d'abord parler à Brandon, puis nous réglerons ça pour pouvoir passer à autre chose. D'accord ?

Ce fut ainsi qu'une demi-heure plus tard, elle se retrouva à la table de sa cuisine avec un inconnu qui portait un costume à cinq mille dollars sur sa droite et l'homme sur lequel elle avait tiré directement en face d'elle.

Il devait y avoir une meilleure manière de formuler ça. Parce qu'en fait, elle ne lui avait tiré qu'*un peu* dessus.

L'expression d'Alan hurlait sa désapprobation alors qu'il fixait Brandon du regard avant de concentrer son attention sur Zach et Finn.

— Voici à quoi ça se résume. Brandon a essayé de saboter vos plans pour être opérationnels à temps pour gagner ce défi.

Zach fit semblant de hoqueter.

— Imaginez ma surprise. Brandon ? Malhonnête et fourbe ?

L'avocat continua.

— Il a payé quelqu'un d'autre au début, puis quand vous avez augmenté la sécurité et que son larbin s'est enfui, il a décidé qu'il devait venir vous mettre des bâtons dans les roues lui-même.

— Espèce d'ordure, lança Zach doucement, alors que son amusement disparaissait. Tu as fait en sorte que quelqu'un allume le feu et vole le matériel, n'est-ce pas ?

Brandon fixa le sol.

Alan parla fermement.

— Il a aussi personnellement piégé le bâtiment qui s'est effondré sur Finn.

Toute cette situation était irréelle, mais ce commentaire brisa son incrédulité. Les paumes de Karen heurtèrent la table.

— *Quoi* ? Qu'avez-vous dit ?

— C'était seulement pour vous faire échouer et que je puisse obtenir ce que je méritais.

Il n'y avait aucune trace de remords dans la voix de Brandon.

La torpeur à l'intérieur de Karen s'embrasa en fureur. Elle se retrouva debout, fixant du regard l'homme qui avait causé tant de douleur à Finn.

— J'aurais dû tirer un mètre plus haut. Vous auriez pu tuer Finn.

— C'était censé s'écrouler quand il n'y avait personne, insista Brandon. C'était un accident.

— Tout comme vous avez *accidentellement* tiré sur Zach ?

La fureur en elle n'était pas saine.

— Nous allons porter plainte, ajouta-t-elle.

— Attendez, vous ne pouvez pas faire ça. Vous m'avez tiré *délibérément* dessus, geignit Brandon, son regard filant à travers la pièce comme s'il espérait que quelqu'un prendrait son parti. Vous serez poursuivie aussi.

Elle se pencha en avant en fixant ses yeux effrayés.

Ce *bâtard* avait provoqué la blessure de Finn, et même si l'homme qu'elle aimait avait récupéré, il avait souffert inutilement.

Elle était plus qu'énervée.

Toute l'intensité de la colère protectrice qui la traversait vibra lorsqu'elle répondit sèchement.

— *Allez-y.* Aucun jury sur terre ne me condamnerait.

Finn attrapa ses doigts entre les siens et l'attira sur ses cuisses.

— Écoutons ce qu'Alan a à dire.

Il la tenait, mais c'était plus pour montrer qu'elle était à lui que pour l'empêcher de bouger. Il l'entourait de ses bras et pourtant permettait à la puissance de Karen de rester visible... et elle devait vibrer en cet instant. Elle était prête à tendre les bras et à arracher la tête de Brandon de ses épaules à mains nues.

Les bras de Finn étaient possessifs, montrant d'une manière évidente qu'il était fier de l'avoir ici avec lui.

Qu'ils étaient ensemble.

Alan se redressa, hocha la tête vers elle et Finn avant de ramener son attention vers le fumier de l'autre côté de la table.

— Évidemment, il y aura des conséquences. Mais quand nous avons parlé en privé il y a quelques minutes, Brandon a accepté de *ne pas* porter plainte pour l'incident qui a provoqué sa blessure *accidentelle* si vous n'impliquiez pas la police concernant ses actions, y compris le vol de chevaux et le sabotage.

Finn caressa la cuisse de Karen, l'apaisant. Il lui fallut toutes ses forces pour ne pas crier davantage sur Brandon.

Elle réussit à garder un ton relativement raisonnable lorsqu'elle adressa une question à l'avocat.

— Et ces conséquences que vous avez mentionnées ?

Parce que cacher le corps était sur sa liste.

Alan croisa son regard.

— Brandon recevra une très petite rente mensuelle provenant des biens de son père à la condition qu'il ne contacte plus jamais aucun de vous. S'il brise cette règle, ou interfère dans vos vies d'une quelconque manière, il perdra tout revenu futur et à ce moment-là sera poursuivi pour tous les crimes dont nous pourrons l'accuser, ce qui, je vous le promets, *impliquera* de la prison.

Zach se racla la gorge, son expression n'était plus aussi calme et sereine que Karen en était arrivée à s'y attendre de sa part. Il était aussi énervé qu'elle.

— Alors il va être récompensé pour avoir essayé de nous détruire.

— Il y a des raisons, dit Alan platement.

À ce commentaire, Finn se redressa légèrement. Il se pencha en avant pour chuchoter à l'oreille de Karen.

— Ça signifie que nous entendrons bientôt la vraie histoire. Arrête d'aiguiser tes couteaux... Je pense qu'Alan a un plan en notre faveur.

Karen lança un coup d'œil à Zach. Il s'était carré sur son siège et regardait maintenant Brandon comme s'il était un insecte intéressant sur une épingle. Plus de fureur. Comme si le grand vent de la prairie dehors l'avait fait disparaître.

— Nous avons besoin de votre approbation avant que ce soit une affaire conclue, dit Alan en croisant le regard de Karen sans détour. Êtes-vous prête à me faire confiance ?

Clairement, c'était le cas de Finn et Zach, alors aussi

difficile que ce soit pour elle d'abandonner son envie d'obtenir une autre sanction, elle hocha la tête.

— Je suggérerais que M. Travers évite de croiser accidentellement notre chemin. Je suis sûre que votre justice serait rigoureuse.

Elle fixa son visage blafard et laissa briller sa colère.

— La mienne serait expéditive.

— Femme assoiffée de sang, chuchota de nouveau Finn.

Il resserra le bras autour de sa taille et recula légèrement pour laisser la chaleur de son corps l'entourer.

— Je reviens, dit Alan en escortant Brandon qui boitait vers la porte.

Zach se leva pour les accompagner.

À l'instant où ils quittèrent la pièce, Finn la fit pivoter, contrôlant la nuque de Karen avec sa main alors qu'il la fixait dans les yeux, amusé.

— Tu es une fauteuse de troubles sérieusement sexy. Je suis tenté de t'emmener dans la chambre immédiatement pour te faire l'amour jusqu'à n'en plus pouvoir.

— Il t'a *blessé*, dit Karen fermement. Il mérite de souffrir.

— *Hummm*, nous y revoilà. Assoiffée de sang, ça te va bien.

Finn lui couvrit la bouche de la sienne avant qu'elle ne puisse se mettre à rire, puis le feu et la passion les envahirent.

La chambre ? Si elle n'avait pas su qu'ils auraient de nouveau de la compagnie dans quelques minutes, elle l'aurait enfourché ici même dans la cuisine.

Le baiser devrait suffire pour l'instant. Possessif et furieusement intime, il caressa sa langue de la sienne et fit picoter ses terminaisons nerveuses. Elle fourra les doigts dans ses cheveux et pressa leurs corps l'un contre l'autre.

— Bon sang, les gars. Lâchez-moi un peu, dit Zach alors qu'il rentrait, son ton taquin amusé. J'aimerais bien vous dire d'aller dans une chambre, mais Alan raccompagne le gagnant de la catégorie « Ordure de la décennie » puis il revient.

Finn se sépara lentement de Karen.

— Nous finirons ça. Bientôt.

— Sans faute, acquiesça Karen avant de quitter ses cuisses et de se rasseoir sa chaise.

Sans rougir, elle croisa le regard rieur de Zach. Ce qui brûlait entre elle et Finn était indéniable.

— Alors. Toute cette affaire d'« opérer en marge de la loi » fait partie intégrante des choses pour vous ?

Finn secoua la tête tout en rapprochant la chaise de Karen pour entrelacer leurs doigts plus facilement. Comme s'il voulait lui laisser de l'air, mais seulement jusqu'à un certain point.

— Habituellement, nous sommes très à cheval sur la loi. Alan, tu as des explications à nous donner.

Il se tourna vers la porte alors qu'Alan revenait dans la cuisine.

L'avocat s'appuya contre le plan de travail et croisa les bras sur son torse en une pose étonnamment détendue, étant donné tout ce qui venait de se passer. Il les examina tous les trois avant de hocher fermement la tête.

— Je suppose que oui. Puis nous devrons parler de vous, jeune demoiselle.

Son regard se posa sur Karen.

Oui. C'était ce qu'elle avait pensé. À un certain moment, ça devait partir en vrille.

Seulement, Finn souriait, Zach écarquillait les yeux, et la tension sembla disparaître chez tous les autres pour se concentrer dans les orteils de Karen.

Elle leva le menton et se prépara mentalement.

~

Cela n'avait jamais été ennuyeux. Le temps passé avec Bruce et les années de leçons qui avaient suivi signifiaient que Finn était resté sur le qui-vive, mais cette nuit avait été une série de bizarres retournements de situation.

Malgré tout, quand il lança un coup d'œil à Zach, son meilleur ami attendait patiemment, un large sourire sur le visage et son langage corporel indiquant un calme absolu. Aucune inquiétude de ce côté-là.

Bien sûr, cet homme était dangereux à la table de poker...

Prenant le contrôle de la pièce comme si c'était son bureau, Alan attira leur attention, puis se lança.

— Je ne vais pas vous faire languir plus longtemps et me débarrasser de cette liste. D'abord, le défi est terminé. Vous n'avez plus besoin que le ranch soit opérationnel d'ici à Thanksgiving, même si je prévois toujours d'amener ma famille pour que nous soyons vos premiers clients, quand vous penserez que le bon moment sera arrivé pour ouvrir.

Alan leva une main pour empêcher Zach de bredouiller.

— Que vous vouliez aller au pas de course ou pas, ça dépend de vous. À ce stade, vous avez déjà rempli les conditions du défi de Bruce. Si je peux me permettre ?

Il sortit une longue enveloppe de sa poche et la tendit à Karen.

— Voulez-vous lire ceci, s'il vous plaît ?

Karen avait l'air effrayée, et à juste titre étant donné le précédent commentaire sans équivoque d'Alan la concernant, mais elle se lança, jetant un rapide coup d'œil sur les mots avant de lire d'une voix claire et ferme.

« Encore une fois, je peux vous imaginer, et cette pensée me fait sourire. Bien sûr, en ce moment vous devez probablement un peu me maudire, mais vous entendrez raison dans une minute.

J'ai écrit trois lettres cette fois, mais je parie que vous lisez celle-ci. La seconde était une lettre vous félicitant d'avoir accompli le défi (je sais que vous auriez pu le faire si vous aviez dû). La troisième compatissait à votre échec, et pour être honnête, je n'ai fait aucun effort dans ce message parce qu'il y avait une chance sur cent que vous échouiez.

Est-ce que cela rend les choses plus faciles si je vous dis que ce défi n'était pas pour vous ?

Je connais mon fils. Après toutes les chances que je lui ai données, il fait probablement de votre vie un enfer depuis ma mort, à exiger "ce qu'il mérite". Ce qui est un bon coup de pied aux fesses, mais à ce stade il a fait ses choix et il est difficile de changer alors qu'il ne pense pas que c'est nécessaire.

Maintenant qu'une rentrée d'argent régulière est en jeu, il devrait vous laisser tranquilles. Si ce n'est pas le cas, il perdra une partie de ce qui lui facilite la vie. J'espère qu'il prendra la bonne décision, cette fois-ci.

Alan vous donnera le reste des détails, mais sachez que je suis fier de vous. Je compte sur vous pour utiliser votre héritage et développer votre communauté, pas simplement pour profiter de la vie.

Levez un verre en mon honneur, les garçons. Vous êtes les flèches que j'ai tirées vers l'avenir. Faites que ça compte. »

Karen replia lentement la feuille.

— Le défi n'était pas pour Finn et Zach. Il était pour... Brandon ?

Alan hocha la tête alors qu'il reprenait l'enveloppe.

— C'est pour ça que je l'ai amené ici quand nous avons commencé. Il savait exactement ce qui se passait et ce que vous gériez. S'il vous avait laissés tranquilles et que vous aviez réussi, il aurait aussi obtenu de l'argent, et deux fois plus. Maintenant, vous ne devriez plus l'avoir dans les pattes, et moi non plus, avec un peu de chance pour de bon.

Alan fit la grimace lorsqu'il croisa le regard de Finn.

— Mais je suis désolé pour l'accident, et ce stupide incident avec le fusil. Cela ne lui ressemblait pas du tout.

— C'*était* un accident, reconnut Finn, espérant empêcher Karen de repasser en mode protectrice. Je suis d'accord. Brandon ne faisait pas preuve de son habituelle inconsistance. Impossible que vous ayez pu prévoir ça, et franchement, si nous pouvons avancer sans jamais devoir le revoir, ça me convient.

Zach se pencha en avant.

— Pour clarifier... le défi était pour voir si Brandon serait un enfoiré qui interférerait. Il l'a été, et nous avons des preuves, alors nous n'avons plus de date butoir.

— Exact.

Zach secoua la tête.

— C'est dingue.

— Détail suivant, continua Alan. Vous découvrirez que vos parts ont maintenant doublé, car les fonds mis de côté sont tombés dans les comptes de la société.

Nom d'un chien. Finn et Zach en restèrent bouche bée.

— Cette partie-là était réelle ?

Alan hocha la tête.

— Une fois quasiment certain que Brandon ne serait plus jamais un problème, Bruce a senti qu'il était approprié d'étendre votre pouvoir.

Karen avait l'air confuse, alors Finn choisit l'explication la plus simple.

— La société a différentes branches. Bruce en a simplement ajouté une dont nous ignorions l'existence, ce qui en augmente beaucoup la valeur.

— Waouh. D'accord.

— Nous examinerons cela plus en détail plus tard, dit Alan avant de reporter complètement son attention sur Karen. Je n'ai pas eu le plaisir des présentations officielles.

Le commentaire d'Alan la fit ciller. Finn se racla la gorge.

— Karen, voici Alan, notre ange gardien dans le mystérieux monde de la finance et de toutes les choses venant de l'au-delà. Alan, je vous présente Karen Coleman.

Elle lui tendit la main.

Alan la serra brièvement, puis hocha la tête.

— Bon. Vous êtes ici, à écouter toute cette conversation, ce qui signifie, je présume, que votre implication ne se résume pas simplement à avoir tiré sur Brandon. Merci, d'ailleurs. Je rêvais de tirer sur ce fumier moi-même.

Les lèvres de Karen tressaillirent.

— De rien ?

L'expression dans les yeux d'Alan avertit Finn une fraction de seconde trop tard pour intervenir.

— Karen, quelles sont vos intentions concernant Finn ?

Nom d'une pipe.

Elle ouvrit et referma la bouche plusieurs fois avant de plisser les yeux.

— Je ne vois pas en quoi ça vous concerne.

— Faites-moi plaisir. Diriez-vous que vous êtes dans une relation durable avec M. Marlette ?

Finn s'avança légèrement sur sa chaise.

— Dans le but de ne pas faire fuir ma nana juste quand nous venons de faire des progrès : oui, nous sommes ensemble. Allez à l'essentiel.

Alan sourit en cherchant dans sa poche.

— C'est une bonne chose que je sois venu préparé.

Il tendit une autre enveloppe blanche à Karen

Elle la regarda comme si c'était un serpent.

— Est-ce que je veux seulement savoir ? Mort ou pas, votre mentor semble aimer se mêler de la vie des gens.

— Ça ira. Prends l'enveloppe.

Cette assurance provenait de Zach. Toute trace de son large sourire avait disparu, il lui offrait simplement du réconfort et une inquiétude de grand frère alors qu'il inclinait la tête vers la lettre.

— Si c'est quelque chose de terrible, Finn surveille tes arrières. Ce qui signifie que moi aussi je surveille tes arrières. Tout comme tu as surveillé les nôtres.

Il était vraiment le meilleur ami qu'un homme pouvait avoir.

Finn attendait en silence tandis que Karen tournait son regard vers lui, souriant légèrement.

— On ne s'ennuie pas un instant, trésor.

Son sourire dura jusqu'à ce qu'elle déplie le message, un mince morceau de papier flotta vers le sol, qu'elle rattrapa en plein vol, lançant un coup d'œil dessus.

Elle se figea, le choc s'affichait sur ses traits.

Elle cligna des yeux.

Une seconde plus tard, elle saisit la lettre, la leva, la lisant rapidement.

Les trois hommes attendirent en silence. Finn ne savait pas si ce serait le début de quelque chose de merveilleux ou si elle allait attraper son fusil et l'utiliser sur Alan.

Karen secoua la tête.

— Ça n'arrive à personne.

— Je vous assure, mademoiselle Coleman, c'est réel, dit Alan. Avez-vous des questions ?

— Donnez-moi une minute, répondit-elle en pointant la lettre vers Finn. C'est quoi ce bazar ?

L'écriture familière de Bruce couvrait la page, et Finn fut frappé de plein fouet.

Le message le frappa encore plus fort.

« Malheureusement, je ne peux pas vous saluer en personne. Mais je sais que vous êtes une femme incroyable, parce que Finn ne s'engagerait jamais avec quelqu'un qui n'est pas aussi intelligent, talentueux et motivé que lui.

Ce qui n'est pas toujours une bonne chose. Cette motivation. Ça signifie que les priorités deviennent parfois floues. Une bonne partenaire dans la vie d'un homme l'encourage à prendre le temps d'apprécier ce qui est important.

Ça ne signifie pas que vous deviez ignorer vos rêves tout en convainquant cette tête de mule de prendre le temps de vivre. Alors ceci est à vous. Pas de directives, aucune attente. Si vous partez demain, ce sera quand même à vous. Inattaquable et irrévocable... Alan s'en assurera.

Mais j'espère que vous resterez, pas seulement pour Finn mais pour vous. C'est un homme bien. Je veux le meilleur pour lui, et puisqu'il vous a choisie comme partenaire, c'est la seule recommandation dont j'ai besoin.

Bienvenue dans la famille,

Bruce »

Finn avait à peine terminé de lire quand elle posa le chèque sur la lettre.

Il compta les zéros pour s'assurer de ne pas se tromper. C'était une sacrée grosse somme.

Karen avait un peu de mal à respirer.

— Que se passe-t-il ?

Il était impossible de rester assis à soixante centimètres d'elle quand tout ce qu'il voulait, c'était la prendre dans ses bras. Finn céda à la tentation et l'attira sur ses cuisses, ignorant le petit rire de Zach et le rire franc d'Alan.

Le fait qu'elle ne lutta pas annonçait à quel point elle était perturbée.

Finn lui frotta le dos, la caressant et l'apaisant alors que le bonheur le réchauffait. La bénédiction de son mentor était une chose puissante, même en post-scriptum.

Il se dépêcha de répondre à sa question.

— Ce qui se passe, c'est qu'il semble que tu aies rejoint les rangs des protégés sélects de Bruce. Cela arrive avec des bénédictions financières. Félicitations.

Elle leva un doigt tremblant et le pointa vers le chèque que Zach était en train d'examiner.

— C'est un million de dollars, Finn. Je ne peux pas accepter ça. C'est... impossible.

— Est-ce que vous dites que vous n'en voulez pas ? demanda Alan en la regardant sévèrement.

— Je n'ai rien fait pour...

Karen s'arrêta brusquement en se tournant vers Finn.

— As-tu besoin de cet argent, toi ?

— Non, lui assura-t-il. Zach et moi avons ce qu'il nous faut.

Karen se redressa, pleine de détermination, lorsqu'elle croisa le regard d'Alan.

— Je n'en veux pas. Il n'est pas à moi.

— Alors vous voulez que je le donne à Brandon et...

Un juron très vulgaire résonna avant qu'elle ne plaque une main sur sa bouche. Elle foudroya Alan du regard avec une telle force que cela aurait dû mettre le feu à ses cheveux.

— Il vaudrait mieux que ce soit une blague.

— En fait, c'en est une, répondit Alan en se baissant pour éviter la boîte de Kleenex que Zach lui lança à la tête. J'essaie simplement de détendre l'atmosphère. Enfin, ce n'est que de l'argent. Donnez-le si vous n'en voulez pas.

Les yeux de Karen se plissèrent.

— Bien. Faites votre truc d'avocat, alors. Nous le donnerons à des œuvres de charité, dit Karen en plissant le nez avant de se tourner vers Finn. Le refuge pour animaux que Lisa a aidé à mettre en place. Ils ont probablement besoin d'un peu d'argent, n'est-ce pas ?

— Oui, acquiesça Finn en hochant la tête.

Elle marqua une pause.

— Et l'école de thérapie équine à laquelle je devais aller. Ils financent des bourses d'étude.

Le bonheur en lui grandissait.

— Tu pourras en créer quelques-unes. Alan t'aidera. Il y a des moyens de les créer avec l'argent qui sera réinvesti pour le faire fructifier.

Un lent hochement de tête suivit. Karen accepta le chèque que Zach lui rendit, secouant légèrement la tête alors qu'elle le fixait de nouveau avec incrédulité.

— Impossible.

— Tu ne cesses de répéter ce mot. Je ne pense pas qu'il signifie ce que...

Finn se retrouva la bouche couverte par la main de Karen.

— Chut. *Tu es* impossible.

Elle souffla fort, comme si elle essayait d'éteindre une bougie de l'autre côté de la pièce. Mais quand elle leva le regard pour croiser celui d'Alan, toute confusion avait disparu.

— Merci. Je ne comprends pas ce qui se passe, mais je vais accepter cet argent et je suivrai le conseil que Bruce a donné aux garçons. Nous l'utiliserons pour améliorer notre communauté, même si, *Seigneur*, je n'ai aucune idée de comment faire.

Finn pressa les lèvres contre sa tempe, la serrant étroitement dans ses bras, là où était sa place.

Il ne s'agissait pas de l'argent qu'ils avaient dans leurs poches. Il s'agissait d'avancer vers l'avenir côte à côte, de construire un avenir ici même à Heart Falls.

Les doigts de Karen se resserrèrent autour des siens. Ils étaient liés.

Ensemble. *Enfin.*

24

———

*A*vec la date butoir du défi qui avait disparu, Finn et Zach insistèrent tous les deux en disant qu'ils devaient ralentir et rendre leurs vies plus stables.

— Je dois essayer beaucoup de bières de brasserie avant de rendre la mienne opérationnelle l'année prochaine, annonça Zach en regardant l'intérieur toujours inachevé de la maison principale du ranch où ils s'étaient rendus après le départ d'Alan. Je devrais probablement choisir un des chalets et le terminer avant que la neige n'arrive pour pouvoir vivre dedans confortablement cet hiver.

— Vous ne réparez pas cette maison ? demanda Karen.

Finn se glissa près d'elle, posa un bras puissant sur sa hanche tout en la faisant pivoter vers les grandes fenêtres qui faisaient face à l'ouest.

— Zach a suggéré que *nous* rénovions cette maison, et je suis d'accord. Puisque nous restons à Heart Falls pour de bon, nous avons besoin d'un foyer où nous pourrons accueillir de la famille sans nous bousculer. Qu'en penses-tu ?

Encore une information balancée dans son cerveau déjà

saturé. Pourtant la prise de Finn était ferme, sans être contraignante, et sa question était sincère.

Karen inspira profondément. Qu'est-ce qui lui donnerait de la joie ?

Les montagnes à l'extérieur s'illuminaient sous le soleil matinal, le vert de la fin de l'été se mélangeait avec les teintes dorées des herbes et des cultures. Karen s'imagina vivre ici à plein temps, profitant de la vue alors que les saisons changeantes apportaient les couleurs de l'automne avant que la neige ne recouvre tout le paysage d'un blanc immaculé.

Elle se tourna vers Finn, puis regarda Zach, pensa aux rires et aux discussions qui se tiendraient pendant les soirées près de la cheminée massive. Elle imagina les parquets, non pas en contreplaqué, mais en chêne massif. Les murs illuminés sous la lumière du soleil ainsi que les photos de la famille et des amis.

Les chambres dans le couloir avec de l'espace pour que la famille vienne leur rendre visite... et que des enfants y grandissent.

Le bonheur l'envahit.

— J'ai tellement de questions en ce moment, mais celle-ci je peux y répondre. J'aimerais beaucoup en faire notre foyer.

Finn lui agrippa les doigts, les porta à ses lèvres et embrassa ses phalanges.

— Je reviens, dit Zach qui sortait déjà, son chapeau fermement en place. Je dois parler à Cody et faire quelques plans. On se verra au déjeuner.

Il leur lança un clin d'œil avant de fermer la porte fermement.

Devant elle, Finn lui tenait toujours la main, piégée dans la sienne.

— Je pensais qu'il n'allait jamais partir.

Elle émit un petit rire.

— C'est un bon ami. Je suis contente qu'il n'ait pas été blessé plus gravement.

— Moi aussi. Maintenant, ne parlons plus de Zach, dit Finn en lui caressant la mâchoire, terminant avec la paume contre sa joue. Je veux fonder un foyer avec toi, et je veux tout.

La gorge de Karen se serra.

— Moi aussi.

— Tout. Chaque matin, chaque soir. Les disputes et les rires, la famille et les amis. Les chatons dans la maison, les poulains dans l'écurie, et les enfants dans nos jambes.

Karen inspira brusquement.

— D'accord.

Il émit un petit rire, puis se pencha pour frôler ses lèvres des siennes.

— Tu es prête à prendre mon nom aussi ?

— Peut-être, répondit-elle en passant les bras autour de ses hanches et en se nichant contre lui. Tu prévois de demander ? Parce que si je te le demande, tu devras prendre *mon* nom, et il y a déjà beaucoup de Coleman dans le monde.

Finn marqua une pause.

— Attends une seconde, dit-il en se penchant pour ramasser Dandelion Fluff. Je n'ai aucune idée de comment tu es arrivé là, mais bon...

Il nicha le chaton entre eux.

— Pour les chatons dans la maison, on a ce qu'il faut, le taquina Karen, le cœur débordant de joie.

— Épouse-moi, *ma chérie*. Je ferai tout ce que je peux pour te rendre heureuse.

Elle s'accrocha bien.

— Oui, je veux t'épouser, et tu le fais déjà.

Leur baiser fut bref parce que la créature poilue entre eux gigota pour retrouver sa liberté.

Avant que Finn ne s'éloigne, Karen l'attrapa par le bras.

— Mais je veux un contrat de mariage.

La surprise se lut sur le visage de Finn tandis qu'elle s'empressait de s'expliquer.

— Juste au cas où il y aurait d'autres bêtises venant de l'au-delà laissées par ton mentor.

Son homme solide au tempérament égal projeta la tête en arrière et se mit à rire assez fort pour que le son rebondisse sur les murs de leur futur foyer. Après s'être repris, il l'embrassa tendrement avec un grand sourire aux lèvres.

— Quelle femme brillante. Quelle idée *brillante*.

Karen souriait encore d'une oreille à l'autre cet après-midi-là quand ils allèrent à Silver Stone voir comment allaient ses sœurs et leur annoncer la nouvelle.

Elle marqua une pause sur le perron devant la cuisine et regarda par la fenêtre de derrière. Dans la maison, des gens se déplaçaient à un rythme tranquille, des voix s'élevaient au milieu des rires. Les visages de ses sœurs affichaient leur contentement. Les voix des enfants dansaient avec des grondements bas de tonalités masculines.

La main de Finn se glissa sur sa hanche alors qu'il se pressait étroitement contre elle, à attendre qu'elle bouge. À attendre, patiemment, comme toujours.

— Heureuse ?

Elle inspira profondément, puis se tourna vers lui.

La lumière du soleil brillait sur son visage, et ses yeux étincelaient d'amour. Finn Marlette allait parfaitement avec le paysage vallonné et les bâtiments du ranch.

Il allait parfaitement dans sa vie.

Karen posa une main contre sa joue, et la chaleur se répandit sur sa paume.

— J'ai trouvé ce qui suscite de la joie dans ma vie, et je suis prête à m'assurer que tout le monde le sait. Tu n'es pas un secret, Finn Marlette. Il y a trop d'amour en moi pour que tu sois de nouveau un secret un jour.

Finn se rapprocha.

— Bon sang, ma belle. Maintenant je dois t'embrasser jusqu'à ce que je n'aie plus l'air d'être à deux doigts de pleurer comme un idiot.

L'amusement la gagna.

— Les larmes, ce n'est pas grave, lui rappela-t-elle.

— Les baisers, c'est mieux, insista-t-il.

Sa démonstration la laissa le souffle court et à cent pour cent d'accord avec lui.

Les secrets étaient terminés. Maintenant, le moment de la joie était venu.

ÉPILOGUE

Le pub Rough Cut offrait le mélange parfait entre un troquet et un night-club. Avec la musique à fond, la foule immense semblait déterminée à profiter de plus belle de la dernière nuit du mois d'août.

Au cours des cinq derniers mois, Julia avait appris à connaître un certain nombre de personnes à Heart Falls, y compris ses nouvelles sœurs et de très bonnes amies par leurs soirées entre filles. Mais ce soir-là, il ne s'agissait pas d'un moment en famille.

Avec deux journées entières de repos devant elle, Julia était prête à faire la fête et à s'amuser en dansant toute la nuit. Pas d'engagements, pas de relations à construire. Juste une soirée à l'ancienne où l'on dansait jusqu'à n'en plus pouvoir.

Elle laissa son partenaire le plus récent, et sourit lorsqu'elle remarqua Brad et Hanna Ford blottis à une table haute.

Ils étaient tellement mignons ! Il était rare de voir son chef et son épouse en ville comme ça, vu qu'ils étaient plus ou moins de jeunes mariés *et* élevaient une préadolescente.

Julia passa près de la table et posa une main sur l'épaule de Brad.

— Hé, boss. Hanna. Une soirée en ville sans la petite ?

Hanna lui sourit.

— Elle est chez une amie. Nous sommes venus danser un moment.

Julia fit un geste vers la piste.

— C'est endiablé en ce moment.

La nuit avait été suffisamment chargée pour lui proposer une grande variété de partenaires avec lesquels danser, mais de temps à autre, même elle devait reprendre son souffle.

Karen et Finn passèrent rapidement près d'eux. Il la tenait étroitement contre lui alors qu'il la faisait rapidement tourner. La tête de Karen tomba en arrière et un rire résonna par-dessus la musique rythmée.

— Nous attendons une chanson un peu plus lente avant de rejoindre la piste, avoua Brad, son sourire gentil l'interpellant. Tu as transpiré.

— C'est un entraînement plus facile que de transporter des lances à incendie dans les escaliers de la mort, lui répondit Julia. Mais oui, j'ai besoin de reprendre mon souffle. Je vous verrai plus tard.

Dans le coin de la salle, Lisa et Josiah parlaient doucement tandis qu'il la regardait comme si elle était la seule femme au monde.

Les sœurs de Julia avaient de bons gars solides dans leurs vies, et elle était contente pour elles. Mais elle n'avait aucun désir de suivre leurs traces. Pas pour l'instant, c'était certain.

Elle se dirigea vers les toilettes, marqua une pause pour se laver d'abord le visage et les mains. Elle avait les joues rouges et des gouttes de sueur s'accrochaient à sa nuque, mais jusque-là la soirée avait été géniale.

Une pause pipi, puis une boisson fraîche. Et elle

continuerait à trouver des types avec qui danser jusqu'à la fermeture.

La porte de sa cabine s'était à peine refermée qu'un flot de voix emplit les toilettes des femmes. Julia ignora le bavardage, faisant son affaire...

— Je te jure que c'est vrai. C'est dégoûtant, vraiment. Ils ne sont même pas mariés depuis deux mois.

Les derniers mots furent prononcés beaucoup, beaucoup plus bas. Julia se figea.

Elle entendit la voix d'une autre femme, à peine audible aussi.

— Mais il devrait être plus malin que ça. Il était quelqu'un de si bien jusqu'ici... à revenir en ville pour s'occuper de son père.

— Les gars ne pensent avec rien d'autre que leurs queues, parfois.

— N'est-ce pas ? Je parie que tout le monde le remarquera d'ici peu. Tromper une fois c'est déjà assez grave. Mais continuer ? Même Brad ne pourra pas survivre à ça.

La colère s'embrasa. De toutes les idées méprisables imaginables... Que qui que ce soit présume que Brad trompait Hanna ? C'était scandaleux.

— Elle semble tellement gentille, mais je suppose que c'est comme ça que les femmes comme elle s'en sortent.

La seconde femme parla un peu plus fort, comme si elle se sentait plus assurée.

Ce devait être un malentendu parce qu'il était impossible que Brad...

— Elle n'est là que pour encore deux mois. C'est ce que j'ai entendu dire.

— Mais elle reviendra rendre visite à ses sœurs. C'est affreux. Je ne souhaiterais ça à personne, encore moins à la douce Hanna. La pauvre a traversé tant de choses.

Cela avait dit plus fermement. Et cela devenait plus audacieux.

— J'ai l'impression que je devrais dire à cette Julia Blushing que nous ne voulons pas des femmes comme elle par ici. Elle doit...

Le sang dans les oreilles de Julia noya le reste de la déclaration moralisatrice.

Elle ? Elles croyaient que Brad et elle avaient une *liaison* ? Oh Seigneur !

Julia resta assise sur le siège des toilettes en silence, la pièce tournoyant légèrement.

Quand elle se fut reprise, tout était de nouveau silencieux dans les toilettes.

Non. C'était inimaginable. Que des gens croient que l'amitié entre Brad et elle était autre chose que...

Enfin, si elle était absolument honnête, *c'était* plus que de l'amitié pour elle, mais pas un intérêt *romantique*. Et certainement pas sexuel.

Elle devait arranger ça, immédiatement.

D'une manière ou d'une autre.

Julia sortit furtivement des toilettes et se glissa prudemment dans les ténèbres relatives du bar. Elle suivit les ombres jusqu'à trouver un endroit d'où observer pendant qu'elle réfléchissait à sa prochaine action.

Comment prouverait-elle que Brad et elle n'avaient pas de liaison sans mentionner cette idée absurde ? La dernière chose qu'elle voulait, c'était blesser Hanna ou ruiner la réputation de Brad...

Karen et Finn passèrent de nouveau en tournoyant, si serrés qu'un pied-de-biche n'aurait pas pu les séparer.

L'instant d'après, ils avaient disparu, et pendant une fraction de seconde, un chemin dégagé s'ouvrit à travers la piste de danse jusqu'à l'autre bout de la salle.

Là-bas, Zach Sorenson était appuyé contre un pilier, bière à la main et tapant du talon alors qu'il examinait la pièce, gardant un œil vigilant sur ce qui l'entourait.

Zach, avec sa beauté brune et son sourire insolent. L'homme qui l'avait fait rire si fort lors d'une fête qui avait eu lieu plus tôt dans l'année qu'elle avait été tentée de s'investir, même si elle savait d'expérience que les relations à court terme n'étaient pas une bonne idée.

Malgré tout...

Zach... qui était précisément célibataire et par conséquent une solution possible à son problème immédiat.

Si elle sortait déjà avec quelqu'un, cela réduirait les probabilités qu'elle batifole avec quelqu'un d'autre. Non ?

Julia n'y réfléchit pas à deux fois. Bon sang, même pas une fois. Elle laissa simplement ses pieds se déplacer dès que cette idée commença à se former dans son cerveau. Si elle entrait trop dans les détails, elle trouverait un défaut quelque part, et l'instant était à l'action, pas aux doutes.

Vingt secondes plus tard, elle se rapprochait de lui. Elle le regarda dans l'espoir de remarquer un indice sur la manière dont il prendrait son exigence.

Sa suggestion ?

Non, elle *exigerait*. Ce devait être fait pour Hanna, et pour Brad, et maintenant, avant que la rumeur ne dérape et que les choses ne soient irréparables.

Elle s'arrêta devant Monsieur Grand, Brun et Sexy.

Zach tourna son sourire nonchalant vers elle.

— Hé, Jul.

— Hé.

Julia inspira profondément.

Il haussa un sourcil brun.

— Un problème ?

Elle secoua la tête.

— Non.

Une main posée sur son bras, Julia se rapprocha tout en se mettant sur la pointe des pieds, et elle pressa sa poitrine contre son torse pour donner l'impression qu'elle était sur le point de lui voler un baiser.

Zach écarquilla les yeux.

— Rends-moi un service, tout de suite. Embrasse-moi, chuchota-t-elle avant qu'il ne ruine son plan en la repoussant.

Zach avait désormais les mains sur ses hanches, et il plissait les yeux.

— Tu joues encore à un jeu, Blushing ?

Elle se mit à rire doucement, se forçant à sourire parce qu'il y avait des gens qui les regardaient. Elle lui frôla la joue de la sienne, puis parla aussi discrètement que possible.

— Je te jure que je vais tout t'expliquer, mais tu dois m'embrasser, *tout de suite*. Comme si j'étais ta petite amie. *S'il te plaît.*

Peut-être que c'était le désespoir dans sa voix, ou peut-être qu'il voulait provoquer une défaillance de son cerveau.

Parce que l'instant d'après, Zach avait passé sa grande main sur la nuque de Julia, avait glissé l'autre aux creux de ses reins. Une légère pression l'attira contre lui, bien fermement, puis il pencha la tête.

— Je n'ai aucune idée de ce que tu trafiques, mais je suis partant.

Ses lèvres effleurèrent les siennes, et le lent contact taquin auquel elle s'était attendue se transforma en brasier incandescent alors que Zach prenait le contrôle.

~

Vivian Arend, auteure de best-sellers au *New York Times*, vous présente *Les Sœurs de Heart Falls*. Dans cette série, il est question de retrouver sa famille, de chercher l'amitié et l'amour... et de ne pas se contenter de peu.

~

Les Sœurs de Heart Falls
L'Histoire tendre d'une cow-girl
L'Histoire secrète d'une cow-girl
L'Histoire rêvée d'une cow-girl

~

Vivian fait actuellement traduire ses nombreuses séries. Merci de consulter son site web pour toutes les dernières informations.
www.vivianarend.com/fr

À PROPOS DE L'AUTEUR

Avec plus de 3 millions de livres vendus, Vivian Arend est une auteure de best-sellers figurant aux classements du New York Times et de USA Today. Elle a écrit plus de 70 romances contemporaines et paranormales.

Ses livres sont des romans intégraux qui peuvent se lire indépendamment de toute série et ne se terminent pas sur un suspense. Ce sont des histoires pleines d'humour et d'émotions, avec des moments sensuels et des fins heureuses. Vivian estime avoir le plus beau métier au monde. Elle habite en Colombie-Britannique, au Canada, avec son mari depuis plusieurs années (l'inspiration de chacun de ses héros et un compagnon volontaire pour toutes sortes d'aventures).

NOTES

Chapitre 1

1. NdT : En français dans le texte.

Chapitre 2

1. NdT : Personnage de la série américaine *Shérif, fais-moi peur*, qui portait un short court, dévoilant largement ses cuisses.
2. NdT : Cri de joie typique des cow-boys notamment rendu célèbre par Bruce Willis dans *Die Hard : Piège de cristal*.

Chapitre 6

1. NdT : Souris de Whiskey.

Chapitre 9

1. NdT : Au Canada, Thanksgiving est célébré le deuxième lundi d'octobre.

Chapitre 10

1. NdT : « Pissenlit » en français.
2. NdT : Le code 10 est utilisé en Amérique du Nord par les policiers et les utilisateurs de CB avec différentes significations. 10-4 signifie « message reçu ».

Chapitre 11

1. NdT : La Gare écarlate.
2. NdT : Les *red-light districts*, en anglais, sont l'équivalent des « quartiers chauds » où se concentre la prostitution.
3. NdT : Le Dancing de Gertie.
4. NdT : Ranch de la Botte Rouge.

Chapitre 12

1. NdT : Chaîne de magasins américaine présente également au Canada et à Porto Rico qui vend des meubles.

Chapitre 15

1. NdT : « Pissenlit Duveteux ».

Chapitre 17

1. NdT : Référence au cow-boy de fiction Hopalong Cassidy, qu'on avait surnommé ainsi car il boitait après avoir reçu une balle dans la jambe. (En anglais, *to hop along* signifie « boiter ».)

Chapitre 21

1. NdT : Baume utilisé à l'origine pour apaiser les irritations sur les pis de vache qui sert désormais largement à apaiser la peau sèche et craquelée chez les humains.

Chapitre 22

1. NdT : Clin d'œil au roman *Anne de Green Gables* (aussi autrefois connu sous le nom d'*Anne, la maison aux pignons verts*).

www.ingramcontent.com/pod-product-compliance
Lightning Source LLC
Chambersburg PA
CBHW051317190726
48290CB00001B/186